Une relation sous tension

Pour un baiser de plus

CATHERINE MANN

Une relation sous tension

Traduction française de
FLORENCE MOREAU

Passions

HARLEQUIN

Collection : PASSIONS

Titre original :
THE BILLIONAIRE RENEGADE

HARPERCOLLINS FRANCE
83-85, boulevard Vincent-Auriol, 75646 PARIS CEDEX 13
Service Lectrices — Tél. : 01 45 82 47 47

www.harlequin.fr

ISBN 978-2-2804-2955-9 — ISSN 1950-2761

- 1 -

Il était de retour.

Felicity Hunt n'avait pas besoin de voir plus que son stetson couleur chamois posé sur ses genoux pour savoir que Conrad Steele n'avait pas respecté sa demande, à savoir qu'il ne cherche plus à la voir. Cet homme menaçait en effet l'équilibre qu'elle avait eu tant de mal à retrouver en reprenant une vie professionnelle, après son divorce.

Mais le magnat du pétrole alaskien avait la réputation d'être déterminé et de toujours tenter d'amadouer autrui pour l'emporter.

Qu'à cela ne tienne, avec elle, il ne gagnerait pas !

Même s'il mettait tout en œuvre pour attirer son attention aujourd'hui, dans le jardin d'hiver de l'hôpital.

Il était actuellement en train de faire la lecture à des petits patients rassemblés autour de lui en forme de cœur.

En revenant de sa visite à un enfant de trois ans dans un état critique, qui venait juste d'être pris en charge par les services sociaux, Felicity se rappela fermement sa résolution de rester à distance de cet homme. Plus facile à dire qu'à faire : en tant que travailleuse sociale à Anchorage General Hospital, elle éprouvait une tendresse spéciale pour ses jeunes patients.

Les enfants, calés dans des fauteuils roulants ou allongés sur des matelas à même le sol, écarquillaient les yeux, concentrés sur le cow-boy qui leur racontait l'histoire d'un cheval aux pouvoirs magiques. De sa voix de baryton, il faisait rouler les mots, le livre semblant disparaître dans ses larges mains. Il le laissait néanmoins ouvert pour que son jeune public puisse admirer l'aquarelle qui représentait le cheval, avec une selle et une couverture sur le dos.

Une petite fille leva la main.

— Qu'est-ce qui pend au bout de la selle ? questionna-t-elle.

— Ce sont des étriers, c'est là que le cavalier pose ses pieds, répondit Conrad, en tapant ses bottes sur le sol.

Et il poursuivit l'explication avec aisance, montrant combien étaient vastes ses connaissances en matière d'équitation.

Levant soudain les yeux, il se heurta à ceux de Felicity, appuyée contre un pilier. L'air crépita entre eux, avec une intensité à laquelle elle aurait dû être à présent habituée, mais chaque fois, le phénomène la surprenait. Il suffisait d'un coup d'œil de Conrad, le temps de trois battements de cœur, pour qu'elle en tremble longtemps après qu'il avait reporté son attention vers son livre.

Bon sang ! Il avait la beauté ravageuse d'une star de cinéma avec ses mâchoires carrées et ses pommettes hautes. Ses cheveux noirs, soigneusement peignés, laissaient apparaître de menus fils argentés au niveau des tempes, que ses doigts la démangeaient de caresser. Et puis, il y avait ses yeux, d'un bleu clair à se damner.

Ses larges épaules remplissaient sa chemise blanche à en faire craquer les coutures, et la veste de son costume était posée au dos d'un fauteuil roulant. Sa cravate rouge attirait l'attention sur son solide cou.

Conrad était définitivement un homme sur qui les autres pouvaient compter.

Assez ! Elle s'efforça de retrouver une respiration régulière, de maîtriser les battements de son cœur… La fragrance des plantes et des fleurs se mêlait aux odeurs d'antiseptiques de cet espace des plus stériles.

Jouant avec le cordon argenté auquel était accroché son badge, Felicity savait que, dès qu'il aurait terminé sa lecture, elle sortirait du jardin d'hiver sans demander son reste.

Mais en attendant, elle ne pouvait s'empêcher de repenser à sa première rencontre avec Conrad, la façon dont il l'avait poursuivie avec un empressement flatteur. En tant que travailleuse sociale, elle avait été amenée à fréquenter souvent cet hôpital. En outre, le neveu de Conrad sortait avec une de ses amies, qui effectuait du volontariat aux soins intensifs en néonatalogie. Elle avait fini par céder et accepté quelques invitations à dîner de la part de Conrad, ce en quoi elle avait eu tort, puis elle avait rompu juste avant Noël, au moment où elle avait pris ses fonctions dans son nouvel emploi.

Ce poste, c'était comme un rêve devenu réalité : désormais, elle exerçait en effet sa profession au sein du département pédiatrique de l'hôpital – ce qui constituait une raison supplémentaire de se focaliser sur sa carrière et non sur une idylle. Son mariage raté l'avait littéralement brisée, et son chagrin s'en était ressenti dans le poste qu'elle occupait alors, l'empêchant de se concentrer. Elle avait depuis mené une lutte acharnée pour se reconvertir et il était hors de question qu'elle revienne en arrière, tant sur le plan professionnel que personnel, d'ailleurs.

Après que Conrad eut terminé la dernière page du livre, il laissa la place à une volontaire qui avait les bras chargés de marionnettes. Aussitôt, Felicity relâcha son cordon, le doigt engourdi pour l'avoir trop étroitement enserré avec. Tout comme elle avait trop attendu, perdue dans ses pensées ! Encore que si elle s'esquivait prestement, elle avait une chance de lui échapper…

Mais n'était-ce pas remettre l'inévitable à plus tard ?

Elle ne pourrait pas le fuir toute la journée, elle devait finir par l'affronter et lui demander pourquoi il refusait de la laisser tranquille. À cette pensée, son cœur se mit à battre plus fort…

Conrad renfila sa veste puis, reprenant son stetson et son pardessus, il se fraya un chemin parmi les enfants, passa devant les géraniums qui se déployaient généreusement dans des pots en terre, les arbres plantés dans d'immenses bacs et une fontaine en pierre qui gargouillait. Tandis que la marionnettiste montait son estrade portative, les enfants s'étiraient et remuaient, les matelas crissaient et les potences pour intraveineuses cliquetaient. Conrad s'arrêta pour répondre, en se penchant vers elle, à la question d'une petite fille dont un bandana masquait le crâne chauve, avant de poursuivre son chemin vers la sortie.

Ce fut alors qu'il porta le regard sur elle…

Felicity poussa un lourd soupir et sentit malgré elle les battements de son pouls redoubler, car il venait de foncer droit sur elle, ses longues jambes dévorant littéralement l'espace qui les séparait, ses bottes martelant le carrelage.

— Bonjour, dit-il tout simplement.

Et il pencha la tête au point qu'elle sentit son souffle lui caresser la joue.

— Je suis heureux de te revoir, ajouta-t-il.

Se mordant la lèvre, elle s'efforça de ne pas baisser le regard vers sa bouche, mais de soutenir le sien, tandis que les souvenirs des brefs instants passés ensemble affluaient.

— Nous ferions mieux de nous éloigner pour ne pas perturber le spectacle, poursuivit-il.

De la musique de flûte s'éleva à cet instant d'une enceinte et la marionnettiste s'installa sur l'estrade : le silence se fit parmi les enfants, prêts pour assister à la suite des réjouissances.

Conrad ouvrit alors la porte qui menait hors du jardin d'hiver et conduisait dans le hall bruyant, son manteau sur le bras. Le personnel s'y mêlait aux visiteurs, et le flot humain s'écoulait dans les deux sens, de façon fluide, chacun veillant à contourner l'autre quand ils se croisaient. Derrière les larges baies, un chasse-neige se dirigeait vers le parking à étages.

Passant son bras sous le sien, Conrad l'entraîna dans un recoin, au bout d'une rangée de distributeurs automatiques. Ce simple contact la mit en feu. En outre, son regard brûlant lui donnait l'impression d'être une sirène irrésistible, en dépit de sa jupe crayon à fines rayures et de son chemiser blanc bouffant.

Il posa alors la main contre le mur, ses larges épaules les isolant du reste du vestibule : tel un magicien, il venait de transformer un lieu public en un espace intime.

— Félicitations pour ton nouveau poste, lui dit-il.

Il était donc au courant ! Sans doute grâce à son neveu, Marshall Steele, qui sortait avec Tally Benson, l'une de ses amies, pensa Felicity. Du même coup, il lui confirmait qu'il n'était pas venu ici de manière fortuite, mais dans le dessein de la voir.

Un sentiment de frustration, pimenté malgré elle d'un frisson de plaisir, la gagna aussitôt.

— Tally te l'a donc dit ?

— C'est Marshall, reconnut-il. J'ignorais que tu voulais changer de travail.

Elle devait fournir de gros efforts pour se concentrer sur ce qu'il lui disait car elle inhalait, au rythme de sa respiration, les fragrances épicées de son après-rasage.

— Mon dernier poste ne me déplaisait pas, mais ici, c'est vraiment le travail de mes rêves.

— Ils ont de la chance de t'avoir parmi eux.

Sa main était si proche de sa chevelure qu'il aurait pu la caresser, mais il n'en fit rien.

Le contact fantôme, la promesse, n'en fut que plus puissant… *Assez de blabla poli !* trancha-t-elle alors pour bâillonner ses pensées qui s'égaraient.

— Pourquoi es-tu ici ? Je ne crois pas un instant que tu avais envie de lire des histoires à voix haute à des enfants malades.

— Tu n'as pas voulu accepter mon invitation au gala de charité des célibataires, le mois dernier, alors je viens rattraper ici l'argent que j'ai dépensé.

Elle avait été furieuse qu'il ait acheté un billet pour elle, lors du gala de charité. Elle avait horreur qu'on la manipule, une autre raison qui nourrissait sa colère de le voir ici aujourd'hui, en dépit de la façon dont sa proximité faisait monter en flèche sa température intérieure.

Néanmoins, elle ne pouvait nier qu'il venait d'accomplir une bonne action pour ces enfants dont la plupart effectuaient de longs séjours dans le service d'oncologie.

— C'est très altruiste de ta part, répondit-elle. Qu'est-ce qui t'a donné envie d'opter pour une lecture à voix haute, plutôt que, disons, pour du volontariat dans une boutique de souvenirs ?

— J'aime les enfants, même si moi-même je n'en ai pas. J'ai toujours été très investi dans mon rôle d'oncle et je suis fier de ce titre. En outre, la fondation caritative de ma famille est à l'initiative d'un certain nombre de projets ici, à Anchorage General.

Était-il possible qu'elle ne soit pas au courant ? Ou bien la faisait-il marcher pour la punir d'avoir osé dire « non » à un Steele ?

— Quel genre de projets ?

— Nous commençons par une donation de livres aux patients, répondit-il sans hésitation.

OK, elle le croyait, du moins sur ce point.

— C'est formidable, mais je dois d'abord m'assurer que tu as bien compris qu'on n'achète pas mon intérêt.

Son sourire, qui lui venait si facilement aux lèvres, s'évanouit.

— Je ne brade pas non plus mon honneur, répliqua-t-il. Ma famille a toujours soutenu cet hôpital en remerciement des soins hors pair dont elle a bénéficié ici. Mes nièces et neveux y sont tous nés, ma nièce Naomi y a été soignée lorsqu'elle a eu son cancer et elle y a ensuite accouché de ses jumeaux. Cette donation de livres n'est que le début d'un nouveau programme pilote.

— Un programme pilote ? reprit-elle malgré elle, mue par son sens professionnel.

Et tant pis pour son envie de la jouer aussi calme et majestueuse que la toundra alaskienne.

— La nouvelle fondation caritative des familles Steele et Mikkelson cherche à transformer cet hôpital en un établissement qui se démarquera des autres. Pour commencer, elle donnera aux enfants des livres qu'ils pourront garder, afin d'éviter tout risque de contamination comme c'est le cas avec des documents prêtés.

Qu'aurait-elle pu objecter à un tel projet ? Absolument rien.

— C'est vraiment très attentionné, reconnut-elle. Et je suis certaine que parents et enfants t'en seront fort reconnaissants.

Les longues hospitalisations finissaient par grever sérieusement les budgets familiaux de sorte que même l'achat de livres devenait un luxe.

— Aujourd'hui, après la lecture, les enfants ont chacun reçu un exemplaire de l'histoire qu'ils venaient d'entendre, lui précisa-t-il.

Et un petit sourire releva le coin de ses lèvres, tandis que ses yeux, typiques des Steele, reflétaient mille promesses.

Le récit avait été captivant, c'était indéniable, surtout lu par un cow-boy plus vrai que nature.

— Tu as parlé de plusieurs projets, reprit-elle. Qu'est-ce que la fondation envisage d'autre ?

Certes, il avait piqué sa curiosité, mais elle avait aussi besoin d'en savoir davantage, afin de l'éviter à l'avenir : elle ne tenait pas particulièrement à ce qu'il teste constamment sa résolution à lui résister en la croisant tous les jours.

— Comme nous avons voté le programme hier, je peux t'en faire part avant le communiqué de presse qui paraîtra demain.

Et sur ces mots, son sourire s'élargit et elle sentit sa détermination fléchir.

— OK, tu as capté tout mon intérêt. Sur le plan professionnel, s'entend.

Il fronça les sourcils de manière imperceptible.

— Naturellement, renchérit-il avec un sourire à la fois confiant et sensuel. Nous faisons une donation au service d'oncologie en l'honneur de ma nièce, lequel sera rebaptisé de façon officielle à l'occasion d'un dîner entre les cadres de l'hôpital et le conseil d'administration de la fondation.

Elle commençait à comprendre… Il ne s'agissait pas juste d'un simple don de livres ou d'un plan concocté à la va-vite par ses soins, dans l'intention de la revoir. Sa famille et lui nourrissaient un réel intérêt pour l'hôpital et souhaitaient faire partie de ses bailleurs de fonds.

Et elle saisit aussi ce que cette initiative impliquait immanquablement. Elle ne put retenir un frisson d'excitation.

— Tu restes dans le coin, n'est-ce pas ? lança-t-il alors.

Son stetson à la main, Conrad regarda Felicity s'éloigner d'un pas précipité dans un couloir de l'hôpital.

Il venait incontestablement de marquer un point, et c'était une bonne chose, songea-t-il. Pour sa part, il avait la ferme intention de rester dans le coin. Il l'avait désirée dès l'instant où ses yeux s'étaient posés sur elle et depuis, il avait vaillamment tenté de la conquérir, ce qui n'était pas tâche aisée, étant donné qu'elle n'était pas encore remise de son divorce. Mais il n'était pas le genre d'homme à s'avouer vaincu.

Tout en laissant son regard s'attarder sur ses reins,

il se rapprocha des distributeurs, puis regagna le hall d'entrée bondé, son pardessus toujours sur le bras. Il la suivit à travers les vitres, sa chevelure châtain attachée en un chignon bas où le soleil de midi dévoilait des mèches couleur miel.

Sa jupe à fines rayures était à la fois classique et très sexy car elle moulait élégamment ses formes, l'ourlet arrivant juste à la hauteur de ses bottes hautes en cuir. Les frous-frous de son chemisier avaient attiré son œil sur son cou et ses poignets. Mais il lui en fallait peu pour être captivé par Felicity.

Il choisissait soigneusement les femmes avec qui il sortait, de préférence celles qui n'attendaient pas une demande en mariage. Lui-même, après un bref mariage raté, avait failli réitérer l'expérience, à ceci près que sa fiancée l'avait quitté alors qu'il se tenait déjà devant l'autel. Ces vaines tentatives de bonheur conjugal l'avaient complètement découragé.

Et puis son frère aîné avait perdu sa femme et un enfant dans un accident d'avion : il en était demeuré inconsolable et ce chagrin avait renforcé Conrad dans sa décision de rester célibataire. Il s'était alors dévoué corps et âme à ses nièces et neveux. Comme il adorait les enfants, ce n'avait été en rien une corvée pour lui que de délester son frère, Jack, de certaines tâches. Conrad avait quinze ans de moins que lui, ainsi que de l'énergie et du temps à revendre. Aussi ne pouvait-il s'empêcher de se demander si le fait que les enfants de Jack soient désormais grands n'était pas la raison pour laquelle il ressentait une certaine agitation intérieure…

De nouveau, il se concentra sur Felicity qui entrait à présent dans un ascenseur vitré. Elle avait su capturer son attention, c'était indiscutable, et il ne doutait pas que ç'aurait été le cas à n'importe quelle période de sa vie. Il aurait préféré que les choses se soient un peu mieux passées entre eux, aujourd'hui, mais il aimait aussi relever les défis.

Il s'apprêtait à se diriger vers la rangée d'ascenseurs lorsque la double porte automatique s'ouvrit, de sorte que de l'air froid entra dans le hall. Son regard tomba alors sur un visage familier, en l'occurrence celui de Marshall, son neveu : le cadet des enfants de Jack Steele était un peu solitaire, préférant gérer le ranch de la famille plutôt que travailler pour leur société pétrolière. Il ne manifestait jamais le moindre intérêt pour le fonctionnement de l'entreprise.

Toute la famille toutefois s'était retrouvée impliquée lorsque Jack Steele s'était fiancé à la veuve qui se trouvait à la tête de la société rivale possédée par les Mikkelson. Peu après, il avait fait une chute de cheval dont il réchappa de justesse. Il avait dû subir une opération de la colonne vertébrale, dont il lui avait fallu plusieurs mois pour se remettre.

Après le mariage de Jack et Jeannie Mikkelson, la famille avait encore connu une période difficile lors de la fusion des deux compagnies, à savoir l'Alaska Oil Barons Inc. Tous s'étaient serré les coudes et chacun espérait que la fondation caritative, dirigée à la fois par les Steele et les Mikkelson, contribuerait à une collaboration plus étroite entre les deux camps, ce qui rassurerait les investisseurs.

Marshall s'avança vers lui en secouant la neige sur son chapeau.

— Que fais-tu ici ? s'enquit-il. Quelque chose ne va pas ?

— Non, tout va bien, lui assura-t-il.

Ils étaient tous encore un peu marqués par l'accident de Jack et l'anévrisme de Shana Mikkelson : une famille élargie apportait certes plus de bonheur mais également davantage de soucis.

— J'ai apporté les livres aux enfants du service pédiatrique, et je viens de terminer une lecture à voix haute.

— Vraiment ? Toi, je te soupçonne d'avoir des arrière-pensées.

Marshall plissa alors ses yeux marron. L'air avisé qui se reflétait dans leurs profondeurs rappela à Conrad la mère de son neveu, décédée dans l'accident d'avion.

— Felicity travaille ici à plein temps, désormais, si je ne m'abuse, ajouta-t-il.

Conrad botta en touche.

— Je me souviens que je te faisais la lecture quand tu étais enfant.

— Et moi, je me souviens que c'était en vue d'obtenir un bonus pour ton cours d'anglais, au lycée.

Il prit un air dédaigneux.

— C'est ce qu'on appelle faire d'une pierre deux coups. Je suis multitâche, tu sais.

— Exactement, comme aujourd'hui, renchérit Marshall avant d'ajouter en levant les deux mains : Mais il n'y a pas de souci, si tu n'as pas envie de parler de Felicity. Je suis venu chercher Tally pour l'inviter à déjeuner. Tu me ramènes bien Nanuq et Shila demain, comme prévu ?

Il avait en effet hébergé deux chevaux appartenant à Marshall depuis que l'une de ses écuries avait pris feu, en attendant sa reconstruction. Les travaux de finition n'étaient pas encore terminés, mais les box sécurisés et chauffés pouvaient à nouveau accueillir Nanuq et Shila.

— Absolument. À demain, alors.

Nul doute qu'il aurait grand besoin de chevaucher pour évacuer la tension qu'il éprouverait après la confrontation imminente qui l'attendait avec Felicity : avant la fin de la journée, celle-ci aurait en effet appris qu'ils allaient être amenés à travailler étroitement ensemble, pour la fondation.

Traversant les couloirs pour regagner son bureau, Felicity aurait aimé se délester au premier étage de toutes ses pensées et surtout de l'énorme distraction sensuelle que représentait un stetson.

Elle avait les nerfs en pelote depuis qu'elle était tombée sur Conrad, or, il était impératif qu'elle se ressaisisse avant le rendez-vous avec son nouveau patron. Elle salua une infirmière qui poussait un chariot et quelques visiteurs absorbés par leur conversation.

Son nouveau patron avait été mystérieux quant à la raison du rendez-vous, se contentant de préciser que cela représenterait une étape dans sa carrière. Son intérêt en était donc piqué et elle avait hâte de le rencontrer. Fouillant dans son sac pour en sortir ses notes, elle faillit bousculer quelqu'un.

Tally Benson, plantée devant elle, lui adressa un grand sourire.

— Salut, toi ! s'exclama son amie d'un ton surpris. Je viens juste de terminer mes heures de volontariat. Je ne pensais pas te voir aujourd'hui. Comment se passe ton nouveau travail ?

— Je suis ravie de l'opportunité qu'il représente, répondit-elle alors, consciente que sa réponse sonnait faux.

Pourquoi masquait-elle ses sentiments devant son amie ?

Au lycée, elle avait fait des essais pour *Le Roi Lear* parce que sa mère d'accueil adorait Shakespeare : elle s'était alors rendu compte que jouer avec ses émotions requérait un travail bien plus grand que les acteurs ne le donnaient à penser.

Curieusement, dans sa vie professionnelle, elle n'avait jamais eu à falsifier ce qu'elle éprouvait. Sa profonde empathie naturelle lui procurait la force nécessaire pour ne pas achopper sur les difficultés liées au domaine social.

Mais aujourd'hui, elle avait de nouveau l'impression d'être la lycéenne qui lisait son texte sans le ressentir au plus profond de son être.

— Dans ce cas, pourquoi fronces-tu les sourcils ? demanda Tally en plissant le nez.

Felicity réajusta le cordon de son badge et, incapable de résister plus longtemps, s'enquit :

— Savais-tu que Conrad faisait des lectures au service pédiatrie ?

La question était neutre et ne sous-entendait en rien qu'elle était intéressée par Conrad.

— J'ai entendu que la fondation caritative de la famille avait de grands projets pour l'hôpital, répondit Tally.

Il ne s'agissait définitivement pas d'un stratagème de la part de Conrad en vue de la séduire, pensa-t-elle alors. Si l'hôpital avait décidé de renommer une aile entière en hommage aux Steele-Mikkelson, cela signifiait que la fondation avait versé une somme considérable. Elle se sentit soudain mesquine d'avoir accusé Conrad de faire la lecture aux enfants pour impressionner la galerie.

Elle se força à sourire.

— L'hôpital a de la chance d'avoir un bienfaiteur si généreux.

— Pour être honnête, je suis un peu submergée par cette famille, ils sont si nombreux, déclara la belle rousse. Mais cette fondation caritative m'a permis de mieux les connaître.

Depuis la fusion des deux entreprises, le nom du nouveau directeur général de l'Alaska Oil Barons Inc. n'avait pas encore été communiqué, mais selon certaines rumeurs, l'annonce ne devait plus tarder.

— À propos, se rappela Felicity en plongeant la main dans son sac, j'ai une lettre de recommandation pour toi.

Elle avait convaincu Tally de remplir une demande de bourse en vue de passer un diplôme de travailleuse sociale, un métier taillé sur mesure pour elle.

Tally afficha un beau sourire et les larmes lui montèrent aux yeux.

— Merci, dit-elle en prenant l'enveloppe pour la

glisser dans son sac. Ton soutien et tes encouragements comptent énormément pour moi. J'ai tellement peur d'être déçue et de ne pas être prise. Et encore moins d'obtenir une bourse.

L'espoir pouvait parfois être effrayant, c'était indéniable. Elle-même avait dû déployer d'immenses efforts pour envisager de nouveau l'avenir de façon positive après son divorce.

— Je croise les doigts pour toi, préviens-moi dès que tu connais la réponse.

— Tu peux compter sur moi, promit Tally en la serrant brièvement dans ses bras. Déjeunons bientôt ensemble pour nous voir plus longuement. C'est moi qui t'invite.

— Génial. On s'appelle…

Un sourire aux lèvres, Felicity lui fit un petit signe de la main avant d'entrer dans son nouveau bureau dont la grande baie donnait sur les montagnes enneigées, de sorte que toute la lumière qu'offrait une courte journée d'hiver alaskienne s'y déversait. Des cartons étaient encore empilés dans un coin, même si elle avait sorti ses affaires les plus importantes, à commencer par un tableau où figuraient les lettres de remerciement des parents ou de nouveaux patients, ainsi que des dessins d'enfants. Cela comptait bien plus pour elle que n'importe quelle marque d'approbation de sa hiérarchie : c'étaient autant de preuves concrètes que, par son travail, elle contribuait à améliorer la vie des enfants en difficulté.

Il était vrai qu'elle les comprenait si bien…

Ravalant un nœud dans sa gorge, elle se mit à fouiller dans ses dossiers en quête de celui sur lequel figurait un bison du Texas. Soudain, elle regarda l'heure et poussa un petit cri. Elle devait se presser !

Quelques instants plus tard, elle courait vers la rangée d'ascenseurs, ses bottes en cuir martelant le sol carrelé. Les portes d'un appareil étaient en train de se refermer.

— Attendez, s'il vous plaît ! s'écria-t-elle.

D'une main preste, quelqu'un empêcha l'ascenseur de se refermer, et elle poussa un soupir en entrant à l'intérieur.

— Merci, lâcha-t-elle tout essoufflée. Je suis en retard à un rendez-vous.

Un rire masculin résonna tout à coup de l'autre côté de l'ascenseur bondé.

Un rire familier. Conrad !

Elle ferma les yeux.

Était-ce fortuit ?

Se ressaisissant, elle rouvrit les paupières : il se trouvait tout près d'une jeune infirmière qui le dévorait littéralement des yeux. Toutefois, il ne prêtait nulle attention à ce comportement flirteur, ce qui la réconforta : il sortait avec de nombreuses femmes, mais elle devait reconnaître que jamais elle n'avait entendu des paroles négatives à son sujet de leur part.

Bon sang, pourquoi nourrissait-elle de telles pensées ?

— Cinquième étage, s'il vous plaît ! dit-elle.

Elle repensa alors à la proposition qu'elle comptait soumettre à son chef concernant une nouvelle playlist de titres et de films pour les enfants du service d'oncologie.

Les portes de l'ascenseur s'ouvrirent à nouveau. Les autres passagers sortirent, la laissant seule avec Conrad. Il aurait été trop beau qu'il sorte avec tous les autres, songea-t-elle, tandis qu'une petite voix lui murmurait que sa présence n'aurait pas dû l'importuner ainsi.

Il se rapprocha d'elle.

— Tu accepterais une invitation à dîner ?

— Tu es tenace, je dois le reconnaître.

— Tu veux en savoir plus sur le programme de la fondation ?

Elle lui jeta un coup d'œil vif et se heurta à l'impact de son regard. Un frisson la parcourut quand son odeur épicée pénétra ses poumons, dans l'espace exigu de l'ascenseur. Bref, Conrad était tout simplement à croquer et offrait par ailleurs de lui révéler des informations qu'elle mourait d'envie d'apprendre.

— Je suis fort curieuse d'en savoir davantage, mais je dois décliner, pour le dîner. Ce n'est pas en te moquant de moi que tu vas arriver à tes fins ! le prévint-elle, quand il lui eut répondu par un petit rire.

— Je ne me moque pas de toi, au contraire, je te trouve drôle, spirituelle et sexy en diable. Est-ce que je m'améliore ? questionna-t-il avec un sourire.

Elle poussa un soupir et le regarda droit dans les yeux. Il était décidément beau à se damner.

— Je ne comprends juste pas pourquoi tu continues à me poursuivre de tes assiduités.

— Parce que tu es fascinante.

Et sur cette déclaration, il soutint son regard, ce qui fit courir des frissons le long de son dos. Que ressentirait-elle si elle se lovait contre lui, juste une seconde ? En tout état de cause, l'attirance était indéniable entre eux.

Les portes de l'ascenseur s'ouvrirent bientôt, elle en sortit alors que d'autres entraient ; une fois à l'extérieur, elle s'aperçut qu'il l'avait suivie. Alors même qu'elle se rendait à un rendez-vous avec son nouveau patron… Le jour précis où il lui avait appris les engagements de sa fondation familiale à Anchorage General, au département pédiatrique… Un curieux pressentiment la saisit.

Lui faisant signe d'avancer, Conrad lui sourit.

— Ça va être un plaisir de travailler ensemble, déclara-t-il.

- 2 -

Conrad était bien conscient qu'il ne devait pas forcer le destin.

Il tint la porte à Felicity alors qu'une heure plus tard, ils sortaient de leur réunion. D'autres étaient prévues pour discuter des meilleures initiatives possible dans le cadre de la fondation caritative Steele-Mikkelson, et ils devaient à présent trouver des horaires qui convenaient également à Isabeau Mikkelson, qui était la responsable officielle des relations publiques de la fondation.

Leur objectif premier consistait à concevoir une brochure qui serait dévoilée lors d'un banquet du conseil d'administration, le mois suivant. Ce qui lui laissait quatre semaines pour conquérir Felicity.

Et si elle s'entêtait à le repousser ? Non, il refusait de croire à une telle éventualité. Certes, ils n'étaient pas deux amoureux transis, mais il demeurait persuadé qu'ils pourraient avoir une formidable liaison, elle et lui.

Quand ils montèrent dans l'ascenseur, il comprit, à la façon dont ses épaules étaient tendues, qu'il ne devait pas trop insister, pour aujourd'hui. Sortant son téléphone portable, il consulta ses mails non sans qu'elle ne lui lance un regard surpris. Il réprima un petit sourire.

Une heure plus tard, il arpentait les couloirs de l'Alaska Oil Barons Inc. Il faisait en effet partie du conseil d'administration de la société de son frère, tout en ayant sa propre activité.

D'un côté du couloir, la baie offrait une vue sur le port gelé, tandis que sur l'autre mur étaient affichées des photos artistiques du paysage alaskien. Cet établissement, qui accueillait depuis toujours les bureaux des Steele, était demeuré le siège de la société depuis la fusion. La décoration avait intégré au chrome initial du teck avec embout métallique, typique de la tour Mikkelson.

Il ouvrit la porte de la salle de conférences : la longue table était déjà à moitié occupée. Au bout se tenait son frère Jack, à côté de sa nouvelle femme, Jeannie Mikkelson-Steele, dont l'influence s'étendait bien au-delà d'un simple changement d'ameublement.

Jack lui adressa un signe de la main quand il entra.

— On attend encore Naomi, lui dit-il. Comment ça s'est passé, à l'hôpital ?

Il prit place autour de la table en bois poli et aux lignes pures.

— Les enfants étaient très reconnaissants pour les livres et la lecture à voix haute.

Jack lui adressa un sourire.

— Je parlais de ta réunion avec Felicity Hunt. De sa réaction quand elle a découvert que tu serais son interlocuteur référent.

Conrad retarda alors sa réponse sous prétexte de sortir des dossiers de son attaché-case : il n'avait certainement pas besoin que sa famille effraie Felicity par sa curiosité !

— J'ai apporté ça pour Fleur, dit-il.

Et il tendit à Glenna Mikkelson-Steele, la fille aînée de Jeannie, un exemplaire du livre qu'il avait lu à l'hôpital.

À la surprise de tous, Glenna avait épousé le fils aîné de Jack, que tout le monde voyait déjà aux commandes de l'entreprise familiale. Mais Broderick avait tenu à partager les tâches de directeur financier avec sa femme afin qu'ils aient tous les deux plus de temps à consacrer à leur famille qui ne cessait de s'agrandir.

Aussi le comité se réunissait-il en vue de trouver

un nouveau directeur général, l'actuel ayant préféré rejoindre une autre société dans le Dakota du Nord, et tous avaient en vue Ward Benally. Celui-ci travaillait pour une entreprise concurrente et le convaincre de prendre la tête de la société familiale constituait un défi que les Steele-Mikkelson tenaient à relever. Ward représentait certes une aubaine, mais se révélait également un farouche négociateur, d'où la raison pour laquelle les pourparlers s'éternisaient.

Conrad s'efforçait d'aider au mieux sa famille durant cette période de fusion. Il fit glisser un autre exemplaire du livre à l'autre bout de la table, en direction de Trystan Mikkelson, le mouton noir de la famille, assis à côté de sa femme enceinte jusqu'aux dents, Isabeau, la consultante chargée des relations publiques au sein de la société. Elle posa alors une main sur son ventre, l'autre reposant sur la tête de son labrador.

Jack s'empara directement d'un autre exemplaire dans l'attaché-case de son frère.

— Alors, cette réunion ? s'enquit-il tout en le feuilletant.

— Je ne vois pas trop ce que tu veux savoir, répondit Conrad, évasif, en sortant sa tablette. J'y ai assisté, nous avons discuté du programme et espérons qu'Isabeau sera présente à la prochaine réunion.

— Et Felicity n'a rien objecté au fait que tu sois son interlocuteur référent ? insista Jack.

Son frère n'aurait-il donc pas pu lui poser cette question en privé ?

— Elle sait faire preuve de professionnalisme et, en l'occurrence, il s'agit de travail.

Jack fit la grimace.

— Te serais-tu porté volontaire pour intégrer le conseil d'administration de la fondation, si elle n'avait pas été impliquée ?

Conrad referma d'un geste brusque son attaché-case.

— J'ai toujours été loyal envers ma famille, décréta-t-il avant d'aborder de front le sujet brûlant. Et je ne nie pas que j'ai envie de passer plus de temps avec elle. C'est curieux comme la vie fait bien les choses, parfois.

Par chance, Naomi Steele-Miller entra alors dans la salle, lui épargnant d'autres questions. Sa nièce avait frôlé la mort, adolescente, et beaucoup avaient cru qu'elle ne survivrait pas à son cancer. Pour sa part, il s'était demandé comment son frère accuserait le choc de perdre un autre enfant, après Breanna. Par chance, cela ne s'était pas produit.

Encore que, comme chacun avait pu le découvrir, il n'avait pas non plus perdu cette dernière.

Se levant, Conrad tira une chaise pour sa nièce. Brea et Naomi se ressemblaient tant, enfants, songea-t-il. Comment était-il possible que personne n'ait remarqué cette ressemblance quand Breanna, se faisant passer pour une certaine Milla Jones, avait occupé incognito un poste de réceptionniste ? Bien sûr, elle s'était teint les cheveux en blond platine, mais comment avaient-ils pu tous être trompés par un stratagème aussi simple ? D'accord, Brea et Naomi étaient de fausses jumelles, mais tout de même !

Cette dernière s'assit en disant :

— Merci pour votre patience et désolée pour ce retard. Mettre les filles au lit m'a pris plus de temps que prévu.

Conrad sortit un nouvel exemplaire de l'album qu'il tendit à sa nièce. Avocate à l'Alaska Oil Barons Inc., elle venait depuis peu au travail sans ses jumelles dans leur double poussette. Son mari et elle travaillaient autant que possible de la maison. Royce était chercheur scientifique au sein de la société.

Jack avala un trait d'eau avant de déclarer :

— Nul besoin de t'excuser, Naomi. Tout le monde vient juste d'arriver.

Tout le monde ?

Curieux, constata alors Conrad, pourquoi ceux qui

ne faisaient pas partie de la famille n'avaient-ils pas été conviés ? S'agissait-il d'une réunion particulière ?

Jack prit son verre dans ses mains, mâchoires tendues.

— Shana a appelé pour dire qu'il y avait du nouveau, dans l'enquête, dit-il.

Conrad se raidit et tous les yeux se tournèrent vers lui.

— Milla Jones, Brea donc, a pris contact avec un avocat, car elle tient à avoir, si elle nous rencontre, une présence légale à ses côtés.

Conrad constata alors l'effet délétère de l'information sur son frère aîné, qui avait de gros cernes et des rides autour des yeux depuis le début de l'affaire.

Jack secoua la tête et se passa la main dans les cheveux.

— Notre Brea veut être représentée par une avocate pour nous parler ? C'est complètement surréaliste.

Jeannie posa la main sur le bras de son mari.

— Elle a été absente pendant très longtemps. On ignore ce qu'elle a traversé. Concentrons-nous plutôt sur le fait qu'elle ait redonné signe de vie.

Broderick émit un rire sarcastique.

— Parce qu'elle a eu vent que notre enquête se resserrait autour d'elle.

— Ne sois pas cynique ! lui ordonna Jack.

— Ce sont juste des faits objectifs, papa. Peu importe qui elle est, on ne peut pas oublier qu'elle a divulgué des secrets de la société avant de s'enfuir, sans un mot pour aucun de nous.

Jack repoussa son verre.

— Peu importe ce qui s'est passé quand elle a travaillé pour nous en tant que Milla Jones, c'est avant tout *notre* Breanna et rien n'est plus important.

On acquiesça autour de la table, certains avec moins d'empressement que d'autres.

— Faisons une petite pause pour retrouver nos esprits, proposa Jeannie. Nous reparlerons ensuite des dernières négociations en cours avec Ward Benally.

Voilà qui était une sage proposition, eu égard à la tension ambiante : récemment, certains avaient avancé qu'un membre de la famille Mikkelson était peut-être impliqué dans la disparition de Brea. Cela semblait inconcevable, mais la possibilité que celle-ci ait encore été en vie l'avait été tout autant.

Désormais, tout était possible.

Une fois dans le couloir pour la pause, Conrad sortit son portable et, immédiatement, une avalanche de messages en absence et de textos s'afficha. Et quel nom figurait en haut de ceux qui l'avaient appelé ?

Celui de Felicity Hunt.

Felicity s'efforçait de ne pas regarder son téléphone posé sur le comptoir de la cuisine.

Elle avait tenté de joindre Conrad sur une impulsion, ce qui était d'autant plus surprenant qu'agir dans l'urgence du moment ne lui ressemblait pas. Mais lorsqu'une de ses collègues lui avait envoyé un texto la questionnant sur une rumeur qui courait actuellement sur Breanna Steele, elle s'était souvenue d'avoir eu une discussion avec Conrad au sujet de sa nièce et de combien sa disparition l'avait affecté. Aussi avait-elle appuyé sur son nom dans ses contacts sans même réfléchir.

L'immobilier était cher en Alaska et les travailleurs sociaux ne gagnaient pas de salaires mirobolants. Comme elle vivait seule et passait le plus clair de son temps au travail, elle avait estimé qu'un deux-pièces lui suffirait amplement, d'autant qu'elle n'avait rien rapporté du Texas, préférant laisser ses meubles et les mauvais souvenirs qui y étaient associés derrière elle.

Son salon était petit mais confortable, meublé d'un canapé dans des tons d'ocre, d'un siège en rotin qui occupait peu d'espace, ainsi que d'un gros fauteuil de lecture couleur framboise, tout près de la fenêtre, petit luxe qu'elle s'était octroyé et qui lui assurait une vue sur la ligne d'horizon. Le soleil de son Texas natal lui manquait, mais ici, la majesté des paysages était inégalable, c'était indéniable.

Elle avait recherché un lieu de vie loin des souvenirs douloureux liés au passé et elle avait trouvé un havre.

Revenant à sa cafetière, elle appuya sur le bouton « Eau bouillante » pour se faire du thé et sortit du placard un mug en grès qu'elle avait acheté dans une brocante locale. En laissant toutes ses affaires au Texas, elle avait eu l'opportunité d'explorer de nouveaux styles et de se réinventer.

De fait, elle avait juste gardé les choses les plus importantes pour elle, à savoir les lettres qu'elle avait reçues des personnes qui s'étaient occupées d'elle, des enfants placés, comme elle, et de sa dernière famille d'accueil, où la mère était une travailleuse sociale qui avait complètement transformé son existence.

Son travail représentait désormais toute sa vie, sa vocation étant de venir en aide aux enfants sans défense. Chaque jour, elle se répétait ce mantra. Et récemment, plus souvent encore, depuis que Conrad Steele était entré dans sa vie.

Elle souffla sur son thé avant d'en avaler une gorgée : la chaleur lui calma les nerfs.

Brusquement, la sonnerie de son téléphone retentit et elle s'en empara tout en portant de nouveau le mug à ses lèvres, mais elle s'immobilisa dans son geste après avoir lu le nom qui s'affichait sur l'écran.

Conrad Steele.

Son cœur avait bondi un peu trop fort à son goût, pourtant elle n'allait pas jouer à un petit jeu idiot en laissant l'appareil sonner plus longtemps. Ce n'aurait pas été un comportement très adulte.

— Bonjour, Conrad.

— J'ai vu que j'avais un appel de toi en absence.

Cet homme produisait sur elle un effet si puissant qu'elle en resta d'abord bouche bée. Comme il était frustrant qu'il en soit ainsi, alors qu'elle s'était juré de garder ses distances !

— Je ne voulais pas te déranger, juste voir si tout allait bien, ajouta-t-il.

— Oui, à l'hôpital, tout roule, pas de souci, de ce côté-là. C'est juste que j'ai entendu des nouvelles au sujet de ta nièce. Je ne veux pas avoir l'air indiscrète ou envahir l'espace privé de ta famille, mais j'ai pensé que vous…

— Tu n'es pas indiscrète, je te rassure, juste bien attentionnée. Je t'en remercie. Je sais que ton amitié pour Tally te lie à ma famille et que tu es sincère.

— C'est vrai.

Il poussa un long soupir et reprit :

— Brea nous a recontactés. Nous ne savons pas très bien où elle se trouvait pendant tout ce temps, ni pourquoi elle est revenue de cette façon, en se faisant passer pour une autre. Mais au moins, nous allons bientôt obtenir des réponses.

— Ce doit être difficile, pour vous.

— Mon frère est effectivement crispé à l'extrême, admit-il d'une voix tendue.

Elle le connaissait assez pour saisir combien la situation l'affectait et le savait par ailleurs très proche de sa famille. D'ailleurs, c'était l'une des choses qui l'attiraient particulièrement chez lui.

— Et toi, tes sentiments doivent passer au second plan, car tu es simplement l'oncle.

— Tu exerces tes talents professionnels sur moi, maintenant ?

— C'est une seconde nature, je suppose.

Elle ne pensait pas être aussi transparente, à moins qu'il ne soit fort perspicace. Dorénavant, elle veillerait à s'exprimer avec plus de prudence.

— Ça va aller, ne t'en fais pas, mais merci de te soucier de moi, dit-il avec douceur avant d'ajouter : Ton appel avait-il un autre motif ?

— Eh bien, j'ai reçu le texto d'une collègue comportant des informations que je crois utile de te transmettre.

— De quoi s'agit-il ?

— La rumeur court déjà que Milla Jones serait ta nièce disparue. Des photos de Milla – alias Brea – circulent.

— Oui, nous les avons publiées au début de nos investigations.

Elle entortilla le cordon de son badge.

— Tout le monde, à la pause, parlait d'un formulaire rempli par une bénévole et concernant une livraison de fleurs à une patiente, qui aurait été effectuée par Brea. La bénévole comptait en informer ta famille, mais je voulais m'assurer que tu serais bien au courant.

— Une livraison de fleurs ? C'est curieux.

— Mon amie m'a dit qu'une bénévole lui a raconté avoir été abordée par Milla et que celle-ci lui a donné une coquette somme en échange de son uniforme. Comme ce n'est pas du tout conforme à la déontologie, elle n'est pas venue le déclarer avant.

— Quand cela s'est-il produit ?

— À l'automne dernier. Je suis certaine que ta famille en sera bientôt avisée par des canaux plus officiels.

— L'automne dernier ? C'est l'époque où sont nées les jumelles de Naomi.

Un frisson la parcourut à l'idée que Breanna Steele était venue rôder incognito à la maternité dans l'espoir de voir les nouveau-nés. La sécurité était primordiale à l'hôpital, et plus particulièrement dans ce service. Certes, tous les bébés portaient des bracelets qui provoquaient le déclenchement d'une alarme s'ils quittaient l'étage, néanmoins, l'information était un rien dérangeante.

Qu'était-il arrivé à Breanna pour qu'elle se méfie si fort de sa propre famille ? Un étrange pressentiment saisit Felicity, à cause de longues années de pratique dans son domaine : elle comprit que la réapparition de cette femme n'allait pas être synonyme de retrouvailles familiales faciles et heureuses.

Conrad s'éclaircit la voix.

— Merci de m'avoir prévenu, je vais transmettre l'info.

— J'espère que cela vous sera utile.

— Toute nouvelle pièce apportée à cet incroyable puzzle est précieuse. Y avait-il autre chose ? ajouta-t-il après une pause.

— En fait, oui. Je voudrais que toi et moi repartions de zéro dans l'intérêt du nouveau programme pour l'hôpital.

— Qu'entends-tu par repartir de zéro ?

— Une amitié qui fonctionne, un terrain neutre.

Elle ne pouvait pas être plus succincte.

— Je t'ai clairement laissé entendre que j'attendais plus. Cela te pose-t-il un problème ?

— Le fait est que nous devons collaborer et que je sais faire preuve de professionnalisme.

Du moins l'espérait-elle ! Si seulement il avait été moins séduisant.

Encore que cette attirance ne tenait pas juste à son physique : il y avait des tas d'hommes charmants avec qui elle travaillait tous les jours et ceux-ci ne la tentaient pas pour autant, du moins pas comme cet homme qui s'immisçait dans ses pensées malgré elle, au point qu'elle ne parvenait pas à le déloger.

— Est-ce que tu sais monter à cheval ? demanda-t-il à brûle-pourpoint.

Elle ne put retenir un petit rire.

— Si je sais monter à cheval ? Je viens du Texas, Conrad.

Son rire la fit frissonner.

— Parfait ! J'ai actuellement la garde des chevaux de mon neveu. Emmitoufle-toi et rejoins-moi.

Allons, c'était juste une petite promenade à cheval, pas

un dîner en tête à tête ! Et pourtant, elle était bien trop excitée à l'idée de passer du temps supplémentaire avec ce séducteur qu'elle s'était promis de ne jamais revoir.

Conrad avait passé les dernières vingt-quatre heures à chasser la voix de Felicity de son esprit. L'attirance était une chose, mais l'obsession en était une autre. En l'occurrence, celle-ci était absolument inacceptable.

Il s'était précipité dans sa salle de sport personnelle juste avant son arrivée pour se libérer de la tension qui l'habitait. L'eau brûlante de la douche lui piquait encore la peau alors qu'il traversait son terrain de basket-ball fermé. Il expira plusieurs fois de longues bouffées d'air en passant fébrilement les doigts dans sa chevelure humide, chamboulé à la perspective d'une promenade à cheval avec Felicity.

Ouvrant la porte, il passa de la lumière fluorescente de sa salle de sport à celle plus tamisée du salon, et ses bottes résonnèrent sur le sol quand il regagna le portemanteau pour y prendre son épais anorak et son stetson noir. Ceux-ci portaient toujours les odeurs d'antiseptiques, en dépit du vent qui charriait des fragrances de pins.

Encore que l'odeur de l'hôpital n'était pas trop désagréable, car elle lui rappelait Felicity, la séduisante travailleuse sociale qui avait accepté de le retrouver aujourd'hui, devant la petite écurie située dans la partie nord de sa propriété. Enfin, petite, façon de parler : certes, elle l'était, eu égard aux critères familiaux, mais elle n'en abritait pas moins une dizaine de chevaux et une sellerie. Franchement, il n'était pas à plaindre.

La neige recouvrait entièrement le toit étagé et des stalactites pendaient de l'avant-toit. Il aperçut trois chevaux qui trottaient dans le paddock avant ou, plus exactement, gambadaient dans la neige. Sally, sa plus vieille jument, s'en donnait à cœur joie comme une jeune pouliche : elle débordait d'énergie.

Son frère possédait un haras bien plus conséquent, mais il était vrai qu'il avait des enfants alors que lui entretenait quelques bêtes pour que ses neveux en disposent quand ils venaient chez lui. En tant que célibataire, il menait une vie bien plus sobre que son frère.

Non qu'il n'ait un jour envisagé lui aussi d'être entouré d'une descendance aussi grande, mais, de toute évidence, les étoiles en avaient décidé autrement. Telle était la conclusion définitive à laquelle il était arrivé après l'échec de ses deux relations les plus déterminantes. En dépit de sa bonne volonté, on lui avait piétiné le cœur à deux reprises. La morsure de la trahison le faisait encore souffrir.

Aussi s'était-il mis à aider son frère de façon éperdue : il avait regardé ses enfants grandir et apporté son soutien autant que Jack le lui permettait, de sorte que sa vie était bien remplie.

La neige crissait sous ses pieds tandis qu'il se rapprochait de l'écurie. Une fois à l'intérieur, il alla chercher les accessoires nécessaires à la promenade afin de harnacher les chevaux, une routine pour lui.

Soudain, Jackson, son étalon palomino, poussa un hennissement et passa sa crinière dorée dans l'entrebâillement de la porte, impatient de se mettre en route. Jack s'avança vers lui et le gratta derrière les oreilles pour l'apaiser. Ce fut lui qu'il prépara en premier. Jamais il n'avait côtoyé une bête dotée d'une telle personnalité, tempérament qui lui correspondait tout à fait.

Réfléchissant ensuite au meilleur cheval pour Felicity, il porta son choix sur Patches. Alors qu'il finissait de s'occuper de la jument pie, il entendit un moteur approcher, puis le silence retomba.

Quelques instants plus tard, Felicity pénétrait dans l'écurie. Il fut presque surpris qu'elle soit venue au rendez-vous. Pendant une poignée de secondes, le monde lui sembla basculer de son axe, tant sa beauté naturelle le frappa. Bien qu'elle soit chaudement couverte, elle n'en demeurait pas moins élégante, avec ses courbes fort visibles.

Elle s'était fait une natte qui lui retombait sur l'épaule, et son anorak violet était accordé à son pantalon de ski. Elle n'avait pas trop resserré son écharpe autour de son cou, mais l'accessoire était suffisamment grand pour qu'elle s'en recouvre le visage, si le vent était trop cuisant.

Elle tira sur les franges de son foulard en arrivant à sa hauteur.

— Eh bien, me voici ! annonça-t-elle. Je dois avouer que je ne m'attendais pas à ça.

Et sur ces mots, elle regarda vers sa maison à un étage, qui donnait sur une chaîne de montagnes.

— Ah bon ? À quoi t'attendais-tu donc ? s'enquit-il.

Il cessa alors de brosser Jackson qui allongea le cou le plus loin possible avant de s'ébrouer.

— Je te voyais plutôt dans un grand appartement, au sein d'une résidence. Pas dans une maison.

— Ici, en théorie, c'est une écurie, répliqua-t-il en se tournant vers elle.

Elle éclata de rire. Le vent s'engouffra par la porte ouverte, porteur d'une fragrance d'agrumes, qui se mêla à celle du cuir et du foin.

— Oui, bien sûr, mais je parlais de ta maison, derrière.

Intéressant qu'elle soit impressionnée par son habitation, qu'il tenait pour modeste comparée à celle de Jack. Relâchant Jackson, il alla refermer la porte de l'écurie : inutile qu'ils soient gelés avant de partir en promenade.

— Elle n'a rien à voir avec celle de mon frère, mais comme je suis seul, j'ai besoin de moins d'espace.

— Elle n'en reste pas moins très spacieuse, surtout vu les prix exorbitants de l'immobilier en Alaska.

Elle posa alors son sac en cuir sur l'étagère où étaient alignés les casques qu'il destinait aux enfants.

— Désolée d'avoir parlé d'argent, ce n'était pas très élégant de ma part.

— Pas du tout ! Le prix de l'immobilier est effectivement très élevé, ici.

Du coin de l'œil, il avisa ses joues rougies par le vent et l'envie d'embrasser son visage avant de capturer sa bouche le saisit… Il avait encore des souvenirs très précis de leur brève relation, mais aussi tenté soit-il d'accélérer le cours des événements entre eux, il ne pouvait en aucun cas prendre le risque de la braquer. S'efforçant de respirer calmement, il se concentra sur la préparation des chevaux.

Alors qu'il s'avançait vers Patches, celle-ci agita les oreilles, comme intéressée par leur conversation. Conrad ne rechignait pas à la tâche, mais de nombreuses personnes travaillaient dur également et étaient loin de vivre dans la même opulence. Il avait tout à fait conscience de la chance qui était la sienne. Après avoir ajusté la sangle, il plaça le mors dans la gueule de l'animal, puis disposa les rênes sur son dos. Bien dressée, la jument ne bougea pas et demeura tout aussi immobile quand Conrad alla chercher Jackson.

— Au Texas, j'ai grandi dans des endroits bien plus modestes, d'abord dans l'appartement de mes parents, puis chez les familles qui m'accueillaient. C'est incroyable.

Il se réjouit qu'elle approuve si ouvertement son mode de vie, au lieu de comparer sa propriété à celle bien plus vaste de son frère. Il lui remit alors les rênes de Patches et les longues mèches de Felicity se soulevèrent sous une bourrasque quand ils sortirent. Il éprouva la subite et folle envie de plonger les doigts dans sa chevelure, mais se rappela bien vite à l'ordre : il marchait sur des œufs avec elle.

Patience !

Il l'aida par courtoisie à se mettre en selle, mais aussi pour tester son niveau de cavalière. À la façon dont elle se positionna sur son assise, il comprit qu'elle était réellement à l'aise, à dos de cheval.

Alors, assuré qu'elle n'avait pas besoin de son aide, il alla chercher Jackson. Le soleil, haut dans le ciel, brillait de tous ses feux, rendant la neige presque aveuglante. Il referma la porte de l'écurie et se hissa à son tour sur la selle.

Pressant ses chevilles contre les flancs sensibles de Jackson, il les entraîna d'abord vers le paddock afin d'éviter tout accident, au cas où Felicity perdrait l'équilibre : il préférait prendre les devants au lieu de devoir éventuellement courir derrière Patches sur les vastes étendues enneigées.

— As-tu du nouveau concernant ta nièce ? demanda-t-elle.

— Nous avons convenu avec elle de son heure d'arrivée. À sa demande il la rencontrera en présence d'un avocat.

Et il en frissonna tant les choses s'annonçaient mal.

— Cela ne doit pas être aisé pour vous.

Il se pencha sur son cheval, pour bien s'ancrer sur la selle. Le retour de Brea, ainsi que la façon dont cela se passait, était au-delà de ce qu'il avait pu imaginer.

— On pensait ne jamais la revoir, alors, on s'efforce de rester focalisés sur le fait qu'elle est en vie.

Malgré tout, cela ne l'empêchait pas de se demander ce qui avait poussé sa nièce à infiltrer l'entreprise et à les tromper à ce point.

— J'espère que je ne me montre pas trop indiscrète, mais y a-t-il une chance pour que sa mère soit encore en vie ?

Un aigle s'élança en flèche au-dessus de leur tête et projeta sur la neige, qui s'étendait devant Felicity, une ombre correspondant à l'envergure de ses ailes déployées.

— Non, aucune, répondit-il sans la moindre hésitation. Mary a été éjectée de l'avion, lors du crash, et son corps identifié. Pour Brea, seules des dents avaient été retrouvées dans la carcasse carbonisée de l'avion.

Il ne lui était jamais aisé d'évoquer cet aspect de la catastrophe. Il la vit frissonner.

— Ta famille a été terriblement éprouvée, constata-t-elle.

— Rien ne garantit jamais que la vie sera facile.

Le reflet du soleil sur la prairie gelée était si fort qu'il mit sa main en visière.

— Nous avons eu la chance d'être une famille unie dans la tragédie, ajouta-t-il.

— C'est une façon saine d'envisager la situation.

À sa réaction, il comprit qu'elle l'écoutait d'une oreille professionnelle.

— Tu m'as dit être devenue travailleuse sociale parce que tu avais été placée, dans ton enfance. Pourquoi as-tu accepté ce poste à l'hôpital ?

Alors qu'elle lui répondait et guidait Patches autour des buissons enneigés, il remarqua qu'elle gagnait en assurance.

— Enfant, j'ai vu en quoi une personne réellement impliquée dans son métier pouvait améliorer ma vie et celles des autres. Des tas de facteurs entrent en jeu, entre les assistantes sociales, les tribunaux et les hôpitaux. Cela m'a permis de constater que là aussi, on pouvait changer les choses.

— Toi, en tout cas, c'est ce que tu fais.

Il l'admirait pour la façon dont elle se dévouait à son travail, cela faisait partie des nombreux aspects qui l'attiraient chez elle et c'était pour cette raison qu'il avait vu dans l'intérêt qu'elle portait à son métier la garantie qu'ils formeraient un excellent duo. Sauf qu'il s'était trompé, il devait imaginer une autre façon de la conquérir.

Le vent soulevait la neige autour des sabots des chevaux.

— Je suis reconnaissante à ta famille pour tout ce qu'elle fait à l'hôpital. Tu sais, les enfants du service oncologie… Enfin, je n'ai pas besoin de t'expliquer leur détresse, tu l'as vue toi-même, avec ta nièce Naomi.

— Effectivement. Selon toi, quels sont les besoins de ces enfants ? demanda-t-il.

Son opinion l'intéressait à double titre : ainsi, ils tireraient au mieux profit de leur collaboration et ce qu'elle avait à dire était toujours des plus pertinent.

— Vaste question ! répondit-elle.

Il inclina la tête, scrutant le sentier à travers le pré afin de vérifier que d'éventuelles irrégularités de terrain ne soient pas masquées par la neige.

— Dis-moi la première chose qui te passe par la tête !

— J'ai établi une liste, au bureau, où j'ai consigné les besoins structurels et ceux du personnel, éluda-t-elle.

Il comprenait sa prudence : elle souhaitait évaluer ce qui était le plus important.

— Dans ce cas, envoie-la-moi. Je suis certain que nous pourrons résoudre ces problèmes. Et sinon, insista-t-il, n'y aurait-il pas une chose que tu n'as pas osé écrire sur cette liste ?

Il fit ralentir le pas à Jackson, car le palomino avait créé un léger écart entre eux. Jetant un coup d'œil par-dessus son épaule, Conrad vit un sourire déterminé se dessiner sur le visage de Felicity.

Posant la main sur l'encolure de Patches, elle claqua la langue, l'incitant à accélérer la cadence, tout en restant parfaitement droite sur la selle : c'était décidément une excellente cavalière. Par ailleurs, bien qu'elle soit du Texas, le froid ne semblait pas l'affecter. Il en était surpris et impressionné : on aurait dit qu'elle vivait ici depuis toujours.

— En fait, une équipe spécialisée en zoothérapie serait formidable.

— Oui, on y réfléchit. Isabeau Mikkelson a déjà soulevé le sujet lors d'une précédente réunion.

— Son mari et elle habitent dans un ranch dans les environs de Juneau, n'est-ce pas ?

— Exact, mais elle vient juste d'arriver à Anchorage, afin d'être auprès de la famille durant son dernier trimestre de grossesse. Comme elle a du diabète, il y a un risque de complications. Elle souhaite donc que ce soit le même médecin que Naomi qui la suive.

— Je suis heureuse qu'elle soit si bien entourée, cependant es-tu sûr qu'elle sera à même de participer à ce programme ?

— Elle est vraiment bien surveillée et se porte à merveille. Qui plus est, le projet de zoothérapie lui tient à cœur depuis qu'elle a elle-même acquis un chien d'assistance pour diabétiques. Elle connaît les différents rôles qu'un chien peut jouer dans le domaine de la santé.

Felicity hocha la tête.

— Un chien pour diabétique est dédié à une tâche particulière et une personne à vie, alors que dans le cadre d'une zoothérapie, il apporte du réconfort à plusieurs patients, individuellement ou en groupe, déclara-t-elle.

— Tout à fait. Pour l'instant, nous pensons que deux chiens durant le temps de lecture pourraient constituer un bon début.

— Fantastique ! Visiblement, tu as bien étudié le projet.

Elle lui jeta un coup d'œil en biais.

— Et ta famille aussi, ajouta-t-elle. Ce n'est pas juste…

— Une opération promotionnelle ? Non. Même si, naturellement, on se réjouit des bons commentaires dans la presse, parce que ce succès nous ouvrira plus d'options caritatives.

— Je veillerai à ce que l'argent de la fondation soit utilisé à bon escient, déclara-t-elle.

— Ça, je n'en doute pas, dit-il.

Exerçant alors une légère pression dorsale sur son

cheval, Conrad l'incita à faire demi-tour, ce en quoi Felicity l'imita avec Patches.

— Comment peux-tu en être si certain ?

— Tu as accepté de venir chevaucher avec moi bien que tu m'aies rejeté des deux mains, répondit-il avec un petit sourire effronté.

Le silence s'abattit alors entre eux, seuls résonnèrent les sabots des chevaux dans la neige.

Elle secoua la tête, un demi-sourire aux lèvres.

— Je ne te déteste pas, tu sais.

Il éclata de rire, appréciant qu'elle ne cherche pas à le flatter sous prétexte qu'il était un riche donateur.

— Je dois prendre garde à ce que mes chevilles n'enflent pas devant tant de flatteries.

— Désolée, je ne voulais pas être impolie, seulement m'assurer qu'il s'agit bien juste d'affaires entre nous.

— Je ne ferai jamais rien sans ton consentement, Felicity.

— Ce qui ne t'empêche pas de me poursuivre de tes assiduités, répliqua-t-elle dans un rire sec, les joues rougies par le vent.

— Tu es trop perspicace pour moi, inutile donc que je nie.

— Dans la mesure où tu connais ma position.

— Oui, madame, dit-il en portant la main à son stetson. À présent, il faut rentrer avant que tes racines texanes ne gèlent.

Et ils revinrent vers les écuries.

Sa relation avec Felicity progressait. Il était sincère en lui affirmant qu'il ne ferait rien tant qu'elle ne lui donnerait pas son feu vert. De nature patiente, il pouvait tout à fait profiter de sa compagnie, apprendre à mieux la connaître tout en la convaincant qu'ils avaient des choses en commun, elle et lui.

De fait, le défi à relever lui plaisait, tout comme la distraction qu'elle représentait au moment du retour compliqué de sa nièce.

- 3 -

Breanna Steele avait encore du mal à se désigner par son nom de naissance, ayant été Milla Jones pendant quinze ans. Et cette durée lui paraissait d'autant plus longue que l'époque où elle avait été Brea était très éloignée dans le temps, assombrie par tant de facteurs, depuis le crash de l'avion…

Repoussant le repas léger qu'on lui avait servi, elle pressa le bout des doigts contre le hublot. Même si l'accident remontait à des années, elle avait toujours l'estomac serré quand elle prenait l'avion, surtout dans un jet privé comme celui-ci. En l'occurrence, c'étaient les Steele qui avaient organisé son voyage. Les cimes enneigées lui mettant les nerfs à vif, elle reporta son attention sur la cabine.

Son avocat l'accompagnait, un jeune homme désireux de se faire un nom et prêt à couper des têtes pour arriver à ses fins, ce qui n'était guère rassurant sur l'issue de la situation.

Elle avait d'abord hésité à accepter ce vol, puis c'était malgré tout la solution qui lui avait ensuite paru la plus pratique. Elle avait averti la famille qu'elle avait assuré ses arrières, pour que le monde entier sache qu'elle avait été victime d'un complot, au cas où il lui arriverait malheur.

Les gens pensaient qu'elle était paranoïaque, mais elle s'en fichait. Elle considéra son dessert : l'anxiété lui coupait vraiment l'appétit. À la mort de ses parents

« adoptifs », l'an passé, elle n'avait pu résister à l'envie de mener des recherches sur son passé. Dans son esprit, tout était confus…

Elle avait été élevée par un couple – Steven et Karen Jones – qui l'avait protégée des menaces que représentaient les relations malhonnêtes de sa famille.

On lui avait raconté que sa fratrie était décédée dans l'avion et l'accident s'apparentait à un tel brouillard dans son esprit qu'elle l'avait cru. Steven et Karen lui avaient affirmé qu'ils la gardaient chez eux, car des dangers la guettaient dans le monde de son père biologique.

Découvrir après la disparition de Steven et Karen que son vrai père et ses frères et sœurs étaient toujours en vie avait constitué un vrai choc. Elle avait alors commencé à se poser toute une série de questions. Cependant, sa loyauté envers Steven et Karen, qui l'avaient sauvée, était difficile à trahir. Elle s'était persuadé qu'ils lui avaient menti pour la protéger de son père biologique qui avait orchestré la mort de sa mère biologique. Elle le croyait encore, dans une certaine mesure, d'où la présence de son avocat à cette rencontre. En outre, elle n'avait pas envie de finir en prison.

Car il y avait cette affaire d'emploi sous un nom d'emprunt à l'Alaska Oil Barons Inc. et les secrets d'entreprise qu'elle avait divulgués, en vue de se venger d'eux, qui l'avaient abandonnée. À présent toutefois, elle commençait à se rendre compte que les choses n'étaient pas aussi simples, même si la prudence s'imposait.

Lorsque l'avion amorça sa descente sur Anchorage, elle frissonna, effrayée, mais résolue : l'heure était venue de faire face au passé, afin de pouvoir se libérer de l'imbroglio qui la liait aux Steele, tout comme de la douleur que suscitait en elle la pensée qu'ils n'avaient jamais réellement entrepris de recherches pour la retrouver.

Jamais elle ne pourrait faire partie de leur monde,

où le mensonge régnait en maître et où le sens de la famille n'existait pas.

Démêler ses sentiments quand il s'agissait de Conrad Steele était moins aisé à faire qu'à dire. Felicity en voulait pour preuve cette simple balade à cheval, qui l'avait laissée plus confuse que jamais.

Tout en jouant avec son collier en argent, elle considéra son sandwich à la dinde et au houmous à moitié mangé, qu'elle avait posé sur une pile de guides de voyage lui ayant servi à décorer son bureau. Contrairement à ses collègues, elle avait peu de photos de famille et n'aimait pas les afficher sur les murs, au travail.

Elle préférait accrocher des cartes écrites à la main, sur son tableau en liège. Ces souvenirs-là l'aidaient à traverser les jours sombres : lorsque son travail déterminant pour de jeunes enfants pesait de tout son poids sur ses épaules, elle avait besoin de se raccrocher à ces phares lumineux du passé.

Mue par une bouffée de nostalgie, elle décrocha la lettre que lui avait écrite Angie – la travailleuse sociale qui avait entièrement changé sa vie – après qu'elle avait obtenu son premier poste dans le même domaine. Elle n'occupait pas celui-ci depuis très longtemps, mais les dossiers s'accumulaient déjà sur son bureau : la charge de travail était lourde, toutefois, chaque jour apportait de nouvelles opportunités pour changer le cours de vies peu chanceuses. Elle avait d'ailleurs ajouté récemment la petite lettre de remerciements qu'un jeune patient et ses parents lui avaient adressée, ainsi que d'autres reçues dans l'exercice de son précédent emploi.

Rassemblant ses fichiers, elle les rangea dans un tiroir, désireuse de faire du rangement avant l'arrivée de Conrad Steele et d'Isabeau Mikkelson. Nul doute que son bureau était minuscule par rapport à ceux qui existaient dans le monde professionnel de Conrad, mais elle était fière de ce lieu doté d'une fenêtre d'angle. Certes, elle n'avait pas fréquenté les prestigieuses universités de la Ivy League, mais elle avait décroché son diplôme avec les félicitations du jury et était la première dans sa famille à avoir poursuivi des études universitaires. Elle avait exercé deux emplois à la fois, pour les financer, de sorte qu'il lui avait fallu une année supplémentaire pour passer sa licence et un semestre en plus pour son master de travailleuse sociale, mais elle n'avait jamais renoncé à ses rêves.

Les gens comme Conrad ne pouvaient comprendre ce que cela signifiait, de ne pas avoir de soutien familial. Naturellement, elle ne l'en blâmait pas ni ne lui en voulait, mais force était de constater qu'ils venaient de planètes différentes et qu'il ne pourrait jamais réellement comprendre le chemin qu'elle avait accompli pour en arriver là.

Soudain, un coup frappé à la porte l'arracha à ses pensées et, lissant ses cheveux, elle alla ouvrir, l'estomac contracté à l'idée de revoir Conrad. Elle prit trois lentes inspirations, inhalant par le nez et expirant par la bouche, comme elle le recommandait à ses patients.

Pourtant, quand elle ouvrit la porte, il lui sembla manquer d'air.

La large carrure de Conrad occupait tout l'encadrement de la porte. Il portait une veste de marque, tenant son pardessus et son stetson à la main.

— Isabeau aura un peu de retard, sa gynécologue n'était pas à l'heure.

— Entre, lui dit-elle.

Puis elle s'efforça d'oublier la subite exiguïté de son bureau en raison de sa présence.

Il suspendit son pardessus et son chapeau au portemanteau, avant de pivoter pour lui faire face.

— Elle devrait arriver dans dix minutes, précisa-t-il.

Ils devaient discuter de la zoothérapie qu'ils souhaitaient renforcer pour le département pédiatrique, Felicity ayant pu constater les résultats fabuleux que le contact avec les chiens avait sur les enfants. Toutefois, elle devait s'informer, afin d'être certaine de recruter les chiens adéquats, car il ne suffisait pas que les animaux soient doux et affectueux pour constituer de bons candidats.

Or, Isabeau détenait des informations sur des organisations qui testaient les chiens et les dressaient à cet effet.

— Ces cartes et ces dessins sont fantastiques, s'exclama Conrad après avoir inspecté son tableau et ses cadres.

— Ils m'ont aidée à traverser des journées difficiles, au travail.

Il lui adressa un large sourire.

— Cela bat à plates coutures mon tableau d'honneur.

— Ce n'est pas moi qui te contredirai, ne put-elle s'empêcher de répondre, en lui rendant son sourire. Mon métier est passionnant quand il se déroule comme il le faut.

— J'entends une réelle passion dans ta voix. C'est ton empathie qui assure ton succès professionnel, ajouta-t-il en s'asseyant sur le coin du bureau, pour admirer la ligne d'horizon derrière la vitre.

Elle leva un œil dubitatif vers lui.

— Tu sais que la flatterie me laisse indifférente. Tu ne connais pas assez mon métier pour savoir si je suis bonne ou non dans ma partie.

— Ce tableau me renseigne suffisamment, ainsi que la confiance de ton supérieur en ta capacité à représenter l'hôpital auprès de notre fondation caritative.

À ces mots, elle s'immobilisa tout net, confuse. Elle avait été si certaine que c'était lui, Conrad, qui avait orchestré leur collaboration sur ce projet.

— Oh… Euh…

— Que se passe-t-il ? s'enquit-il. Quelque chose ne va pas ?

— Je suis juste surprise, car je pensais que tu avais fait pression sur mon patron pour qu'il me choisisse sur ce projet.

— Absolument pas, répliqua-t-il sans la moindre hésitation. Tu me connais assez mal, sans quoi tu n'aurais jamais dit cela : l'idée ne t'aurait pas même traversé l'esprit. Quand il s'agit d'affaires, je suis impitoyable. Mon frère, en revanche, est bien plus sensible.

— Curieux, car il a l'air ronchon alors que toi, tu es toujours souriant.

Ses yeux s'attardèrent quelques secondes de plus que nécessaire sur le beau visage de Conrad : il exhalait la virilité et elle était loin d'être insensible à son physique.

— C'est donc ainsi que vous prenez les gens au dépourvu durant les négociations, ajouta-t-elle. Ils ne s'attendent pas à ce que ton frère soit sympathique, et que toi, tu sois impitoyable.

Il se passa une main dans les cheveux et une lueur presque candide éclaira ses traits : décidément, cet homme complexe cachait bien des mystères.

— Impitoyable, moi ? Comme tu y vas ! Comment suis-je passé de « toujours souriant » à « impitoyable » si rapidement ?

Elle l'ignorait, mais chaque fois qu'elle croyait le cerner, il lui révélait un autre visage.

— J'imagine que je suis en train de te découvrir. N'était-ce pas ton objectif, en me poursuivant de tes assiduités ?

— Sans doute, mais j'aurais aimé que tu trouves un qualificatif plus convaincant.

— L'implacabilité peut être une bonne chose, si elle est utilisée à bon escient.

Ses yeux vibraient de chaleur, au point que l'air crépitait presque entre eux.

— Et tu penses qu'elle l'a été, dans notre cas ?

En lui posant cette question, il se rapprocha encore

un peu plus. Elle recula vivement, comprenant qu'il se jouait d'elle.

— C'est moi qui pose les questions, Conrad, c'est mon métier.

— Donc tu te dérobes, constata-t-il, moqueur.

— Et mon métier me fait aussi comprendre que tu insistes parce que je te dis « non ».

— Dans ce cas, je te propose qu'on teste ta théorie.

Il lui prit la main et le contact de ses doigts calleux sur sa peau la troubla.

— Dis-moi « oui » pour un rendez-vous et tu verras si mon intérêt s'évapore. Soit dit en passant, je peux t'assurer que non, mais vas-y, essaie.

— Tiens, tu vois, tu es redevenu charmant.

Elle devait retirer sa main, songea-t-elle, mais elle n'en fit rien. À la place, son imagination se déchaîna et elle se mit à fantasmer sur cette main vigoureuse la caressant, tandis qu'elle inhalait par tous les pores son odeur qui fleurait si bon l'extérieur.

Un toussotement brisa le sortilège et la ramena, glacée, à la réalité : elle retira vivement sa main, pas certaine que Conrad n'ait pas perçu son tressaillement.

Felicity accueillit alors une Isabeau enceinte jusqu'aux dents, qui avait posé ses mains délicates sur son ventre. Elle portait une robe en laine violette et ses cheveux roux retombaient en grosses boucles soignées et romantiques sur ses épaules. Même à son huitième mois de grossesse, Isabeau possédait une élégance indéniable qui la servait dans ses fonctions de responsable des relations humaines. Elle lui avait fait grande impression lorsqu'elle avait accompagné les Steele à un ballet, le mois précédent.

Pour l'heure, Isabeau les jaugea d'un air curieux.

— Désolée pour le retard et merci de m'avoir attendue.

Ouf, elle n'avait émis aucun commentaire sur… l'évidence même ! Felicity approcha une chaise pour qu'elle puisse s'asseoir.

— Votre rendez-vous s'est-il bien passé ? s'enquit-elle.

Lui adressant un sourire en guise de remerciement, Isabeau prit place en soupirant.

— On surveille le poids du bébé à cause de mon diabète, mais heureusement, tout semble en ordre. Je vais finir les plans de table pour le dîner à l'hôpital, et j'aurai encore deux semaines devant moi avant la naissance de mon fils.

Isabeau et Trystan avaient révélé le sexe de leur enfant, mais gardaient secret le prénom qu'ils avaient choisi.

Conrad lui tapota l'épaule.

— La visite chez la gynécologue est donc rassurante, conclut-il. C'est tout ce qui compte.

Ses propos étaient indéniablement sincères. Et touchants. Il se souciait de ce qui arrivait aux membres de sa famille, cela, elle le savait déjà, mais comme elle se sentait vulnérable en ce moment, cette constatation la rendit nerveuse. Elle avait besoin de prendre un peu de recul avec ses émotions. Le travail avait fait effet tampon pendant des années, aussi ne devait-elle en aucun cas baisser la garde avec Conrad : elle était attachée à sa réputation tout comme au sens des responsabilités.

Elle lui désigna une chaise.

— Nous avons beaucoup de sujets à aborder, donc commençons, déclara-t-elle.

Et alors que la peau la brûlait encore à l'endroit où il avait posé ses doigts, elle comprit qu'elle se leurrait elle-même si elle pensait qu'une telle scène ne se reproduirait pas.

Une heure et demie plus tard, Conrad refermait son attaché-case, la réunion étant terminée. Felicity était restée professionnelle du début à la fin, menant la discussion à un rythme soutenu. Isabeau était en train de regagner l'ascenseur, le laissant seul avec Felicity.

En sa présence, il oubliait instantanément les pensées qui sinon le rongeaient en permanence au sujet de Brea. Il n'avait plus l'impression qu'une nouvelle catastrophe allait frapper sa famille.

Felicity était en train d'inspecter la pile de nouveaux albums pour enfants qu'il avait apportés et qui se trouvaient sur son bureau.

— Je suis impressionnée par le sérieux de ton engagement, pour le choix des livres, dit-elle. Tout comme je suis certaine que la présence de chiens entraînés lors des séances de lecture sera bénéfique aux enfants.

— Notre famille profitera aussi de ces dons, répondit-il.

Bien malgré lui, il se sentait attiré par la forme gracieuse de ses lèvres roses, tout comme par sa beauté naturelle qui ressortait dans ses délicats sourcils qu'elle fronça en repoussant une mèche de cheveux châtains vers l'arrière.

— Les jumeaux de Naomi sont nés ici, n'est-ce pas ? demanda-t-elle.

Il hocha la tête et prit un album de la pile.

— Ainsi que la fille de Glenna et Broderick, précisa-t-il. Son adoption est presque officielle, maintenant.

— Son adoption ?

Et elle lui tendit une pile de livres, ce geste resserrant son chemisier autour de sa poitrine dont il put admirer la subtile perfection. Felicity possédait un genre de beauté peu commune, qui tenait moins à ses traits en eux-mêmes qu'à son assurance, son port.

C'était fichtrement fascinant.

— C'est compliqué, répondit-il.

Il remettait les livres dans son attaché-case, conscient de la nécessité de garder pour le moment ses distances avec elle.

— Fleur a été déposée devant la maison de mon frère, accompagnée d'un petit mot de la mère, qui affirmait ignorer qui, de Broderick ou du premier mari de Glenna, était le père de son enfant.

Elle haussa un sourcil.

— J'ai déjà géré ce genre de placements complexes et c'était difficile pour tout le monde, convint-elle.

— Il se trouve que le premier mari de Glenna l'avait trompée juste avant de mourir.

Il ne comprenait toujours pas pourquoi Felicity ne l'avait pas encore chassé de son bureau, mais il en profitait.

— De fait, poursuivit-il, le bébé est bien sa fille biologique, mais en attendant les résultats du test de paternité, Glenna et Broderick se sont énormément attachés à Fleur.

Elle se pencha un peu en avant, littéralement happée par l'histoire. Il ne manquerait aucune occasion, aucune conversation, pour établir un lien plus affirmé avec elle, pensa-t-il alors. Il lui volerait du temps s'il le fallait, un rendez-vous était toujours possible. Pour l'instant, il sentait crépiter entre eux l'intérêt que Felicity lui portait.

— Et sa mère biologique ? s'enquit-elle.

Évidemment, c'était un intérêt d'ordre purement professionnel.

— Elle a renoncé à ses droits en leur faveur, répondit-il en refermant son attaché-case d'un geste brusque. Mais on n'aimerait pas davantage Fleur si elle était la fille de Broderick.

— Et c'est ainsi que cela devrait toujours se passer.

— Entièrement d'accord avec toi ! Les jumeaux de Naomi ont été conçus par un donneur de sperme anonyme et, pourtant, Royce est impliqué à cent pour cent dans son rôle de père. C'est même lui qui est allé les chercher, malgré une tempête de neige.

Un des moments les plus fous de l'année, mais sa famille avait accueilli les enfants à bras ouverts. Lors des épreuves, cet esprit familial était ce qui le sauvait. Les Steele étant toujours à cran, il était lui-même en permanence sur la brèche. Était-ce ce qui le poussait à obtenir à tout prix un rendez-vous avec Felicity ? Peut-être, mais il ne renoncerait pas pour autant.

Elle inclina la tête, ce qui fit tomber quelques mèches sur son front et il se retint de justesse de les lui caler derrière l'oreille.

— Comment se fait-il que j'ignorais tout cela sur les Steele et les Mikkelson ?

— Nous sommes une grande famille, répliqua-t-il. Il y a beaucoup d'histoires à savoir.

Il soutint un instant son regard, avant de se tourner vers la porte : il avait fait plus de progrès qu'espéré, aujourd'hui, et il n'en était qu'aux prémices de son opération de séduction.

Quatre jours s'étaient écoulés depuis la réunion avec Conrad et Felicity commençait déjà à redouter de n'avoir plus assez de place dans son bureau pour se mouvoir avant la fin de la semaine.

La pièce croulait en effet sous les présents : des chocolats suisses, du café vietnamien fort onéreux, deux énormes compositions florales. Une odeur de roses, de lys et de freesias y flottait en permanence.

Elle allait porter les fleurs au service pédiatrie. Et plus précisément au bureau des infirmières, de sorte que les patients pourraient se servir s'ils en avaient envie, car elle se sentait mal à l'aise de garder ces cadeaux pour elle seule, alors que la semaine avait par ailleurs été fort agitée, chaque jour rajoutant au stress du précédent. Aujourd'hui, c'était pire que jamais : on avait en effet admis onze enfants à l'hôpital pour négligence. Aussi n'avait-elle nul besoin d'être choyée par Conrad, mais au contraire elle devait le chasser de ses pensées.

Prenant son portable, elle se rendit compte qu'il affichait un appel manqué d'Isabeau. Elle la rappela sans attendre et celle-ci décrocha dès la deuxième sonnerie.

— Bonjour, lui lança-t-elle. Merci de me joindre si rapidement. J'ai une faveur à te demander.

— Pas de problème, j'ouvre juste le fichier de notre projet.

— En fait, il s'agit d'un service personnel.

Et elle perçut une telle tension dans la voix de son interlocutrice qu'elle se rassit, inquiète.

— Bien sûr, répondit-elle, que puis-je faire pour toi ?

Un silence s'ensuivit. Felicity sentit son cœur cogner violemment dans sa poitrine.

— Accepterais-tu de participer à la réunion familiale, lors des retrouvailles avec Breanna ? demanda alors Isabeau d'un ton précipité et nerveux. Il y aura des avocats, comme si la situation n'était pas suffisamment stressante. Je pense que ta présence nous sera bénéfique à tous.

Certes, la présence d'un tiers professionnel serait avisée, seulement elle n'était pas certaine d'être la personne adéquate, étant donné qu'elle connaissait la famille. Sans compter qu'Isabeau était une Mikkelson, et non une Steele.

Et puis il lui faudrait gérer la présence de Conrad et l'attirance folle qu'elle ressentait pour lui.

— Qu'en dit le reste de la famille ? hasarda-t-elle prudemment.

Un soupir de lassitude s'ensuivit.

— Jeannie approuve, et elle va en parler à Jack. Généralement, il suit son avis.

Bien que comprenant ce qui motivait la démarche d'Isabeau, elle n'était toujours pas certaine de son bien-fondé.

— Il existe de bons conseillers sociopsychologiques à l'hôpital, que je peux tout à fait vous recommander.

— Mais toi, on te connaît et vice versa, ce qui n'est

pas une mince affaire, étant donné la grande famille que nous sommes, reprit sèchement Isabeau. Néanmoins, si la perspective te met mal à l'aise, je peux tout à fait le comprendre.

Felicity pesa le pour et le contre, se rendant compte que ses sentiments envers Conrad compliquaient la situation.

Ses sentiments ? se répéta-t-elle en sursautant.

Pas question de se laisser détourner par ce genre de choses.

— Si Jack et les autres sont d'accord, répondit-elle, alors, je serais ravie de vous aider en cas de difficultés lors de cette réunion familiale.

— Merci ! C'est un énorme soulagement pour nous, s'exclama Isabeau, le souffle tremblant dans le téléphone. Tout est si… surréaliste. Brea en vie, de retour… Et le fait qu'elle se fasse passer pour une certaine Milla afin de nuire à la société.

— Je conçois que cela représente un immense stress, mais j'espère que tu prends soin de toi et du bébé.

— Bien sûr, répondit Isabeau d'un ton bref, ce qu'elle interpréta comme la fin de la conversation. Mon mari y veille, ainsi que le reste de la famille. Je n'ai à me préoccuper que du projet qui nous concerne jusqu'à la naissance de mon fils.

Felicity se mit à rire, mais un nœud lui serra la gorge, dès l'appel terminé. Sa main resta crispée sur le téléphone jusqu'à ce que ses doigts s'engourdissent.

Il fut un temps où elle avait rêvé de tomber enceinte d'un mari aimant, aussi ravi qu'elle à cette idée. Certes, son ex-époux voulait des enfants, mais elle avait senti que quelque chose clochait dans leur couple et pour cause : il était toxicomane, dépendant de médicaments sur ordonnance. Elle n'arrivait toujours pas à croire qu'il lui ait fallu si longtemps pour s'en apercevoir, elle, la travailleuse sociale !

Il fallait dire qu'elle avait affaire à un sacré manipulateur ! Elle l'avait néanmoins supplié de consulter et de se rendre dans un centre de désintoxication. Il avait reporté et reporté encore, jusqu'à ce qu'elle comprenne qu'il n'entreprendrait jamais la démarche. Deux semaines après qu'elle l'avait mis à la porte, il s'était installé chez une autre femme.

Elle avait bien conscience de s'être débarrassée d'un boulet et que, plus leur union aurait duré, plus son cœur en aurait été brisé. Pourtant, quand elle entendait parfois parler d'un couple heureux vivant comme dans un rêve, cela ravivait sa peine, le sentiment de trahison, et la conduisait aussi à se remettre en question, même si elle savait bien, au fond d'elle-même, qu'elle n'avait rien à se reprocher.

À part le fait, bien sûr, d'avoir fait le mauvais choix dès le départ ! Elle pouvait, à la limite, se pardonner une erreur, mais la réitérer ? Dans ce cas, elle ne pourrait s'en prendre qu'à elle-même.

L'odeur des roses attira de nouveau son attention : elle devait à tout prix s'en débarrasser, tout comme elle ne doutait pas que les chocolats feraient le bonheur des infirmières. Si seulement elle avait pu du même coup évacuer l'homme de ses pensées. Allons, ce serait au moins un début.

Les compositions florales à la main et la boîte de chocolats coincée sous le bras, elle parcourut rapidement le couloir qui menait à l'ascenseur pour regagner le service d'oncologie pédiatrique. Arrivée à l'étage, elle s'arrêta net en découvrant les enfants assis en cercle dans l'aire de jeux. Était-ce l'heure de la lecture ? Cela en avait tout l'air. Mais oui ! Elle avait oublié les discussions sur le bien-fondé de tenir ses séances ici plutôt que dans le jardin d'hiver où les patients les plus malades ne pouvaient pas se rendre.

À moins que ce ne soit son inconscient qui l'ait attirée ici.

Retenant un soupir, elle considéra les fleurs et le chocolat : si Conrad la voyait distribuer ses présents, eh bien, tant pis ! Au fond, cela l'arrangeait.

Alors qu'elle se rapprochait du petit groupe, elle se rendit compte que ce n'était pas une voix masculine qui lisait l'album, mais un timbre féminin très familier : son amie Tally, la fiancée de Marshall Steele, tenait le livre préféré des enfants et leur racontait les aventures du cheval magique.

Avec un sourire, elle remit les fleurs et le chocolat à une infirmière, reportant ensuite son attention sur les enfants, à qui Tally venait de demander de s'approcher de la fenêtre, où une surprise les attendait.

Curieuse, Felicity leur emboîta le pas, aidant au passage un petit garçon à faire rouler son fauteuil. Des exclamations et des cris de plaisir s'élevèrent subitement. Intriguée, elle plaça l'enfant tout près de la baie qui donnait sur le parking… Et le spectacle qui s'offrit alors à sa vue lui retourna le cœur bien plus que toutes les roses et les chocolats de la terre.

Derrière la vitre, Conrad Steele était assis à califourchon sur son cheval, semblable en tout point au héros de leur album, l'air assuré, resplendissant de vigueur.

Portant la main à son stetson, il salua son public.

- 4 -

Juché sur son palomino, et bien que de l'autre côté de la vitre, Conrad vit Felicity s'empourprer et foncer vers les portes automatiques. Le vent souleva sa cape quand elle contourna un monticule de neige fondue que le chasse-neige avait poussé sur le côté.

À ses sourcils froncés, il comprit qu'elle était mécontente. Terriblement sexy, c'était incontestable, mais pas satisfaite.

Il fit avancer son cheval dans sa direction, son impatience grandissant à chaque foulée de Jackson. Il n'avait pas prévu de la voir, mais il était malgré tout ravi de cette rencontre fortuite.

Arrivé à sa hauteur, il tira sur les brides de son étalon.

— Que fais-tu au juste ? demanda-t-elle d'un ton calme mais inflexible.

— Je fais plaisir, du moins je l'espère, à une poignée d'enfants malades.

Et sur ces mots, il leva son stetson pour saluer à nouveau ces derniers alignés derrière la fenêtre. Le cheval bascula le poids de son corps de son sabot avant droit au gauche, comme s'il s'apprêtait à danser et exécuter un numéro. Parfois, il aurait juré que Jackson lisait dans ses pensées au moment où elles se formaient.

Il entendit Felicity soupirer, puis elle se recouvrit de la capuche de sa cape.

— Et cela n'a bien sûr rien à voir avec ton projet de me séduire ?

— Tu crois vraiment que j'avais prévu que tu passerais par là à ce moment précis ?

Il était des plus sincères et affecté de constater qu'elle pensait le pire de lui, mais comme il n'avait rien à perdre, il ajouta :

— Toutefois, si mon petit numéro t'a éblouie, alors jouons-le gagnant-gagnant et offrons-leur le grand show.

Elle le regarda d'un air méfiant.

— Que veux-tu dire, au juste ?

Il tendit sa main gantée.

— Monte derrière moi.

Il se représenta immédiatement la scène qui susciterait les exclamations des enfants émerveillés tandis qu'il s'éloignerait avec Felicity. Le départ classique d'un cow-boy dans un film prendrait soudain vie sous leur nez : voilà qui leur apporterait un peu de lumière.

Il était plutôt fier du présent qu'il leur offrait… et s'offrait à lui-même, il fallait bien l'avouer.

Pendant un moment, elle ne bougea pas, se contentant de le scruter tandis qu'il réfléchissait à la meilleure façon de réagir si son idée impromptue tombait à plat.

Reculant d'un pas, Felicity resserra plus étroitement sa cape.

— Tu plaisantes, maugréa-t-elle.

Malgré tout, elle semblait toujours réfléchir à la proposition. Profitant de son indécision, il insista :

— Pas du tout ! Monte derrière moi.

Ce qui n'était absolument pas prévu lui apparaissait à présent comme vital.

— Le van est juste à l'angle, mais les enfants l'ignorent. Grâce à toi, ils auront vécu un moment inoubliable, sans que tu n'encoures la moindre engelure.

Elle se mordit alors la lèvre. C'était raté, elle allait faire demi-tour pour rentrer. Pourtant, elle releva soudain le menton et, la seconde d'après, plaçait déjà le pied sur l'étrier. Il voulut l'aider, mais c'était inutile, elle savait parfaitement monter à cheval : il n'aurait jamais imaginé qu'elle partageait sa passion pour l'équitation et la surprise était des plus agréables. Il entendait d'ailleurs en tirer profit le plus possible.

Une fois qu'elle fut montée, elle plaqua le dos contre son torse et il serra les dents à se faire mal, tant la sensation était douce : dès qu'il tendit les mains pour s'emparer des rênes, elle se retrouva dans le creux de ses bras – là où était sa place, songea-t-il.

Il fit avancer le cheval d'un bon pas, pressant les cuisses contre celles de Felicity. L'air se surchargea d'électricité : nul doute que sa libido le trahissait, en présence de cette femme.

Conscient que le moment ne durerait pas et qu'elle s'empresserait de refermer les barrières, il se concentra sur les merveilleuses sensations que lui procurait sa proximité. Les balancements du cheval suscitaient une friction terriblement excitante de son corps contre le sien.

Elle lui jeta un coup d'œil par-dessus son épaule et un bref sourire éclaira son visage.

— Les enfants t'apprécient énormément, lâcha-t-elle. Merci d'avoir organisé ce petit numéro avec Tally.

— Je dois avouer que c'est Marshall qui en a eu l'idée, quand il a su que Tally avait prévu de faire la lecture, aujourd'hui. Il s'en serait bien chargé lui-même, mais il avait un rendez-vous à cette heure-ci.

À propos, son neveu n'aurait-il pas tout orchestré ? Si Felicity ne l'avait pas vu par hasard sur le cheval, elle aurait forcément entendu parler de sa performance. Or, même s'il appréciait de la serrer dans ses bras, il préférait que sa famille ne se mêle pas de ses relations. Ce qui risquait toutefois d'être problématique, étant donné que la fiancée de Marshall était l'amie de Felicity… Bigre, comme tout cela était compliqué !

Il stoppa Jackson pour laisser passer une voiture et le bambin assis à l'arrière écarquilla les yeux. Finalement, les petits malades à qui son numéro était destiné n'auraient pas été les seuls à en profiter.

— Eh bien, merci d'avoir sacrifié un peu de ton temps de travail aux enfants, admit-elle.

Était-ce son imagination ou venait-elle de s'appuyer un peu plus contre lui ?

— Je le rattraperai ce soir à la maison.

Une curieuse image s'imposa alors à lui : il se vit en effet chez lui en sa compagnie, tous deux assis sur le canapé avec leur ordinateur sur les genoux. Cette scène surgie de nulle part lui coupa le souffle, car elle relevait d'une relation sérieuse, et non d'une liaison.

Jackson s'arrêta docilement devant le van et Conrad s'efforça de chasser ces pensées dérangeantes pour revenir au présent. Descendant de selle, il tendit la main à Felicity, même s'il était évident qu'elle pouvait se débrouiller seule. Sauf qu'il avait envie de prendre sa main dans la sienne, d'entremêler ses doigts aux siens.

Ils se retrouvèrent alors face à face, leur respiration formant des nuages de buée qui se mélangeaient les uns aux autres. Il aurait tant aimé l'embrasser, mais il fallait que ce soit elle qui fasse le premier pas. En outre, ils se trouvaient sur son lieu de travail et il était préférable qu'il ne se l'aliène pas en la contraignant à une démonstration publique. N'avait-il pas déjà un peu forcé les choses en lui proposant cette courte promenade à cheval ?

Par conséquent, il s'écarta, le cœur malgré tout réconforté d'apercevoir une lueur de déception dans les yeux de Felicity. Il conduisit ensuite Jackson dans le van, conscient de son regard rivé à lui : n'était-ce pas un bon signe qu'elle ne se soit pas enfuie, à peine le pied à terre ? Pas question de laisser l'opportunité passer.

— Tu veux venir te réchauffer dans la cabine de ma

camionnette ? proposa-t-il aussitôt. J'ai du café chaud dans une bouteille thermos.

Sur ces mots, il referma le van et lui lança un clin d'œil.

— Du café ? Mon point faible, répondit-elle en lui adressant un sourire contrit.

— Tu vois, je n'ai pas oublié.

D'ailleurs, il se faisait fort de ne rien oublier, la concernant, car il avait l'intention de recourir à tous les moyens pour l'attirer dans son lit. Et le plus vite serait le mieux !

Tout en grimpant dans la camionnette de Conrad, Felicity se demanda si elle n'avait pas besoin de consulter un psy. La situation n'était-elle pas déjà assez compliquée, maintenant qu'elle devait assister à la réunion de famille avec Breanna ? À propos, Conrad était-il au courant ? Pourtant, elle n'avait pas envie de le questionner à ce sujet, peu désireuse de gâcher ce moment.

Encore qu'il s'agissait juste d'une tasse de café ! Sauf que rien concernant cet homme et les sentiments qu'elle ressentait pour lui n'était simple. Car avec lui, elle enchaînait les décisions téméraires. À commencer par le fait de le rejoindre sur son cheval – son corps vibrait encore de la proximité du sien —, puis d'accepter cette tasse de café dans l'exiguïté de sa camionnette, où le chauffage intensifiait l'odeur épicée de son après-rasage.

Mais la raison l'avait désertée dès qu'elle s'était placée devant lui, sur la selle. Un maelström de sensations l'avait alors saisie, son corps s'était comme réveillé au point qu'elle s'était demandé pourquoi elle tenait tant à garder ses distances avec lui : Conrad exerçait sur elle un puissant pouvoir d'attraction, enivrant et presque irrésistible…

Cette camionnette n'avait rien du luxueux SUV qu'il conduisait habituellement, c'était un véhicule de travail qui semblait rouler depuis des années : le cuir des sièges commençait à montrer des signes d'usure. La neige et la vie du ranch avaient prélevé leur dîme.

Conrad riva soudain son regard au cordon qu'elle entortillait autour de ses doigts.

— C'est très joli, la complimenta-t-il.

— Merci, répondit-elle, en s'efforçant de faire abstraction du fait que ses mains se trouvaient à la hauteur de sa poitrine.

Bien sûr, son regard n'avait rien d'irrespectueux, mais nul doute que lui aussi avait conscience de cette proximité.

— J'en ai toute une collection, ajouta-t-elle.

Puis elle relâcha son cordon quand il lui tendit une tasse de café à l'odeur grisante.

— Merci infiniment, dit-elle. J'en avais vraiment besoin.

— La journée a été longue ?

Elle hocha la tête, touchée par sa perspicacité.

— On m'a appelée avant le petit déjeuner pour une urgence.

Onze enfants avaient en effet été admis pour signes de négligence après que les services pour l'enfance les avaient retirés à une communauté. Ils seraient placés ultérieurement dans des familles d'accueil, mais l'événement avait représenté un choc émotionnel pour tout le personnel et chacun avait fait l'impossible pour apaiser tous les enfants traumatisés. Elle pensait toujours avoir tout vu et, pourtant, chaque fois, elle était ébranlée.

Conrad tendit alors la main vers la banquette arrière.

— J'ai des barres énergétiques dans mon kit d'urgence, dit-il.

— Merci, mais j'ai déjà pris des fruits à la cafétéria.

Il laissa retomber son sac.

— Tu es une femme difficile à choyer.

— Tu crois ? Continue à m'offrir un café aussi bon et je ne te demanderai rien de plus.

Ce breuvage n'avait rien à voir avec celui des distributeurs de l'hôpital. À cet instant, elle comprit pourquoi elle avait accepté de venir dans sa camionnette : elle avait besoin de faire une pause, car la journée avait été rude. Il n'était sans doute pas très sage de s'accorder ce petit répit, mais elle avait rudement besoin de cette échappée. Qu'elle avait d'ailleurs envie de prolonger ! Aussi demanda-t-elle :

— Raconte-moi à quoi cela ressemble une enfance en Alaska.

Déployant le bras sur le rebord de la banquette, il se tourna pour lui faire face.

— Nos parents travaillaient énormément à la réussite de leur société, aussi Jack et moi étions plutôt livrés à nous-mêmes. Jack était censé veiller sur moi, ce qu'il faisait d'ailleurs. C'est lui qui m'a appris à monter à cheval, à pêcher, initié aux randonnées pédestres, au kayak. Où qu'il aille, il m'emmenait.

— Vous êtes très proches, tous les deux, constata-t-elle pour qu'il rebondisse.

Elle savait parfaitement ce que son frère représentait pour Jack, et son attachement à sa famille le rendait encore plus attirant à ses yeux.

— Effectivement, renchérit-il. Bien qu'après son mariage avec Mary, je me sois retrouvé encore plus livré à moi-même.

— C'est-à-dire ? insista-t-elle.

Elle se rappelait qu'il y avait environ quinze ans de différence entre les deux frères, de sorte que Conrad devait encore être fort jeune, quand Jack avait quitté le nid familial.

— Cela signifiait que je passais tout mon temps sur mon ordinateur. C'est là que j'ai commencé à boursicoter.

— Mais tu étais un enfant ! s'étonna-t-elle.

Un bref sourire éclaira les traits de Conrad.

— Je me connectais avec le profil de mon père.

— Et celui-ci ne s'en est jamais aperçu ?

— Si, mais bien plus tard, quand il s'est rendu compte que ses bénéfices augmentaient à un taux tout à fait inhabituel. Il m'a donc ouvert un compte à mon nom, poursuivit-il sur un haussement d'épaules. Et il m'a alloué une somme à investir – en contrepartie de quoi, j'ai dû lui livrer mes astuces.

— Et c'est ainsi que tu as fondé ta société, conclut-elle.

— Tout à fait, madame !

Un véritable self-made-man ! Elle en était aussi impressionnée que surprise.

— Il me semble avoir lu quelque part que tu avais un master en ingénierie. Comment se fait-il que cet aspect entrepreneurial de ta personnalité ne soit jamais mis en avant dans la presse ?

Elle fit alors tournoyer le café dans son mug, et des ondulations ainsi créées montèrent des effluves de cannelle et de muscade.

— Je préfère garder profil bas, par égard pour mon frère, répondit-il. Pourquoi as-tu l'air si songeuse ?

Et sur ces mots, il lui toucha doucement le front, de son poing fermé.

Elle sentit son estomac se retourner. Prudence ! Elle devait rester sur ses gardes en dépit du feu que ce simple contact venait d'allumer en elle.

— J'essaie d'évaluer si tu es honnête ou si tu me racontes ce que j'ai envie d'entendre.

Le sourire de Conrad s'évapora.

— Sache que je suis toujours sincère. Toujours.

Elle s'aperçut alors qu'elle venait de l'insulter, car il prenait son honneur très au sérieux. Ce qui le rendait encore plus séduisant.

Décidément, cette conversation censée lui permettre

d'échapper au stress du travail prenait une tournure problématique, elle jouait avec le feu.

Finissant son café, elle lui rendit le mug.

— Je dois retourner au travail, décréta-t-elle.

Il glissa les doigts autour de son poignet pour la retenir.

— Felicity ?

Elle se sentait plus proche de lui que jamais, son désir en était douloureux. Incapable de résister, elle s'inclina légèrement vers lui. Juste un tout petit peu, mais cela suffit à enclencher un phénomène inéluctable.

De fait, il pencha aussitôt la tête et captura sa bouche avec détermination. Il fleurait bon le café et l'hiver, la passion et la confiance en soi, alors il enflamma ses sens rien qu'en touchant sa langue du bout de la sienne. Elle s'efforça de se rappeler qu'il ne s'agissait que d'un baiser, qu'elle réagissait de manière excessive en raison de l'abstinence qui avait été la sienne. Et pourtant, elle était conscience que cet homme avait le pouvoir, par un simple baiser, de la transporter dans un univers sensoriel inconnu d'elle jusque-là.

Elle agrippa le manteau, pour se rapprocher plus près de lui, la chaleur de Conrad se communiquant à elle à travers les vêtements pour s'immiscer dans ses veines. Le monde extérieur s'évanouit, la camionnette se transforma en un havre de chaleur où la tentation régnait en maître. Encore un peu, et elle allait le supplier de l'emmener chez lui.

Soudain, un souffle d'air chaud passa entre eux. Elle se rendit compte qu'il s'était écarté d'elle. Rouvrant les paupières, elle se heurta à l'impact de son regard : dans ses prunelles brûlait un indubitable désir, mais il venait néanmoins de la relâcher.

Était-ce parce qu'il avait promis de lui laisser le temps ?

Cela le rendait plus désirable encore.

Il descendit prestement de la camionnette qu'il contourna pour lui ouvrir la portière passager.

— On se voit demain, lança-t-il.

Et elle crut, bien malgré elle, entendre une promesse dans ces simples paroles.

Quitter Felicity s'était apparenté à une épreuve, mais Conrad savait qu'il ne pouvait agir autrement. Outre les gens susceptibles de les voir sur le parking, il sentait bien qu'elle n'était pas encore prête pour passer à l'étape supérieure. Or, il avait réalisé trop de progrès pour risquer de revenir en arrière s'il précipitait le cours des événements.

Il saurait être patient, quitte à se sentir frustré !

Par chance, il avait une famille qui lui procurait de la distraction : il devait en effet retrouver Jack qui avait organisé une partie de cartes entre les Mikkelson et les Steele, où seuls les hommes étaient conviés. Cela lui rappellerait son enfance, puisque c'était son frère qui lui avait appris tous les jeux qu'il connaissait.

— Bonsoir, tout le monde, lança-t-il à la cantonade.

Jack Steele se tenait devant le bar, un whisky à la main, tout en s'entretenant au téléphone avec Jeannie. Conrad s'avança vers le haut comptoir qui le séparait de lui. Le personnel de maison avait disposé tout un assortiment de victuailles sur l'îlot en granit couleur bistre. Prenant une assiette, il se servit des frites toutes chaudes, ainsi que des petits pains briochés au bacon, sans oublier une bouteille de bière. Il se dirigea ensuite vers la table, tout en fourrant une frite dans sa bouche qu'il mastiqua goulûment, dans l'espoir que cela lui permette d'oublier les lèvres de Felicity sur les siennes.

Tentative ratée !

Chuck vint bientôt le rejoindre avec une assiette pleine à ras bord de frites et un bol tout aussi généreux de cacahuètes. Son frère avait néanmoins opté pour une eau pétillante, sans doute pour compenser le reste !

Conrad l'écouta mastiquer et rire en même temps au téléphone, se réjouissant de sa décontraction, vu les événements de l'an passé et la réapparition de Brea dans d'étranges circonstances. Comme il était reconnaissant à Felicity d'avoir accepté d'être présente aux retrouvailles officielles ! Il ignorait les effets que de si nombreuses années passées loin de sa famille pouvaient avoir eus sur l'enfant qu'était sa nièce, au moment de sa disparition.

La porte de la salle de jeux s'ouvrit, l'arrachant à ses pensées. Ça alors, il n'en croyait pas ses yeux ! Royce s'était joint à eux, ce soir.

Le mari de Naomi, un scientifique brillant et renommé, qui travaillait pour l'entreprise familiale, était à la fois excentrique et reclus. Il était un père formidable pour les jumeaux, mais avait tendance à consacrer son temps libre à des activités solitaires, au lieu de passer du temps dans sa belle-famille. Pour l'heure, ses cheveux étaient ébouriffés, comme s'il sortait tout juste du laboratoire après avoir passé des heures à résoudre une formule, ce qui était d'ailleurs fort probable.

— Tiens, tu es des nôtres, ce soir ? lui lança-t-il, en masquant en partie sa surprise.

Royce haussa les épaules.

— Il fait trop froid pour aller pêcher. J'espère que cela ne vous dérange pas que je m'incruste à votre soirée, ajouta-t-il en prenant une frite dans l'assiette de Conrad.

— On préfère te plumer au poker plutôt que de savoir que tu te gèles avec une canne à pêche, le taquina Conrad.

— Je suis venu pour me réchauffer à la bière, annonça Royce en faisant un signe de la tête à Jack, qui venait de raccrocher. Comment va Aiden ?

— Je n'ai pas entendu parler de lui récemment, répondit Jack.

Se dirigeant vers le bar, il servit une bière pression à son invité.

Aiden avait arrêté ses études, affirmant qu'il préférait

apprendre sur le tas, au sein de l'entreprise familiale. Son père lui avait alors suggéré d'y pratiquer des stages d'été, pour se former, mais il avait décliné la proposition.

De fait, c'était ainsi que leur père avait agi avec eux, et Jack avait été très contrarié de devoir se débrouiller seul à dix-huit ans, alors qu'il était déjà amoureux de Mary. D'ailleurs, ils avaient fondé une famille bien qu'il n'ait pas encore terminé ses études.

Les choses avaient été plus faciles pour Conrad, puisqu'il était déjà indépendant grâce à ses investissements en ligne. En outre, il n'avait ni femme, ni enfants.

Jack lui jeta un coup d'œil.

— Ne lui envoie pas d'argent, s'il te plaît. Il faut qu'il se rende compte de son erreur.

Conrad leva les mains.

— Je n'en ai pas la moindre intention. Il se peut que je l'invite à dîner la prochaine fois que je le croise dans les locaux de l'entreprise, sinon, mon portefeuille lui restera fermé.

Même s'il était très présent pour les enfants de Jack et qu'il aimait s'occuper d'eux, il savait naturellement qui était leur père.

Alors que Chuck distribuait les cartes pour le poker, Conrad leva son verre de bière vers lui.

— Alors, l'achat de votre maison avance ? s'enquit-il.

— Nous allons faire construire et, si tout va bien, la maison devrait être terminée lorsque notre nom figurera sur la liste des adoptions.

— Génial ! le félicita Jack qui avait placé des cornets de frites et des bols de cacahuètes sur la table. J'espère que vous avez prévu une suite pour Jeannie, car dès que l'enfant sera arrivé, vous ne pourrez plus vous débarrasser d'elle.

Chuck sourit.

— On compte bien sur son aide.

Puis, se tournant vers son frère Trystan, il lui tendit les cartes pour qu'il coupe le paquet et ajouta :

— Comment va Isabeau ?

— Selon les docteurs, tout est sous contrôle, mais cette histoire de diabète m'effraie.

Il redonna les cartes à Chuck afin que celui-ci les distribue et poursuivit à l'adresse de Conrad :

— Garde un œil sur elle pendant les réunions, s'il te plaît, et vérifie qu'elle se ménage.

— Compte sur moi, répondit-il sans la moindre hésitation.

— Si je peux te le revaloir, n'hésite pas.

— Tu t'es fait coiffer au poteau par Marshall, annonça alors Conrad.

— C'est-à-dire ? voulut savoir Trystan en regardant son jeu.

— Il m'a envoyé chevaucher à l'hôpital pendant l'heure de lecture des jeunes patients, répondit-il.

Sur ces paroles, il posa une carte au milieu de la table qui suscita l'intérêt général, y compris celui de Marshall.

— Je me suis dit que soit Felicity te verrait, soit elle en entendrait parler, ce qui, dans les deux cas, lui donnerait une bonne image de toi, renchérit ce dernier. Et alors, ça a marché ?

— Je dois avouer qu'elle a été impressionnée, admit Conrad.

Et le souvenir du baiser échangé envahit tout son cerveau.

Un sourire aux lèvres, Marshall avala un trait d'eau de Seltz.

— J'ai toujours pensé que vous formeriez un couple formidable, tous les deux.

Broderick leva un regard choqué vers son frère.

— Toi, on peut dire que Tally t'a complètement transformé ! s'exclama-t-il.

— Oncle Conrad a toujours été là pour nous, il

mérite à présent qu'on s'occupe de lui. Il doit penser à fonder une famille.

— Eh, faites comme si je n'étais pas là ! se récria Conrad. Ni Felicity ni moi ne sommes intéressés par le mariage, car nous sommes déjà mariés à notre travail. En revanche, une liaison est envisageable, puisque nous sommes sur la même longueur d'onde.

Marshall leva un sourcil amusé.

— Tiens, je t'avais pris pour une personne plus clairvoyante !

— Tu es invité pour jouer aux cartes, pas pour commérer, répliqua Conrad.

Et sur ces mots, il rafla la mise. S'il avait été aussi facile de faire disparaître cet air entendu de leur visage ! Pourtant, il était peu probable, si les choses se passaient selon ses plans, qu'ils s'affichent en public, Felicity et lui : ce qu'il souhaitait, c'était la fréquenter à huis clos, rien de plus.

- 5 -

Patientant dans l'espace réservé à cet effet près de la salle de conférences, Felicity pianotait sur son smartphone : la réunion avec Breanna Steele au sein des locaux de l'Alaska Oil Barons Inc. ne commencerait pas avant une demi-heure. Cette rencontre pouvait potentiellement guérir toutes les âmes blessées, mais elle pourrait aussi rouvrir de vieilles blessures. Elle était arrivée en avance pour ordonner ses pensées et lire sur le visage de chacun les impressions qu'il éprouvait au fur et à mesure des arrivées.

Elle sentait son estomac se nouer à l'idée de revoir Conrad, mais elle était bien résolue à faire abstraction de ce qu'elle éprouvait, dans le but d'aider la famille.

Soudain, elle entendit des bruits de bottes et leva aussitôt les yeux de son téléphone, tout excitée à l'idée qu'il se profile devant elle. Sauf que ce n'était pas lui !

Elle fut vivement déçue, tout en se félicitant d'avoir limité son intervention à la réunion d'aujourd'hui, étant donné l'état de ses nerfs, dès qu'il s'agissait de Conrad.

Elle adressa alors un sourire de bienvenue à Isabeau Mikkelson et… à Tally, qui était là au titre de fiancée de Marshall, bien sûr.

Avec leurs chevelures rousses, on aurait pu prendre ces deux-là pour des sœurs. Comme elle enviait cette grande famille qui intégrait si bien les membres par alliance ! Elle espérait que Breanna se rendrait bien vite compte de leur générosité.

Pourtant, elle éprouvait une réelle empathie envers cette dernière qui allait devoir affronter un vrai clan, sans compter tout ce qu'elle avait vécu. *Patience !* s'ordonna-t-elle. Tout serait bientôt dévoilé.

Une fois à sa hauteur, Tally lui adressa un sourire de soulagement.

— Merci d'être venue, c'est rassurant de te savoir parmi nous.

Felicity rangea son téléphone et se leva.

— C'est un plaisir pour moi d'aider autrui dès que je le peux. Difficile toutefois de se préparer pour une réunion comme celle-ci.

Isabeau jeta un coup d'œil vers le vestibule, alors que des membres du personnel le traversaient : sa grossesse renforçait sa beauté et lui prêtait des airs de madones peintes par des maîtres anciens. Elle se retourna vers elles en poussant un soupir.

— Chacun s'est arrangé pour être présent, ce qui renforce mon inquiétude, admit-elle. Ils ont même reporté une réunion qui aura lieu juste après celle-ci pour poursuivre les négociations avec le futur directeur général retenu pour le poste.

— Il est normal que la famille se serre les coudes en cas de situation inhabituelle, déclara Felicity.

Encore qu'elle ne trouvait guère judicieux que la réunion concernant le contrat du nouveau directeur se tienne juste après celle-ci, car elle serait sans doute fort riche en émotions et épuisante.

Isabeau prit place dans un fauteuil en cuir bien rembourré et posa une main sur son ventre, se frottant les tempes de l'autre, ses jambes bien galbées déployées devant elle.

— Nous nous sentirons tous mieux dès que le nouveau directeur aura pris ses fonctions, déclara-t-elle. Si nous arrivons à passer un accord avec Ward Benally, notre famille pourra respirer, car c'est un homme à poigne et personne n'aura besoin de le former. Il connaît son domaine.

— Je crois que Marshall l'approuve aussi, intervint Tally. Et d'ailleurs, en parlant d'homme à poigne, ajouta-t-elle en se tournant vers Felicity, qu'en est-il, de Conrad et toi ? Tu peux tout à fait me répondre de me mêler de mes affaires, je ne t'en voudrais pas.

Felicity pesa ses mots et opta pour une réponse simple et succincte, espérant étouffer dans l'œuf ses instincts d'entremetteuse.

— Conrad ne recherche que des liaisons. Et pour ma part, je dois me concentrer sur mon travail, donc il n'y a rien entre nous, répondit-elle.

Tally fronça le nez.

— Disons plutôt que tu te noies à dessein dans le travail.

Isabeau se mit à rire doucement, les yeux brillants.

— D'autant que le courant qui passe entre vous deux suffit à éclairer une pièce, renchérit-elle.

Désireuse de mettre immédiatement un terme à ce genre de rumeurs, Felicity rétorqua :

— M'avez-vous demandé de venir ici pour jouer les médiatrices ou pour me marier ?

Isabeau retrouva tout de suite son sérieux et lui toucha le poignet.

— Je t'aurais priée d'assister à cette réunion, quoi qu'il en soit, assura-t-elle.

— Parfait, dans ce cas, concentrons-nous dessus.

Des voix résonnèrent tout à coup dans le couloir et toutes trois se redressèrent, tournant la tête vers les nouveaux arrivants. Des frissons la parcoururent quand elle reconnut le timbre si profond de Conrad, qui était en grande discussion avec son frère.

Les deux hommes s'arrêtèrent devant la salle de

conférences, toujours happés par leur conversation. Elle en profita pour scruter Conrad de profil. Son beau visage était tendu et sa bouche crispée, et même s'il s'efforçait de prendre un air neutre, elle n'était pas dupe, ayant l'habitude de décrypter le visage des gens. En l'occurrence, elle sentait la tension sourdre de lui, à l'approche de leurs retrouvailles avec Breanna, mais il écoutait attentivement son frère, tête inclinée.

Cette solidarité la toucha de plein fouet, car rares étaient les personnes capables de mettre leurs soucis personnels de côté pour écouter la peine des autres.

Comme s'il avait senti son regard posé sur lui, Conrad tourna les yeux dans sa direction et croisa les siens. Elle vit alors luire dans ses prunelles une émotion à fleur de peau, au-delà de ce qu'elle avait imaginé : comme elle aurait aimé pouvoir le réconforter !

— Et tu prétends toujours qu'il n'y a rien entre vous ? murmura Tally.

Felicity décocha un vif regard à son amie, subitement consciente qu'elle ne pouvait tromper personne et ce, juste après avoir affirmé qu'elle se dévouait à son seul travail.

Comme elle n'avait pas été très douée pour aborder ses problèmes de couple avec son ex-mari, elle s'efforçait désormais de prendre à bras-le-corps tous ceux qui se présentaient, dans le domaine professionnel comme privé. Mais avec Conrad, elle avait d'abord cru que le problème, c'était lui, pour se rendre compte qu'en réalité, le point sensible résidait en elle, qui était en effet affreusement attirée par lui, impossible de le nier.

Par conséquent, elle indiquerait à la famille, en fonction bien sûr de la façon dont la réunion se déroulerait aujourd'hui, qu'il était préférable qu'à l'avenir, une autre médiatrice prenne le relais.

En outre, pour s'arracher au sortilège de Conrad, elle devrait affronter cette attirance, et le plus tôt serait le mieux.

*
* *

Brea avait la nausée.

Bien que sachant exactement ce qu'elle attendait de cette réunion et s'y étant préparée, il lui coûtait d'entrer dans une salle remplie de Steele et de Mikkelson, et la présence de son avocat à ses côtés ne diminuait en rien le poids sur sa poitrine.

La dernière fois qu'elle avait pénétré dans ces locaux, c'était sous une fausse identité et, pour mieux échapper à la vigilance de sa famille, elle s'était teinte en blonde et avait mis des lentilles de contact colorées, ce qui lui avait aussi permis de maintenir ses émotions à distance. À présent, revenant sous son vrai nom et ayant retrouvé sa chevelure brune, elle se sentait comme nue, alors qu'elle était juste redevenue elle-même.

Quoi que cela puisse signifier.

Autrefois, elle pensait être une Steele et faire partie d'une grande famille aimante. Puis son monde s'était écroulé, avec l'accident d'avion. Selon les médecins, elle souffrait d'une grave commotion cérébrale, ce qui expliquait pourquoi elle avait eu tant de difficultés à comprendre ce qui s'était passé juste après le crash.

Toutefois, elle ne pouvait se cacher la vérité : une personne liée à sa famille avait tué sa mère et elle-même avait failli périr dans la catastrophe. Elle ne savait plus à qui se fier. La seule certitude qu'elle détenait, c'était que ses parents adoptifs étaient décédés et que, désormais, tout était sujet à caution. Or, jamais elle ne pourrait avoir l'esprit libre tant qu'elle n'aurait pas obtenu des réponses et des garanties relativement à tout ce qui la tracassait. Pour tourner la page, elle devait être en paix avec le passé.

Il lui fallait aussi s'assurer que la société n'allait pas la poursuivre pour les secrets qu'elle avait divulgués. À dire vrai, elle n'avait pas prévu d'agir ainsi, quand elle s'était fait embaucher sous une fausse identité, et elle ne comprenait toujours pas comment elle avait pu se laisser entraîner à de telles extrémités. Mais force était d'admettre qu'elle était alors animée par un besoin de revanche, car il lui semblait avoir été trahie et son cœur était brisé.

Elle avait donc laissé les émotions l'emporter sur la raison et, à présent, c'était à la fois tremblante et en sueur qu'elle allait les affronter.

Faisant appel à toute sa volonté, elle saisit la poignée pour entrer dans la salle de conférence, son avocat sur les talons, telle une sorte de princesse guerrière accompagnée de son second. De la même façon, elle s'efforça de survoler du regard tous les gens rassemblés autour de la table de conférence, ceux qui autrefois avaient formé sa famille. Elle était parvenue à les sortir de son esprit pendant de si nombreuses années : peu à peu, elle avait simplement cessé de penser à eux, aidée en cela par ses parents adoptifs qui lui répétaient que se débarrasser de ces souvenirs-là lui permettrait de guérir.

Au bout du compte, les personnes présentes aujourd'hui étaient toutes ses ennemis, même si un seul en particulier était vraisemblablement responsable de l'accident qui avait fait dérailler sa vie et tué sa mère… Assez ! Elle ne pouvait se permettre de laisser ses émotions affleurer et embrouiller son raisonnement.

Menton relevé, elle s'avança vers la table, tenant la bride haute à ses sentiments pour garder son masque de neutralité et son air supérieur. Mais elle sentait le poids des regards peser sur elle et, bientôt, incapable de résister à la tentation, elle tourna les yeux vers sa famille.

Ils tombèrent tout d'abord sur son oncle Conrad. Des images lui traversèrent l'esprit en même temps qu'elles lui glaçaient le sang, comme si les souvenirs associés à Conrad appartenaient à une autre personne : elle le revit en train de l'aider à monter sur une jument à la robe pie, lui apprenant où placer son poids sur la selle, et le rire de sa sœur jumelle retentit à ses oreilles, tout comme les secrets échangés. De tous, Naomi était la plus difficile à oublier, c'était celle dont il fallait à tout prix éviter le regard.

Une avalanche de souvenirs menaçant de lui tomber dessus, elle dirigea les yeux vers la beauté sauvage de l'Alaska, derrière l'immense baie. Une partie d'elle-même rêvait de s'enfuir, de trouver une cabane où elle vivrait en recluse, se consacrant au tricot ou à l'écriture, à l'abri des personnes susceptibles de lui causer du chagrin.

Mais elle se ressaisit bien vite, mue par la nécessité d'affronter les gens ici présents. Son regard se posa alors sur son père, dont elle croisa les prunelles bleu vif, emplies de chagrin et… de tendresse. Son cœur se serra de douleur : non, il était vraiment préférable de ne pas regarder ces personnes liées à son passé. En tant que Milla Jones, elle les avait certes déjà vues, mais à l'époque, ils ignoraient qui elle était : désormais, eux aussi la voyaient.

À vrai dire, elle n'était pas certaine qu'elle aurait eu le cran de revenir s'ils n'avaient pas demandé le test ADN qui leur avait prouvé qu'elle était bien Breanna Steele.

Son avocat, Stanley Hawkins, tira une chaise pour qu'elle s'assoie et elle s'y laissa choir. Tout le monde prit alors place et Stanley ouvrit la réunion.

— J'ai ici une déclaration écrite de ma cliente où elle détaille sa vie après le crash de l'avion, déclara-t-il en distribuant les photocopies.

À cet instant, elle vit un éclair de douleur traverser le visage de Jack. Était-ce sincère ? Feint ?

— Est-ce vraiment nécessaire ? demanda-t-il. J'aurais préféré que l'on en parle plutôt que de lire un texte.

— C'est le souhait de ma cliente qui est par ailleurs présente et prête à coopérer, en dépit de ses inquiétudes quant à sa sécurité personnelle.

Un réel étonnement se peignit sur les visages autour de la table : ignoraient-ils vraiment qu'elle était rongée par la crainte qu'on attente à ses jours ? Elle avait été si obnubilée par le besoin de se protéger qu'elle n'avait pas même envisagé que ses frères et sœurs aient été menés en bateau par leur père, eux aussi.

Visiblement contrarié, Jack agrippa le document qu'on venait de lui remettre, comme s'il se raccrochait à une ancre plantée au bord d'une falaise.

— Je ne sais pas ce qui t'est arrivé durant toutes les années où nous avons été séparés, dit-il, mais j'espère qu'avec le temps, tu te souviendras combien tu étais et combien tu es toujours aimée par ta famille. Personne ne fera jamais rien pour te nuire.

— Et pourtant, quelqu'un a bien tenté de s'en prendre à ma cliente, argua vivement Stanley. Savoir qu'un Mikkelson pourrait être impliqué dans l'accident d'avion survenu il y a fort longtemps et auquel elle a survécu ne contribue guère à la rassurer. Il serait peut-être plus sage que nous en restions là aujourd'hui.

— OK, nous allons faire une pause afin que chacun puisse respirer, déclara alors une femme dans un angle de la pièce.

Qui était-ce ? se demanda Breanna. Elle n'avait pas remarqué sa présence, quand elle était entrée. Elle se pencha vers son avocat, mais avant que celui-ci ait le temps de répliquer, la même jeune femme reprit la parole :

— Brea, je m'appelle Felicity Hunt. Je suis une amie de la famille et également médiatrice.

— Si vous comptez influencer ma façon d'aborder cette réunion, autant vous dire que vous n'y arriverez pas.

Felicity leva la main.

— Je pense que vous avez raison de gérer la situation de la manière qui vous est la plus confortable et je crois que la déclaration que vous avez écrite est une bonne manière de commencer.

Toujours sur ses gardes, Brea s'adossa à sa chaise.

— Vous avez tous déployé beaucoup d'énergie pour traquer Milla Jones, reprit-elle, et vous l'avez retrouvée, vous *m'avez* retrouvée. N'ayez surtout pas l'impression que je ne comprends pas ce que vous avez enduré.

Même s'ils auraient pu fournir des efforts comparables pour enquêter sur l'accident d'avion.

S'agrippant au document photocopié, Jack demanda :

— Y a-t-il des questions que tu souhaiterais nous poser ?

Elle en avait tant ! Mais elle tremblait si fort intérieurement qu'elle redoutait de s'effondrer si elle prenait la parole : cette réunion était bien plus difficile qu'elle ne l'avait imaginé. Tant de souvenirs lui revenaient, tout s'emmêlait : certes, elle aimait ses parents adoptifs, mais un jour, elle avait aussi aimé tous les gens assis autour de cette table. Du moins le pensait-elle.

Elle ne savait plus que ressentir, pétrie d'un unique sentiment, la peur, tout en étant déterminée à ne pas la montrer.

Elle laissa glisser les yeux vers Naomi, sa jumelle, et en dépit de tout, le lien qui l'avait unie à elle fut soudain bien tangible. Cette dernière lui adressa un regard empreint de douceur et hocha la tête.

Inspirant profondément, Brea se lança :

— J'ai une question à propos d'un souvenir, et peut-être que toi, Naomi, tu pourrais m'éclairer.

Tout le monde se pencha en avant.

— Bien sûr, je vais faire de mon mieux, assura Naomi.

D'une voix qu'elle tentait de contrôler pour ne pas chevroter, elle demanda alors :

— Quand notre mère venait nous border le soir, chantait-elle une berceuse où il était questions d'oursons qui suivaient les aurores boréales ?

Elle vit Naomi cligner les paupières, sans doute surprise par la question, mais elle avait besoin de détails concrets à quoi se raccrocher. D'instinct, elle avait compris que le lien qui les unissait était toujours vivant, c'était ce qui l'avait d'ailleurs conduite à l'hôpital, en dépit du risque encouru, la nuit où Naomi avait accouché de ses jumeaux.

— Tout à fait, répondit cette dernière d'un ton affectueux. Ensuite, maman allumait une lampe qui projetait les couleurs d'une aurore boréale sur le plafond. Nous nous endormions en la regardant.

Brea ne put répondre, redoutant que sa voix ne trahisse sa vulnérabilité. Elle donna un petit coup de pied à son avocat, comme il était convenu entre eux quand elle désirerait mettre fin à la réunion.

Immédiatement, ce dernier se leva.

— Merci d'avoir organisé cette rencontre, annonça-t-il à l'assemblée. Ma cliente est fatiguée, à présent. Nous reprendrons sous peu contact avec vous.

Là-dessus, il l'entraîna hors de la pièce, tandis que tous les autres, qui représentaient une masse confuse à présent, se penchaient sur le document remis et que leurs murmures se répandaient dans la salle.

La rédaction de cette lettre s'était apparentée à une torture, mais elle aurait été incapable d'exprimer oralement tout ce qu'elle avait à dire. Restant le plus près possible des faits, elle y avait évoqué le couple qui l'avait recueillie après l'accident, protégée et élevée dans une communauté antisystème.

Toute tremblante, elle se dirigea en compagnie de Stanley vers l'ascenseur et aperçut alors dans sa vision périphérique un homme dont le visage lui était familier, du temps où elle était Milla Jones. De haute stature, charismatique, il l'attirait irrésistiblement, mais elle ne devait pas céder à ses pulsions, car il était un homme d'influence. Le genre de personnes à éviter, comme sa famille.

Ward Benally, dont on disait qu'il allait reprendre la direction de la société, passa derrière elle au moment où elle appuyait impatiemment sur le bouton de l'ascenseur. À l'évidence, les affaires continuaient comme si de rien n'était : elle aurait dû accorder le bénéfice du doute à sa prétendue famille.

Conrad s'appuya au bar de la salle de conférences : comment allait-il pouvoir négocier avec Ward Benally, après cette rencontre avec Brea ? C'était hélas le seul créneau horaire que celui-ci leur avait proposé. S'emparant d'un pichet en cristal, il se servit un verre d'eau.

Il était complètement épuisé.

Il avait le cou raide, le corps contracté. Il revoyait la douleur évidente sur le visage de son frère et de ses enfants. Lui-même avait été fortement affecté par ces retrouvailles, alors qu'il s'enorgueillissait de ne jamais céder au pathos.

Mais aujourd'hui, personne n'avait pu échapper à la tragique réalité.

Et dire que tout aurait pu être si simple : sa nièce était en vie malgré tout ce qui avait jusqu'ici donné à penser le contraire, de sorte que la famille était à nouveau réunie. Aussi, pourquoi un événement si joyeux avait-il pris un tour aussi sombre ? Les vieilles blessures avaient été rouvertes et ils devaient à présent en gérer de nouvelles.

En abrégeant la réunion, Brea les avait tous bouleversés. Naomi redoutait que ce ne soit sa réponse qui ait déclenché cette réaction et elle s'en voulait. Jack était demeuré aussi silencieux que la mort, ce qui lui avait rappelé qu'ils avaient failli le perdre, un an plus tôt, dans un accident de cheval. Combien de stress son frère serait-il encore capable d'endurer ?

Une main sur son épaule le ramena aussitôt au présent : se retournant, il se retrouva en face de Felicity, qui le regardait d'un air soucieux. Il avait souhaité sa présence pour le bien de sa famille, mais il lui était aussi reconnaissant à titre personnel, car elle était le témoin de son tourment intérieur, et cela l'en délestait un peu.

— Merci d'avoir participé à ces retrouvailles, lui dit-il.

Une douce lueur s'alluma dans ses yeux noisette.

— Je ne sais pas si j'ai été d'une grande aide, objecta-t-elle.

— Après le départ de Brea, tu as su trouver les mots pour aider notre famille à gérer la situation.

La réunion avait été si courte et si frustrante, Breanna s'y étant à peine exprimée. Il était tellement heureux que Felicity ait pris les choses en main ensuite et leur ait prodigué des paroles rassurantes qui avaient un peu atténué la sensation de fiasco ressenti par chacun.

Elle se rapprocha de lui. Sa soyeuse chevelure châtain encadrait élégamment son visage et il dut se faire violence pour ne pas plonger la main dedans et caler une ou deux mèches derrière ses oreilles.

La fragrance citronnée qui émanait d'elle l'envahit tout entier, tandis que les manches en forme de cloche de sa robe remuaient au rythme de ses déplacements. Il n'avait vu qu'elle durant cette réunion, alors que la salle était remplie des membres de sa famille.

— Conrad, tu es très inquiet pour chacun, mais cela a dû être difficile pour toi aussi, dit-elle.

Ces simples mots lui mirent du baume au cœur, même s'il avait besoin de rester concentré sur sa famille.

— Aujourd'hui, c'était une grande étape, convint-il en soupirant. Je dois me remettre au travail. Merci encore. Je ne sais pas comment je pourrais te revaloir ce service.

— Tu peux m'inviter à dîner ce soir, par exemple, proposa-t-elle.

Stupéfait, il la considéra, s'efforçant de lire le fond de sa pensée pour y trouver une raison qui aurait expliqué cette volte-face. Souhaitait-elle juste le réconforter après la réunion stressante d'aujourd'hui ? Ou bien voulait-elle discuter avec lui du dîner organisé par sa fondation en l'honneur de l'hôpital ?

Peu importe, ce n'était pas une opportunité qui se refusait. Sa journée, si éprouvante, promettait de se finir sur une note plus agréable.

— Alors c'est entendu, approuva-t-il bien résolu à tout mettre en œuvre pour que son prochain rendez-vous soit le plus bref possible.

Dans son esprit, il était déjà sorti du travail, impatient de passer la soirée avec la femme la plus fascinante qu'il ait jamais rencontrée.

- 6 -

Lorsque Conrad frappa à la porte du bureau de son frère, il eut l'impression de l'arracher à de profondes et lourdes réflexions. Il était vrai que le destin ne l'avait guère épargné, avec la perte de sa femme et de sa fille, vingt ans plus tôt. Et aujourd'hui, alors que cette journée aurait dû être la plus belle de sa vie, il devait être bien amer après la façon dont s'étaient déroulées les retrouvailles, face au visage accusateur de Breanna.

D'autant que Jeannie n'était pas à ses côtés aujourd'hui, mais Conrad se rappela alors qu'il l'avait priée de ne rien changer à ses projets et d'accompagner comme prévu Isabeau et Trystan à l'échographie, la famille étant aussi importante pour Jeannie que pour son frère.

Sans doute devait-il avoir l'impression que la photo posée sur son bureau, où tous ses enfants, Breanna y compris, souriaient à l'objectif, relevait aujourd'hui de la fiction. Il devait forcément, comme lui, se demander ce qui était arrivé à sa fille pour qu'elle leur tourne le dos avec une telle détermination. Ainsi que Conrad avait pu le constater, elle se souvenait de tous. Aussi, comment était-il possible que sa famille ne signifie plus rien pour elle désormais ? La peur et la rage qui irradiaient de sa nièce avaient été un crève-cœur pour lui, alors pour son frère… Comment cette enfant que Marie et lui avaient tant aimée et choyée pouvait-elle se retourner aujourd'hui contre eux ? Contre Jack, son père ?

— Et moi qui pensais que tu avais écourté ta journée pour la finir avec ton adorable femme, déclara Conrad.

Il avait été si heureux que Jack retrouve l'amour auprès de la formidable Jeannie et, surtout, que celui-ci triomphe des inimitiés entre leurs familles concurrentes.

— Je vais la rejoindre bientôt.

— Je ne te demanderai pas si tu vas bien, car comment être serein après de telles retrouvailles.

— La présence de Felicity était une excellente idée, approuva Jack. Mais je regrette que Breanna ait refusé de s'adresser directement à nous.

— Donne-lui du temps. Elle est venue, c'est un bon début.

Jack posa le doigt sur l'arête de son nez, comme s'il cherchait à retenir des larmes.

— Je sais, ma petite fille est de retour, elle est en vie, c'est tout ce qui importe.

Conrad laissa alors à son frère le temps de se reprendre. Tous deux se comprenaient sans avoir besoin de formuler ce qu'ils ressentaient, en raison de l'intimité qui les unissait.

— Merci, reprit Jack, je ne sais pas comment je pourrais te revaloir le soutien que tu m'as apporté pendant toutes ces années.

— Tu aurais agi de la même façon pour moi, répondit Conrad avec un petit sourire.

Jack le considéra un instant, comme s'il en doutait, puis déclara :

— On dirait que tu vas sortir, je ne veux pas te retenir.

— Oh ! je peux encore rester un peu ! assura-t-il sans s'asseoir pour autant.

— Ça va aller, promis, répondit Jack avant d'ajouter, un petit sourire aux lèvres : Tu as des projets pour ce soir ?

Conrad tourna la tête vers la fenêtre : devait-il les dévoiler ?

— Je dîne avec Felicity, répondit-il sur une impulsion.

À ces mots, il vit une lueur de surprise s'allumer dans les yeux de Jack.

— Je pensais qu'elle t'avait donné une fin de non-recevoir. Je suis très heureux que les choses se soient finalement arrangées entre vous.

— Merci, mais je ne suis pas venu pour parler de moi. Si tu…

— Je t'assure que tout va bien pour moi. Et tu as raison, je vais rentrer à la maison pour retrouver ma femme.

Là-dessus, il referma son portable et Conrad jugea qu'il pouvait se retirer.

Le cœur battant, Felicity se mit du mascara.

Elle n'arrivait toujours pas à croire qu'elle avait demandé à Conrad de l'inviter à dîner, après avoir systématiquement repoussé ses avances depuis le début. Mais cette réunion familiale tragique l'ayant affectée, elle avait éprouvé le besoin de passer du temps avec lui.

Alors qu'elle cherchait son fard à paupières, elle se rendit compte qu'elle ne s'en était pas remis depuis son divorce et manqua de lâcher sa trousse de maquillage.

Elle choisit ensuite des boucles d'oreilles à perles, simples mais élégantes, sa paire favorite et celle qui, parmi ses bijoux, avait le plus de valeur. Elle les réservait toujours aux occasions spéciales.

Et soudain, elle éprouva une sorte de culpabilité devant le reflet de la femme épanouie qui lui souriait dans le miroir, vu l'affreuse journée qu'avaient passée les Steele. Pourvu qu'ils suivent sa recommandation et choisissent une autre médiatrice, car ils allaient avoir besoin d'aide pour trouver une solution qui les apaiserait tous, un soutien qu'elle n'était pas en mesure de leur apporter.

Au fond, n'avait-il pas été égoïste de sa part de proposer à Conrad de l'inviter ce soir ? Sa famille avait peut-être besoin de sa présence. Alors qu'elle s'apprêtait à l'appeler pour reporter, la sonnette retentit dans son appartement.

Son cœur s'affola comme celui d'une adolescente. Passant bien vite son sautoir en argent et à petits pompons autour de son cou, elle se précipita vers la porte d'entrée, ralentissant le pas quand elle se rendit compte qu'elle courait. Elle avait failli faire tomber une pile de livres en équilibre près de sa bibliothèque ! Lissant son pull, elle retrouva une contenance, et ses talons claquèrent sur le parquet quand elle traversa le salon pour regagner la porte.

Elle n'était pas certaine que ce dîner soit une sage initiative, mais en dépit de tous ses efforts, elle n'était pas parvenue à juguler l'attirance qu'elle ressentait pour lui. Aussi avait-elle besoin de la prendre à bras-le-corps, d'affronter Conrad, de manière directe.

Après une profonde inspiration, elle ouvrit la porte.

Une boîte de chocolats à la main, il la jaugea de pied en cap, son regard s'attardant d'abord sur ses bottines rouges avant de croiser le sien.

— T'a-t-on dit récemment à quel point tu étais belle ? lança-t-il tout à trac.

Cette question la mit presque dans un état de transe ! Plus elle passait du temps avec lui, plus il l'attirait. Or, la réalité allait-elle être à la hauteur de ses attentes ?

Une bien curieuse pensée lui traversa alors l'esprit : au fond, coucher avec lui ne lui permettrait-il pas de briser le sortilège qu'il exerçait sur elle ?

Assez ! Elle lui avait certes donné l'opportunité de l'inviter et elle ne pouvait nier qu'elle éprouvait du plaisir à cette idée, mais elle n'en devait pas moins être prudente.

— Merci pour le compliment. Je vais chercher mon manteau et on y va.

Il la suivit à l'intérieur.

— Vraiment ? J'ai eu l'impression qu'il tombait à plat car tu n'as même pas souri.

— J'en suis flattée, je t'assure.

Et elle sortit son manteau du placard.

— Mais ?

Elle devait assurer ses arrières, ne pas le laisser l'approcher trop près de son cœur. Décrochant son manteau du cintre, elle répondit :

— Écoute, je préfère être honnête avec toi…

— Laisse-moi prendre soin tout seul de mon ego. Je suis un grand garçon, tu sais.

— OK.

Par ce bref échange, elle en avait dévoilé bien plus sur ce qu'il lui inspirait qu'elle n'aurait voulu. Ce dîner n'était pas une simple invitation entre amis, d'ailleurs rien n'était simple entre eux depuis leur première rencontre, deux mois plus tôt, le jour où elle avait déposé Tally à l'hôpital pour le bénévolat qu'elle y exerçait.

Rivant ses yeux bleu clair aux siens, il lui remit la boîte de chocolats superbement emballée, le nœud doré qui l'ornait étincelant sous la lumière du vestibule. Leurs doigts s'effleurèrent et l'air crépita entre eux, mais elle hésita à prendre le présent.

— Je ne sais pas si je dois, objecta-t-elle.

— Laisse-moi te séduire, répliqua-t-il d'une voix rauque.

— Je pensais que c'était par tes dons à l'hôpital que tu cherchais à me faire la cour.

Pitié ! Pourquoi avait-elle cette voix essoufflée ?

— Tu veux dire par la vente aux enchères caritative ? Oui, tout à fait, mais à présent, mon rôle dans le programme de la fondation a pris un tour officiel et professionnel. Aussi, je ne peux plus laisser les sentiments que j'éprouve pour toi interférer avec mes décisions financières.

Elle ouvrit de grands yeux étonnés, tandis qu'il poursuivait :

— Ce ne sont pas les paroles que tu attendais de moi ?

— Pas du tout, admit-elle. Mais c'est une réponse fort honorable.

Inclinant la tête, il désigna du menton la boîte de chocolats. Un éclair amusé brilla dans le bleu de ses prunelles, ce qui la fit complètement fondre.

— Donc, tu veux bien accepter ces modestes chocolats ?

Elle se mit à rire et, prenant la boîte, la serra contre elle.

— Essaie de me les reprendre et tu verras bien.

Il lui sourit.

— Tally m'avait bien dit que tu avais un faible pour le chocolat.

Elle posa la boîte sur une table en forme de demi-lune, près d'une plante grasse.

— C'est injuste, protesta-t-elle, car moi, je n'ai pas d'informateurs. Quelle est ta faiblesse ?

À cet instant, les yeux de Conrad lancèrent un éclair et il répondit :

— Toi.

Et le souffle lui manqua quand il pencha la tête vers elle pour capturer sa bouche. Parcourue de frissons, elle s'accrocha à lui, tout en savourant la sensation suave de leurs langues emmêlées. Plus elle s'abandonnait à son baiser, plus elle sentait son corps revenir à la vie : elle avait pris la bonne décision, elle ne pouvait plus faire comme si de rien n'était entre eux.

Soudain, il s'écarta d'elle et déclara :

— Allons-y afin de ne pas être en retard pour notre réservation.

Conrad n'avait pas imaginé que ce tête-à-tête avec Felicity se déroulerait aussi bien, des entrées aux desserts. La conversation avait été enjouée et divertissante, une sorte de temps suspendu qui lui avait permis d'oublier sa nièce et sa famille brisée. Nul doute que Felicity était une femme brillante et engageante.

Et elle l'excitait terriblement.

Il l'aida à enfiler son manteau et laissa ses doigts s'attarder sur le lainage satiné au niveau des épaules, avant de lui effleurer le cou. La légère odeur fleurie qui émanait d'elle était des plus tentantes…

Elle retira les cheveux de son col et lui adressa un grand sourire, par-dessus son épaule.

— Merci pour cette charmante soirée, dit-elle.

Tiens, tiens… Était-ce une promesse qu'il distinguait dans ses yeux ? Il était en train de se rendre compte que Felicity était tout à fait imprévisible. Poussant la porte du restaurant, il la suivit dans le froid mordant de la nuit. Le groom n'allait pas tarder à apparaître au volant de son SUV.

— Et si on prolongeait un peu cette fabuleuse soirée ? proposa-t-il.

Le sourire qu'elle lui adressa en guise de réponse retint toute son attention, tandis que leurs chaussures crissaient dans la neige accumulée sur le trottoir.

Troublé par l'assurance qu'ils étaient bien sur la même longueur d'onde, il s'arrêta brusquement. Elle le saisit alors par le bras, un peu trop vite, de sorte que son pied glissa sur une plaque de glace. Il la retint vivement et la plaqua contre lui, le cœur chamboulé à l'idée qu'il aurait pu la faire tomber. Ses cheveux lui chatouillèrent alors le nez et il se dit qu'il aurait pu rester ainsi toute la nuit, à la tenir dans ses bras.

Sauf qu'ils auraient gelé sur place, étant donné la température ambiante.

Repérant tout à coup son SUV rouge qui arrivait, il la souleva de terre sans la moindre hésitation pour l'emporter vers le véhicule.

— Conrad, voyons ! Tu vas glisser ! s'écria-t-elle, surprise.

— Je ne voudrais pas te voler ta spécialité, répliqua-t-il.

— Je me suis fait très mal et je t'assure que je ne te souhaite pas la même chose ! Repose-moi, s'il te plaît.

— Ah bon, tu t'es blessée ? questionna-t-il, alarmé.

Il s'en voulut de ne pas s'être assuré que tout allait bien.

— Je me suis juste tordu un peu la cheville, mais je peux marcher, je t'assure.

Il sentit à cet instant son souffle tiède dans son cou.

— Non, tu risques d'aggraver la blessure et je peux te certifier que je ne vais pas tomber.

— Tu as l'air vraiment sûr de toi.

— Et ravi que tu ne me traites pas de présomptueux. Encore que je ne te donnerais pas tort, précisa-t-il avec un petit sourire.

— Est-ce que tous les hommes de ta famille réagissent comme toi ? demanda-t-elle alors qu'ils arrivaient à la hauteur du SUV.

Le groom en sortit et, laissant le moteur tourner, ouvrit la porte passager. Conrad déposa Felicity sur le siège.

— C'est-à-dire ? Aider une personne blessée à monter dans une voiture ?

Elle émit un petit sourire qui flotta un instant dans l'air glacé du soir.

— Je n'arrive pas à croire que tu me poses cette question avec un air si sérieux, renchérit-elle.

Refermant la portière passager, il contourna son SUV et précisa, une fois derrière le volant :

— Je te l'avais bien dit, je suis arrogant.

— Tout autant que charmant, rétorqua-t-elle.

Et une gaieté contagieuse brilla dans ses yeux, bien que sa remarque l'ait époustouflé.

— Heureux de constater que mes efforts paient, lâcha-t-il, avant d'ajouter, se retenant d'enfouir les doigts dans ses cheveux et de l'embrasser : Comment va ta cheville ? Doit-on se rendre aux urgences ?

Elle ouvrit alors la fermeture Éclair de ses bottines et fléchit deux fois le pied.

— C'est un peu douloureux, mais je vais survivre.

Ce fut presque en sursautant qu'il détacha les yeux de sa jambe au galbe parfait pour les reporter sur l'asphalte et s'insérer dans le flot des voitures.

— Je suis soulagé, admit-il. J'imagine qu'au Texas, tu n'as pas eu souvent l'occasion de pratiquer le patin à glace.

— Bien vu ! Pourtant, c'est mon septième hiver ici, j'aurais cru mieux m'en sortir.

Et sur ces mots, elle lui jeta un regard en biais.

Une fois sur la route, il mit ses essuie-glaces et demanda :

— Comment se fait-il que nos chemins ne se soient jamais croisés avant que tu ne déposes Tally à l'hôpital, il y a deux mois, quand sa voiture est tombée en panne ?

Du bout des doigts, elle tapota la vitre.

— Toi et moi ne fréquentons pas vraiment les mêmes cercles, répondit-elle d'un ton sec.

Et zut ! Il venait de réinstaurer une distance entre eux, qu'il pensait avoir pourtant abolie, au cours de la soirée.

— Et je le regrette infiniment, lui affirma-t-il, sincère.

Elle se tourna sur son siège pour lui faire face.

— Tu ne laisses jamais tomber, n'est-ce pas ?

— Je suis honnête, c'est tout.

Il sentit qu'il perdait encore du terrain.

— Et moi, je suis plutôt méfiante par nature, répliqua-t-elle.

Était-ce un défi qu'elle lui lançait ?

— Dans ce cas, je vais me mettre au travail pour mériter ta confiance.

Elle se mit alors à jouer avec une mèche de cheveux et il eut la sensation qu'une nouvelle opportunité s'ouvrait entre eux.

— Vraiment ? fit-elle avant d'incliner la tête contre la vitre.

— Et sans perdre une minute ! Demande-moi ce que

tu veux. Je fais confiance à tes talents de médiatrice pour voir si je te réponds la vérité.

— As-tu un jour rêvé de quitter l'Alaska ?

Pourquoi lui posait-elle une question pareille ? Mais pourquoi se serait-il dérobé ?

— La réponse est non, je n'ai aucune envie de partir d'ici. Cet État me comble, j'y suis chez moi.

— Quel est ton meilleur souvenir d'enfance, ici ?

Pourquoi s'enquérait-elle de ce genre de détail ? Bien que ne comprenant pas très bien sa motivation, il savait en revanche qu'elle regrettait de ne pas avoir de famille.

— Quand Jack m'emmenait faire de la luge. Lui-même était un expert et pourtant il se montrait d'une patience infinie avec moi.

Immédiatement, les images se bousculèrent dans son esprit : il se revit trottiner dans la neige aux côtés de son aîné, pour arriver en haut de la plus haute pente de la propriété des Steele. Dès qu'ils entendaient le cri d'un animal, Jack lui en indiquait le nom. Ils pouvaient rester des heures à faire de la luge dans le froid.

— Et tes parents, où étaient-ils ?

— Au bureau ou en voyage d'affaires. Mais ils ne nous négligeaient pas, si c'est ce que tu insinues.

— C'est donc pour cette raison que ton frère et toi êtes si proches ?

— Oui, il a toujours veillé sur moi.

« La famille est la pierre angulaire de toute chose », aimait à répéter son père.

— Et tu as l'impression que tu lui es redevable ?

— Non, il ne s'agit pas de cela. C'est juste le besoin de s'entraider. Cela te semble curieux ? demanda-t-il en lui jetant un regard oblique. Tu ne me crois pas ?

— Bien sûr que si, répondit-elle avec le plus grand sérieux, son beau visage baignant dans la lumière bleutée du tableau de bord. C'est juste que… J'ai déjà lu des articles sur ce type de lien fraternel et j'ai pu aussi le constater entre des frères et sœurs, mais, à vrai dire, je ne m'attendais pas à l'entendre de ta bouche. Tu as de la chance d'avoir ton frère et vice versa.

— C'est vrai, reconnut-il.

Il savait qu'elle avait été une enfant placée, mais il ignorait tout de sa famille biologique.

— As-tu des frères et sœurs ?

— Oui, enfin, des demi-frères et sœurs. Nous avons été séparés avant même la fin de l'école primaire.

Puis elle se mit à gratter l'accoudoir de son siège, signe que la discussion la troublait, elle qui gardait pourtant toujours ses sentiments sous clé.

— On a essayé de rester en contact, mais à part quelques mails occasionnels, chacun a poursuivi son chemin de façon indépendante. En fait, j'ai gardé plus de contact avec ma dernière famille d'accueil.

La façon dont elle avait construit sa vie, en dépit de toutes les entraves qui s'étaient dressées sur sa route, était admirable et témoignait d'une force de caractère rare.

— Tu es tellement incroyable que j'en ai le souffle coupé, murmura-t-il.

Un grand sourire éclaira le visage de Felicity.

— Tu m'en vois ravie, car j'ai eu beau me voiler la face concernant l'attirance qui existe entre nous, je ne suis arrivée à rien.

Il eut soudain du mal à suivre le cours de leur conversation : comment étaient-ils passés de la famille, de sa force de caractère à l'attirance qu'ils ressentaient l'un pour l'autre ?

— Felicity…

Elle posa un doigt sur sa bouche.

— Il est temps que nous cessions de parler et que tu m'emmènes dans ton lit, souffla-t-elle.

- 7 -

Dès que Felicity avait proposé à Conrad de l'inviter à dîner s'il voulait la remercier de son intervention lors des retrouvailles avec Breanna, elle avait eu la quasi-certitude qu'ils finiraient au lit, elle et lui. Et à présent qu'ils pénétraient chez elle, enlacés l'un à l'autre, elle ne regrettait pas du tout sa décision.

Il la plaqua contre le mur, elle enfonça les doigts dans ses épaules et, du pied, lui caressa la cheville, soucieuse qu'il n'y ait plus la moindre barrière entre eux. Quand il pressa le poids de son corps musclé contre le sien et qu'elle perçut aussi celui de son désir, le sien en fut décuplé, tandis que l'odeur de santal qui émanait de lui, une fragrance si masculine, l'enivrait littéralement.

Coulant les mains sous sa veste, elle explora son dos musclé par-dessus sa chemise en soie fine. Dans son empressement, son coude heurta la table sur laquelle se trouvait la boîte de chocolats qu'il lui avait offerte plus tôt et qui roula à terre.

Au bruit qu'elle fit dans sa chute, il tourna la tête et un large sourire fendit son visage : reculant d'un pas, il se pencha adroitement pour la ramasser.

— C'est un plaisir pour moi de combler tes points faibles. Je suis impatient de découvrir les autres.

La promesse contenue dans ces paroles et dans le bleu de ses yeux la mit en feu. Elle aussi eut envie de découvrir ses faiblesses. À nouveau, il pressa sa bouche sur la sienne, et leurs langues dansèrent ensemble pendant qu'ils traversaient son appartement. Il avait le goût du café qu'ils avaient bu au restaurant, ce qui lui rappela leur conversation et combien Conrad était un homme brillant.

Sans lâcher sa bouche, elle lui retira son manteau et fit glisser sa cape par terre : cette couche en moins ne diminua en rien sa température intérieure et, déterminée, elle poursuivit son chemin jusqu'à sa chambre, son havre. Lorsqu'elle trébucha contre le tapis, le désir qu'il lui inspirait traversa tout son être en un éclair : l'attirance qu'ils éprouvaient l'un pour l'autre les consumait littéralement et il n'y avait aucune raison pour qu'ils n'y cèdent pas. Et tant pis si elle n'évoluait pas dans le même luxe que lui et si sa chambre était plutôt exiguë, c'était l'endroit où elle décompressait après une journée de travail à s'occuper des malheurs d'autrui. Sur son épaisse couette couleur bordeaux étaient alignés trois coussins aux motifs assortis, comme dans un hôtel sélect, tandis que sur sa table de nuit au design élégant se trouvait un livre ouvert à la page où elle avait arrêté sa lecture : bien que sa vie n'ait rien d'un roman sentimental, elle adorait se plonger dans des livres où les héros finissaient par surmonter les obstacles qui les séparaient, cela lui redonnait le moral pour affronter le stress d'une nouvelle journée de travail.

Mais pour l'instant, sa chambre douillette, avec ses draps en soie et ses diffuseurs d'essences, allait servir de cadre à de nouvelles activités.

Conrad jeta en effet la boîte de chocolats sur le lit et elle se laissa à son tour tomber dessus en douceur. S'agenouillant devant elle, il abaissa la fermeture Éclair de ses bottines rouges avant de soulever délicatement son pied et d'embrasser sa cheville. Quand il lui ôta sa chaussure, elle sentit toute retenue la déserter. Écartant les bras, elle ferma les yeux et imagina Conrad sur le reste de son corps.

Ce qui aviva encore son désir.

Il prit son temps pour la dévêtir, embrassant ses épaules, lui murmurant des mots doux. Elle appréciait chaque seconde de cette étreinte, chaque caresse, mais son impatience croissant, elle commença à le déshabiller d'une main fébrile et fut bientôt soufflée par la beauté virile de sa nudité. L'instant d'après, il s'agenouillait à nouveau pour plonger cette fois la tête entre ses jambes et lui donner le plus intime des baisers.

Elle en eut alors le souffle coupé et un léger gémissement lui échappa. Paupières closes, elle s'abandonna à la magie de sa langue et de ses doigts qui s'affairaient sur ses mamelons. S'accrochant au drap, elle sentit la tension monter en elle et, bientôt, un ouragan sensuel l'emporta.

Quelques instants plus tard, tandis qu'elle s'efforçait de reprendre ses esprits, elle l'entendit lui ordonner :

— Ne bouge pas !

Et il lui fourra une truffe dans la bouche.

Quand avait-il ouvert la boîte ? Elle avait dû rester alanguie bien plus longtemps qu'elle ne le pensait après l'incroyable orgasme qu'il lui avait donné. Elle sentit le chocolat crémeux, mâtiné d'une pointe de framboise, fondre dans sa bouche, saturer ses papilles.

Soudain, il se leva. Immédiatement, elle lui saisit le bras.

— Où vas-tu ? demanda-t-elle.

— Chercher des préservatifs dans la poche de ma veste.

— J'en ai dans le tiroir de ma table de nuit.

— Ah, tu avais donc tout prévu ! ironisa-t-il.

— Je pressentais que c'était bel et bien dans le domaine du possible.

— Felicity, juste pour qu'il n'y ait pas de malentendu entre nous, il faut que je sache si tu en as vraiment envie.

S'appuyant sur un coude, elle fourra une nouvelle truffe dans sa bouche et lui adressa un regard oblique.

— Dois-je réellement te rafraîchir la mémoire ? C'est moi qui t'ai demandé de m'inviter à dîner, non ? Et oui, j'en ai envie.

— En effet. Loin de moi l'idée de t'offenser.

Elle coupa alors une truffe en deux avec ses dents et lui présenta l'autre moitié, qui fondit dans leur bouche en même temps que le baiser qu'ils échangèrent après qu'il eut roulé sur elle.

De ses mains, elle explorait ses muscles solides, son corps qu'il entretenait si bien, au-delà de ce à quoi elle s'attendait, même s'il lui avait déjà donné un aperçu de sa force, en la portant jusqu'au SUV tout à l'heure.

— Comment sais-tu ce qui me fait fondre aussi vite que ces truffes ?

— Je suis juste à ton écoute, à l'écoute de ton corps.

Un homme attentif, voilà qui était rare, constata-t-elle, et cette seule idée était des plus excitantes. Glissant la main entre eux, elle se mit à caresser son érection aussi dure que veloutée. Il déchira alors la boîte de préservatifs.

L'intensité de son regard, l'urgence qu'elle lisait dans ses mâchoires serrées faisaient écho à son tourbillon intérieur. Caressant au passage ses chevilles, elle enroula les jambes autour de la taille de Conrad pour s'offrir pleinement à lui et, quand il la pénétra, un déchaînement de sensations l'inonda en même temps, sensations qu'elle n'avait plus connues depuis fort longtemps.

D'ailleurs, elle ne se rappelait plus avoir été si incroyablement proche d'un homme. Or, de manière paradoxale, elle en voulait encore plus.

Ses grognements s'accordèrent bientôt à ses gémissements, leur concert formant une symphonie qui les enveloppa de sensualité. Elle sentit ses doigts dans sa chevelure, tout comme une autre vague de jouissance monter en elle, qu'elle s'efforça de retenir le plus longtemps possible, mais comment réfréner la passion ? Un puissant orgasme la happa sans prévenir, plus époustouflant que le précédent, et un cri de pur plaisir lui échappa, alors qu'elle enfonçait ses ongles dans les épaules de Conrad, y laissant des demi-lunes.

Le souffle lourd, il la suivit de peu, et son corps trembla dans l'abandon, lui procurant de nouveaux frissons de plaisir.

L'odeur de leurs fiévreux ébats flottait encore dans la chambre quand elle commença à se demander ce qu'elle venait de faire. Car ce qui s'était passé n'avait rien à voir avec une nuit sans lendemain et, face au choc de cette constatation, elle se rendit compte qu'il était urgent de mettre un peu d'espace entre eux.

Déposant un baiser sur son front, elle se dégagea de son étreinte.

— Je vais nous faire du café avant que tu t'en ailles, déclara-t-elle.

Il se redressa, le corps nimbé de la lumière dorée qui tombait de la table de nuit et la peau encore moite de leurs étreintes.

— En gros, tu me chasses de ton lit.

— Je pensais que tu en serais soulagé.

— Sache que c'est tout le contraire ! protesta-t-il en s'asseyant sur le rebord du matelas, les yeux plissés. Je crois que toi et moi, on pourrait avoir une formidable liaison.

— Entièrement d'accord, mais nous savons tous les deux que les sentiments ne doivent pas s'en mêler.

Elle cherchait ses mots, pour lui expliquer pourquoi il était préférable qu'il s'en aille.

— Or, à continuer ainsi, nous pourrions sans nous en rendre compte passer à l'étape supérieure. Et je dois dire que l'idée me met mal à l'aise.

— Compris, dit-il. Cependant, je ne vois pas très bien comment oublier ce qui vient de se passer entre nous, nuança-t-il en lui saisissant les mains pour l'attirer entre ses genoux. D'autant que nous sommes censés organiser ensemble le dîner de la fondation pour l'hôpital.

Elle le regarda fixement.

— Que suggères-tu, au juste ?

— Je te propose que, pour les deux semaines qui viennent, nous nous accordions une fenêtre de temps pendant laquelle nous nous verrons et nous passerons de bons moments ensemble, sans pression.

Et de son pouce, il se mit à caresser l'intérieur sensible de son poignet, là où battait son pouls.

— Et quand l'événement sera passé, chacun reprendra son chemin ? voulut-elle savoir.

— Si c'est ce que tu souhaites, alors oui.

Pouvait-elle lui faire confiance ? Elle en avait envie, bien sûr, car elle mourait de revivre des soirées comme celle-ci, tout en gardant son cœur à l'abri.

— Partons sur cette base, alors, tout en avisant au jour le jour, finit-elle par consentir.

— Parfait pour moi ! Je me damnerais pour une nouvelle nuit dans tes bras.

Et l'attirant encore plus étroitement contre lui, il prit l'un de ses seins en coupe.

— Et si l'on vidait un peu ton stock de préservatifs avant de boire ce café ? suggéra-t-il.

Bien que consciente qu'elle le regretterait sans doute plus tard, elle se glissa de nouveau sous les couvertures avec lui, se noyant déjà dans les délices d'un autre baiser au chocolat framboise.

Le lendemain, au volant de son SUV, Conrad remontait l'allée qui menait à la maison de son frère. Nichée au pied d'un lac gelé, la structure était impressionnante et en imposait d'autant plus que la surface du lac se reflétait dans ses parois de verre. Le vent menait à mal les arbres tout autour, qui ployaient sous son souffle impitoyable.

À 4 heures du matin, alors qu'il buvait du café avec Felicity, il lui avait demandé de se joindre à leur réunion familiale. À sa grande surprise, elle avait accepté, même si elle avait par ailleurs campé sur sa position qu'il ne passe pas la nuit chez elle.

Il était rentré se doucher, puis était revenu la chercher un peu avant midi. Il n'aurait su décrire le bonheur qui était le sien de l'avoir aujourd'hui à ses côtés pour ce repas autour de la piscine intérieure, chez Jack. Nul doute que celui-ci avait besoin du soutien de toute sa famille et, d'ailleurs, tous avaient besoin de se serrer les coudes après cette réunion des plus stressantes avec Brea.

Alors qu'il se garait, Felicity rassembla son fourre-tout et son sac de piscine.

— Merci d'être venue, lui dit-il.

— J'aime beaucoup ta famille, répondit-elle avant d'ajouter, après un bref baiser sur la bouche : Seulement, pas de démonstration en public, s'il te plaît.

— Compris.

L'amour avec Felicity avait vraiment été incroyable et, pourtant, les exigences de Conrad étaient élevées en la matière. Heureusement qu'il avait eu l'idée de cette fenêtre de temps qui leur laissait un petit répit, sans quoi, elle l'aurait sans doute définitivement refoulé de son lit.

Ses pas crissaient dans la neige quand, une fois descendu de son SUV, il alla lui ouvrir et, lorsque leurs regards se croisèrent, une sorte de courant électrique passa entre eux. Comme il regrettait que tout le monde puisse les voir derrière la paroi vitrée qui donnait sur la piscine chauffée. Au lieu de lui donner un baiser, il dut se contenter de tenir sa main gantée.

L'intérieur résonnait du vacarme lié aux jeux d'eau auxquels se livraient quelques membres de sa famille. Sa plus jeune nièce, Delaney, était assise sur les galets qui flanquaient la piscine, les pieds dans l'eau, et l'écho de ses grands éclats de rire rebondissait entre le verre et le vestibule en bois.

Un buffet impressionnant trônait sur une immense table : houmous, pita, olives de Kalamata, tranches de pamplemousse et fraises, burgers à l'orignal et poulets au citron vert. Jack était en train de tendre une assiette rouge à Jeannie qui souriait aux paroles qu'il venait de lui murmurer à l'oreille. De l'autre côté de la piscine, près de la baie qui s'élevait du sol au plafond et derrière laquelle se déployait un majestueux paysage de montagnes enneigées et de pins alourdis de flocons, Isabeau s'éventait sur une chaise longue. Un sourire aux lèvres, elle avait la main posée sur son ventre imposant tandis que Trystan lui apportait une assiette bien remplie ainsi qu'un verre d'eau. Son chien était couché sous sa chaise longue, tête entre les pattes, mais oreilles en alerte.

— Ah, tu es venu ! s'exclama Jeannie à l'adresse de Conrad avec un sourire accueillant.

Marshall lui donna une tape sur l'épaule, alors qu'il se dirigeait vers le buffet. Felicity salua tout le monde d'un petit signe de la main et s'éclipsa vers le vestiaire.

Conrad ouvrit une bière, puis considéra Royce et Naomi qui riaient avec leurs jumeaux dans la piscine, avant que son regard ne se porte sur Broderick, Glenna et leur petite Fleur dans une bouée pour bébé. La fillette riait aux éclats en donnant de petits coups de pied sous l'eau.

Toute son attention se reporta sur Felicity quand elle ressortit des vestiaires, telle une apparition féerique dans son maillot de bain une pièce couleur émeraude qui moulait à la perfection ses superbes courbes : elle lui évoquait une sirène, prête à le piéger de son chant mélodieux. Elle ondula vers lui et, prenant une assiette, y déposa du houmous et de la pita, ainsi que des tranches d'ananas et des fraises. Conrad plaça un burger dans la sienne, sentant qu'elle l'observait de près.

— Quelque chose ne va pas ? demanda-t-il.

— Je suis juste intriguée, car je n'avais pas l'impression que tu appréciais ce genre de réjouissances.

— J'aime passer du temps en famille. Et toi, pourquoi es-tu ici ?

— Un ami m'a invitée.

Tiens donc, il était devenu son ami ! Il progressait sur toute la ligne, vu qu'ils étaient aussi amants.

À cette pensée, il eut envie de l'attirer à lui et, jetant un regard alentour pour vérifier que personne ne les regardait, il fut arrêté dans son geste par les aboiements du chien d'Isabeau. Aussitôt, Trystan bondit, Jeannie accourut : le travail commençait pour Isabeau, de façon prématurée.

Un plateau rempli de tasses de café et une boîte de pâtisseries à la main, Felicity se fraya un chemin parmi ses collègues pour atteindre la salle d'attente où elle distribua ces petits réconforts à la famille de Conrad. Chacun hocha la tête et murmura des remerciements en se servant.

Évidemment, ni le café ni les pâtisseries ne réduiraient le risque qu'encouraient Isabeau et son bébé qui avait décidé de venir au monde un mois à l'avance. Il n'empêche que Felicity ne pouvait se contenter d'attendre sans rien faire.

Elle était de tout cœur avec cette famille qui s'inquiétait pour l'une des leurs. Trystan ne cessait de se maudire pour ne pas l'avoir obligée à garder le lit même si, lors de la dernière visite, la gynécologue leur avait assuré que tout allait bien.

Tout le monde respirerait mieux quand le bébé serait né et Isabeau déclarée en bonne santé.

Marshall prit la dernière part de tarte aux pommes, et Felicity se laissa tomber sur une chaise à côté de

Conrad. Sans le vouloir, elle se rappela alors son propre mariage et ses envies de fonder un foyer. Hélas, son couple battait déjà de l'aile et elle avait compris plus tard que c'était aussi l'époque où son ex-mari avait commencé à se droguer. Des larmes lui montèrent aux yeux. Comment elle, une travailleuse sociale, ne s'en était-elle pas aperçue ? Il fallait dire qu'elle avait eu affaire à un sacré menteur.

Son regard erra alors sur les photos de bébés accrochées aux murs, des nouveau-nés en bonne santé, entourés de parents heureux, et elle espéra que la famille Steele partagerait ces mêmes joies à la fin de la journée.

Conrad souffla sur son café.

— Merci, lui murmura-t-il. C'est très gentil à toi d'être restée avec nous et de nous apporter du réconfort.

Involontairement, elle passa la main derrière l'oreille de Conrad pour le caresser et il ne broncha pas, bien au contraire, en dépit de tout ce qu'ils s'étaient promis pour éviter les complications si la famille découvrait leur relation. Mais elle avait beau se raisonner, elle était incapable de s'en aller, de tourner le dos à cet homme aussi affable que complexe.

Elle lui massa gentiment la tempe, traçant des cercles sur ses cheveux noirs.

— Je l'ai fait avant que tu ne t'en charges, car tu aurais peut-être manqué les dernières nouvelles.

À cet instant, un carillon sonna pour annoncer la naissance d'un bébé : toute la famille tourna la tête vers la double porte, mais aucun médecin n'entra et les conversations reprirent.

Felicity en profita pour poursuivre la leur.

— Le sort de tes neveux te tient tant à cœur ! En fait, je me suis toujours demandé pourquoi tu…

— Pourquoi je ne suis moi-même pas marié ? acheva-t-il devant son hésitation.

— Je ne veux pas avoir l'air impolie ou trop curieuse…

— Rassure-toi, ce n'est pas une question indiscrète et étant donné le tour que les choses ont pris entre nous, tu as tout à fait le droit de savoir. J'ai failli me marier. En fait, je suis même allé jusqu'à l'autel. Nous avions réservé la salle des fêtes, et puis… la mariée s'est décommandée.

Elle avait entendu dire qu'il avait eu une relation sérieuse, par le passé, mais elle n'imaginait pas que c'était allé aussi loin. De manière égoïste, elle pensait être la seule des deux à avoir cruellement souffert.

— Oh ! je suis désolée ! Que s'est-il passé ?

— Est-ce important ?

— Navrée, c'est un réflexe professionnel : je pose des questions de façon automatique.

Confuse, elle trempa un croissant dans son café.

— À moins que ce ne soit une façon d'empêcher les gens de t'en poser, renchérit-il. Si je m'étais davantage renseigné sur toi, je te comprendrais sans doute mieux.

Elle mastiqua un instant son croissant en silence : certes, il n'était pas inquisiteur, mais c'était un homme attentif, de sorte qu'il devinait bien plus que ce qu'elle aurait voulu lui livrer.

Elle avala un trait de café, consciente qu'elle devait répondre.

— Il me semblait t'avoir dit ce qu'il en était à Noël, quand j'ai mis un terme à notre relation naissante. Mon premier mariage a été un fiasco. Depuis, je me concentre sur ma carrière, et ce, d'autant plus que j'ai un nouveau poste à l'hôpital.

Il étendit les jambes devant lui, puis les croisa au niveau des chevilles.

— Tu n'assimiles tout de même pas tous les hommes à ton ex-époux ? Par ta profession, tu dois bien te rendre compte que nous ne sommes pas tous pareils.

— Et si tu ne me plaisais tout simplement pas ? renchérit-elle, un rien provocatrice. Nous ne sommes pas sortis très longtemps ensemble, tu sais, l'an dernier.

Il se mit à rire et plongea ses yeux dans les siens.

— Tu parles d'une époque révolue. Nous n'en sommes plus à ce stade, toi et moi.

Elle se sentit rougir.

— Touché.

Il se tapota le torse au niveau du cœur.

— C'est l'une des plus gentilles choses que tu m'aies dites, déclara-t-il avec un sourire.

— Il est vrai que tu es plus habitué à mes rebuffades, admit-elle.

Et elle sentit les regrets lui mordre le cœur : elle ne l'avait guère ménagé, en raison des ombres du passé qui planaient encore sur sa vie.

— Dans ce cas, rachète-toi en me laissant te ramener chez toi, tout à l'heure.

Alors qu'elle hésitait à répondre, le carillon sonna : *un nouveau bébé,* pensa-t-elle. Une seconde après, la double porte s'ouvrit, livrant le passage à une infirmière qui arrivait d'un pas résolu.

— Le médecin m'a chargée de vous annoncer qu'Isabeau se porte bien, et que son petit garçon va très bien, lui aussi, pour un prématuré.

Un concert d'acclamations s'ensuivit et Felicity, happée par l'enthousiasme familial, enlaça non seulement Conrad, mais tous les autres. Si elle n'était pas prudente, elle risquait de se laisser prendre au piège de cette famille, comme elle était tombée dans celui de Conrad.

- 8 -

Trois heures plus tard, quand Felicity entra chez Conrad, elle ne pensait même plus à endiguer le sentiment de griserie qui était le sien. La journée avait été si belle qu'elle ne pouvait se refuser ce moment, d'autant qu'il y avait des lustres qu'elle n'avait pas connu un tel bonheur, car elle était en permanence sur ses gardes, dans la crainte du nouveau coup du sort que la vie allait lui réserver.

Cet abandon, cet état de grâce en était presque étrange, mais elle était résolue à le savourer pleinement. Demain arriverait bien trop vite.

Pour l'heure, elle se réjouissait que le bébé soit en bonne santé et l'après-midi passé en compagnie de Conrad avait été des plus agréables.

Retirant son manteau en lainage rouge, elle passa discrètement en revue la décoration toute en sobriété, où elle reconnaissait aisément la signature de Conrad.

Au fond du salon, le mur constitué d'une rangée de fenêtres offrait un panorama spectaculaire sur les montagnes enneigées, ce qui éliminait d'emblée la nécessité d'œuvres d'art, la pièce étant dominée par la nature. Derrière les vitres, de fines falaises argentées faisaient également saillie et les branches de hauts arbres bougeaient au vent. La vue était à couper le souffle.

— C'est un appartement qui en impose, s'extasia-t-elle.

Et elle pensa au sien qui aurait pu tenir dans le salon !

Conrad accrocha son stetson à une patère.

— Va-t-on encore devoir discuter de ma vie d'ultra-privilégié ? renchérit-il.

— Non, j'ai bien compris que tu étais un self-made-man, répondit-elle.

Elle lui donna son manteau et posa son sac à main sur le canapé.

— Qui a malgré tout des avantages dont tu ne bénéficies pas, c'est bien cela, non ? enchaîna-t-il en lui adressant un regard prudent.

Même s'il possédait un charme fou, Conrad affichait une certaine méfiance envers les femmes, tout comme elle envers les hommes.

Toutefois, aujourd'hui, elle n'avait pas envie de s'étendre sur cet aspect-là, préférant prendre le moment comme il venait.

— Et si nous vivions dans le présent ? suggéra-t-elle.

— Cela me convient parfaitement, répondit-il.

Il posa alors les mains sur ses épaules, commençant à la masser légèrement.

Elle se rapprocha de lui, attirée par la chaleur qui émanait de sa personne.

— Nous allons devoir travailler en collaboration encore plus étroite à la préparation du dîner, maintenant qu'Isabeau a accouché, remarqua-t-elle. Raison de plus pour oublier le passé.

Il lui caressait doucement le haut des bras, à présent.

— Je ne vais pas faire comme si la nuit d'hier n'avait pas eu lieu.

— Moi non plus, assura-t-elle.

Comment aurait-ce été possible ? Ils avaient vécu une expérience rare et tout à fait inoubliable. Cependant, une mise au point s'imposait avant qu'elle ne cède de nouveau à ses charmes.

— Cela dit, tu comprends bien que je ne reviendrai

pas sur ce que j'ai dit concernant une relation durable, précisa-t-elle.

— Je n'oublie pas tes propos, affirma-t-il en prenant son visage en coupe. Et je me souviens aussi que tu as accepté qu'on sorte ensemble pendant les trois semaines où l'on ne pourra de toute façon pas s'éviter, avant le dîner de gala.

Elle ne le niait absolument pas. Il était si facile de venir se blottir dans ses bras. Si naturel. Elle se hissa sur la pointe des pieds au moment où il baissa la tête, et chacun pressa sa bouche contre celle de l'autre avec la sensation d'une heureuse légitimité. Leurs corps s'accordaient à merveille, l'attirance étant si forte entre eux que ni l'un ni l'autre ne semblaient en mesure de résister.

Elle ignorait combien de temps durerait leur idylle, mais elle était déterminée à la vivre entièrement.

Il avait le goût de la tarte aux fruits accompagnée d'une boule de glace à la vanille qu'ils avaient mangées en dessert, au dîner. Et celle-ci était délicieuse, leur famille ayant érigé les menus plaisirs en art de vivre, non par prétention, mais parce qu'ils étaient privilégiés. Rapidement, elle repoussa la pensée qui menaçait de l'assombrir.

— Viens ! lança tout à coup Conrad en emmêlant ses doigts aux siens.

— Quelle idée as-tu derrière la tête ?

— Fais-moi confiance, répliqua-t-il, en dardant sur elle ses yeux bleus absolument irrésistibles.

Serrant plus étroitement la main de Felicity, Conrad l'entraîna à travers sa maison, vers l'endroit où il avait rêvé de se retrouver seul avec elle durant toute la soirée chez son frère, c'est-à-dire dans sa piscine personnelle, où ils pourraient tranquillement s'adonner au naturisme.

Il n'avait cessé de fantasmer sur ses courbes, sa

longue chevelure brune glissant sur ses seins… Et en ce moment encore, ces images le hantaient au point que les battements de son cœur s'accélérèrent. Avant d'arriver aux portes coulissantes qui donnaient accès à sa piscine chauffée, ils traversèrent sa salle à manger et passèrent devant la grande table qui n'avait servi que l'année où il avait hébergé son frère, après la disparition de sa femme et de sa fille. Mais, rejetant bien vite ces pensées, il fit coulisser les parois de verre.

Les carreaux étaient tous d'une même couleur et la pièce offrait une vue imprenable sur une falaise et le sommet enneigé d'une chaîne de montagnes, dans le lointain. Personne ne pouvait s'approcher de ce côté-ci.

Felicity pivota sur elle-même pour apprécier les lieux…

— Cette pièce dépasse l'imagination, dit-elle.

Son sourire lui procura une grande satisfaction et, les yeux rivés aux siens, il répliqua :

— Non, c'est toi qui dépasses l'imagination.

À ces mots, une lueur incandescente s'alluma dans ses prunelles et, reculant d'un pas, elle retira lentement sa robe avant de la jeter avec nonchalance par terre, puis de secouer sa chevelure soyeuse pour la remettre en place. Elle irradiait littéralement dans la lumière du soir, avec ses dessous noirs et ses bottines en cuir rouge qu'elle n'avait pas encore retirées.

Son pouls tambourina bientôt à ses tempes et tout son sang afflua vers un endroit précis de son anatomie : le désir le saisit comme un coup de fouet, le clouant sur place.

Passant les mains derrière le dos, elle dégrafa son soutien-gorge qui tomba dans un doux froufroutement sur les carreaux. Puis elle fit glisser sa culotte et, une fois celle-ci à terre, l'enjamba.

Il retint sa respiration. La beauté, l'assurance et la sensualité de Felicity illuminaient la pièce. Comme aimanté, il s'avança vers elle et, prenant ses seins en coupe, il en titilla les pointes qui se hérissèrent promptement, ce qui l'encouragea à poursuivre. Bientôt, il glissa une main entre ses cuisses : elle était aussi excitée que lui. S'agrippant à ses épaules, elle ferma les paupières et il l'entraîna alors vers une chaise longue pour lui retirer ses bottines.

— Je ne pourrai jamais me rassasier de toi, murmura-t-il.

À ces mots, elle ouvrit grand les yeux, et l'ombre qu'il vit au fond de ses prunelles couleur noisette lui rappela la limite de temps qu'elle avait fixée à leur relation. C'était bien la dernière chose à quoi il voulait penser !

Posant un doigt sur sa bouche, il lui intima le silence, avant de se déshabiller à une vitesse record. Il enfila de la même façon un préservatif et s'allongea sur elle, qui s'offrit tout de suite à lui. L'instant d'après, il était en elle.

Ses petits soupirs, son déhanchement sensuel et la caresse de sa peau contre la sienne avivèrent tous ses sens que renforçaient encore le clapotis de l'eau et l'enivrante fragrance fleurie qui était la sienne. Sous leur température interne conjuguée à celle de la pièce, leurs corps transpiraient. Il avait l'impression d'avoir attendu une éternité avant de lui faire l'amour pour la première fois, alors qu'en réalité, seuls deux petits mois s'étaient écoulés depuis leur rencontre initiale. Mais le temps avait basculé dès l'instant où ses yeux s'étaient posés sur elle et, dès lors, il n'avait eu de cesse de la conquérir.

Assez rêvé, le temps de l'action était arrivé ! Cette femme était unique, un mélange d'élégance totale et de folle sensualité qui lui donnait le vertige. Il la pénétra plus profondément et elle referma les jambes autour de sa taille, pour rapprocher encore leurs corps… Soudain, elle laissa retomber la tête sur l'oreiller, la tournant d'un côté puis de l'autre, et son orgasme montant fit surgir en lui un regain de désir. Ses gémissements se transformèrent bientôt en petits cris et, quand il la sentit se contracter autour de lui, il perdit le contact avec la réalité, emporté par des sensations indescriptibles…

Une fois qu'ils eurent retrouvé leur souffle, il se redressa et la prit dans ses bras. Elle noua les bras autour de son cou et lui sourit, visiblement prête à le suivre là où bon lui semblerait de l'emmener.

En l'occurrence, il descendit les marches de la piscine et tous deux s'immergèrent dans ses eaux chaudes, surplombées par une fontaine en pierre, à l'autre extrémité.

Sans mot dire, il rejeta ses cheveux bruns d'un côté de son visage et se mit à les caresser, appréciant la douceur du moment après ces journées plutôt intenses : le retour de Brea, ses premières étreintes avec Felicity, l'accouchement prématuré d'Isabeau…

Il était indéniable que la présence de Felicity l'avait énormément aidé, elle avait été d'un indéfectible soutien ce qui était une expérience nouvelle pour lui, car il était en général le pivot sur qui on prenait appui. À vrai dire, il ne savait que conclure de tout cela, il était bien incapable de démêler ses pensées.

Felicity exerçait un ascendant sur lui comme aucune autre femme avant et, en réalité, cela l'effrayait terriblement.

Felicity regardait son amant en train de dormir, tête enfoncée de profil dans l'oreiller à côté d'elle. Après avoir fait l'amour dans la piscine, ils avaient nagé tout en se taquinant, puis s'étaient douchés ensemble. Son corps était saturé de plaisir.

Elle n'avait pas l'intention de rester dormir chez lui, mais le temps lui avait glissé entre les doigts quand ils avaient refait l'amour après la douche, puis discuté jusqu'aux premières lueurs de l'aube. Les longues nuits de l'hiver alaskien avaient contribué à lui faire perdre la notion de l'heure.

Conrad paraissait paisible, tout autant que sexy. La veilleuse, qui prêtait à ses traits un air plus doux, était propice aux plus suaves vagabondages et rêveries de l'esprit. Aussi, durant quelques instants, elle imagina un avenir avec lui, ici, dans cette maison qui se déclinait dans un camaïeu de gris et de beige, au sein d'un paysage grandiose. Elle se vit partager un lit, une existence avec cet homme ensorceleur. La vie aurait alors le goût des baies sauvages, de l'air de la montagne imprégné de l'odeur de pins, celle d'étreintes ardentes et de leur passion commune d'aider autrui.

Sans compter qu'il avait le visage et le corps d'une star de cinéma.

Seulement voilà, il avait une vie déjà bien remplie où il n'y avait pas de place pour elle.

Vraiment ? lui susurra une petite voix.

Affolée, elle se laissa glisser hors du lit et ramassa bien vite ses vêtements épars sur le tapis épais où ses orteils s'enfonçaient si agréablement.

Qu'est-ce qui l'attirait, chez elle ? Il pouvait avoir qui il voulait, à commencer par une femme bien plus jeune qu'elle. En toute logique, après avoir obtenu ce qu'il attendait d'elle la première fois, il aurait dû l'éviter, or, c'était le contraire qui s'était produit : il l'avait invitée dans sa famille, puis chez lui.

Enfilant sa culotte en dentelle noire, elle lui jeta un bref coup d'œil : son torse montait et descendait doucement. Que devait-elle faire ? Le mieux, malgré tout, était de maintenir une certaine distance avec lui. Et même s'il était difficile de s'enfuir telle une voleuse, elle devait s'en tenir à sa décision, ne pas s'attarder pour un petit déjeuner romantique.

Elle enfila sa robe, remit de l'ordre dans ses cheveux que depuis son divorce elle portait longs et détachés, son mari ayant toujours préféré un carré sage. Quand on songeait à la sagesse dont il faisait preuve, lui ! Désormais, personne ne l'entraverait plus.

Soudain, elle entendit un froissement de draps en guise d'avertissement, avant que la voix de Conrad ne s'élève :

— Et si tu prenais un café avant de partir ? Je ne voudrais pas que tu t'endormes au volant. Mieux ! s'exclama-t-il en s'asseyant sur le rebord du lit. Je vais t'appeler un taxi.

Il avait les cheveux ébouriffés et une barbe de deux jours, mais il était aussi séduisant au lever du lit que sur son trente et un. Elle devait se bouger, et vite, avant de se glisser à nouveau sous ses draps pour y finir sa nuit, voire s'y attarder au-delà.

— Inutile, souffla-t-elle. Je ne voulais pas te réveiller.

— Oui, puisque tu filais en douce. Mais ce n'était pas nécessaire, tu sais, puisque tu m'avais prévenu dès le début que tu ne resterais jamais dormir chez moi.

Elle lui donna bien vite un baiser sur la bouche.

— Tu verras, cela rendra l'organisation du dîner bien plus excitante encore, car ainsi, nous aurons encore plus hâte de nous retrouver.

— Tu as sans doute raison.

Du menton, elle désigna son téléphone.

— Pourrais-tu regarder si tu n'as pas reçu de message concernant Isabeau et le bébé ?

— Naturellement… Tout va bien, ajouta-t-il, après avoir obtempéré. Il est encore sous oxygène, mais il tète bien et s'avère réactif. Tu veux voir des photos ?

— Volontiers.

Elle s'agenouilla alors près de lui et se pencha sur l'écran : le nouveau-né était entouré de tubes dans sa couveuse. Un battant, déjà, pensa-t-elle. Il pesait deux kilos et soixante-quinze grammes, ce qui n'était pas si mal, et il était plutôt grand. Son cœur se serra à l'idée des enfants qu'elle avait pensé avoir un jour.

— Ils l'ont appelé Everett, ce qui signifie « fort ».

Elle effleura l'écran.

— Il est beau. Félicitations, oncle Conrad.

— Grand-oncle, rectifia-t-il en riant. Voilà qui ne me rajeunit pas.

Décidément, il n'y avait pas en lui une once de vanité !

— Tu es bien plus jeune que ton frère ! renchérit-elle. Tu peux toujours avoir des enfants.

Aïe ! Pourquoi cette remarque lui avait-elle échappé ? D'autant plus qu'elle s'était juré de faire en sorte que cette relation reste simple, de ne pas aborder de questions délicates, avec lui. Cependant, c'était plus fort qu'elle, elle se demandait comment il prenait le fait de ne pas être père.

— Et qu'en est-il de toi ? renchérit-il, le visage impénétrable.

Elle hésita avant de répondre, puis opta pour la vérité.

— Je voulais adopter un enfant, mais ce n'était pas le bon moment.

Il repoussa une mèche qui lui était tombée sur le front et entoura son visage en coupe.

— Pourtant, tu ferais une mère formidable.

— Merci, mais cette conversation prend un tour bien trop sérieux et outrepasse nos règles de base.

Il la saisit alors par les hanches et l'attira à lui, dardant sur elle un regard pénétrant.

— Tu as raison, ne nous égarons pas.

Elle se mit à rire, appréciant qu'il n'insiste pas.

— Bon, je veux bien un café.

— Ça tombe bien, je sais parfaitement comment tu l'aimes.

Était-il vraiment si attentionné ou se moquait-il ?

Elle détestait être suspicieuse, mais elle s'était déjà tant fourvoyée, dans le domaine des sentiments, qu'elle était désormais incapable de baisser la garde.

Il était plus sûr de prendre le moment comme il venait,

sans spéculer sur l'avenir. Elle lui donna un autre baiser sur les lèvres.

— Merci, souffla-t-elle.

Jack se frotta le cou, épuisé.

Entre Brea, l'accouchement et le contrat à finaliser avec Benally, il atteignait ses limites. Heureusement que le paysage qu'il contemplait tout en discutant avec ce dernier l'apaisait, ainsi que le bureau où il se trouvait. C'était son grand-père qui en avait fabriqué les bibliothèques et, ici, il avait presque l'impression que tout était comme avant ou du moins qu'il pourrait trouver des réponses à la disparition et réapparition de Brea. Cet endroit était par ailleurs leur refuge cosy, à Jeannie et lui, quand leur grande famille envahissait toute la maison et qu'ils avaient besoin de se retrouver.

À l'autre bout du fil, Benally prenait à présent congé de lui.

— Merci, répondit Jack. On se rappelle sous peu.

Il contempla alors le plafond peint en bleu : il avait tenu à cette couleur pour garder foi en la vie, après l'inimaginable tragédie.

— Jack ? Tout va bien ? s'enquit Jeannie qui était assise sur le canapé, entourée de boîtes remplies de papier. Ce n'était pas Trystan, au moins ?

— Mais non ! répondit-il en s'avançant vers elle pour la rassurer. Détends-toi, tout va bien pour le bébé.

Le feu craqua dans l'âtre. Sa chaleur et sa vue étaient un réconfort, d'autant que la neige tombait plus fort, à l'approche de la nuit.

Il se sentait un peu coupable de ne pas être aux côtés de Trystan et Isabeau, mais la nouvelle crise qui les guettait était de taille.

De la lettre que Brea avait écrite, il ressortait clairement qu'après le crash, elle avait été recueillie par une famille de marginaux qui, en réalité, l'avait volée à sa propre famille, et cette idée suffisait déjà à lui briser le cœur.

Il se laissa tomber à côté de Jeannie, préférant parler de tout sauf de Brea.

— C'était Ward Benally, ajouta-t-il. Il avait encore des questions. C'est un sacré négociateur. Nous avons de la chance d'être tombée sur lui, il saura défendre nos intérêts.

Jeannie lui adressa un sourire chaleureux.

— Es-tu certain que cela te convient de remettre le contrôle de notre société à un étranger ?

— Et toi, cela te dérange-t-il ?

— Puisque aucun de nos enfants n'en avait envie, avions-nous le choix ?

— Bah, c'est admirable qu'ils aient chacun trouvé leur voie par leurs propres moyens ! Mais qu'est-ce que c'est, tout ça ?

Et il désigna les boîtes à ses pieds.

— De vieilles lettres de mon frère et ma sœur, répondit-elle en lui lançant un regard empli de souffrance. L'idée que Lyle et Willa aient quelque chose à voir avec ce qui est arrivé à ta famille m'est intolérable, mais je ne peux pas non plus pratiquer la politique de l'autruche.

Une peur panique le saisit. Certes, il avait besoin de réponses sur l'accident, mais il avait conscience qu'elles risquaient d'être explosives.

Se penchant vers une boîte, il se rendit compte que les lettres qu'elle contenait étaient quasi friables. Comme leur avenir, pensa-t-il alors.

— Qu'espères-tu trouver, là-dedans ? questionna-t-il.

— Je ne sais pas vraiment. Peut-être des indices qui prouveraient qu'ils ont menti. Ou bien des allusions montrant qu'ils connaissaient le mécanicien impliqué dans le crash.

Découvrir que le père de la fiancée de Marshall était le mécanicien qui avait préparé l'avion, lors de ce vol fatal, avait été un choc. Rongé par la culpabilité, le père de Tally s'était ensuite donné la mort. On ne pouvait donc plus l'interroger pour savoir s'il avait délibérément provoqué le crash ou s'il s'agissait d'un accident.

Si l'acte avait été délibéré, quel en était le motif ? Pour qui travaillait-il alors ?

— Et tu as trouvé quelque chose ? interrogea-t-il.

— Rien de concret, hélas ! Mais il y a tant de lettres.

— Puis-je t'aider ?

— C'est gentil, seulement, tu ne les connais pas aussi bien que moi et tu pourrais ne pas lire entre les lignes. Certains détails de notre passé risqueraient de te sembler anodins, alors qu'ils pourraient m'apparaître déterminants.

Le frère et la sœur de Jeannie avaient indubitablement des passés tortueux, l'un ayant eu maille à partir avec la justice, l'autre des problèmes avec la drogue et les hommes. C'était pour cette raison qu'elle avait confié son fils, Trystan, à la garde de sa sœur qui l'avait élevé comme le sien.

Dans tout cet imbroglio, Jack possédait une certitude : Jeannie n'était en rien mêlée à l'accident d'avion, il avait une entière confiance en elle. Malheureusement, il ne pouvait en dire autant au sujet du frère et de la sœur de son épouse, et encore moins de son premier mari.

Toutefois, si sa famille était impliquée, comment allaient réagir les enfants de Jeannie ?

Et dire qu'il avait cru la querelle du passé enterrée avec leur mariage ! Jamais il n'aurait pu prévoir un tel coup de tonnerre.

Il sentit sa gorge se nouer : la vie lui avait donné une deuxième chance de bonheur, une chance à laquelle il ne s'attendait pas du tout. Et il en avait été extrêmement reconnaissant au destin. Mais comment aurait-il pu deviner que le fossé existant entre les Mikkelson et les Steele cachait peut-être des profondeurs plus noires encore que les anciennes méfiances, pires même que l'espionnage industriel ?

Tout simplement parce qu'il n'avait pas imaginé un instant que le retour de sa fille si longtemps disparue puisse représenter une menace pour son mariage.

- 9 -

Conrad avait l'intention de profiter au mieux du temps qui lui restait avec Felicity dans le cadre de l'organisation du dîner caritatif pour l'hôpital. Coucher avec elle n'avait en rien apaisé le désir qu'elle lui inspirait lors de ces sessions de travail. En réalité, il en était même intensifié, puisqu'à présent, il savait combien ils s'accordaient merveilleusement bien, tous les deux.

Assis à côté d'elle autour de la table de conférence de l'Alaska Oil Barons Inc., il vérifiait la page des comptes tandis qu'elle finalisait le plan de table, maintenant que tous les retours pour les invitations leur étaient parvenus. Une fois par semaine, Felicity quittait son travail un peu plus tôt afin de régler avec lui certains détails plus précis liés à l'événement, le reste s'effectuant par textos ou mails. Or, c'était le dernier soir où ils travaillaient sur le projet, car le dîner était prévu pour la fin de la semaine.

La fragrance de son shampoing lui parvenait au rythme de la soufflerie du radiateur et lui rappelait l'odeur qui imprégnait son oreiller, chaque fois qu'elle lui avait rendu visite.

Durant les deux semaines qui s'étaient écoulées, il s'était efforcé de la voir également hors de la chambre à coucher, car le temps qui leur était imparti arrivait bientôt à échéance.

Ainsi, il l'avait invitée à un dîner croisière au cours duquel des paysages tous plus fantastiques les uns que les autres avaient défilé derrière la vitre. Un autre soir, ils étaient allés au théâtre et le son mélodieux de son rire avait ensuite résonné longtemps en lui, éveillant également les souvenirs de sa peau douce, de ses lèvres souples…

Il lui lança un regard en biais. D'une main, elle corrigeait le plan de table, de l'autre, elle portait régulièrement à la bouche de petits bretzels saupoudrés de chocolat qu'il lui avait offerts. Il sourit en constatant qu'il avait fait le bon choix.

— Je suis heureux de voir que tu ne donnes plus mes cadeaux aux infirmières, plaisanta-t-il en lui volant un bretzel.

Elle fit la grimace et des mèches de cheveux retombèrent sur son front.

— J'aurais préféré que cela ne te revienne pas aux oreilles, répliqua-t-elle.

— Je n'ai jamais été repoussé de façon aussi adorable, renchérit-il avec la même grimace. Je suis heureux que nous ayons franchi ce cap.

Mais pour combien de temps ? Telle était la question qui lui brûlait les lèvres.

— Tu me gâtes tant ! Il va falloir que je passe deux fois plus de temps sur le tapis de jogging, constata-t-elle en riant, avant de rapprocher l'assiette de friandises. Mais je ne vais pas renoncer à ces délicieux bretzels pour autant.

Son humour ralluma son désir toujours sous-jacent.

— Et les caramels, tu aimes ?

— Tu veux vraiment me faire fondre.

Et sous la table, à l'abri de tout regard, elle caressa du pied sa cheville. Il posa la main sur son genou.

— Telle est effectivement mon intention.

Des bruits de pas et de voix dans le couloir mirent fin à leur petite conversation. La règle numéro un entre eux étant de n'afficher aucun signe de tendresse en public. Felicity y tenait dur comme fer.

Reposant sa main sur la table de conférence, il ressentit aussitôt un manque et, de son côté, elle se redressa, comme si de rien n'était, mais la lueur qui brillait dans ses prunelles démentait clairement cette pose.

Il sentit le feu bouillir en lui. Assez ! Il devait se concentrer sur leur travail.

Il considéra alors le plan de table : entre le conseil d'administration de l'hôpital et celui de l'Alaska Oil Barons Inc., ainsi que les conjoints et les invités spéciaux, le dîner comprendrait une centaine de personnes. Ce serait aussi la première fois que Ward Benally apparaîtrait en public dans ses nouvelles fonctions, en tant que nouveau directeur général de la société.

— Que penses-tu de Ward Benally ? lui demanda-t-il tout à trac.

— Mon opinion n'a guère d'importance, répondit-elle en déplaçant ses doigts sur la tablette. La décision est déjà prise, le concernant.

— Mais tu ne l'aimes pas ? insista-t-il.

— Écoute, je l'ai à peine rencontré.

Était-ce par diplomatie qu'elle demeurait évasive ?

Il était parfois difficile de savoir ce qu'elle pensait : cette façon de botter en touche étant due à sa profession, elle savait mettre ses émotions et ses sentiments au second plan, afin de rester neutre. Il avait appris à savourer comme un trésor les moments où elle n'était pas sur ses gardes.

— Je suis juste curieux de connaître ton avis. Tu as de bons instincts.

Il était des plus sincères : plus il passait de temps en sa compagnie, plus il l'appréciait et ce, en dehors de l'attirance physique.

— Cela vient sans doute de ton expérience professionnelle, poursuivit-il. À moins que ce ne soit inné chez toi et que ce soit précisément la raison pour laquelle cette profession t'a attirée. Quoi qu'il en soit, j'aimerais vraiment que tu me dises ce que tu penses de Ward Benally.

Repoussant sa tablette, elle s'adossa à sa chaise et se tourna vers lui.

— Tu me demandes des conseils sur la façon de gérer le directeur de ta société ?

— En partie, admit-il, avant d'ajouter, incapable de lui cacher qu'un autre enjeu le tracassait : Je veux aussi protéger mon frère. Je ne suis pas certain qu'il soit au meilleur de sa forme, en ce moment.

Il croisa alors son regard brillant, où pétillait une intelligence tangible. Elle hocha la tête.

— Ce qui est tout à fait compréhensible, renchérit-elle. Découvrir que sa fille était en vie a dû être un choc en soi, sans compter cette lettre où elle avoue avoir choisi de ne pas reprendre contact avec lui.

Conrad avait lui-même des difficultés à saisir comment Brea avait pu vivre avec une famille de marginaux qui prétendaient l'avoir adoptée. Cela dépassait l'entendement. Or, il avait besoin de se concentrer sur ce qu'il pouvait gérer, contrôler et moduler.

En l'occurrence le présent.

— Je dois être certain que Benally est la bonne personne pour reprendre la société que ma famille a mis tout son cœur et toute son énergie à faire prospérer.

Felicity posa les mains sur la table et déclara d'une voix emplie d'empathie :

— Ainsi que tu me l'as dit, c'est certes ton frère qui l'a choisi, mais le conseil a également voté. Or, s'il y a vote, c'est justement pour que le potentiel du candidat soit évalué par tous les membres du conseil, non ?

Elle avait raison bien sûr, mais il ne parvenait pas à accepter l'idée que son frère passe les commandes de la société à une personne qui n'était pas de la famille.

Encore qu'il était hypocrite de sa part de se plaindre, dans la mesure où il n'avait lui-même aucune envie de reprendre les rênes.

— Si, répondit-il, mais toi, que penses-tu de Benally ?

— C'est un homme d'affaires implacable. Il saura gérer votre société d'une main de fer, répondit-elle sans hésitation.

— Ah bon, c'est aussi simple que ça ?

— Il se dédiera corps et âme à son poste, telle est du moins mon impression.

Un sentiment de soulagement le submergea.

— Parfait, dans ce cas, j'aurai la conscience bien plus tranquille puisque, avec lui, on est assurés que les affaires seront florissantes.

— Tu as une telle confiance en mon opinion ? s'étonna-t-elle alors.

Et un sourire de surprise barra son visage.

Force était d'avouer que oui : son cerveau était aussi sexy que tout le reste de sa personne.

— C'est bien pour cette raison que je voulais la connaître.

Lui prenant la main, il la porta à sa bouche et déposa un baiser à l'intérieur de son poignet, puis la relâcha. Il vit alors ses pupilles se dilater et un regain de désir jaillit en lui ainsi que l'espoir d'embrasser chaque parcelle de son corps plus tard, quand ils seraient seuls.

Elle s'éclaircit la voix et rapprocha son fauteuil à roulettes de la table.

— Qu'allons-nous faire pour l'orchestre, étant donné que le quartet à cordes que nous avions réservé s'est finalement décommandé ?

Le violoniste avait en effet attrapé la grippe qui avait dégénéré en pneumonie et les autres musiciens du groupe présentaient à leur tour des symptômes du virus. Ils ne pouvaient assurément pas jouer dans un hôpital rempli de personnes vulnérables.

Conrad fit tournoyer son smartphone sur la table de conférence.

— J'ai appelé Ada Joy Powers, qui accepte de nous honorer de sa présence et attend juste le feu vert de son agent. Ada Joy a fait un tabac au gala steampunk, en novembre dernier.

— Tu es certain qu'on peut se permettre de louer ses services sans dépasser notre budget ? C'est vraiment une artiste très réputée et le gala auquel tu fais référence disposait de gros moyens.

De nouveau, elle regarda l'écran avant de tourner les yeux vers lui.

Il hésita. Allons, puisqu'elle finirait par le découvrir, autant tout lui avouer !

— C'est moi qui vais couvrir les frais. Ainsi, nous aurons un poste plus important pour le menu.

— C'est très généreux de ta part.

— Il fallait faire vite pour remplacer le premier orchestre et puis son cachet n'est pas aussi élevé que ça.

— Pour toi, peut-être, s'esclaffa-t-elle, avant d'incliner soudain la tête sur le côté. Donc, tu as le numéro privé d'Ada Joy Powers ?

En concevait-elle de la jalousie ?

— Est-ce un reproche ? s'enquit-il.

— Je sais que j'ai dit que je n'étais pas intéressée par une relation à long terme, mais je ne prends pas à la légère le fait de coucher avec toi.

Sur ces mots, elle serra si fortement les mains que ses doigts en devinrent blancs.

— Et j'exige l'exclusivité pendant que nous sommes ensemble, ajouta-t-elle.

De toutes les réponses qu'il attendait, celle-ci ne figurait pas sur sa liste, mais il était ravi de l'entendre.

— Parfait. Parce que moi aussi, répliqua-t-il.

Felicity plongea alors son regard dans le sien : il l'avait

assez côtoyée pour déchiffrer clairement l'expression qui chatoyait dans ses yeux.

Elle le désirait. Sur-le-champ. Et c'était réciproque.

Au diable le travail !

Il recula de son siège, au moment exact où elle faisait la même chose. Il savait précisément où il allait l'emmener.

Felicity ignorait que le siège de l'Alaska Oil Barons Inc. abritait un appartement privé. Conrad lui apprit alors qu'il était destiné aux membres de la famille qui travaillaient tard le soir.

Il lui précisa aussi que c'était l'endroit le plus proche et le plus confortable qu'il puisse lui proposer et, de fait, l'appartement était fort luxueux, avec ses plafonds hauts et sa vue incroyable sur la baie glacée. Même dans ce pied-à-terre pour les familles Steele et Mikkelson, son propre appartement aurait pu tenir trois fois. Le sol était recouvert d'un parquet lustré qui reliait le salon à l'espace salle à manger avec cuisine encastrée. L'encadrement des fenêtres était savamment façonné et celles-ci donnaient directement sur la baie. Voilà pour l'appartement !

Mais la véritable attraction, c'était l'homme qui se tenait devant elle.

Elle glissa la main dans son cou, alors qu'il tapait un code secret sur une télécommande. L'âtre revint soudain à la vie. Tout était en place pour une soirée idyllique. Les flammes craquèrent, faisant écho au pétillement dans les yeux bleus de Conrad. Elle devinait la belle musculature sous sa chemise : depuis deux semaines, son corps était gravé dans sa mémoire, et elle le désirait à chaque instant.

Nouant les mains autour de son cou, elle captura sa bouche et il lui donna un baiser enivrant. Son attaché-case tomba alors à terre dans un bruit sourd, ainsi que son sac à main. Enchevêtrés l'un à l'autre, ils s'avancèrent jusqu'au canapé tout en se déshabillant fébrilement.

La bouche collée contre son oreille, il lui murmura :

— J'espère que l'endroit te plaît.

Sans répondre, elle défit sa cravate, la lui retira avec langueur.

— As-tu amené une autre femme ici, avant moi ? demanda-t-elle.

Elle regretta aussitôt ses paroles tout comme elle s'était mordu la langue après l'avoir interrogé à demi-mot sur sa relation avec Ada Joy. Une spirale de doutes et de douleur s'était ouverte dans son cœur, menaçant le présent, et les années de souffrance liées à son mariage raté s'apprêtaient à hurler en elle… Elle contint bien vite ces pensées, avant qu'elles ne détruisent la soirée : peu importait sa réponse, leur relation n'était pas sérieuse, de toute façon, il s'agissait juste d'une aventure.

Aussi posa-t-elle vivement le doigt sur la bouche de Conrad.

— Non, ne réponds pas, contente-toi de m'embrasser.

Elle était tout de même plus forte que cela, elle n'avait pas besoin qu'il lui confirme quoi que ce soit.

Mais il retira la main de sa bouche.

— Non, je n'ai jamais amené une femme ici. Chaque fois que j'y ai dormi, c'était seul.

Contrairement à ce qu'elle voulait croire, sa réponse comptait et lui mit du baume au cœur. Elle reprit sa respiration.

— Eh bien, je suis heureuse que tu y aies pensé ce soir.

— Tu es une véritable inspiration.

— J'attends de voir la manière dont je t'inspire, alors.

Et son esprit se remplit instantanément de toute une liste de possibilités qu'elle espérait bien explorer. Elle se noya dans la force de son baiser, l'intensité de ses caresses, interrompues uniquement par la nécessité de prendre un préservatif dans son portefeuille. Le désir fou qui battait dans ses veines la surprenait elle-même, étant donné qu'ils s'étaient vus de nombreuses fois au cours des semaines passées. Mais au lieu de se tarir, le besoin qu'elle éprouvait de le voir, de le toucher, de le sentir en elle allait croissant et, dans son actuelle fébrilité, elle n'arrivait pas à déboutonner sa chemise. Il s'en chargea et leurs vêtements formèrent bientôt une pile sur le tapis persan, tandis qu'ils s'enlaçaient de plus belle, peau contre peau.

Cet homme la désarmait à bien des égards et elle devait livrer une bataille constante pour ériger des frontières entre eux. D'ailleurs, elle se demandait parfois pourquoi elle persévérait, vu qu'il était si doué pour les outrepasser. Et là où elle l'attendait le moins : ainsi sa question au sujet de ce qu'elle pensait du nouveau directeur. Comme si son opinion revêtait un caractère de grande importance pour lui.

Assez ! Profite du moment sans plus réfléchir !

Lui donnant par jeu une tape sur le torse, elle le fit tomber dans un grand fauteuil à rayures dont il agrippa les accoudoirs, en levant vers elle un regard en feu. Elle se glissa alors entre ses genoux et prit tout son temps pour lui enfiler le préservatif.

Après quoi, les mains plaquées sur ses pectoraux et les yeux rivés aux siens, elle se plaça au-dessus de lui et le prit en elle. Il se mit à respirer de façon saccadée sous ses doigts avant de la saisir par les hanches et de la faire aller et venir au rythme de ses coups de reins, de plus en plus profonds, de plus en plus rapides. Ils haletaient au même rythme à présent, leur peau luisant de sueur et de désir. Elle sentit le désir monter en elle comme des flammes. Ses seins frottaient le torse de Conrad et le duvet qui le recouvrait en excitait les pointes si sensibles.

Conrad avait une façon d'onduler des hanches qui la rendait folle. Rien à voir avec son ex-mari. Pitié ! Pourquoi fallait-il que le passé s'invite en ces moments si précieux ? Rejetant ces pensées, elle se focalisa sur l'instant présent, sur les sensations fabuleuses que Conrad lui procurait. Elle affronterait l'avenir plus tard.

Elle méritait ces étreintes-là, avec cet homme-là et rien d'autre ne comptait.

Dc fait, il lui donnait exactement ce qu'elle attendait, se retirant, recommençant, mettant son désir au supplice… Tout à coup, n'y tenant plus, elle inclina la tête en arrière et se mit à hurler de plaisir alors qu'elle poursuivait sa folle chevauchée. Peu après, le grognement qu'émit Conrad lui indiqua qu'il venait de la rejoindre dans l'orgasme, tout comme le tremblement qui le traversa ensuite.

Saturée de plaisir, elle s'écroula contre lui et, de façon toute naturelle, il lui caressa les reins. Cet instant paisible, qui aurait dû la ravir, la mit curieusement mal à l'aise, alors que l'odeur si familière de Conrad l'envahissait de nouveau. Ils se dirigeaient en effet tout droit vers une relation en bonne et due forme, en dépit de tous ses efforts pour déjouer cette trajectoire. Et même si elle souhaitait de tout cœur lui faire confiance et se faire confiance, il y avait un gouffre, du vœu à la réalité, car son cœur avait été tant piétiné qu'elle l'estimait incapable de fonctionner à nouveau.

Elle s'efforça de se concentrer sur le torse de Conrad qui s'élevait puis s'affaissait, de laisser la joie du moment la happer. Il resserra son étreinte, tout en continuant à lui caresser le dos.

Mais en dépit de tout, elle ne parvint pas à se défaire de la peur du lendemain, de son besoin vital de rétablir les frontières avant que des dégâts irréparables n'atteignent à nouveau son âme.

Non, elle ne pouvait prendre le risque de se perdre, pas après le combat qu'elle avait mené pour retrouver une paix intérieure et une vie équilibrée, remplie de sens.

Elle devait lui faire comprendre – et l'intégrer elle aussi : leur relation ne pouvait pas durer.

Une heure plus tard, Conrad attira Felicity contre lui, leurs jambes enchevêtrées entre les draps. Il n'avait pas menti en affirmant que, jamais avant elle, il n'avait amené une femme dans cet appartement. Il avait en effet pour principe de ne jamais mélanger plaisir et affaires.

Mais quelque chose chez Felicity le conduisait à outrepasser ses propres règles et ce, depuis le jour où ses yeux s'étaient posés sur elle.

Leurs étreintes avaient été grandioses, comme toujours, et pourtant, il sentait bien qu'elle était soucieuse. Comme leur temps ensemble allait bientôt prendre fin, il voulait en connaître la raison sans attendre.

Elle frissonna. Aussi ramena-t-il la couette sur eux.

— C'est mieux ? questionna-t-il.

Les flammes qui brûlaient dans la cheminée de la chambre les baignaient d'une douce lumière orangée tandis que les étoiles scintillaient dans le ciel de la nuit qui portait encore des traces d'aurore boréale. On ne pouvait rêver de décor plus romantique.

— Parfait, répondit-elle en lui souriant. Je suis heureuse que tu m'aies invitée ici.

Ces paroles le rassurèrent. Au fond, c'était peut-être son imagination qui lui jouait des tours.

— C'était le moment ou jamais, dit-il alors. Cet appartement sera celui de Ward Benally, une fois qu'il aura pris son poste. C'était l'une des conditions pour qu'il l'accepte d'ailleurs. Apparemment, c'est un bourreau de travail.

Elle émit un petit rire.

— Et pas toi, peut-être ?

Il glissa la main sur son postérieur aux courbes si attirantes.

— Je peux t'assurer que c'est ce à quoi je pense le moins, en ce moment.

— Nous sommes sur la même longueur d'onde, alors, constata-t-elle, en faisant courir les doigts sur son torse.

— À propos…, commença-t-il.

Et il sortit de dessous la couette pour aller chercher son attaché-case dans le salon, avant de revenir bien vite, ravi de la façon dont elle suivait ses moindres mouvements.

— Cela a quelque chose à voir avec le travail ? questionna-t-elle en s'asseyant, le drap coincé sous les aisselles.

Sa chevelure éparse formait une auréole sous la lumière des flammes et elle lui fit penser à une statue de la déesse de la chasse. Mais son Artémis à lui était toute de chair et de feu.

Il secoua la tête, déposant son attaché-case au pied du lit. Il tapa alors son code pour l'ouvrir et une bouffée d'impatience le submergea quand il lui tendit un long écrin entouré d'un ruban.

— Encore un cadeau ? s'étonna-t-elle, visiblement curieuse. Mais tu m'as déjà offert des bretzels au chocolat, aujourd'hui.

— Que je t'ai largement aidée à manger, nuança-t-il en riant.

Elle lui lança un regard en biais et le drap tomba sur ses épaules. Des ombres dansèrent alors sur sa poitrine nue et il laissa remonter le regard, de ses seins à son sourire… qui était ensorceleur, même si cela ne suffisait pas à expliquer l'effet que Felicity produisait sur ses sens.

— Parce que je t'en ai proposé, dit-elle en tendant les mains vers le nouveau paquet. Merci. Tu me gâtes.

— C'est un plaisir dont je ne compte pas me priver, répliqua-t-il.

Felicity était si merveilleuse : elle aidait tant de personnes qu'il était normal qu'elle soit récompensée à son tour, non ? Il la regarda ouvrir son cadeau, un grand sourire aux lèvres, excitée comme une enfant…

Elle souleva enfin le couvercle : il avait choisi un fin cordon en perles, pour son badge de l'hôpital.

De la surprise brilla d'abord dans ses yeux, puis de la reconnaissance.

— Oh ! c'est magnifique ! Et si attentionné !

Elle sortit alors le bijou de la boîte et le passa autour de son cou : il vint se loger entre ses seins, les perles luminescentes se fondant merveilleusement avec sa peau couleur crème.

À cet instant, Conrad la rejoignit dans le lit, sachant qu'il reverrait cette sublime image chaque fois qu'elle porterait le bijou.

— Je suis content qu'il te plaise. Je l'ai repéré en allant acheter un cadeau pour Everett.

Et il sourit en pensant au dernier membre de sa famille qui ne cessait jamais de s'élargir.

— Et qu'as-tu pris, pour lui ? demanda-t-elle en enchevêtrant ses doigts aux siens.

— Une tirelire en argent, en forme d'ourson, répondit-il.

Le bébé se portait à merveille et avait grossi bien plus vite que ne l'avaient pronostiqué les médecins, de sorte qu'il quitterait l'hôpital à la fin de la semaine.

— Quel beau cadeau ! s'exclama-t-elle en enroulant sa jambe autour de la sienne.

Tous deux étaient assis sur le matelas, laissant leur crâne reposer contre la tête de lit.

— Je sais que tu es très impliqué dans la vie de tes neveux et nièces, poursuivit-elle, mais n'as-tu jamais eu envie d'avoir toi-même des enfants ? Et je sais, je te l'ai déjà demandé, seulement, tu ne m'as pas répondu.

En le replongeant dans le passé, cette question assombrit sur-le-champ son humeur : il se revit au lit avec son ex-fiancée, l'embrassant pendant qu'ils parlaient de la maison pleine d'enfants qu'ils auraient un jour – quatre au moins, avait-elle insisté en riant. Comme il s'était alors senti comblé !

En dépit de sa douleur, il réfléchit à la meilleure

réponse qu'il pouvait donner à Felicity, puis finit par déclarer, d'une voix impassible :

— Mon ex-fiancée et moi prévoyions d'avoir une grande famille, mais quand elle m'a quitté…

Il haussa les épaules : en fait, il n'avait pas envie de repenser au désastre émotionnel qui s'était ensuivi.

— Ce n'est pas trop tard pour toi, tu sais, objecta-t-elle. Les hommes ont moins la pression, côté horloge biologique.

Sa remarque ne manqua pas de l'étonner.

— Es-tu en train de me demander de te faire un enfant ?

— Non, s'empressa-t-elle de dire, comme s'il l'avait insultée. Absolument pas ! Je fais juste la conversation.

Le rouge lui monta alors aux joues et elle se leva précipitamment.

— Je vais chercher un verre d'eau, ajouta-t-elle, tu veux boire quelque chose ?

Quelle dérobade ! pensa-t-il. Et il lui saisit le bras pour l'empêcher de fuir la discussion.

— Une seconde. Finissons-en avec ce sujet. Tu m'as dit que tu voulais adopter un enfant, et non un bébé. Ton ex-mari s'y est-il opposé ?

Elle hésita, si longtemps qu'il pensa qu'elle ne répondrait pas, mais elle se rassit finalement sur le lit, puis, prenant un oreiller, elle le pressa contre son ventre.

— Oh ! il était partant pour autant d'enfants que je voulais.

— Mais ?

Il vit un éclair de douleur traverser son regard, une douleur si tangible que l'air s'en trouva alourdi. Il voulut la prendre dans ses bras, pourtant elle secoua la tête, resserrant l'oreiller.

— Il était toxicomane, déclara-t-elle.

Il en resta sans voix. Il savait que leur mariage avait été difficile, mais il n'en aurait jamais deviné la raison.

Il demeura silencieux, la sentant à cran et redoutant de commettre un impair en prononçant le moindre mot.

Elle se mordit la lèvre, puis enchaîna :

— Pendant très longtemps, je ne l'ai pas su, car il était aussi un menteur hors pair. Nous avons consulté une conseillère conjugale pendant des années, il est même parvenu à tromper son entourage professionnel, du moins pendant un certain temps. Je sais comment fonctionne la manipulation : le mensonge est insidieux et les menteurs affinent toujours leurs talents, au point qu'on finit par douter de ses intuitions et de sa perception de la réalité. C'est effrayant et pourtant réel.

À la force de conviction qu'il entendait dans sa voix se mêlait aussi une ancienne colère, nul doute qu'elle avait connu le pire avec son ex. Il lui toucha le bras, se sentant soudain impuissant face à l'étendue de sa peine, regrettant de ne pouvoir lui offrir plus. Pour un peu, il se serait juré de retrouver ce salaud et de lui faire la peau.

— Je suis désolé, Felicity.

— Ce n'est pas ta compassion que je recherchais, renchérit-elle. Si je te raconte cela, c'est pour que tu nous comprennes mieux, Brea et…

— Il ne s'agit pas de Brea, mais de toi !

— De mon passé, précisa-t-elle alors.

Et elle cligna les yeux, son visage reprenant une expression des plus neutres, qu'il lui avait déjà vue au travail.

Son passé, donc ? Vu comme elle cherchait à le tenir à distance, celui-ci hantait encore son présent !

— Tu es sûre que tout cela appartient au passé ?

Elle haussa un sourcil.

— Tu n'es pas vraiment en position de me faire la leçon, à ce sujet, répliqua-t-elle en levant la main pour l'empêcher de protester. Peu importe, oublie ce que je t'ai dit, il faut que je rentre, à présent.

Là-dessus, elle s'écarta de lui.

Un froid polaire sembla envahir la pièce, un souffle glacial rivalisant avec l'air alaskien, à l'extérieur. Elle revint dans le salon, où se trouvaient leurs vêtements, et il lui emboîta le pas.

Il eut envie de lui reprocher son attitude fuyante, mais la confrontation directe n'aurait pas servi ses propres intérêts, à en juger par la crispation de Felicity, que reflétaient ses épaules tendues.

— Il est tard pour prendre la route, plaida-t-il à la place.

— Je suis une adulte, répliqua-t-elle en enfilant ses sous-vêtements. Je sais conduire dans la neige.

Elle avait beau être résolue, il l'était tout autant : pas question qu'elle reprenne le volant dans l'état de bouleversement qui était le sien.

— Et moi, je suis un gentleman. Alors je vais te raccompagner chez toi.

Elle poussa un long soupir et hocha brièvement la tête.

Même si elle ne s'opposa pas à sa proposition, il comprit aussi qu'elle ne l'inviterait pas à entrer : il reconnaissait la lueur distante, dans ses yeux, pour l'avoir déjà affrontée.

C'était celle qu'il avait vue dans ceux de son ex, juste avant que celle-ci ne sorte de sa vie.

- 10 -

Au moment où Felicity allait prendre l'ascenseur pour gagner le service maternité, elle remarqua Jeannie qui, de la cafétéria, la hélait.

Elle s'avança vers cette dernière et son mari, levant, une fois à leur hauteur, le paquet bleu qu'elle tenait à la main et destinait à Everett.

— Je m'apprêtais justement à rendre visite à votre petit-fils pour remettre ce modeste présent à Trystan et Isabeau, déclara-t-elle en guise de bonjour.

— Comme c'est attentionné de ta part ! s'exclama Jeannie. Nous comptons justement organiser une petite fête en son honneur, quand il rentrera à la maison, et nous espérons que tu seras des nôtres.

— Avec plaisir, répondit-elle, un sourire chaleureux aux lèvres.

Cependant, elle nota que son époux était ailleurs. Cela avait-il quelque chose à voir avec Conrad ? se demanda-t-elle.

À cet instant, le portable de Jack vibra : à la lecture de son message, une expression de surprise se substitua à sa mine soucieuse. Encore qu'il paraissait partagé entre diverses émotions, à en juger par ses mâchoires serrées.

Jeannie lui toucha le poignet.

— Tout va bien ? demanda-t-elle.

Il remit son téléphone dans sa poche de manière presque automatique.

— C’est l’avocat de Brea, répondit-il. Celle-ci veut assister au dîner de la fondation pour l’hôpital.

— Ah bon ? s’exclama sa femme, en plaquant la main sur sa poitrine. Je ne sais plus que dire, ni que penser. Elle n’a pas donné de ses nouvelles depuis la fameuse réunion, et voilà qu’elle veut à présent se trouver parmi nous ce jour-là.

Jeannie la regarda.

— Quelle est ton opinion, Felicity ?

— Vous me posez la question en tant qu’amie ?

Jack exhala un soupir : nul doute qu’il aurait aimé voir un signe positif dans cette requête, mais il devait, tout comme elle, se rappeler les yeux de Brea et l’implacable colère qui s’y reflétait.

— J’aimerais ton avis de professionnelle, car tu as beaucoup d’expérience en la matière, répondit Jeannie.

Felicity attendit, par discrétion, qu’un couple passe et s’éloigne.

— Écoutez, je veux bien vous donner mon opinion à ce titre, mais, ainsi que je vous l’ai dit, je ne souhaite plus faire office de médiatrice entre Brea et vous.

— Comment cela ? s’écria Jeannie en repoussant sa salade.

— Je suis trop proche de vous pour endosser ce rôle, expliqua-t-elle d’un ton contrit. Je pensais que les choses étaient claires entre nous, je suis sincèrement navrée. J’avais accepté d’être présente à la première réunion en ayant l’assurance que vous chercheriez ensuite une autre personne.

— Et c’est ce que nous allons faire, la rassura Jack. Quand notre famille sera réconciliée, nous nous apercevrons que nous avons beaucoup de questions à éclaircir.

— Et le plus tôt serait le mieux pour chacun, insista Felicity. Sinon, chaque fois que vous allez la croiser, vous serez angoissés et vous aurez de plus des regrets si vous avez l'impression de ne pas avoir tout mis en œuvre pour que la situation s'améliore.

Jack la regarda, visiblement peu convaincu de la nécessité d'agir vite.

— Nous comprenons qu'elle soit confuse aujourd'hui, mais avec le temps, étant donné qu'elle connaît maintenant la vérité…

— Jack, reprit Felicity d'une voix empreinte d'un calme professionnel, elle a vécu plus longtemps loin de vous qu'avec vous. Elle était très jeune quand elle vous a perdus. N'oubliez pas qu'il est fort peu probable que sa famille adoptive n'ait pas entendu parler de votre tragédie. Je crois que le crash a fait la une des journées à l'époque, dans la région, et pendant un certain temps.

— C'est vrai, concéda-t-il d'un air attristé.

Et elle imagina les images atroces qui avaient dû alors envahir les écrans, sans parler des commentaires détaillés. Elle avait bien conscience que ce qu'elle allait dire serait difficile à accepter pour Jack, mais il devait regarder la vérité en face.

— Vous comprenez, n'est-ce pas, qu'elle a été avant tout victime d'un enlèvement ? Certes, nous n'avons aucune raison de croire qu'elle ait été maltraitée physiquement par ces marginaux, poursuivit-elle, néanmoins, elle a subi un traumatisme psychologique. Avez-vous déjà entendu parlé du syndrome de Stockholm ?

Jeannie poussa une petite exclamation.

— Quand une personne subit un lavage de cerveau par son kidnappeur ?

— En gros, oui, dit Felicity en se rapprochant d'eux pour poursuivre d'un ton plus bas, afin que sa voix ne résonne pas dans la cafétéria. La façon dont vous allez vous comporter aujourd'hui est plus importante que vous ne semblez le croire. Il ne s'agit pas juste de l'avoir ramenée parmi vous, il faut à présent l'accompagner dans sa guérison.

Une lueur d'espoir parut s'allumer dans les yeux de Jack, comme s'il se rendait compte qu'une médiation pouvait représenter une solution à ses retrouvailles avec sa fille.

— Vous avez une famille incroyable, ajouta Felicity. Je sais que vous vous trouvez face à des défis compliqués, mais je suis certaine que vous les surmonterez ensemble.

— Vous avez raison, décréta-t-il alors d'un ton déterminé, nous allons discuter avec une psychologue qui nous guidera dans notre approche. J'ai le cœur brisé à l'idée de penser que ma petite fille a connu les pires frayeurs, a été abusée par des gens qui se présentaient comme ses sauveurs…

Il ne put poursuivre.

— Jack, je suis avec toi, je te soutiendrai, quoi que tu décides, déclara Jeannie en lui serrant le bras.

Cette solidarité au sein du couple mit du baume au cœur de Felicity : n'était-ce pas désormais sa vocation, de se réjouir de la joie des autres, puisqu'elle n'avait elle-même aucun talent pour le bonheur personnel ?

Elle leur adressa un sourire, puis prit congé de Jack et Jeannie, sans oublier de récupérer le cadeau du petit Everett qu'elle avait posé sur la table durant la discussion.

Felicity s'écroula dans son siège de bureau, les émotions à vif après sa visite à la maternité. La joie palpable de Trystan et Isabeau l'avait retournée bien plus vivement qu'elle ne l'aurait imaginé : non qu'elle les envie, mais ce couple comblé avait ravivé les rêves qu'elle avait entretenus durant son mariage, ses illusions perdues et lui avait aussi rappelé à quel point son mari l'avait trahie.

Mais tout cela n'aurait sans doute pas eu un tel impact sur elle si elle n'avait pas dû ajouter dans l'équation un élément encore plus pesant, à savoir sa conversation avec Conrad sur le fait d'avoir des enfants. Elle commençait vraiment à s'attacher à lui, il s'immisçait peu à peu dans son cœur, suscitant en elle des sentiments qu'elle ne pouvait se permettre.

Elle agrippa le rebord de son bureau et s'efforça de se calmer : depuis deux jours, elle avait évité Conrad dans l'espoir de remettre de la distance entre eux, une certaine objectivité, car il prenait bien trop d'importance dans sa vie, et à une vitesse qui lui déplaisait.

On toqua soudain à la porte et elle sursauta en voyant Conrad dans l'encadrement, comme s'il s'était matérialisé sur son seuil par la seule force de ses pensées. Et pourtant, ce n'était pas le fruit de son imagination qui lui faisait face, mais un homme à la présence intense, qui allumait mille étincelles dans son âme.

Et quand elle sentit des flammes y crépiter, elle comprit que le temps de leur liaison avait expiré. Vers quoi se dirigeaient-ils, à présent ?

Elle se sentait si vulnérable, bien consciente qu'en acceptant de le voir si souvent, elle s'était préparée à souffrir.

Il s'appuya contre le chambranle. Il avait les mains étonnamment vides, au moment où elle aurait eu le plus besoin d'un cadeau pour être rassurée. Cette absence ne signait-elle pas en effet la fin de leur idylle ?

— Bonjour, lança-t-elle, sans se lever.

Et elle prit deux dossiers pour paraître occupée.

— Tu as évité mes appels, déclara-t-il sans la saluer.

Son expression était indéchiffrable, mais ses paroles étaient en revanche claires comme du cristal.

— Tu peux fermer la porte, s'il te plaît ? demanda-t-elle. Je n'ai pas envie d'étaler ma vie privée au travail.

Elle attendit qu'il obtempère et qu'ils soient en tête à tête, pour reprendre, en brandissant ses deux dossiers :

— J'ai été submergée. Mais tout est finalisé pour le dîner.

— Ce n'est pas ce qui me tracasse et tu le sais parfaitement.

Contournant le bureau, il vint s'appuyer contre la fenêtre. Elle avait cru qu'il venait vers elle.

Un sentiment de culpabilité l'envahit alors : elle avait été injuste envers lui. Alors, se levant, elle noua les mains autour de son cou et lui donna un baiser de bienvenue. Baiser qui l'emporta bien plus loin qu'elle ne l'entendait et elle sentit faiblir sa résolution de prendre le temps d'analyser ses sentiments. Détachant sa bouche de la sienne, elle lissa les revers de sa veste et finit par lâcher :

— Les choses sont intenses entre nous.

Un faible sourire éclaira le visage de Conrad sans atteindre ses yeux.

— Je suis heureux que tu l'admettes.

Retenant un soupir tremblant, elle chercha les mots pour lui faire comprendre à quel point elle en était bouleversée.

— J'avais juste besoin d'un peu de temps pour rassembler mes pensées.

— Et avais-tu l'intention de me le dire un jour ou allais-tu continuer à refuser mes appels ?

À cet instant, elle aperçut des premiers signes de colère sur le visage de Conrad.

Elle redressa les épaules, même si l'anxiété la rongeait.

— Je ne t'ai jamais menti quant à ma position. Tu savais dès le début que je n'étais pas prête pour une relation sur le long terme.

— Parce que tu es bien trop occupée à te mentir à toi-même, répliqua-t-il vivement.

À ces mots, la fureur se substitua à l'angoisse. Comment osait-il la traiter avec une telle condescendance ?

Elle s'écarta de lui.

— C'est injuste !

Il haussa un sourcil.

— Mais vrai.

— Non, non, tu n'as pas à me parler ainsi !

Et elle recula encore d'un pas pour mettre une distance suffisante entre elle et lui, et la tentation qu'il représentait.

— Puisque tu veux t'aventurer sur ce terrain-là, qu'en est-il de toi ? Tu joues au père avec tes nièces et neveux parce que de la sorte, tu n'as pas à t'engager dans autre chose qui serait bien trop risqué pour ton cœur.

Il croisa les bras et la toisa de ses yeux si bleus.

— On dirait que tu m'as bien analysé. Dans ce cas, pourquoi redoutes-tu tant de sortir avec moi si tu estimes que jamais je ne m'engagerai sérieusement dans une relation ? Car c'est bien ce que tu cherches, non, juste des aventures pour ne pas souffrir ? Et en plus, avec moi, tu as décroché la timbale, puisque j'ai la grande famille dont tu as toujours rêvé.

Elle en poussa un cri de douleur.

— Comment oses-tu utiliser contre moi les confidences que je t'ai faites au sujet de mon ex et de mon enfance ?

Et soudain, son passé remonta comme un monstre surgi de sa boîte, un cauchemar hanté par les fantômes. Elle sentit le goût des années de solitude l'envahir, ainsi qu'un grand sentiment de découragement.

Elle se rappela le moment de sa vie où tout ce qu'elle possédait avait été anéanti pour se résumer à un petit sac à dos rose. Le temps où, au lycée, le garçon le plus populaire avait ri d'elle, parce qu'elle n'avait pas de parents pour la conseiller sur un choix de carrière. Et de fait, la façon dont elle avait grandi ne lui avait pas donné les moyens de voir clair dans le jeu de son ex-mari au charme fallacieux et dans ses promesses vides, concernant le foyer qu'ils fonderaient un jour.

Son déchirement était si grand qu'il menaçait de l'ébranler, alors qu'elle avait passé sa vie d'adulte à résister aux images du passé, notamment celles liées au changement constant de familles d'accueil.

— Je dis juste les choses telles que je les vois,

reprit-il d'un ton adouci, avant de pousser un soupir de frustration. Tu refuses que l'on t'aide à tourner la page et, pourtant, c'est toujours le conseil que tu donnes aux autres : aller de l'avant.

Des larmes lui brûlèrent les yeux, mais il n'était pas question qu'elle s'effondre devant lui.

— Si je suis si détraquée, il est sans doute préférable que tu ne me côtoies pas, dit-elle en se levant tel un automate, pour aller ouvrir la porte. Va-t'en. Sors de mon bureau, ordonna-t-elle d'un ton inflexible, affichant une détermination qu'elle était loin de ressentir.

Il chercha son regard pendant de longues minutes, au point qu'elle crut qu'il ne s'en irait jamais et, au moment où elle allait fléchir, il hocha la tête et sortit d'un pas raide, en prenant bien soin de ne pas l'effleurer.

Le silence qu'il laissa dans son sillage fut assourdissant, elle était juste abasourdie par le poids de ce qui venait de se passer entre eux. Comme tétanisée, elle referma la porte et s'écroula dans son siège, submergée par la colère et la peine d'avoir poussé Conrad hors de sa vie.

Elle avait voulu croire à leur relation, mais son passé avait fini par la rattraper, elle n'avait pas su le surmonter. Conrad avait curieusement vu clair dans son jeu : elle se sentait en effet fort hypocrite de vanter les bénéfices de la parole et la psychothérapie, alors qu'elle-même se débattait toujours avec ses propres fantômes.

Incapable de retenir ses larmes, elle les laissa couler librement. Comment la situation avait-elle pu lui échapper aussi vite ? Elle s'était juste donné deux jours pour prendre du recul et elle pensait avoir réussi jusqu'à aujourd'hui, où elle n'avait cessé de croiser des Steele et des Mikkelson à chaque tournant.

Et en raison de leur engagement actif au sein de l'hôpital, elle allait continuer de les voir. Si elle ne venait pas juste de changer de travail, elle aurait sérieusement envisagé d'en trouver un autre ailleurs, encore que la possibilité ne soit pas exclue. Il y avait peu, elle misait tout sur sa vie professionnelle, et son métier. Or, à présent, celui-ci semblait ne plus lui suffire.

Et pourtant, il ne lui restait rien d'autre.

Conrad n'arrivait pas à croire que sa discussion avec Felicity ait si mal tourné. Comment s'y était-il donc pris pour la braquer à ce point ? Tout ce qu'il projetait de lui dire s'était comme dissous et, à la place, des paroles d'une incroyable dureté étaient sorties de sa bouche. Et lui qui se targuait d'être un homme d'affaires rationnel. Mais il devenait insensé quand il s'agissait de Felicity.

Leur dispute l'avait ébranlé. Comment pourrait-il arranger les choses entre eux ? Il n'en avait aucune idée. Pourvu seulement que cette rupture ne soit pas définitive, mais il savait aussi que Felicity était méfiante depuis le début. En outre, cela faisait plusieurs jours qu'elle l'évitait.

Poussé par la nécessité de se calmer, il se retrouva sur la route qui menait chez son frère. Preuve que Felicity avait raison quand elle lui avait reproché d'utiliser la famille de Jack comme un substitut pour celle qu'il aurait pu avoir ? Elle n'avait sans doute pas tout à fait tort.

Quand il obliqua pour prendre l'allée qui menait à la maison de Jack, il baissa la radio et, aux accords de guitare rock, se substitua le crissement de ses pneus sur la neige et les graviers.

Il devait bien reconnaître qu'il était à cran depuis qu'il avait remis le présent d'Everett à ses heureux parents, d'autant que sa discussion avec Felicity sur le fait d'avoir des enfants revenait constamment dans ses pensées. Jusqu'ici, en toute honnêteté, il avait cru que sa décision de renoncer à la paternité était la meilleure pour lui, mais à présent, qu'en était-il ? S'il ne pouvait fonder un foyer avec Felicity, alors…

Non, il préférait ne pas l'envisager ! Et il fit son possible pour sortir de ses pensées la femme qui comptait le plus pour lui, espérant que son frère et ses chevaux parviendraient à lui procurer la distraction dont il avait désespérément besoin.

Franchissant la grille de sécurité, il aperçut Jack près de l'écurie, un bâtiment rustique dont la façade était constituée de panneaux en bois qui semblaient refléter les nuances rouges du coucher de soleil alaskien.

Conrad saisit ses gants posés sur le siège passager : le soleil s'appesantissait à l'horizon, entamant sa descente derrière les arbres et la ligne montagneuse, au-delà du lac. Enfilant son manteau, il posa les pieds dans la neige et avança vers son frère qui, vêtu d'un épais anorak, était concentré sur ses chevaux en train de gambader dans le pré.

Alors qu'il se trouvait à quelques mètres de lui, Jack se retourna et un vague air de surprise dansa dans son demi-sourire.

— Qu'est-ce qui t'amène ? demanda-t-il.

Une bourrasque balaya la baie et Conrad fourra ses mains gantées dans ses poches.

— Comme j'ai fini mon travail, je me suis dit que j'allais passer te voir, répondit-il.

Jack hocha la tête, même si, visiblement, il ne croyait pas ce qu'il lui disait. Il n'en demeura pas moins silencieux, attendant qu'il développe.

Comme il était en train de nourrir les chevaux, il lui tendit l'un des deux seaux remplis de foin et Conrad lui emboîta le pas. Ils avançaient péniblement dans la neige, seuls les sabots d'Abacus et Willow rompaient le silence : les animaux venaient en effet de comprendre ce qui les attendait. Leurs beaux muscles roulaient sous leur robe lustrée, cependant qu'ils galopaient vers eux. On aurait dit deux frères luttant à la course.

Conrad repensa alors à son enfance, quand Jack

lui avait appris à chevaucher, leurs parents étant trop occupés par ailleurs. Il était heureux de pouvoir chérir de tels souvenirs, et tant d'autres encore. Et dire qu'il avait délibérément blessé Felicity en sous-entendant que de son côté, elle n'en avait pas !

Il n'était décidément qu'un sale égoïste et, qui plus était, il venait à présent déranger son frère qui avait déjà tant de soucis à porter.

— Comment t'en sors-tu, avec toute cette confusion autour de Brea ? lui demanda-t-il.

En prononçant ces mots, il inspecta le contenu de son seau, conscient que Jack savait qu'il n'était pas venu le voir pour parler de Breanna.

Son frère lui jeta un coup d'œil en biais.

— Je vais bien, Jeannie et moi avons pris contact avec une médiatrice pour qu'elle nous aide à y voir plus clair et nous donne des conseils. Mais je ne peux pas t'importuner à chaque instant avec ces histoires, ce n'est pas très fair-play envers toi.

Conrad continua à verser machinalement le contenu de son seau dans la mangeoire de Willow, saisi par l'impression vertigineuse que sa vie était vide.

— Je veux être là pour toi, je suis ton frère, répliqua-t-il sur un ton presque automatique.

Les deux chevaux passèrent du galop au trot, oreilles dressées, excités par le repas qui les attendait.

— Cela vaut aussi pour moi, reprit Jack en flattant l'encolure de sa jument.

Celle-ci plongea le museau dans son auge et se mit à mâcher bruyamment.

— Dis-moi quelle est la véritable raison de ta visite, poursuivit-il.

Conrad n'avait pas l'intention de le déranger avec ses soucis, mais au visage de Jack, il comprit que ce dernier n'en démordrait pas. En outre, il avait l'esprit si confus que l'analyse de son frère ne serait pas du luxe :

ce dernier comptait à son actif deux mariages réussis, alors que lui-même n'avait pas été capable de passer le cap de l'autel.

— J'ai tout gâché.

— Que s'est-il passé ?

— Felicity m'a congédié.

D'instinct, il tendit la main vers Abacus pour le caresser. L'animal cessa alors de mastiquer et tendit le cou pour se faire gratter. Hélas, le poil soyeux ne lui procura pas le même réconfort que d'ordinaire. Il souffrait affreusement d'avoir perdu Felicity.

— Je suis désolé pour toi, vous formiez un très beau couple. Et tu crois que c'est définitif ?

Abacus se déroba pour se remettre à manger.

— Elle ne pouvait être plus claire, répondit-il en se rappelant, à sa grande honte, les horreurs qu'il avait proférées contre Felicity. Son ex-mari a réellement été atroce avec elle.

— Comme ton ex avec toi, répliqua Jack.

— Pire.

Et à ces mots, il se sentit terriblement coupable d'avoir utilisé son passé contre elle. En toute honnêteté, il pensait être un homme bien meilleur. Comme il regrettait ce dérapage et ses reproches tout à fait improductifs !

Jack rassembla les seaux et répondit :

— À cause d'elle, tu as quand même renoncé jusque-là à t'engager sérieusement avec une femme.

Pour dures qu'elles soient, les paroles de Jack frappèrent juste. De fait, il avait laissé cette rupture porter une ombre sur toutes ses relations suivantes. Alors que, comparé à ce que Felicity avait enduré, ce n'était pas non plus la fin du monde.

— J'ai juste évité les coups, marmonna-t-il.

Et à cet instant, il prit conscience qu'à trop se ménager, il n'avait en revanche pas épargné Felicity.

— Conrad, il est temps pour toi, je crois, de construire

ta propre vie. Cesse de te préoccuper de nous. Comme je te l'ai dit, Jeannie et moi avons suivi les conseils de Felicity et nous avons désormais une personne à qui nous adresser.

Felicity avait discuté avec Jack et Jeannie ? Elle en faisait plus pour sa famille que lui-même, et sans même lui en parler. Le sentiment de culpabilité redoubla en lui.

Maintenant qu'ils avaient dévoré leur repas, les chevaux attendaient près de la grille. Abacus piaffait d'impatience et donnait des coups de sabot dans le sol enneigé. Jack lui lança un licou et des rênes qu'il rattrapa tout naturellement : combien de fois n'avaient-ils pas effectué ces gestes, autrefois ?

Conrad repensa aux paroles de Felicity, quand elle lui avait reproché de se servir de sa famille comme d'un substitut à celle qu'il aurait pu fonder. Comme bouclier pour parer toute peine de cœur.

Il y avait du vrai, là-dedans, il était temps qu'il le reconnaisse.

Et pour la première fois depuis deux décennies, il s'autorisa à envisager l'avenir, en l'occurrence en compagnie de Felicity.

— Et si je n'arrive pas à regagner les faveurs de Felicity ?

— Qui ne tente rien n'a rien.

Quoi de plus juste ? Mais cela ne lui disait pas comment s'y prendre.

— Qu'est-ce que tu me suggères ? Je l'ai déjà courtisée à mort.

— Ça, je n'en doute pas.

Emboîtant le pas à Jack, il passa le licou à Abacus et, quelques instants après, ils revinrent avec les bêtes jusqu'à l'écurie, dont celles-ci avaient hâte de retrouver la chaleur.

Son frère reprit :

— Fais comme avec les autres femmes avec qui tu es sorti depuis toutes ces années.

— Mais elle est différente, elle, répondit-il sans la moindre hésitation.

Et la vérité de ces propos résonna profondément en lui. Il conduisit Abacus à son box, lui retira le licou et le gratta derrière les oreilles.

Jack, qui en avait terminé avec Willow, se tourna alors vers lui.

— Dans ce cas, traite-la différemment et dis-lui que tu l'aimes.

Ce simple conseil le prit de court, tant il résonnait de justesse. Entre Felicity et lui, il y avait eu bien autre chose que la séduction et le sexe, durant les semaines qu'ils avaient passées ensemble. Son intelligence et sa compassion le fascinaient, tout comme l'assurance avec laquelle elle affrontait la vie, qu'il s'agisse du travail ou de son aisance à cheval. Elle y mettait toujours tout son cœur et, sans qu'il y prenne garde, elle avait échappé à sa vigilance et fini par gagner le sien.

Il était complètement amoureux d'elle !

Et maintenant, il ne lui restait plus qu'à la convaincre qu'il était digne de sa confiance.

- 11 -

Felicity aurait aimé que sa fatigue soit due à l'énergie qu'elle avait dépensée pour organiser la réception, mais bien qu'elle ait travaillé d'arrache-pied pour que tout soit parfait, force était de se rendre à l'évidence : son épuisement n'était pas à imputer au dîner de la fondation, mais à son cœur en miettes.

D'autant que la vue éthérée et romantique du jardin d'hiver regorgeant de fleurs, où les lumières clignotaient dans les arbres, le brisait encore un peu plus.

Elle s'était noyée dans le travail, faisant de son mieux pour oublier et, de fait, le résultat était sous ses yeux : des branches de cerisiers en fleurs et de délicates roses pâles occupaient le milieu de la table devant laquelle elle était assise, prêtant à l'espace entouré de parois de verre l'aspect d'un jardin féerique, rempli de toutes les possibilités.

Sauf que tout était vain désormais pour elle, songea-t-elle, le cœur serré, en lissant la nappe d'un blanc chatoyant. Deux jours avaient passé depuis sa dispute avec Conrad et sa tristesse était allée en s'intensifiant, surtout lorsqu'elle l'avait aperçu dans l'après-midi, alors qu'elle mettait la touche finale à la décoration. Heureusement, le flot de traiteurs et de fleuristes lui avait permis de garder ses distances.

La réception se déroulait à merveille, nul doute qu'on la complimenterait pour son organisation. Elle fit tournoyer le vin pétillant dans son verre. La lumière qui se déversait du plafond vint en iriser les bulles, qui lui parurent semblables à une constellation.

Des notes de piano, lentes et sensuelles, se mêlaient en arrière-fond aux conversations des convives.

Alors qu'elle s'adossait à sa chaise, ses yeux tombèrent sur les rameaux de fleurs roses et blanches qui tapissaient le devant de la scène où Ada Joy Powers interpréterait bientôt ses chansons sentimentales, après le discours de rigueur qui n'allait d'ailleurs plus tarder à commencer.

Le dîner était passé sans qu'elle soit en mesure de l'apprécier, le saumon visiblement si bien cuit, la purée de pommes de terre d'aspect onctueux et les salades de toutes les couleurs s'avérant pour elle aussi fades que de l'eau, ce soir. Pourtant, les meilleurs traiteurs avaient été engagés et les convives n'avaient pas tari de louanges. Mais comment aurait-elle pu apprécier la meilleure des cuisines quand son cœur ne cessait d'être attiré par des abîmes de douleur et que ces émotions négatives prenaient tout l'espace en elle ? Son appétit avait été supplanté par la nausée et des vertiges.

Elle fournissait d'énormes efforts pour sourire aux autres convives et converser poliment avec eux, mais les mots avaient un goût de cendres et, plus la soirée avançait, plus le nœud dans sa gorge grossissait, plus sa poitrine se serrait. Il lui fallait se concentrer terriblement pour afficher un sourire de circonstance.

Elle était si occupée à se retenir de pleurer, à contrôler ses émotions qu'elle remarqua à peine qu'un des serveurs en uniforme blanc venait de placer son dessert devant elle.

La réception se poursuivait, alors qu'elle restait figée dans le moment de sa dispute avec Conrad, ne cessant de se repasser la scène encore et encore.

Maintenant, la soirée battait son plein, l'orateur se tenait derrière le micro, prêt pour son discours, et chacun entama son dessert. Heureuse de ne plus avoir à faire la conversation avec les inconnus qui l'entouraient, elle se sentit pour la première fois capable de respirer à nouveau correctement, ce qui ne lui était pas arrivé depuis que Conrad avait quitté son bureau.

Elle considéra le sorbet qu'elle n'avait pas touché : les baies rouges commençaient à flotter sur la glace en train de fondre. Elle avait effectué un changement de dernière minute, pour ne pas se retrouver à la même table que les Steele ou les Mikkelson, car elle aurait été bien incapable d'échanger avec eux, même avec Tally. Or, étant donné l'angoisse que chacun éprouvait déjà à cause de la requête surprise que leur avait adressée Brea, à savoir être présente ce soir au dîner, ils avaient déjà leur lot de soucis, sans que sa réserve ne vienne s'y greffer.

Son regard se porta alors sur la table où était assise Brea, entre Conrad et son avocat, le reste des places étant occupé par des enfants Steele ou Mikkelson. Jack et Jeannie présidaient la table d'honneur, en compagnie du nouveau directeur général, Ward Benally.

Toutes les têtes étaient maintenant tournées vers le podium, où s'avançait Thomas Branch, l'acteur principal d'une série ayant l'Alaska pour cadre. Sa voix de baryton, profonde et rocailleuse, était à l'image des paysages dans lesquels il évoluait au sein de la fiction. C'était Conrad qui l'avait engagé.

Incapable de résister à la tentation, elle jeta un coup d'œil dans la direction de ce dernier, certaine que personne n'y prêterait attention. Sa vue lui coupa le souffle : il était aussi à l'aise en smoking qu'en jean et stetson. C'était un homme brillant, magnétique et plein de compassion.

Quand elle avait accepté son nouveau poste, elle pensait que sa vie était désormais sur de bons rails. Comment avait-il fait pour s'y introduire et l'occuper aussi complètement en un temps record, au point que son existence lui semblait désormais vide sans lui ?

Elle repensa à ce qu'il lui avait reproché, à savoir être plus intéressée par sa grande famille que par sa personne. Naturellement, elle ne pouvait nier qu'elle avait adoré découvrir sa tribu, mais elle savait aussi, tout au fond d'elle-même, que ce n'était pas la seule chose qui l'avait attirée chez lui. L'attrait qu'il exerçait sur elle était bien plus puissant et réel, en dépit des efforts qu'elle avait fournis pour maîtriser ses émotions.

Clignant les paupières pour refouler les larmes qui lui piquaient les yeux, elle tenta de se concentrer sur l'orateur, au lieu de se donner en public en se mettant à pleurer.

— Je suis très honoré d'être présent ce soir pour renommer le service d'oncologie pédiatrique de l'hôpital, un message d'espoir pour l'avenir. Ce projet a vu le jour grâce à la famille Steele et à la force qui l'anime. Comme Jack et Jeannie, j'ai perdu ma conjointe, à un âge où l'on est bien trop jeune pour mourir. Je sais combien il est difficile de se remettre d'une telle épreuve, et pourtant, Jack et Jeannie ont trouvé une façon de rendre hommage à l'amour en embrassant l'avenir, forts d'un nouveau bonheur…

Felicity porta une main tremblante à sa bouche : elle n'avait pas choisi le bon moment pour écouter l'orateur, car à ces mots, son cœur se serra affreusement. Elle ne parvenait pas à détacher son regard de Conrad, tout comme elle ne pouvait plus se cacher la vérité sur la raison qui l'avait conduite à le repousser : *c'était la peur qui l'avait tétanisée.*

Oh ! pas celle de l'aimer, parce qu'elle était déjà amoureuse de lui, profondément et irrévocablement !

Non, ce qui l'avait effrayée, c'était ce qui arriverait s'il lui rendait cet amour, car alors, elle n'aurait plus eu la moindre raison de se dérober et de ne pas donner une chance à leur couple.

Les paroles de l'orateur roulaient encore dans son

cerveau : comme elle s'en voulait de ne pas avoir eu le courage d'engager son cœur une deuxième fois.

Subrepticement, elle lança un coup d'œil à Jack et Jeannie, qui lui permit de percevoir l'amour entre eux, une passion défiant le destin. Elle aurait tant aimé leur ressembler, être le genre de personne qui continuait à mûrir et à aimer, au lieu d'être une femme qu'une mauvaise expérience avait pour toujours enfermée dans la coquille du doute.

Assise dans un angle sombre du jardin d'hiver, Brea observait la réception. Jusque-là, son identité avait été gardée secrète, la famille l'ayant uniquement révélée à Ward Benally, dans la mesure où ce dernier allait reprendre la société et que tous avaient cru qu'elle s'était livrée, sous sa fausse identité, à de l'espionnage industriel.

Trois notes de piano énergiques résonnèrent dans le jardin et un concert d'applaudissements enthousiastes s'ensuivit : Ada Joy Powers venait d'apparaître sur scène dans une robe haute couture violette, dont l'ourlet frôlait le parquet. Ses cheveux retombaient en cascade sur ses épaules et son rouge à lèvres soulignait la sensualité de son arc de Cupidon. Elle ressemblait à une princesse sortie tout droit d'un conte de fées, tandis que les lumières tamisées accentuaient ses courbes.

Elle adressa un sourire radieux au public, puis se tourna vers son pianiste.

— Je peux me joindre à toi ? demanda-t-elle.

En guise de réponse, il lui sourit et compta jusqu'à trois, avant de laisser ses doigts courir sur le clavier, une mélodie pleine de vie s'en échappant alors. Puis un violon vint se mêler aux harmonies avant que ne s'élève à son tour la voix langoureuse d'Ada Joy Powers…

Brea serra sa serviette dans son giron pour résister à

l'envie de fuir : l'heure n'était-elle pas venue pour elle de cesser de toujours s'esquiver ?

Elle resterait, elle devait apprendre à rester, quel que soit le prix à payer !

Sa vie n'avait été que va-et-vient et changement, elle voulait savoir à quoi celle-ci ressemblerait, si elle demeurait pour quelque temps au même endroit, près de ces gens qui, autrefois, avaient été sa famille. Oui, elle avait envie de les redécouvrir.

Elle s'était rendue à la soirée contre l'avis de son avocat et, d'ailleurs, elle n'était toujours pas certaine de ce qui avait motivé ce choix. Sans doute parce qu'elle avait cru qu'on s'opposerait à sa présence à un dîner où l'on ne serait pas en mesure de la contrôler – il était vrai qu'elle aurait pu faire une scène et gâcher l'événement, si elle l'avait voulu. Mais tel n'était pas son but.

En revenant en Alaska l'année dernière, puis à présent sous sa véritable identité, elle nourrissait d'autres objectifs : en l'occurrence, elle était en quête de paix.

Soudain, elle sursauta : il lui semblait qu'on l'observait. Elle se retourna vivement et découvrit Ward Benally, tout près d'elle.

Des yeux, elle chercha son avocat, mais il n'était nulle part, le reste de la tablée étant en train de danser sur la piste. Comment avait-elle pu baisser la garde à ce point ? À ce propos, sa famille ne s'était pas précipitée vers elle, preuve sans doute qu'on entendait lui laisser le temps nécessaire, sans la harceler, comme après leur première rencontre. Qu'est-ce qui pouvait bien expliquer ce changement de comportement, chez eux ?

Ward se laissa tomber sur une chaise, à côté d'elle.

— Heureusement que votre avocat a eu besoin de se rendre aux toilettes. Je commençais à perdre tout espoir de me retrouver seul avec vous.

Au moins, elle savait où était passé ce dernier !

— À moins qu'il n'y ait la queue aux toilettes, ce

qui m'étonnerait, je vous conseille de partir, car il ne va pas tarder à revenir.

Et elle reporta les yeux sur Ada Joy qui tendait les bras en tenant une note particulièrement aiguë.

Mais Ward ne bougea pas d'un pouce.

— Je serais curieux de savoir pourquoi vous êtes toujours dans le coin. Je pensais que vous disparaîtriez à l'étranger, dans un pays d'où, cette fois, on ne pourrait pas vous extrader.

— Vous êtes grossier, rétorqua-t-elle vivement.

Et elle tourna la tête vers lui.

Il semblait parfaitement détendu dans son smoking taillé sur mesure. Un air arrogant se peignit sur ses traits quand il reprit :

— Je me demande juste pourquoi vous restez par ici, alors que vous tenez tout le monde à distance.

C'était une bonne question, elle en convenait, mais elle n'allait certainement pas le reconnaître à voix haute.

— Nous sommes tous animés par le besoin d'obtenir des réponses, et c'est ici que j'ai le plus de chances de parvenir à recevoir celles qui m'intéressent.

Sur cette déclaration, elle laissa son regard courir vers la table où se trouvait Naomi, sa jumelle, qui avait les yeux braqués sur la scène. Elle la vit poser la main sur celle de Royce, un geste d'amour que Brea était tout à fait capable de repérer, même à distance.

Malgré les nombreuses années durant lesquelles elle avait été séparée de sa jumelle, elle sentait aujourd'hui encore le lien qui l'unissait à elle, au-delà des attaches familiales habituelles. Une affinité profonde, due à un amour qui l'était tout autant.

Oui, c'était bien de l'amour qu'elle éprouvait pour Naomi, celui qui existait entre deux sœurs, renforcé dans leur cas par la gémellité.

Et cela suffisait à justifier sa présence ici, ce soir.

— Pourquoi avoir attendu tout ce temps ? demanda

Ward, sa voix s'apparentant à un murmure, comparée aux puissantes vocalises d'Ada Joy.

En quoi cela le concernait-il ? Elle n'allait tout de même pas lui confier des secrets que sa propre famille ignorait.

— Je sais que vous allez reprendre la société, mais en l'occurrence, mes motivations ne regardent que mon père et moi, vous ne croyez pas ?

Il croisa les bras et s'adossa à sa chaise, les yeux rivés sur elle.

— C'est la première fois que je vous entends l'appeler « mon père ».

Le souffle lui manqua face à la vérité qu'il venait de proférer. Désireuse de masquer sa gêne, elle avala une gorgée de champagne, et une deuxième pour reprendre contenance.

— C'est mon père, c'est indéniable, et les faits prouveront d'ailleurs que je n'ai rien entrepris contre la société.

— Ah bon ? Vous n'en avez pas livré les secrets afin de créer le chaos durant les négociations entre les Mikkelson et les Steele ?

— J'aurais pu, mais il se trouve que toutes les accusations portées contre moi sont fausses.

— Très bien…

— Vous me croyez, j'espère ?

Et la douceur qu'elle entendit dans sa propre voix la surprit, d'autant que son interlocuteur n'y fut absolument pas sensible, comme le prouva le rire sarcastique qui s'ensuivit. Elle sentit la colère lui nouer la gorge.

— Ce que je crois, c'est que vous n'allez rien me dire de plus. Votre chien de garde revient, ajouta-t-il en se levant. Je vous laisse.

Et il s'éclipsa, laissant dans son sillage une fragrance boisée et épicée, qui l'intrigua et l'agaça à la fois. Quel était le but de cette petite causerie ? Si c'était de la troubler, le pari était gagné. En outre, il avait efficacement mené son interrogatoire, elle comprenait pourquoi la société l'avait choisi.

Mais elle ne commettrait pas l'erreur de baisser la garde, le concernant, d'autant plus que sa décision était prise : elle ne s'enfuirait pas avant longtemps.

Conrad se demandait combien de temps encore allait durer le dîner. Il attendait en effet le moment opportun pour s'approcher de Felicity. Il voulait mettre toutes les chances de son côté et, même si son projet de la reconquérir était une gageure, il ne renoncerait pas. Il devait absolument lui prouver qu'elle pouvait lui confier son cœur.

Comme attirés par un aimant, ses yeux tombèrent sur Felicity, au milieu de la foule aussi bourdonnante qu'une ruche tout autour. Sa longue robe noire lui coupa le souffle : nouée de manière suggestive sur l'épaule gauche, elle affichait un décolleté plongeant qui soulignait sa belle poitrine. Son autre épaule était dénudée, la coupe asymétrique se retrouvant dans une fente sur le côté droit qui dévoilait ses jambes bronzées.

Incapable de s'arracher à la contemplation de sa silhouette, il sentit sa bouche s'assécher, son cœur battre à toute allure… Cette femme était incroyable !

Soudain, elle croisa son regard, le soutint, et il eut l'impression que l'air crépitait entre eux, en dépit de la distance qui les séparait. Or, au lieu de détourner la tête, elle s'avança vers lui. Il ne lui en fallut pas plus pour l'imiter, se frayer un chemin à travers la foule jusqu'à elle : ils se retrouvèrent au milieu de la piste de danse.

Il n'avait pas prévu qu'elle viendrait vers lui, tout comme il ne s'attendait pas non plus à voir du soulagement et une joie prudente briller dans ses prunelles. Il lui tendit les bras pour l'inviter à danser.

Encore une fois, elle le surprit en acceptant sans

hésitation et, une seconde plus tard, il la serrait contre lui : retrouver cette intimité qu'il croyait à jamais perdue lui procura un bonheur indicible. Il posa le menton sur le dessus de son crâne pour inhaler à pleins poumons l'odeur de son shampoing, et il se laissa happer par le slow et ses sensations.

Faisant courir la main dans son dos au rythme de la mélodie jazzy, il déclara :

— La soirée est presque terminée, mais je ne veux pas que ce que nous avons partagé se finisse aussi.

Voilà, c'était dit.

Il convenait d'être direct avec cette femme intelligente et sexy s'il voulait la reconquérir. Il était tout à fait conscient de la rude bataille qui l'attendait pour parvenir à ses fins.

— Je ne veux pas d'une liaison entre nous, répliqua-t-elle, son souffle chaud lui caressant le torse.

La teneur de ces mots, en revanche, le glaça.

— Tu comptes donc vraiment me chasser de ta vie ?

Et à cette question, il sentit son cœur flancher. Était-ce trop tard ? Il savait que sa tirade de la dernière fois l'avait profondément atteinte, réveillant ses souffrances. Comme il aurait aimé n'avoir jamais prononcé ces mots, passer le reste de sa vie à lui démontrer qu'il avait eu tort.

— Non, pas du tout, renchérit-elle alors contre toute attente, dardant sur lui des yeux où brillait son cœur. Je te dis que je veux plus qu'une liaison. Je veux que nous envisagions l'avenir ensemble, toi et moi.

Un immense soulagement l'envahit alors. Pas question de laisser passer l'opportunité, il devait impérativement la rassurer.

— Comme je suis heureux d'entendre de telles paroles, commença-t-il avant de reprendre sa respiration pour formuler l'aveu le plus important de sa vie. Je suis amoureux de toi, Felicity. Et tu peux me faire confiance, cet amour durera aussi longtemps que nous.

À ces mots, elle noua les bras autour de son cou et se blottit plus étroitement contre lui, dans un petit déhanchement.

— C'est si merveilleux à entendre, car moi aussi je suis amoureuse de toi.

Rêvait-il ? Cette réplique ne figurait pas du tout sur la liste de celles qu'il avait imaginées, mais il n'allait naturellement pas s'en plaindre.

— Tu me rends les choses trop faciles, reprit-il. Je te dois des excuses pour la façon dont je t'ai parlé. J'étais mû par mes propres peurs et c'était tout à fait injuste envers toi.

— Moi aussi, je t'ai blessé par mes propos.

— Et pourtant, tes reproches étaient à bien des égards justifiés, protesta-t-il en déglutissant avec difficulté, résolu à la plus grande sincérité. J'ai été bouleversé de voir Trystan et Isabeau si heureux, avec leur bébé et je me suis alors rendu compte que j'étouffais mon envie d'avoir des enfants en consacrant beaucoup de temps à mes neveux et nièces. Mais désormais, je ne veux plus pratiquer la politique de l'autruche concernant mon avenir.

Dans ses yeux, il ne vit pas briller l'ombre d'une condamnation, ni de triomphe, sur le mode : « Je te l'avais bien dit. » Non, juste de l'approbation et de l'amour. Surtout de l'amour.

Il l'étreignit un peu plus fort, son corps épousant parfaitement le sien.

— Toi et moi, nous méritons d'être heureux, reprit-il. Et nous n'allons pas attendre plus longtemps !

— C'est-à-dire ? demanda-t-elle en lui souriant.

Et dans ses yeux couleur noisette se leva un été texan, tandis que le souffle de ses paroles déclenchait des frissons le long de son dos.

— Tu peux encore continuer ta cour, tu sais, je ne m'en plaindrai pas.

Il avait toujours su qu'elle appréciait ses présents,

mais maintenant, il comprenait mieux pourquoi : elle avait reçu si peu d'attentions de la part d'autrui, au cours de sa vie, alors qu'elle-même passait son temps à se dévouer aux autres.

Il avait bien l'intention de rétablir la balance, de la gâter de toutes les façons imaginables.

— C'est justement ce que j'avais envie d'entendre, avoua-t-il.

Et le cœur plein d'un espoir qu'il n'aurait jamais cru possible, il l'entraîna hors de la piste de danse, échangeant au passage un coup d'œil avec son frère. Ce dernier avait accepté de rester jusqu'à la fin de la réception si Conrad arrivait à convaincre Felicity de partir plus tôt. Ce qu'il venait de faire.

— Viens par ici, mon amour, ajouta-t-il.

Décrochant leurs manteaux de la patère, il longea avec elle le couloir bordé d'arbres en pot et de petites lumières blanches. Il n'avait qu'une hâte : se retrouver en tête à tête avec elle. Ils regagnèrent bien vite la porte d'entrée du vestibule et se retrouvèrent à l'extérieur…

… Où Jackson, son cheval, les attendait sur le parking.

Felicity poussa un cri de surprise et de joie. Comme il était heureux de lui prouver qu'il avait bel et bien l'intention de poursuivre son numéro de séduction avec elle ! Prenant les rênes des mains du palefrenier, il monta en selle. Le sourire qui brilla en cet instant dans les yeux d'Emily rivalisait avec les étoiles scintillantes du dôme de la nuit.

Il lui tendit une main qu'elle prit sans la moindre hésitation pour se hisser devant lui, puis il glissa sur ses genoux la couverture que son employé venait de lui remettre. Pressant les flancs de l'animal, il l'incita à avancer, et ses sabots retentirent alors au même rythme que les battements de son cœur dans sa cage thoracique. Il n'en revenait toujours pas de la tenir dans ses bras.

Se lovant contre lui, elle remonta la couverture.

— Tu ne plaisantais pas quand tu affirmais avoir l'intention de continuer à me faire la cour.

— Je me suis dit que nous pourrions choisir ensemble ton prochain présent, comme une bague avec un diamant si gros qu'il rivaliserait avec les aurores boréales.

Elle se figea, puis tourna la tête vers lui.

— Es-tu en train…

— De te demander en mariage ?

Cela, il ne l'avait pas prévu, mais passer à l'étape supérieure allait de soi.

— Oui, reprit-il, c'est bien ce que je suis en train de faire. Je veux t'épouser et que tu sois la mère de ces incroyables enfants que nous adopterons. Je veux que tu sois ma femme, et ma partenaire pour la vie.

— Tu peux compter sur moi ! s'exclama-t-elle, avant de déposer un baiser sur ses lèvres. Tu es l'amour de ma vie, tu es mon avenir et je ferai tout ce qui est en mon pouvoir pour que nos rêves deviennent réalité.

Le soulagement et le bonheur l'inondèrent alors, le touchant jusqu'au fond de l'âme. Il avait espéré que telle serait sa réponse, mais il s'était promis de demeurer patient si elle refusait. Or, voici que ses rêves les plus fous se concrétisaient.

Elle s'appuya contre lui.

— Tu sais, je me suis dit que…

— Que quoi ?

À cette question, il pressa légèrement les flancs de Jackson qui dressa l'oreille, tandis qu'ils avançaient sur la route déserte et que les pas de l'animal étaient amortis par la couche de neige.

Les arbres qui la bordaient en étaient également recouverts. Soudain, un élan passa dans l'ombre des arbres, illuminé par la lumière argentée de la lune.

— Que nous pourrions nous enfuir ensemble, répondit-elle, blottie tout contre lui.

Avait-il bien compris ?

— Nous enfuir… pour nous marier, c'est ça ?

Elle eut un petit rire suave.

— En général, c'est ce que cet euphémisme veut dire.

Que la proposition était tentante !

— Tu es sûre ?

— Je suis sûre et certaine que je t'aime, répondit-elle en tournant vers lui des yeux illuminés d'amour. Et que je ne veux pas attendre plus longtemps pour passer le reste de ma vie avec toi.

Et tout à coup, ce fut comme une illumination : par cette proposition, elle voulait le délester de toutes les peurs liées à l'éventualité d'une deuxième rupture juste avant l'autel. Mais il devait s'assurer que cela lui convenait à elle aussi.

— Et tu me fais confiance ?

— Je nous fais confiance, rectifia-t-elle.

Un sourire aux lèvres, il se pencha pour capturer les siennes, pour embrasser cette femme qui serait bientôt sienne et qui occuperait à jamais son cœur.

STACY CONNELLY

Pour un baiser de plus

Traduction française de
ÉDOUARD DIAZ

Passions

HARLEQUIN

Titre original :
NOT JUST THE GIRL NEXT DOOR

- 1 -

— Bonjour, bel inconnu, susurra Mollie McFadden en se rapprochant du séduisant spécimen qu'elle avait repéré, planté dans un coin de la pièce. Comment quelqu'un comme vous a-t-il pu être attiré par un endroit comme celui-ci ?

Deux yeux bruns mélancoliques se tournèrent dans sa direction avant de se détourner d'elle, mais il en fallait plus pour décourager Mollie.

— Je parierais que vous avez une histoire à raconter, non ? reprit-elle.

Cette fois-ci, son interlocuteur poussa un profond soupir.

— Une histoire douloureuse, n'est-ce pas ? suggéra-t-elle en se rapprochant encore du désespéré, sans toutefois le toucher. Je suis sûre que vous vous sentez perdu. Seul et abandonné.

Son cœur manqua un battement lorsqu'il se tourna vers elle. Il resta néanmoins silencieux.

— Croyez-moi, conclut-elle, tout finira par s'arranger.

Il soupira de nouveau, et elle crut bon d'insister :

— Je vous assure, vous irez mieux très bientôt. Pensez à tout ce que Spring Forest a dû subir, ces derniers mois. Même une tornade ! Le croiriez-vous ?

Elle tirait peut-être des conclusions hâtives du langage corporel de son interlocuteur, mais Mollie aurait pu jurer qu'un léger frisson venait de traverser son grand corps vigoureux.

— C'était une tempête effrayante, n'est-ce pas votre avis ? Mais, à Spring Forest, les gens s'entraident réellement. Vous vous en apercevrez si vous nous laissez une chance. D'ailleurs…

Elle se pencha plus près de lui, afin de chuchoter :

— Vous pourriez même y trouver la compagnie qu'il vous faut.

Cette dernière remarque sembla le surprendre, et elle s'empressa d'ajouter :

— Je sais, je sais. Cela vous semble difficile à croire, à cet instant précis, mais j'ai un très bon pressentiment pour la suite.

Une sensation qui ne fit que s'amplifier lorsqu'elle tourna un regard attendri vers Chief, le chien de sauvetage qui venait de poser la tête sur son genou.

— Nous allons te trouver un merveilleux foyer, murmura-t-elle en caressant le doux pelage de son cou.

Au cours de ses années de bénévolat au refuge pour animaux de la ville, Mollie avait travaillé avec un grand nombre de chiots, mais elle sentit sa gorge se serrer en ajoutant :

— Le meilleur foyer du monde.

Les sœurs Whitaker, qui répondaient aux surnoms affectueux de Birdie et Bunny, avaient demandé à Mollie de passer au refuge de protection animale Furever Paws pour faire la connaissance de Chief. Éducatrice canine, Mollie travaillait avec toutes sortes de chiens – des pedigrees les plus prestigieux aux pensionnaires moins huppés de la fourrière. Les chiots doux et timides comme Chief étaient ceux qu'elle trouvait les plus attendrissants. La plupart des bébés chiens étaient sociables, aventureux et affectueux par nature. Lorsqu'elle en voyait un blotti dans un coin de son box, tremblant de peur, son cœur se brisait. Les adoptants potentiels ignoraient trop souvent les diamants bruts comme Chief.

— Pas cette fois-ci, promit-elle. Nous allons te faire sortir de ta coquille et montrer au monde entier que tu es spécial.

Mollie réprima une grimace. C'était exactement ce que son amie Amanda Sylvester avait déclaré. Sauf qu'Amanda ne parlait pas d'un compagnon à quatre pattes, mais d'*elle*, Mollie.

Peu importait : elle se moquait bien que le monde entier la considère comme une femme spéciale… À l'exception d'un homme en particulier. Malheureusement, celui-ci ne voyait en elle que la petite sœur de son meilleur ami.

Chief émit un son à mi-chemin entre un aboiement et un gémissement.

— Oh ! ne t'inquiète pas, le rassura Mollie, refoulant les souvenirs de sa pathétique vie amoureuse dans un recoin de sa conscience. Tu as de bien meilleures chances que moi.

Chief était un chien de taille moyenne au ravissant pelage noir et fauve, et il avait toutes les qualités requises pour être facilement adopté. Il ne lui manquait qu'un peu d'assurance pour que les adoptants cessent de passer devant son box avant qu'il n'ait eu une chance d'attirer leur attention.

— Quelque chose me dit que tu es très intelligent, poursuivit-elle. Tu es un chien de berger, et je parie que…

Au même instant, un violent fracas fit trembler les vitres et le jeune chien courut se réfugier dans son box en tremblant. Mollie avait demandé à Birdie de l'en sortir et de l'amener dans l'une des pièces d'exposition. Avec son sofa de cuir un peu usé, ses meubles dépareillés provenant de diverses donations et son grand tapis à motif floral, la pièce ressemblait à un salon ordinaire. Mollie avait tenu à ce que Chief associe cet environnement familial à la sécurité et au bonheur.

À présent, sa tâche allait s'avérer plus difficile encore. Prenant une profonde inspiration, elle s'obligea à se détendre : donner libre cours à sa frustration ne lui apporterait aucun soulagement. Elle avait souvent l'impression que sa propre chienne, Arti, savait si elle avait passé une bonne ou une mauvaise journée avant même qu'elle n'ait poussé la porte. Elle ne voulait surtout pas que ce pauvre Chief s'imagine qu'elle était en colère contre lui.

Hélas, ce fracas avait réduit à néant les quelques progrès qu'elle avait pu faire. Blotti dans un coin, son museau entre les pattes, le chien ne réagissait plus à sa voix.

Mollie savait qu'il fallait du temps pour modifier certains comportements et, ravalant sa déception, elle sortit de la pièce pour suivre le long couloir qui menait au salon principal. Grâce à l'argent qu'elles avaient collecté lors d'un récent gala de bienfaisance, les sœurs Whitaker ambitionnaient de moderniser leurs modestes locaux en s'équipant de meubles neufs, ainsi qu'en passant une couche de peinture sur les murs dans des tons plus gais que le beige qui les couvrait auparavant.

Pour le moment, le clou du spectacle était la petite boutique de cadeaux qui flanquait un côté du hall d'entrée. Des laisses et des colliers de toutes les tailles et de toutes les couleurs de l'arc-en-ciel étaient exposés sur le mur. La boutique proposait aussi une variété d'accessoires, de jouets et de paniers pour chiens et chats. Tout ce dont un adoptant pourrait avoir besoin pour accueillir chez lui un nouvel ami à quatre pattes.

L'une des bénévoles du refuge était assise derrière le bureau de la réception, le téléphone calé contre son oreille, essayant de se faire entendre par-dessus le hurlement strident d'une scie circulaire. Lorsque Mollie poussa la porte de verre et sortit sur le perron, une odeur de sciure fraîche flotta jusqu'à elle, portée par la brise de ce milieu de matinée. La voix forte et posée de Birdie Whitaker lui parvint depuis l'arrière du bâtiment. La copropriétaire du refuge, une femme d'une soixantaine d'années vêtue d'un T-shirt à manches longues sous une salopette de denim, avait la réputation de travailler deux fois plus que la plupart des gens ayant la moitié de son âge.

— Tout va bien ? s'enquit Mollie lorsque Birdie eut terminé sa conversation avec le contremaître du chantier.

— Rebekah, notre nouvelle directrice, a fait une demande de subventions, et j'espère que les travaux vont s'accélérer, répondit la vieille dame. Je suis impatiente de voir ces rénovations terminées.

La toiture brune du bâtiment et le revêtement extérieur gris foncé n'avaient rien de spectaculaire, mais le logo de l'association, exposé bien en vue – les silhouettes d'un chien et d'un chat inscrites dans un grand cœur – annonçait clairement la mission principale du refuge. Et, comme toujours, Birdie se concentrait sur l'essentiel.

— Nous espérons utiliser cet argent pour construire de nouveaux chenils, afin d'être en mesure d'accueillir davantage d'animaux et leur créer un espace de jeux extérieur.

— Ces transformations seront très utiles au refuge, convint Mollie.

Mais, surtout, les animaux en seraient les premiers bénéficiaires. Birdie et Bunny étaient d'infatigables avocates de la cause animale, et elles traitaient leurs pensionnaires comme les potentiels gardiens d'un foyer plutôt que comme de pauvres bêtes abandonnées dont personne ne voulait.

— Maintenant, venons-en à la raison pour laquelle je vous ai demandé de venir au refuge aujourd'hui. Que pensez-vous de Chief ?

— C'est un chien adorable, mais il est très craintif.

Mollie entreprit alors de parler à Birdie de ses premiers succès avec le jeune chien et de sa réaction à ce grand bruit qu'il avait entendu à l'extérieur.

— S'est-il attaché à une personne en particulier, ici ? s'enquit-elle enfin.

Elle savait que ce pauvre Chief avait besoin d'une famille d'accueil de toute urgence. Outre la présence des nombreux bénévoles et le défilé constant des adoptants potentiels, la cohabitation avec d'autres animaux et le bruit des travaux devaient faire de sa vie au refuge une expérience terrifiante.

— À bien y réfléchir, il y aurait effectivement quelqu'un, répondit Birdie en apercevant une autre bénévole qui traversait le parking gravillonné, vêtue d'une ravissante blouse de travail bouton d'or. Excusez-moi un instant.

Birdie alla dire quelques mots à la jeune femme, puis elle vint rejoindre Mollie.

— Venez, dit-elle. Je voudrais vous montrer quelque chose.

Mollie suivit la vieille dame dans le couloir conduisant aux salons des visites : celle-ci s'arrêta devant la grande baie vitrée qui permettait de voir l'intérieur de l'une des pièces. Mollie chercha du regard le pauvre Chief dans le coin où il s'était tapi, mais le chiot n'était plus là. Au lieu de cela, il était assis au centre de la pièce, suivant une beauté blonde d'un regard d'adoration.

— On ne dirait plus le même chien, remarqua Mollie, abasourdie par le changement de comportement de l'animal.

Chief ne tremblait plus, et il lui sembla même remarquer une esquisse de frétillement de sa queue.

— Qui est dans la pièce avec lui ? s'enquit-elle.

— Charlie, répondit Birdie avec un grand sourire.

— Charlie ? répéta Mollie, examinant plus attentivement la grande chienne labrador qui courait autour de la pièce, sa truffe à ras du sol, sa queue fouettant l'air. N'est-ce pas la chienne que Claire et Matt avaient voulu adopter pour leur nièce avant qu'Ellie ne tombe amoureuse de Sparkle ?

Claire Asher, professeure au collège local et bénévole au refuge, s'était récemment fiancée avec son ancien petit ami du lycée, Matt Fielding. Claire et Matt avaient renoué leurs liens en aidant Ellie à éduquer Sparkle.

— Oui, c'est bien elle, certifia Birdie. La sœur de Matt préférait un chien de plus petite taille. D'ailleurs, à voir la façon dont Chief s'est attaché à Charlie, je commence à penser que c'est peut-être mieux ainsi. Bunny espère que nous trouverons une personne qui acceptera de les adopter ensemble. Mais, bien sûr, ce sont deux grands chiens, les chances que cela arrive sont donc minces.

Les adopter tous les deux serait effectivement idéal. Bien sûr, Mollie n'était pas venue au refuge avec l'intention d'élever Chief. Elle était là uniquement pour donner son avis professionnel. Mais n'avait-elle pas senti presque immédiatement que l'environnement du refuge ne convenait pas à ce chien craintif ? En regardant Charlie gambader devant lui en frétillant frénétiquement de la queue, Mollie sut avec certitude que, si elle parvenait à se mettre la joyeuse chienne labrador dans la poche, il lui serait bien plus facile de travailler avec Chief.

Elle soupira. Elle n'avait jamais pu tourner le dos à un animal dans le besoin. Elle se souvint de Shadow, son premier chien, et un sourire étira ses lèvres. Ses parents n'ayant jamais accepté de laisser un animal entrer dans la maison, le chien errant que Zeke Harper et elle avaient recueilli avait fini chez lui, quelques maisons plus loin. À compter de ce jour, Mollie avait passé autant de temps chez les Harper que chez ses propres parents.

Bien sûr, elle n'avait pas consacré tout son temps à s'occuper de Shadow…

Refoulant ces souvenirs, elle concentra toute son attention sur le chien de berger craintif.

— Chief a besoin d'un environnement plus paisible, mais aussi de passer du temps en tête à tête avec un humain pour surmonter sa peur.

— Si je comprends bien, vous songez à les ramener… Pardon, à *le* ramener chez vous ? l'interrogea Birdie.

Mollie ne se laissa pas abuser une seconde : la vieille dame avait ce plan en tête depuis le début, elle en était persuadée.

— Je vais les prendre tous les deux, capitula-t-elle en soupirant.

Mollie sut qu'elle avait pris la bonne décision à la seconde où elle fit grimper Charlie et Chief à l'arrière de son SUV. Chief avait d'abord résisté, tirant sur sa laisse, mais Charlie avait bondi à l'intérieur sans hésiter. Craignant sûrement d'être laissé tout seul, Chief l'avait aussitôt imitée.

— Tu vas être ma chienne assistante, Charlie, n'est-ce pas ? s'exclama Mollie alors qu'ils roulaient à travers la campagne de la Caroline du Nord, laissant derrière eux la petite ville de Spring Forest.

Quatre ans plus tôt, lorsqu'elle cherchait une maison pour s'installer, elle savait déjà qu'elle désirait vivre à la campagne. L'éducation canine pouvait générer des nuisances sonores et elle n'avait pas envie d'avoir des voisins qui pourraient venir se plaindre. Sans compter qu'elle avait besoin de beaucoup d'espace pour les courses d'endurance et les parcours d'agilité.

Sa maison minuscule, sise sur un immense terrain, était parfaite.

Mollie fronça soudain les sourcils : en y réfléchissant bien, la bâtisse était surtout parfaite pour les besoins de ses chiens. Il restait encore un peu de travail – à vrai dire, énormément de travail – avant que sa demeure ne soit parfaite pour elle. Mais elle avait déjà tout prévu pour les rénovations : elle avait fait mille projets, mais, hélas, le temps filait sans qu'elle ait le temps de les mettre en œuvre. Le résultat, c'était plusieurs travaux commencés et jamais menés à leur terme.

— Mais ne vous inquiétez pas, tous les deux, dit-elle en s'adressant aux chiens. Vous êtes ma priorité.

Elle s'occuperait de ses travaux en temps utile et…

Tout à coup, Mollie aperçut une voiture noire familière garée sur le côté de sa maison. Son cœur manqua un battement et elle écrasa le frein plus fort qu'elle n'en avait eu l'intention. Elle ne s'attendait pas à revoir Zeke Harper aujourd'hui. Elle lui avait envoyé un SMS pour l'informer que Birdie lui avait demandé de passer au refuge. Dès lors, le fait qu'il se présente ici sans prévenir, à un moment où il savait qu'elle serait absente, ne pouvait avoir qu'une seule explication.

Son pouls grimpa en flèche lorsqu'elle ouvrit sa portière, et elle dut faire un effort pour se rappeler qu'elle était fâchée contre lui. Combien de fois faudrait-il qu'ils aient la même conversation ?

— Salut, Mollie ! lança Zeke en apparaissant au coin de la maison comme s'il était chez lui, un grand sourire aux lèvres. Tout s'est bien passé, au refuge ?

Mollie le fusilla du regard. En tout cas, elle s'y efforça. Pourtant, lorsqu'il leva un bras musculeux pour essuyer son front luisant de transpiration, elle comprit que l'émotion qui se répandait dans tout son corps, faisant bouillonner son sang, n'était pas de l'irritation. Dans ce T-shirt bleu nuit et ce jean blanchi par d'innombrables lavages, avec sa ceinture à outils attachée autour de ses hanches étroites, Zeke ressemblait davantage à un présentateur ultra-sexy d'une émission télé de bricolage qu'au psychologue respecté qu'il était en réalité.

Faisant de son mieux pour contrôler en même temps sa voix, sa pression artérielle et ses hormones, Mollie s'enquit :

— Que fais-tu ici, Zeke ?

— Je pensais réparer les vieilles marches de bois du perron, à l'arrière de la maison, expliqua-t-il, le sourire toujours aux lèvres. J'ai vu que tu avais déjà commencé le travail en les arrachant.

Mollie se sentit rougir. Elle s'était sentie très fière d'elle-même lorsqu'elle avait démonté les planches pourries et leurs supports toute seule. Depuis, elle avait fait plusieurs tentatives infructueuses pour créer un escalier identique avec des planches neuves. Mais quelque chose allait toujours de travers. Alors elle était passée à un nouveau projet, en se disant que l'effort supplémentaire qu'elle devait fournir pour accéder à la maison depuis le jardin était une excellente gymnastique.

— J'allais finir bientôt, assura-t-elle.

— Oui, bien sûr, je te crois, répondit Zeke en entourant affectueusement ses épaules de son bras. Mais à quoi servent les amis ?

Mollie ébaucha un mouvement de recul et Zeke ôta précipitamment son bras.

— Désolé, s'excusa-t-il. Je suis couvert de transpiration.

— Tu sais parfaitement que je n'ai pas peur de me salir, répliqua Mollie.

Leurs regards plongèrent l'un dans l'autre et, durant un instant, l'air sembla se charger d'électricité. Les yeux noisette de Zeke, d'ordinaire rieurs et pétillants d'humour, s'assombrirent brusquement et le cœur de Mollie se mit à battre la chamade.

Puis Zeke parut se ressaisir, et ce qu'elle avait *cru voir* dans leurs profondeurs disparut comme par enchantement.

— Il y a un décrochement de presque un mètre au bout de ton perron. C'est dangereux.

L'émotion qu'elle avait lue dans son regard n'était donc qu'un souci exagéré de la protéger d'un danger immédiat, songea-t-elle, la gorge serrée.

Une petite fille. Une amie.

C'était ainsi que Zeke la voyait. La petite sœur qu'il n'avait jamais eue.

Il l'avait affublée de ce titre pour la taquiner des

années auparavant et, même si Mollie n'avait jamais considéré Zeke comme un grand frère, une partie d'elle-même s'accrochait à cette définition comme à un bouclier, lui garantissant que l'homme qu'elle aimait en secret depuis des années ne saurait jamais rien de ces sentiments ridicules.

— Tu aurais au moins pu attendre que je t'appelle à l'aide, remarqua-t-elle.

— C'est vrai, acquiesça-t-il, soutenant tranquillement son regard. Sauf que tu ne me demandes jamais rien.

Elle avait tendance à entreprendre des tâches qui dépassaient ses capacités, elle devait l'admettre. Mais elle n'était plus une petite fille. Tout ce qu'elle attendait, c'était que Zeke Harper la voie autrement que comme la petite sœur de son meilleur ami… Celle qui avait constamment besoin qu'on lui vienne en aide.

- 2 -

— Deux chiens ? s'étonna Zeke en suivant Mollie dans le jardin qui jouxtait sa petite maison.

La propriété s'étendait bien au-delà de la clôture de piquets de bois qui délimitait la grande pelouse, le tout premier des projets de rénovation que Zeke l'avait aidée à accomplir.

Avant de s'attaquer aux robinets qui fuyaient. Et d'installer un chauffe-eau tout neuf. Puis d'arracher la moquette usée par des décennies de passage. Parce que la clôture était importante pour les chiens et que, pour Mollie, les animaux étaient plus importants que tout le reste.

Zeke admirait sincèrement son grand cœur et son amour des bêtes. Mais il commençait à s'inquiéter qu'elle consacre une trop grande partie de sa vie aux chiens abandonnés qu'elle sauvait, et à ceux dont elle assurait l'éducation.

— Dans ton SMS, tu me disais que tu te rendais au refuge pour évaluer un chien. Il n'était pas du tout question que tu en ramènes deux chez toi.

— C'est ce que j'ai fait, se défendit-elle. Et j'ai conclu que Chief avait besoin de quitter le refuge et de vivre dans un environnement familial.

Mollie lui avait présenté les deux chiens – Charlie, une jeune chienne vive et joyeuse de plus de trente kilos, et Chief, timide et tremblant de peur.

Le pauvre chiot avait l'air terrifié. Il était resté blotti au fond de sa cage à l'arrière du SUV pendant le transport, et Mollie avait dû faire appel à tous ses pouvoirs de persuasion pour l'en faire sortir.

— Je comprends, assura Zeke, mais ne penses-tu pas que c'est beaucoup pour une seule personne ? Ta maison à rénover, ton engagement de bénévole au refuge, ton travail, ton propre chien…

À l'intérieur de la maison, Arti, sa chienne de meute aux longues oreilles, hurlait à la mort. Mollie aimait son animal comme s'il avait été son enfant, mais Zeke n'avait jamais croisé aucun quadrupède plus maladroit ou plus fou qu'elle.

— Je m'en sortirai très bien, Zeke, répliqua Mollie. La maison va très bien, et je suis parfaitement capable de concilier mon activité professionnelle et mon travail de bénévole. Quant à Arti… Elle sera toujours Arti.

Elle détacha ses deux nouveaux pensionnaires pour les laisser explorer le terrain parsemé de nombreux jouets pour chiens et d'obstacles pour l'entraînement d'agilité, avant d'ajouter :

— Je présenterai les trois chiens tout à l'heure, mais je suis sûre qu'ils s'entendront très bien.

Zeke n'osait pas le dire tout haut, mais sa principale source d'inquiétude, ce n'était pas la maison, le refuge, le travail de Mollie ou ses chiens. C'était la jeune femme elle-même. Elle travaillait énormément et, même s'il savait qu'elle était en excellente forme physique, elle passait beaucoup trop de son temps avec des chiens pour uniques compagnons.

Malheureusement, lorsqu'il tentait de l'encourager à sortir davantage, Mollie se contentait de rire.

— Qu'y puis-je ? répliquait-elle. Je m'entends mieux avec les animaux qu'avec les gens. Et tant pis si on m'appelle « la folle aux cabots».

En tant qu'ami et psychologue, Zeke ne pensait pas

que Mollie soit folle. Mais il avait remarqué qu'elle s'isolait de plus en plus depuis deux ans, et il s'en inquiétait. Lorsqu'il constatait l'existence d'un problème, son premier réflexe était de lui trouver une solution, et il avait rapidement conclu que Mollie avait besoin de sortir davantage, de vivre quelques soirées romantiques. Naturellement, elle avait besoin d'encouragements pour s'en convaincre, et c'était là qu'il intervenait. Il se faisait fort de réparer Mollie comme il avait réparé les marches de son perron.

Mais, bien sûr, la tâche était un peu différente…

Ce qui était certain, c'était qu'il était plus à l'aise avec ses outils que dans ses relations. Il lui était arrivé autrefois de se couper avec une scie circulaire, mais cette blessure n'était rien, comparée à celle que lui avait infligée son ex-fiancée. Lilah Fairchild lui avait brisé le cœur.

Mollie n'était cependant pas du tout comme elle. Elle était douce, chaleureuse et pleine d'humour. Et Zeke détestait l'idée de la savoir seule.

Sans compter que Patrick n'aurait pas aimé cette situation, lui non plus.

Poussant un soupir, Zeke concentra à nouveau son attention sur Mollie et ses nouveaux chiens. Charlie se précipita sur la jeune femme à pleine vitesse et, posant ses pattes avant boueuses contre sa poitrine, elle déposa une vieille balle de tennis à ses pieds. La plupart des femmes – dont Lilah – en auraient été furieuses, mais Mollie se contenta de rire en ramassant la balle trempée de bave.

— Tu as besoin d'apprendre les bonnes manières mais je te félicite d'avoir trouvé cette balle, déclara-t-elle. Tu es une chienne très intelligente.

Le labrador remua la queue avec enthousiasme. Son corps tout entier y participait, et un bout de langue rose pendait au coin de ses babines. Zeke n'était pas étonné.

Mollie avait toujours su l'encourager, lui aussi. Lui rendre le sourire, comme elle l'avait fait durant les jours sombres qui avaient suivi la rupture de ses fiançailles.

« Lilah n'était pas assez bien pour toi. Tu vaux infiniment mieux qu'elle. »

En matière de relations, Mollie méritait ce qui se faisait de mieux, ce qui signifiait que lui trouver l'homme idéal allait être une mission extrêmement difficile. Bien sûr, les candidats ne manqueraient pas. Mollie n'était pas du genre à perdre du temps en coiffures et en maquillages élaborés, mais elle avait une beauté naturelle qui se passait de tous ces artifices. Avec ses longs cheveux bouclés d'un blond vénitien, ses yeux bleu-vert et ses quelques taches de rousseur, il l'avait toujours trouvée mignonne.

Il l'observa tandis qu'elle essayait de convaincre la chienne de lui rapporter la balle. Visiblement, Charlie avait une autre idée en tête et courait comme une folle dans le jardin, la balle de tennis trempée serrée entre ses dents, esquivant facilement la jeune femme lorsqu'elle s'approchait trop près. Le rire cristallin de Mollie se réverbérait jusqu'au plus profond de son cœur.

Mignonne ? Non, elle était fabuleuse.

Le soleil de cette fin d'après-midi allumait des reflets de feu dans l'or de ses cheveux. Son T-shirt bleu roi mettait en valeur le hâle de ses bras fermes, et le mince tissu laissait deviner des seins épanouis. Son jean moulait amoureusement un charmant derrière d'une rondeur exquise qu'il aurait tout donné pour pouvoir caresser.

Comme si elle avait deviné le tour qu'avaient pris ses pensées, Charlie chargea à pleine vitesse dans sa direction. Zeke aurait pu amortir le coup si Chief ne s'était pas trouvé juste derrière lui au même instant, si près qu'il ne put s'empêcher de basculer en arrière, comme dans l'une de ces farces stupides qu'affectionnaient les sportifs au lycée.

Il atterrit à plat sur le dos en grognant, clignant des yeux dans le soleil brillant. L'herbe sentait bon et elle était fraîche sous son dos, mais pas assez pour éteindre le feu de la honte qui rougissait ses joues.

— Et dire que je n'ai même pas eu à leur apprendre ce numéro ! s'exclama Mollie en riant. Quel talent naturel !

— Très amusant, grommela Zeke, levant un regard noir vers le visage souriant de Mollie qui venait de s'interposer entre le soleil et lui.

Ce sourire n'était pas moins brillant que le soleil dans le ciel. Il réchauffait tout aussi efficacement le sang qui rugissait dans ses veines.

Elle lui tendit la main. Bien décidé à reprendre le contrôle de son désir, Zeke s'empara de son poignet et tira trop fort… Comme il l'aurait fait lorsqu'ils étaient enfants.

Mollie perdit l'équilibre en poussant un petit cri et bascula dans l'herbe à côté de lui. Croyant qu'il s'agissait d'un nouveau jeu, Charlie se glissa entre eux, oubliant la balle de tennis baveuse pour leur lécher le visage avec enthousiasme.

Zeke s'étouffa de rire. Comme lorsqu'il était enfant et qu'il faisait les quatre cents coups avec Mollie, Patrick et sa chienne Shadow. Soudain, il avait la sensation de revivre dans un monde apaisé. Mollie était à nouveau la petite fille aux couettes de son souvenir, qui le suivait partout comme son ombre. Celle qui avait toujours été son amie, et qui le serait toujours.

Mais elle se redressa en position assise, secouant ses boucles d'or en se penchant vers lui et, tout à coup, le temps fit un bond de géant en avant. Brusquement, elle lui apparut telle qu'elle était réellement : cent pour cent femme. L'odeur de l'herbe fraîchement coupée se mêlait à la fragrance de fleurs de sa peau, et Zeke sentit son corps se tendre.

Les brumes nostalgiques du passé se dissipèrent

instantanément dans la chaleur d'une flambée de désir inattendue, aussitôt suivie d'une vague de culpabilité encore plus dévastatrice. Mollie n'était plus la petite fille de son souvenir. La chienne qui gambadait autour d'eux était Charlie, pas Shadow. Et Patrick était…

Refoulant fermement cette pensée, Zeke se releva. Charlie était couchée à quelques pas de lui, la balle de tennis à nouveau entre ses pattes, très fière d'elle-même.

— Cette chienne est visiblement dans ton camp, grogna-t-il.

Mollie posa sur lui un regard surpris, puis elle se remit sur pied, brossant du bout des doigts les brins d'herbe qui adhéraient à son jean.

— Cela fait trop longtemps que tu n'as plus d'animal de compagnie, observa-t-elle. Tu as oublié que les jeunes chiens doivent dépenser beaucoup d'énergie.

— Je ne l'ai pas oublié.

— Je connais une excellente façon de te rendre la mémoire, déclara-t-elle comme si elle ne l'avait pas entendu.

Ils avaient eu cette discussion un nombre incalculable de fois, et sa réponse était toute prête :

— Je suis sûr du contraire.

— Je ne comprends pas pourquoi. Tu adorais Shadow.

— C'est vrai. Elle était la meilleure. Mais c'était toi qui faisais presque tout le travail.

Mollie venait chez lui pratiquement tous les jours, et elle ne rechignait jamais à promener la chienne, à jouer avec elle ou à s'occuper de son toilettage.

— Prendre soin d'un être qu'on aime, ce n'est pas du travail, observa-t-elle.

Sans trop savoir pourquoi, Zeke tourna automatiquement son regard vers les marches de bois toutes neuves du perron. Cela avait représenté un gros travail, mais il l'avait fait avec plaisir parce que…

— C'est tout de même une responsabilité.

— Accueillir chez soi n'importe quel animal est une responsabilité, répliqua-t-elle avec un sourire. Mais tu as toujours été une personne responsable.

C'était vrai et, par défaut, il se trouvait justement que Mollie relevait de sa responsabilité. Que cela lui plaise ou non. Il ne l'aurait jamais reconnu, bien sûr, mais une partie de lui-même se réjouissait que Mollie s'entête à résister à ses efforts. Toute marque de gratitude n'aurait fait qu'ajouter à son sentiment de culpabilité – or, concernant les McFadden, Zeke avait déjà de vastes réserves de ce sentiment.

Des années auparavant, il avait fait une promesse à son meilleur ami. Alors qu'il venait de terminer sa formation militaire et se trouvait sur le point de s'embarquer pour un théâtre d'opérations à l'autre bout du monde, Patrick McFadden lui avait demandé de veiller sur sa petite sœur.

Zeke avait immédiatement accepté. Patrick et lui avaient grandi ensemble dans l'élégant quartier historique de Spring Forest, et ils étaient comme deux frères. Durant toutes ces années, Mollie avait toujours été la petite sœur qui insistait pour les suivre partout. Veiller sur elle lui semblait donc tout aussi naturel que son amitié pour Patrick.

Ils savaient tous les deux que Mollie était une personne au grand cœur. Trop grand, peut-être. Car elle était toujours prête à ne voir que le meilleur chez les gens, à accorder une seconde chance – voire plus – à chacun. Ni Patrick ni lui ne pouvaient tolérer que quiconque abuse de cette gentillesse.

Patrick allait partir faire son devoir en risquant sa vie, et Zeke ne voulait pas qu'il ait à s'inquiéter pour sa sœur restée au pays. Voilà pourquoi il avait fait cette promesse à son ami.

Puis, deux ans auparavant, Mollie s'était présentée sur le pas de sa porte, ses beaux yeux rougis par les larmes, pour l'informer que Patrick ne reviendrait plus.

Son meilleur ami était mort et la promesse que Zeke lui avait faite, le souvenir de leur dernière conversation, pesaient sur lui comme un poids immense l'empêchant de respirer.

Le contact de la truffe fraîche et humide d'un chien contre son poignet le ramena brusquement au présent, et il tendit la main pour caresser le pelage doré et soyeux de Charlie, curieusement réconforté par cette silencieuse manifestation d'amitié.

— Tu as besoin d'un nouveau meilleur ami, remarqua Mollie d'une voix douce.

Zeke sentit son cœur se serrer. Lorsqu'il leva les yeux, il s'aperçut que la jeune femme l'observait, ses yeux bleu-vert exprimant toute la douceur du monde. Sa logique lui disait que ni elle ni la chienne près de lui ne pouvaient savoir ce qu'il pensait à cet instant, mais ses propres expériences avec Shadow et les chiens d'assistance du groupe de soutien d'anciens combattants qu'il fréquentait lui avaient montré à quel point les animaux pouvaient se montrer intuitifs.

Quant à Mollie… Patrick constituait un lien qui les unirait toujours, elle et lui. Zeke n'avait pas besoin de lui dire qu'il pensait à son ami. Car Patrick était toujours là, entre eux.

Les marches de l'escalier étaient parfaites. Les planches de bois avaient été passées au papier de verre et n'attendaient plus que la première couche de peinture. Un travail soigné.

Mais Zeke était ainsi. Sérieux et précis. Son énorme boîte à outils était encore ouverte sur la dernière marche, pourtant tout y était parfaitement rangé et étiqueté. Tout le contraire d'elle-même, qui vivait dans un joyeux désordre, songea Mollie.

— Tu aurais pu m'attendre pour commencer, remarqua-t-elle. De cette manière, j'aurais pu observer tes gestes et le faire toute seule la prochaine fois.

— Ce n'était pas un travail très difficile.

— Tu es génial.

Elle le pensait sincèrement. Zeke était l'homme le plus brillant qu'elle ait jamais connu. Si un sujet l'intéressait – et Zeke désirait *tout* savoir – il rassemblait, à la bibliothèque ou en ligne, toutes les informations nécessaires pour devenir rapidement un expert en la matière, qu'il s'agisse de bâtir des escaliers, de construire une clôture ou de changer un robinet défectueux.

— Tu n'as pas à t'en faire, dit-il en frappant la première marche du talon de sa botte. Cet escalier est solide. Il est là pour longtemps.

— Justement, il est trop parfait ! gémit-elle. Il fait ressortir le mauvais état du reste de la maison. Je vais devoir refaire le perron, la porte, et tout l'arrière de la bâtisse pour qu'ils soient au même standard.

Zeke se contenta de sourire.

— Je crois savoir comment je vais employer mes prochains week-ends, remarqua-t-il.

— Non, Zeke, il n'en est pas question. C'est *ma* maison. Ma responsabilité.

Durant une seconde, l'expression de son beau visage parut s'assombrir, puis Zeke lui sourit.

— C'est vrai, bien entendu, mais cela ne m'interdit pas de te donner un petit coup de main de temps à autre, n'est-ce pas ? Autrement, comment pourrais-je te remercier pour tous les délicieux repas que tu me prépares ?

Mollie ne se considérait pas comme un cordon-bleu, mais elle aimait bien manger. Et elle aimait aussi cuisiner. Surtout si c'était pour Zeke.

S'il était vrai que le chemin le plus court vers le cœur d'un homme passe par son estomac, Zeke aurait dû tomber amoureux d'elle depuis longtemps déjà, à l'époque où il avait dévoré tous les cookies qu'elle avait préparés pour l'école.

— Ne me dis pas que tu n'as pas déjà un bon petit plat qui mijote quelque part, ajouta-t-il d'une voix suave.

— Il n'est pas impossible que j'aie mis une cocotte de chili à feu doux avant de partir, ce matin.

— Un vrai chili ? s'enquit-il d'un ton méfiant. Au bœuf ?

— Oui, bien sûr, répondit-elle en riant. Pas au tofu.

Zeke s'était souvent plaint de ce que les femmes avec qui il sortait à Raleigh – toutes grandes et minces comme des top-modèles – adoraient s'habiller et sortir dîner mais refusaient de manger davantage qu'une malheureuse salade accompagnée d'eau en bouteille à des prix scandaleux. Il jurait qu'il avait rompu avec sa dernière petite amie parce qu'elle l'avait invité à dîner chez elle et lui avait servi une pizza végétarienne.

Avec elle, il n'avait pas à s'inquiéter à ce sujet : elle détestait le chou-fleur et adorait la pizza à pâte épaisse généreusement garnie de pepperoni et de mozzarella. Elle n'était ni grande ni mince, et personne ne l'aurait prise pour un top-modèle.

À cause de tout cela, elle était parfaite pour Zeke. Une parfaite amie, bien sûr.

Réprimant un soupir, elle grimpa les marches impeccables de son nouvel escalier et entra dans la cuisine, Zeke sur ses talons. Un délicieux arôme de bœuf mijotant à petit feu flottait dans l'air et Arti, son coonhound anglais noir et fauve, se précipita à sa rencontre, frétillant de la queue avec enthousiasme.

— Bonjour, ma petite chérie ! dit-elle en caressant ses longues oreilles pendantes. Tu m'as manqué, toi aussi.

Ensuite, Arti se précipita sur Zeke pour lui faire la fête, se dressant sur ses pattes arrière pour lui lécher le visage. Zeke s'essuya la bouche d'un revers de main en riant et Mollie se sentit presque jalouse de sa chienne. Elle aussi rêvait secrètement de se jeter contre son large torse et de dévorer sa bouche de baisers.

Elle était folle d'imaginer de telles sottises…

Zeke avait déjà dîné chez elle en de nombreuses occasions, et elle n'avait pas besoin de lui indiquer où se trouvaient les assiettes et les couverts.

Ils s'affairèrent ensemble dans l'espace minuscule de sa cuisine, ouvrant tiroirs et placards, se frôlant constamment sans le vouloir, dans une agréable intimité. Mollie avait des années d'expérience dans l'art d'ignorer les délicieux frissons qu'elle ressentait à chacun de ces contacts occasionnels.

— Ce chili sent très bon, observa Zeke, appuyant sa grande main sur son épaule pour se pencher sur la casserole.

Elle ne put s'empêcher de penser qu'il sentait merveilleusement bon, lui aussi. Un parfum de soleil et de bois de cèdre. Elle était douloureusement tentée de se blottir dans le cercle de ses bras pour respirer la douce fragrance épicée de sa peau. Elle aurait tout donné pour être l'objet de la gourmandise qu'elle lisait dans son regard, alors qu'elle remuait le chili avec une cuiller de bois.

— Je peux goûter ? la cajola-t-il. Juste une cuillerée ?

Son souffle tiède effleurait son oreille et elle se sentit frissonner. Soudain, elle avait les jambes toutes faibles, comme si elle venait de courir un marathon, et son corps semblait s'être liquéfié.

— Termine plutôt de mettre la table et prépare-nous un verre, suggéra-t-elle en lui décochant une bourrade amicale dans les côtes. Je travaille peut-être avec des animaux mais nous allons nous asseoir à table et dîner comme des gens civilisés.

Les parents de Mollie n'avaient jamais apprécié les animaux domestiques et, lorsqu'elle leur avait annoncé son intention de devenir éducatrice canine, ils avaient réagi comme si elle venait de leur déclarer qu'elle comptait déménager dans les bois, vêtue de peaux de bêtes. Bien sûr, vivre dans la compagnie des chiens, ses vêtements constamment couverts de poils et occasionnellement d'un peu de bave, n'était pas la carrière la plus prestigieuse du monde. Mais elle était une *excellente* éducatrice canine.

Le rire moqueur de Zeke ne fit que souligner la distance entre les paroles qu'elle venait de prononcer et ce qu'elle éprouvait à cet instant précis. Des sentiments qui n'avaient pas grand-chose de civilisé. À son grand soulagement, il s'écarta d'elle avant qu'elle ne se soit couverte de ridicule.

Ordonnant à ses jambes de cesser de trembler, elle porta le faitout de chili jusqu'à la table de chêne massif et le posa parmi les autres ingrédients de leur festin : crème fraîche épaisse, ciboulette, fromage râpé et petits piments rouges.

— Où en êtes-vous avec les travaux, au refuge ? demanda Zeke, faisant honneur au chili comme s'il n'avait pas fait un repas décent depuis une éternité.

— Ils ont déjà commencé, grâce à l'argent récolté au gala de bienfaisance du mois dernier, répondit-elle. Et les sœurs Whitaker m'ont informée que Rebekah Taylor, la nouvelle directrice, avait sollicité une subvention pour le refuge, pas seulement pour les travaux de réparation mais aussi pour de nouvelles constructions.

— Il ne doit pas être facile de faire ses premiers pas dans un nouveau job en plein milieu d'un chantier, remarqua-t-il.

— Sûrement, convint-elle. Mais si cette fameuse subvention nous est accordée, la tornade aura eu, au moins, quelques retombées positives inattendues.

Lorsqu'elle releva les yeux, elle constata que Zeke l'observait, l'ombre d'un sourire amusé dansant sur ses lèvres.

— Qu'y a-t-il ? s'enquit-elle sur un ton défensif, se demandant si elle avait fait une grosse tache sur son T-shirt.

Un bref coup d'œil lui apprit qu'il n'en était rien. Aucune

trace de chili. Seulement quelques marques de pattes de chien boueuses qu'elle n'avait pas remarquées plus tôt.

Elle réprima un soupir.

— Il n'y a que toi pour trouver un bon côté à une tornade, observa-t-il.

Mollie sentit ses joues s'empourprer. Enfant, ses parents l'avaient souvent mise en garde contre sa tendance naturelle à voir le monde en rose.

— Tu me trouves naïve, n'est-ce pas ?

— Pas du tout, assura Zeke. Je pense que tu es fabuleuse. Chief et Charlie ont bien de la chance de t'avoir à leur côté.

Ces paroles lui coupèrent le souffle, et Mollie resta silencieuse, avant de parvenir à balbutier :

— Zeke… C'est la chose la plus gentille que l'on m'ait jamais dite de toute ma vie.

— C'est la vérité, dit-il en s'emparant de sa main, son regard rivé au fond du sien.

Ils s'étaient touchés des milliers de fois de cette façon. Ils se connaissaient depuis l'enfance. Des bourrades amicales et des étreintes fraternelles et, en une occasion, devant la tombe de son frère, ils étaient restés blottis longtemps dans les bras l'un de l'autre. Mais aujourd'hui, c'était différent.

Soudain, *tout* semblait différent.

Elle sentait distinctement la chaleur de la main de Zeke irradier le long de son bras, générant un délicieux frisson dans tout son corps. Elle entendait chaque battement de son propre cœur, chacune de ses respirations. Les yeux noisette de Zeke ne lui avaient jamais paru aussi fascinants, aussi plein de douceur.

— Je l'ai compris tout à l'heure, dans le jardin.

— Vrai… vraiment ? fit-elle d'une voix étranglée.

— Je suis sincère, Mollie. Tu es une femme merveilleuse, et je trouve incroyable qu'aucun prince charmant ne soit encore venu t'enlever sur son cheval blanc.

Elle le dévisagea un instant, muette d'émotion. Après tant d'années passées à rêver, à espérer en silence, son rêve se réalisait enfin. Elle prit une profonde inspiration, avant de déclarer :

— À ce stade, tu avais probablement déjà deviné que j'attendais…

— Justement, l'interrompit-il en souriant. Tu ne devrais pas avoir à attendre. Plus maintenant.

— C'est vrai, convint-elle, le cœur battant. Plus maintenant. Je suis prête, Zeke. Totalement prête.

Mollie était tombée amoureuse de lui lorsqu'elle n'était qu'une petite fille, le jour où ils avaient sauvé Shadow ensemble. À l'époque, c'est vrai, elle était trop jeune pour lui. Elle n'était qu'une préadolescente ignorante amoureuse d'un garçon plus âgé qu'elle. Mais le temps avait passé. Aujourd'hui, ces quatre ans de différence d'âge ne signifiaient rien. Elle était devenue une femme, et l'idée que Zeke la reconnaisse enfin ainsi…

— Oui, je le comprends, répondit Zeke, souriant à nouveau. C'est pourquoi je vais t'arranger un rendez-vous avec l'un de mes amis.

- 3 -

— Quoi ? s'exclama Mollie, libérant brusquement sa main et reculant si précipitamment qu'elle faillit renverser sa chaise. Qu'est-ce que tu as dit ?

— Je pensais qu'il était peut-être temps que je t'arrange un rendez-vous avec un de mes copains de la ligue de basket-ball. Plusieurs d'entre eux sont célibataires et… Écoute, Mollie, j'essaie seulement de te dire que tu es une femme très désirable.

Bien sûr, songea-t-elle. C'était sûrement pour cela qu'il se débarrassait d'elle en la présentant au premier venu.

Elle ramassa son bol de chili à peine entamé et, traversant la cuisine à grands pas, l'emporta jusqu'au plan de travail. Le feu de l'humiliation lui brûlait les joues et elle ne supportait plus de regarder Zeke. Comment avait-elle pu être assez bête pour se méprendre à ce point sur ses intentions ?

S'agissant des chiens, elle savait interpréter le moindre changement d'expression. Mais, avec les humains…

Elle ne savait pas ce qui était le plus grave. D'avoir été assez stupide pour se convaincre que Zeke s'intéressait à elle, ou qu'il ait pu croire qu'elle était désespérée au point d'accepter un rendez-vous arrangé de pure charité.

Se retenant à grand-peine de jeter toute la vaisselle en vrac dans l'évier – ou de la lancer à la tête de Zeke – elle posa simplement son bol sur le plan de travail et retourna se planter face à lui, les poings sur les hanches.

— Que tu viennes chez moi pour y entreprendre des travaux sans m'en demander la permission, passe encore, gronda-t-elle. Mais que tu régentes ma vie privée… C'est hors de question.

Zeke ne renonçait cependant pas facilement. Surtout lorsqu'il était certain, dans sa grande sagesse, d'avoir raison.

— Mollie, tu te trompes, répliqua-t-il. J'essaie seulement de te convaincre de me laisser t'aider.

Elle ne put retenir un soupir qui laissait transparaître sa fureur. Mais Zeke ne recula pas. Au contraire, il fit rapidement le tour de la table pour se planter devant elle et poser ses grandes mains sur ses épaules.

Et, même si une seconde plus tôt elle était bouleversée – de s'être laissée aller à rêver, puis à croire que son rêve pouvait se réaliser – cet épisode avait fait tomber toutes les barrières qu'elle s'était patiemment construites avec les années.

Elle n'était plus une enfant, et elle n'était pas la petite sœur de Zeke. Elle était une adulte, et ce qu'elle voulait, c'est que Zeke la serre dans ses bras, qu'il l'embrasse, qu'il l'aime comme seul un homme pouvait aimer une femme.

Hélas, si tout avait changé pour elle, il n'en allait pas de même pour Zeke.

— Je sais que tu me dis souvent que tu préfères les chiens aux humains, insista-t-il en souriant, mais sortir un peu et rencontrer d'autres gens te ferait du bien. Si cela peut te faciliter les choses, nous pourrions même sortir à deux couples.

— Tu fréquentes quelqu'un en ce moment ? s'enquit-elle en s'écartant brusquement de lui, le cœur serré.

Ces temps derniers, Zeke était sorti avec des femmes rencontrées à Raleigh. Mollie s'efforçait de se convaincre qu'elle s'en réjouissait. Elle ne tenait pas à voir de ses propres yeux combien ces inconnues étaient intelligentes, sophistiquées et sexy, comparées à elle. Et elle craignait le jour où Zeke rencontrerait celle qu'il estimerait être la femme de sa vie. Une femme pleine de classe qui ne commettrait pas l'erreur de lui servir de la pizza végétarienne.

Deux ans plus tôt, ce scénario catastrophe avait failli se produire lorsque Zeke s'était fiancé avec Lilah Fairchild. L'idée qu'il puisse jurer un amour éternel à n'importe quelle femme sur la planète lui déplaisait en soi, mais le fait qu'il soit allé choisir Lilah Fairchild, une femme originaire de Spring Forest, lui était encore plus désagréable.

Elle remerciait encore le ciel que Zeke et Lilah aient rompu avant d'être passés devant l'autel. Et cela, même si le souvenir de son rôle involontaire dans cette rupture la mettait encore mal à l'aise lorsqu'elle y pensait.

Depuis, Zeke avait établi une séparation nette entre ses aventures féminines et sa vie à Spring Forest. Probablement parce qu'il considérait que c'était plus facile ainsi.

Mollie songea à sa boîte à outils, restée sur le perron, derrière la maison. Ramassant son verre, elle s'efforça d'avaler une gorgée d'eau malgré sa gorge serrée. Zeke l'avait rangée dans une case intitulée «Amie» lorsqu'elle n'était qu'une petite fille, et elle désespérait de trouver un jour une manière de s'en libérer.

— Tu n'avais pas mentionné de petite amie ces derniers temps, ajouta-t-elle en reposant son verre avec une nonchalance feinte.

— Je n'en ai pas, précisa-t-il, haussant ses larges épaules. Mais je pourrais passer un coup de fil.

Parce que, pour lui, c'était aussi facile que cela. Mollie se souvenait à peine de la dernière fois qu'elle avait parlé à un homme pour tout autre motif que son travail, ou pour obtenir un devis pour les réparations de sa maison.

Comment s'étonner que Zeke se soit cru obligé de

lui arranger un rendez-vous ? Sa vie amoureuse était vraiment pathétique.

— Je me suis dit que tu te sentirais peut-être plus à l'aise si j'étais là avec toi.

En réalité, Mollie peinait à imaginer une situation pire. Elle ne savait même pas ce qui serait le plus horrible – laisser Zeke être le témoin de son manque total de conversation lors d'une embarrassante soirée arrangée, ou être assise en face de lui à la table et le regarder charmer une autre femme.

— Je vois, dit-elle. Avec moi. Une soirée à quatre.

Avec elle, mais en tant qu'amie. Avec elle, mais tout en contant fleurette *à une autre femme*.

— Que dirais-tu de vendredi prochain ? suggéra Zeke en tirant son téléphone de sa poche, sachant parfaitement que Mollie repousserait sans cesse l'échéance s'ils ne convenaient pas tout de suite d'une date précise. Cela me permettrait de…

— Assez !

— Qu'y a-t-il ? s'enquit-il en relevant les yeux, surpris par le ton coupant de sa voix. Vendredi ne te convient pas ?

— Non, Zeke, répondit-elle, les dents serrées. Vendredi ne me convient pas du tout.

Il ne s'était pas attendu à ce qu'elle accepte sa suggestion avec enthousiasme : il savait à quel point elle était têtue et indépendante. Mais il n'avait pas prévu non plus qu'elle le dévisage comme s'il avait perdu l'esprit.

— Mollie…

— Aucun jour ne me conviendra jamais, coupa-t-elle en se plantant devant lui, les joues en feu.

Zeke ravala un juron. Il avait fait de son mieux pour aborder le sujet de cette sortie avec délicatesse, mais tout ce qu'il avait réussi à faire, c'était l'embarrasser. Mollie et lui étaient amis depuis si longtemps qu'il en venait à oublier combien elle était timide en présence de nouveaux visages. Il ne comprendrait jamais pourquoi une femme capable de faire reculer un rottweiler d'un seul geste n'osait pas regarder un homme en face.

— Écoute, ce ne sera pas si terrible.

— Une soirée à quatre, avec toi et une de tes…

Elle prit une profonde inspiration, avant de marmonner, en secouant la tête :

— Tu ne peux même pas imaginer ce que je ressens.

Zeke se sentit rougir à cette réflexion concernant ses conquêtes. Sans compter que Mollie n'en avait jamais rencontré aucune. Personne à Spring Forest n'avait jamais rencontré aucune des femmes avec qui il était sorti depuis Lilah. Présenter quelqu'un à ses amis et à sa famille serait suggérer sans le dire tout haut que la relation devenait sérieuse. Or il évitait soigneusement tout engagement durable. Il avait retenu sa leçon.

Cependant, pour Mollie, il était prêt à transgresser ses propres règles. Pour elle, il était prêt à tout.

Il devait à Patrick de veiller sur sa petite sœur.

Mais, lorsque Mollie se retourna vers lui, ses boucles de miel balayant ses épaules, et que son regard croisa le sien, elle n'avait plus du tout l'air embarrassé. Ses yeux bleu-vert étincelaient et elle respirait fort. Elle s'approcha pour pointer son doigt sur lui, et il se rendit compte qu'il ne l'avait jamais vue aussi furieuse.

Ni aussi *sexy.*

Soudain, Zeke ne pensait plus à son meilleur ami, ni à une quelconque soirée à quatre sans intérêt. Son sang bouillonnait dans ses veines. Tandis que le doigt de Mollie venait percuter sa poitrine, il éprouva une montée de désir d'une intensité qui le laissa sans voix et recula d'un pas, les jambes faibles.

— Je n'ai pas besoin que tu m'arranges un rendez-vous avec qui que ce soit, dit-elle d'un ton glacé. Je suis très heureuse toute seule.

— Tu…

— Je vais très bien, l'interrompit-elle. Et je suis parfaitement capable de choisir mes fréquentations moi-même, merci beaucoup !

— Comment vais-je bien pouvoir me trouver un cavalier ? se lamentait Mollie le jour suivant, s'adressant à Claire et à Amanda, ses plus proches amies.

Les deux femmes avaient répondu à son appel à l'aide, et elles déjeunaient toutes trois ensemble au Main Street Grill.

Mollie détestait mêler ses amies à ses problèmes. Claire venait de célébrer ses fiançailles avec Matt, et Amanda était très occupée avec son nouveau service de traiteur à domicile. Sans compter qu'elle était elle aussi fiancée, à Ryan Carter, papa célibataire et propriétaire éditeur du quotidien local. Toutes deux avaient donc mieux à faire. Si les circonstances ne l'avaient pas exigé, Mollie se serait bien gardée de les déranger.

Mais, au lieu de considérer son problème comme un écueil insurmontable, Amanda et Claire échangèrent des sourires entendus. Amanda rapprocha sa chaise de la table, ses grands yeux bruns tout brillants d'excitation, avant de déclarer :

— Cela faisait une éternité que je mourais d'envie de te trouver un compagnon.

— Ah, fit Mollie sans aucun enthousiasme, poussant sa salade du bout de sa fourchette. Visiblement, vous avez tous la même idée en tête.

— Je sais que ce n'est pas facile, intervint Claire d'un ton compatissant, mais il est peut-être temps de te tourner vers l'avenir.

— Comment peux-tu dire cela ? protesta Mollie, se révoltant à la pensée de devoir renoncer au rêve qu'elle avait si longtemps nourri dans son cœur. Surtout toi, qui as renoué avec Matt après toutes ces années…

— Matt et moi avions vécu une histoire ensemble, rappela Claire. Une histoire romantique. Ce que Zeke et toi partagez, c'est une histoire d'amitié.

— Et tu penses donc que c'est sans espoir. Tu as raison. Je suis une idiote.

— Ce n'est pas vrai ! se récria Amanda. Tu es une femme merveilleuse et tu mérites qu'un homme tout aussi merveilleux t'aime.

— Zeke est…

— Oui, je sais, la coupa Amanda d'une voix douce. Il a toutes les qualités requises. Mais, ma chérie, tu dois l'accepter : il n'est peut-être pas l'homme qu'il te faut.

— J'ai toujours pensé qu'il était parfait pour moi.

— Et c'est vrai… Si tout ce que tu attends de lui est son amitié. Mais, si tu désires plus que cela, il est grand temps que tu reconnaisses que ce que Zeke et toi vivez ensemble est insuffisant pour former un couple.

Insuffisant…

Mollie avait souffert toute sa vie d'un sentiment aigu d'insuffisance. Son frère Patrick, l'aîné, était tout ce que leurs parents avaient espéré trouver dans un enfant. Il était sociable et plein d'entrain, intelligent et brillant dans tous les domaines – tandis que, pour sa part, Mollie passait presque inaperçue.

La perte de Patrick n'avait fait que renforcer son désir de fonder une famille à elle – comportant au moins quelques membres à quatre pattes. Élever des chiens et les éduquer remplissait une grande partie de sa vie, bien sûr, mais, dans son cœur, il restait encore une place vide.

— C'est vrai, j'ai l'intention de me marier un jour, reconnut-elle. Et d'avoir des enfants.

Les enfants de Zeke…

Mais Zeke, lui, n'avait pas les mêmes projets.

Tout à coup, Mollie n'avait plus d'appétit, et elle repoussa son assiette.

— Je suis pitoyable avec les hommes, observa-t-elle

en soupirant. Je ne sais jamais quoi leur dire et, invariablement, je me sens si gênée que je finis par ne rien dire du tout. Bref, c'est un désastre.

— Tout ce dont tu as besoin, c'est de confiance en toi-même. Laisse-nous nous occuper de toi, et tu verras que sortir avec des hommes n'est pas si désagréable.

— Je ne sais pas…

Mollie s'apprêtait à demander à ses amies d'oublier toute cette histoire lorsqu'une voix masculine lança près d'elles :

— Salut, sœurette !

Les trois femmes levèrent les yeux alors que le frère aîné d'Amanda, Josh, arrivait près de leur table. Comme le reste de la famille d'Amanda, Josh avait une magnifique peau mate, des yeux d'un brun profond et des fossettes adorables. Il les salua d'un sourire avant de s'emparer d'un muffin dans l'assiette de sa sœur et d'y mordre à belles dents.

— Ces muffins ne sont plus les mêmes depuis que tu ne travailles plus ici, remarqua-t-il, secouant tristement la tête.

— Arrête ! protesta Amanda. La recette est restée identique.

— Cesse d'essayer de culpabiliser ta sœur, le tança Claire. Laisse-la poursuivre ses rêves.

— Voyons, répliqua Josh en riant, faire enrager ses frères et sœurs est le principal avantage d'être l'aîné d'une famille !

Croisant le regard de Mollie au même instant, il se reprit précipitamment :

— Je suis désolé, Mollie. Patrick était un véritable héros.

— Oui, c'est vrai, murmura-t-elle, la gorge serrée.

Comme toute la population de Spring Forest, elle était fière du sens du devoir et du courage qui avaient été ceux de son frère. Patrick avait été un homme remarquable et un excellent soldat, mais le frère dont elle portait le deuil, celui qui lui manquait, avait aussi été humain. Il avait été hanté par ses propres peurs, ses propres doutes, et avait commis des erreurs.

Mais ses parents, Zeke et tout le reste de la ville désiraient se souvenir de Patrick McFadden comme d'un héros tombé pour son pays. Et Mollie ferait tout ce qui était en son pouvoir pour que cela reste ainsi.

— Mais Patrick aurait été le premier à te donner raison, ajouta-t-elle, s'accrochant à son sourire malgré les larmes qui brûlaient derrière ses paupières. Il adorait me faire enrager.

Apparemment rassuré par cette plaisanterie, Josh déclara :

— Patrick adorait plaisanter, mais tous les gars de la ville savaient que le premier qui t'embêterait aurait affaire à lui.

Visiblement aussi étonnée que Mollie, Amanda se tourna vers son frère.

— Que veux-tu dire, Josh ?

— Quoi ? s'étonna-t-il. Vous n'étiez pas au courant ? Avant de partir à l'armée, Patrick a eu un petit entretien avec chacun des adolescents de la ville pour les avertir de ne pas toucher à sa petite sœur.

Mollie ne manqua pas de remarquer le regard que ses deux amies échangeaient, et elle saisit son verre de thé glacé d'une main qui tremblait un peu.

— C'est ridicule, marmonna-t-elle. J'étais encore une petite fille lorsqu'il est parti.

— Tu avais quatorze ans, rappela Amanda.

— C'est juste, convint Josh. Et Patrick savait déjà ce que le reste d'entre nous n'a compris qu'au lycée – que tu deviendrais une ravissante jeune femme.

Josh lui adressa un clin d'œil qui la fit rougir, avant d'ajouter :

— Il a eu bien raison de tous nous tenir à distance.

Un instant plus tard, Josh s'excusa et passa dans la cuisine pour parler avec son beau-frère, et le brouhaha habituel d'une salle de restaurant reprit ses droits. Mais, autour de la table, aucune des jeunes femmes ne disait plus un mot.

— Eh bien voilà, finit par murmurer Claire. Tout s'explique.

— Si tu as eu si peu de succès auprès des garçons durant toutes ces années, ce n'était pas du tout ta faute : Patrick les avait tous mis en garde, et ils se sont habitués à te considérer comme une proie interdite.

Était-ce possible ? Mollie songea à ses années de lycée. Toutes les filles avaient des cavaliers pour les emmener aux soirées dansantes… Toutes, sauf elle. Et elle s'était persuadé que c'était sa faute. Parce qu'elle était trop timide, trop maladroite, trop laide. Étaient-ce vraiment les menaces de son frère qui avaient tenu les garçons à distance ?

D'ailleurs, pourquoi aurait-il fait une chose pareille ?

— Tu sais, Patrick désirait te protéger, lui dit Amanda en s'emparant de sa main pour la serrer doucement. Il était parti si souvent qu'il n'a pas vu que tu devenais une femme forte, ravissante et pleine d'assurance.

— Et maintenant, c'est au tour du reste de Spring Forest de le découvrir, intervint Claire.

La simple idée que qui que ce soit puisse la remarquer rendait Mollie nerveuse, et Amanda et Claire souhaitaient qu'elle devienne le centre d'attention de toute la ville ?

— Heu… Je ne sais pas…

— Tu as entendu ce que Josh nous disait…

Tout à coup, Amanda ouvrit de grands yeux, avant de s'exclamer :

— Oh ! mon Dieu ! Comment n'y ai-je pas pensé plus tôt ? Bien sûr ! Josh serait parfait pour toi !

— Josh ? Mais il est…

— Il est quoi ? l'interrompit son amie, un peu sur la

défensive. Oui, Josh est mon insupportable frère, mais il est aussi intelligent, plein d'humour et beau comme un dieu. Donne-moi une seule bonne raison de ne pas sortir avec lui.

Mollie ne se donna pas la peine de lui expliquer l'unique véritable raison pour laquelle c'était impossible.

Il n'était pas Zeke.

Mollie sourit au magnifique spécimen qui lui faisait face, de l'autre côté de la table.

— Mes félicitations, Stanley. Vous avez passé toutes les épreuves avec succès. Vous êtes officiellement diplômé.

Elle s'adressait à un chien de race papillon de trois kilos assis sur les genoux de sa maîtresse, Mme Winchester, une dame élégante d'un certain âge couverte de coûteux bijoux.

Mme W, comme elle préférait se faire appeler, était aux anges et elle leva son petit chien vers son visage, faisant étinceler les diamants à ses doigts et à ses poignets. Mme W menait une vie sociale très active qui consistait à jouer au bridge, déjeuner avec des amies et se lancer avec elles dans de longues expéditions de shopping. Des activités qu'elle entendait bien poursuivre en compagnie de Stanley, trottant à ses côtés ou voyageant dans son panier fabriqué sur mesure. Les instincts de chien de garde de Stanley avaient été un sérieux challenge dans son éducation.

En guise d'examen final, Mollie et Mme W s'étaient retrouvées dans un restaurant à la mode dans le centre historique de Raleigh. C'était le plein été, mais le ciel était couvert et les températures plus fraîches rendaient cette journée idéale pour un brunch dans le patio, où les chiens étaient admis.

— Stanley n'a pas grogné ou montré les dents une seule fois, observa fièrement Mme W. Il s'est conduit comme un parfait gentleman. Et vous reconnaîtrez qu'il en a l'allure.

Pour l'occasion, Mme W avait fait tailler un smoking sur mesure pour son chien, complété par un petit nœud papillon. Il n'appartenait pas à Mollie de la juger. Elle aussi avait affublé Arti, sa chienne, de faux bois de renne, lors d'un dîner de Noël, quelques années plus tôt.

À la fin du repas, Mme W serra Mollie dans une étreinte parfumée, Stanley pris en sandwich entre elles.

— Je ne vous remercierai jamais assez, ma chère Mollie. J'adore sortir, et je détestais l'idée de devoir laisser ce pauvre Stanley tout seul dans mon immense maison.

Feu le mari de Mme W – le premier Stanley – avait quitté ce monde en lui laissant une fortune importante et une somptueuse résidence. Mollie soupçonnait la vieille dame de souffrir de solitude, bien qu'elle s'en inquiétât pour son chien.

Et si elle-même ne disposait ni d'une fortune ni d'un palais, Mollie comprenait facilement qu'on puisse s'attacher à un ami à quatre pattes. Après lui avoir demandé de la rappeler si le comportement de Stanley montrait des signes de régression, elle prit congé de sa cliente. Sa prochaine séance d'éducation canine n'était prévue que plus tard dans l'après-midi, et Mollie décida donc de flâner devant les vitrines.

Elle n'était pas une grande adepte du shopping mais elle se surprit à s'attarder devant une boutique brillamment éclairée. Elle ne savait plus comment elle avait réussi à s'échapper de ce déjeuner, l'autre jour, sans promettre à Amanda de sortir avec Josh. Si elle décidait d'accepter – et rien n'était moins sûr – il fallait au moins qu'elle prévoie de s'acheter une robe neuve.

Des mannequins sans visage aux silhouettes extra-minces exhibaient toute une gamme de robes courtes et très moulantes. Sur de grands posters s'affichaient les styles les plus osés et d'affriolantes soldes d'été. Durant une fraction de seconde, elle fut tentée d'entrer… puis y renonça. C'était pour cette raison qu'elle ne faisait pas de shopping. Et pour la même raison qu'elle ne sortait pas.

Poussant un profond soupir, elle continua jusqu'à la boutique suivante, mais celle-ci était encore pire que la première. Derrière son élégante vitrine surmontée d'un auvent rose fuchsia était exposée une impressionnante variété de délicats sous-vêtements féminins. Ensembles soutien-gorge et culotte assortis, certains presque transparents, nuisettes courtes, peignoirs de soie de style kimono de toutes les couleurs de l'arc-en-ciel. Et même quelques modèles imprimés d'images animalières pour satisfaire le côté sauvage d'une femme – ou d'un homme.

En dépit de la carrière qu'elle s'était choisie, Mollie devait reconnaître qu'il n'y avait aucun côté sauvage en elle. Le choix de ses sous-vêtements, comme le reste de sa garde-robe, avait été guidé par la fonctionnalité, pas par la mode, et on y aurait vainement cherché un article sexy ou transparent.

Avec le soleil de cette fin de matinée l'éclairant par derrière, elle voyait son reflet dans la vitrine : chemise kaki boutonnée jusqu'au cou, pantalon de treillis et cheveux attachés en queue-de-cheval. Pas de quoi faire tourner les têtes.

Mais, si elle se tenait juste au bon endroit, elle voyait le reflet chatoyant d'une chemise de nuit vert émeraude se confondre avec sa silhouette. L'image était aussi transparente que le tissu arachnéen du vêtement à l'ourlet de dentelle fine, mais il lui semblait presque sentir la fraîche caresse de la soie sur sa peau…

— Salut, Mollie ! Il m'avait bien semblé que c'était toi.

Mollie… Cela a toujours été toi…

Perdue dans ses pensées, se sentant presque prisonnière de cette image dans la vitrine, elle cessa de respirer en comprenant que l'image de Zeke planté derrière elle ne faisait pas partie de son rêve éveillé.

Il portait une élégante chemise bordeaux au col ouvert qui révélait la puissante colonne de son cou, et un pantalon gris ardoise. En chair et en os, Zeke Harper était infiniment plus sexy que dans toutes ses rêveries érotiques.

Se retournant précipitamment, elle fit un effort désespéré pour maîtriser un désir de plus en plus incontrôlable. Le cabinet de Zeke n'était qu'à quelques pâtés de maisons de là, mais Mollie ne s'attendait pas à le rencontrer. Elle ne l'avait pas exactement évité, pourtant elle n'était pas non plus très sûre d'être prête à lui parler face à face.

Tu dois accepter le fait qu'il ne soit peut-être pas l'homme qu'il te faut.

Si son cerveau commençait à le comprendre, son cœur s'y refusait toujours. Durant un instant, elle ne put s'empêcher de le dévorer des yeux, car il lui avait manqué. La brise fraîche jouait avec ses cheveux châtains comme elle rêvait de le faire, et le mince tissu de sa chemise soulignait la puissance de ses pectoraux. Mollie en avait la bouche sèche.

— Que fais-tu ici ? s'enquit-il en souriant.

Mais son sourire s'effaça dès qu'il reconnut la boutique derrière elle, et Mollie rougit jusqu'aux oreilles, comme s'il l'avait surprise dans l'un des négligés coquins exposés en vitrine.

— J'ai retrouvé une cliente pour un brunch, expliqua-t-elle d'un ton faussement détendu. Ensuite, j'ai eu envie de faire un peu de shopping.

— Du shopping ? répéta-t-il comme si c'était la première fois qu'il l'entendait prononcer ce mot.

Au même instant, les portes de verre de la boutique s'ouvrirent et une cliente visiblement satisfaite en sortit, chargée de plusieurs sacs rose fuchsia. De l'intérieur de la boutique leur parvinrent un discret parfum de vanille et le son mélodieux d'une chanson d'amour.

Cependant, à ce moment précis, Mollie savait que c'était la proximité de Zeke qui déclenchait une révolution dans son corps. L'association de son eau de Cologne épicée et du doux parfum féminin provenant de la boutique lui faisait tourner la tête, et il lui était impossible de se s'imaginer vêtue de cette lingerie sexy sans se représenter aussitôt Zeke en train de la lui ôter.

Lorsqu'elle plongea son regard au fond des yeux noisette de Zeke, elle aurait pu jurer, le temps d'une seconde, qu'elle avait vu y brûler la flamme d'un immense désir, la passion qu'elle rêvait d'y lire depuis si longtemps. Elle avait toujours adoré les yeux de Zeke, un véritable kaléidoscope d'or et de vert. Elle se tenait si près de lui qu'elle distinguait son reflet dans leurs profondeurs. Et soudain, elle comprit.

Le feu qu'elle voyait briller dans son regard n'était que le reflet de son propre désir.

Oh mon Dieu ! songea-t-elle, atterrée. *Et si Zeke voyait la même chose qu'elle ?*

Les jambes flageolantes, elle recula de plusieurs pas et évita tout juste de trébucher contre une poubelle.

— Oui, parfaitement, du shopping, répliqua-t-elle, les joues en feu. Je cherchais des jouets pour les chiens. Il y a une animalerie un peu plus loin.

— Je vois, dit Zeke en riant, visiblement soulagé. Une animalerie. Comment vont tes nouveaux chiens ?

— Bien. Comme je m'y attendais, cette brave Arti n'a été que trop contente de voir arriver de nouveaux camarades de jeu.

— Et Chief ? s'enquit Zeke comme s'il lisait dans ses pensées.

— Il… fait quelques progrès, répondit-elle prudemment.

Ces jours derniers, elle avait commencé à comprendre à quel point ce pauvre animal était traumatisé. Le grand jardin clôturé que Charlie et Arti adoraient était trop vaste pour le craintif chien de berger.

— J'ai utilisé un truc du métier consistant à attacher les deux chiens sur une même laisse. Charlie n'a peur de rien et, lorsqu'elle court de long en large dans le jardin, Chief n'a d'autre choix que de courir avec elle. À présent, il l'accompagne partout de son plein gré.

— C'est merveilleux, Mollie, la félicita-t-il avec un de ces sourires qui la laissaient sans voix. Tu fais de réels progrès.

— Oui, c'est vrai.

Avec Chief, en tout cas. Dommage qu'elle ne puisse pas en dire autant à propos d'elle-même. Sur un plan professionnel, la technique de la laisse commune donnait de bons résultats mais, à cet instant, si près de Zeke, elle se rappela l'idée qui lui avait traversé l'esprit lorsqu'elle observait ses chiens.

Quand elle était enfant, c'était elle qui suivait son grand frère adoré et le meilleur ami de celui-ci partout où ils allaient. Mais Patrick n'était plus là et Zeke…

Zeke ne la verrait jamais comme la femme qu'elle était devenue tant qu'elle continuerait à se comporter comme la petite fille qu'elle avait été.

— J'ai rendez-vous avec quelques collègues pour déjeuner, dit-il en consultant sa montre. Tu veux venir ?

Toujours suivre…

— Non merci, répondit-elle. Je n'ai pas terminé mon shopping.

— Ah oui, fit-il, réprimant visiblement un sourire. Les jouets. Pour les chiens.

Mollie décida alors de lui montrer qu'elle était une femme capable de choisir sa propre voie. Et, s'il ne le voyait pas, s'il *ne parvenait pas* à le voir, il était peut-être temps de focaliser son attention vers un autre homme qui, lui, le pourrait.

— Oui, assura-t-elle. Et quelques babioles pour moi-même.

Là-dessus, elle se détourna pour se diriger vers l'entrée de la boutique. Dans la fraction de seconde précédant leur ouverture, elle eut la satisfaction de voir l'expression abasourdie de Zeke se refléter dans les portes de verre.

- 4 -

— Désolé d'être en retard.

Relevant les yeux de son café, Zeke reconnut son ami Matt Fielding qui prenait place en face de lui à la table.

— Pas de problème, dit-il. Je viens à peine de commander.

Les deux hommes avaient pour habitude de se retrouver au Whole Bean Coffee tous les samedis matin avant de se rendre au gymnase pour lancer quelques paniers. Matt se remettait encore des blessures qu'il avait subies lorsqu'il était militaire, mais il aimait à déclarer que leurs entraînements de basket-ball étaient moins douloureux que ses séances de kiné.

— Comment vas-tu ? s'enquit Zeke, parmi le brouhaha des conversations de la foule qui se pressait dans le petit café.

Il avait aperçu Amanda, l'amie de Mollie, en compagnie de Rebekah Taylor, la nouvelle directrice du refuge, mais Mollie n'était pas avec elles. D'ailleurs, il n'en était pas étonné. Ses week-ends étaient consacrés à ses cours collectifs. Et, presque chaque soir, elle assurait des cours privés à l'intention de propriétaires d'animaux préférant des sessions plus personnalisées. Si l'on ajoutait à cela les soins à ses nouveaux chiens, elle devait être trop occupée.

C'était sûrement pour cette raison qu'elle n'avait pas répondu à ses appels, ces jours derniers, ni à ses SMS.

— Tu n'as pas entendu un mot de ce que je viens de te dire, n'est-ce pas ? observa Matt.

— Pardon, s'excusa Zeke. Je pensais à Mollie.

— Vraiment ? s'étonna son ami.

— Oui, répondit Zeke en soupirant. Je me fais du souci pour elle. J'ai l'impression que sa vie se limite à travailler avec des chiens.

— Certains pourraient faire la même remarque pour toi et tes patients. Et je ne compte pas le temps que tu passes avec le groupe de soutien d'anciens combattants.

Zeke estimait qu'il ne pouvait faire moins pour ces gens qui avaient tant sacrifié. Des soldats comme Patrick... Dans les mois qui avaient suivi la mort de son meilleur ami, Zeke s'était mis en rapport avec l'administration militaire pour organiser des séances de thérapie pour les soldats de retour d'opérations. Mais, en dépit des heures qu'il avait passées à aider ces guerriers blessés, il n'avait pas encore réussi à surmonter son propre sentiment de perte. Ni sa culpabilité.

— Je suis de retour depuis plusieurs mois et tu n'as jamais évoqué la moindre femme dans ta vie.

— C'est peut-être parce que cela fait bien longtemps que je ne suis sorti avec personne, répondit Zeke en sirotant son café.

Il ne se souvenait même plus de sa dernière petite amie, mais, bien sûr, Matt ne connaissait pas non plus les autres. Depuis la rupture de ses fiançailles, Zeke gardait ses aventures amoureuses et ses amis et sa famille dans des sphères soigneusement séparées. Naturellement, s'il rencontrait un jour une femme et que leur relation devenait sérieuse, il lui faudrait réexaminer la situation. Mais il ne s'attendait pas à ce que cela se produise dans un avenir proche.

Pas après Lilah.

Lilah était arrivée en ville juste avant sa dernière année au lycée, et les familles Fairchild et Harper avaient rapidement sympathisé. Zeke n'était alors qu'un adolescent, et l'insistance de ses parents pour qu'il fasse découvrir la ville à Lilah, la nouvelle du lycée, et lui présente ses amis, l'avait irrité. Ils ne se rendaient pas compte du ridicule de leur requête ! Dans une petite ville comme Spring Forest, la ravissante nouvelle élève aux cheveux d'or était instantanément devenue la fille la plus populaire du lycée.

Tous les garçons – dont Zeke – étaient tombés amoureux d'elle. Toutefois, l'adolescent studieux qu'il était avait toujours su qu'il n'avait aucune chance avec Lilah, qui préférait les stars de l'équipe de football. Patrick lui-même avait eu une brève aventure avec elle juste avant de partir à l'armée. Lilah avait quitté Spring Forest dès la fin du lycée mais, à la surprise générale, elle était revenue s'installer en ville quelques années plus tôt. À l'époque, Zeke n'y avait pas fait très attention. Il avait mûri. Il avait tourné la page. Lilah – et son ridicule béguin pour elle – faisaient partie du passé. C'était ainsi qu'il voyait la situation, du moins jusqu'au soir où quelques collègues avaient insisté pour qu'il sorte avec eux. C'est là, dans le club le plus branché de Raleigh, qu'il l'avait vue. Ils se connaissaient depuis des années et, durant tout ce temps, elle ne lui avait jamais accordé la moindre attention. Mais, ce soir-là, il avait senti son regard se river droit sur lui à travers la pièce bondée et l'examiner attentivement…

Ce seul regard avait suffi. Il avait été subjugué.

Leurs parents avaient été ravis lorsque Lilah et lui avaient commencé à sortir ensemble, et absolument fous de joie lorsqu'ils s'étaient fiancés. Amis depuis plus d'une décennie, ils se réjouissaient à l'idée de devenir une famille. Puis les fiançailles avaient été rompues, et cela avait été la fin de cette amitié.

— J'ai proposé à Mollie de lui arranger un rendez-vous, raconta-t-il à Matt.

— Toi ? fit son ami en s'étranglant avec son café. Excuse-moi mais je te vois mal dans le rôle de Cupidon.

— Je connais Mollie mieux que personne, rappela-t-il, balayant cette objection d'un revers de main. J'ai pensé que je pourrais lui trouver l'homme qu'il lui faut.

— Qui, par exemple, monsieur le psychologue ?

Lorsque Zeke avait exposé son idée à Mollie pour la première fois, une bonne douzaine de noms de célibataires lui étaient venus à l'esprit. Mais… Cela, c'était avant de l'avoir vue entrer dans une boutique spécialisée dans la lingerie ultra-sexy. Depuis, il ne pouvait s'empêcher de l'imaginer uniquement vêtue de satin, de soie ou de dentelle.

Si mélanger ses aventures amoureuses, ses amitiés et sa famille était une barrière qu'il répugnait à franchir, se lancer dans une relation romantique avec Mollie représentait la Grande Muraille de Chine. Patrick et lui avaient été comme des frères, et il en découlait que Mollie était une sorte de petite sœur pour lui. Il ne voulait pas – ne pouvait pas – penser à elle autrement.

Mais rien n'empêcherait l'homme avec qui elle sortirait de s'imaginer tout cela, et même bien davantage…

Il en venait à se demander si la suggestion qu'il avait faite à Mollie de sortir avec des hommes avait été une bonne idée.

— Euh… Je n'y ai pas réfléchi, marmonna-t-il. Mais ce ne peut pas être le premier venu, naturellement.

— Dans ce cas, que penses-tu de Dan Sutton ?

Dan était avocat et jouissait d'une excellente réputation à Spring Forest, même si les ragots allaient bon train à son sujet depuis que son associé et son épouse s'étaient enfuis ensemble, laissant son cabinet au bord de la faillite.

Zeke secoua la tête.

— Non, il n'a déjà que trop à faire, avec ses trois filles.

— Je n'en suis pas aussi sûr, observa Matt. Il apprécierait peut-être qu'on l'aide à alléger cette charge. N'oublie pas que Dillon a contribué à réunir Ryan et Amanda.

Dillon, âgé de six ans, était le fils de Ryan, et ce qui avait commencé comme un simulacre de fiançailles uniquement destinées à apaiser les grands-parents du garçon s'était rapidement transformé en un amour sincère.

— Dan est un type bien, mais il n'est pas l'homme qu'il faut à Mollie. Il est un peu trop conservateur. Je le vois mal supporter les poils de chien tous les jours sur ses costumes impeccables. Mollie a besoin d'un homme plus terre à terre.

— Cade Battle, peut-être ? suggéra Matt. Personne n'est plus terre à terre qu'un agriculteur.

— Cade tient trop à sa solitude, observa Zeke.

Matt cita plusieurs autres noms – Grant Whitaker, le neveu des sœurs Whitaker, et Davis Macintyre, un assistant vétérinaire employé au refuge –, mais Zeke n'était toujours pas convaincu.

— Grant compte rentrer en Floride dès que les travaux de rénovation du refuge seront terminés, rappela-t-il. Et Davis est encore plus introverti que Mollie. Elle a besoin de quelqu'un qui l'aide à sortir un peu de sa coquille.

— Comme tu le fais, remarqua Matt.

— Oui, c'est cela… Enfin, pas exactement comme moi. Mollie se sent à l'aise avec moi parce que nous sommes amis depuis des années.

— Es-tu certain que ce soit tout ce qu'il y a entre vous ?

— Oui, bien sûr, assura Zeke, autant pour se convaincre lui-même que son ami. Je connais Mollie depuis l'époque où elle avait un appareil dentaire et des couettes.

— Et tu crois qu'il suffit d'avoir connu une personne des années durant pour tout savoir à son sujet ?

D'accord, il ne savait peut-être pas *tout* d'elle, mais il la connaissait mieux que quiconque. Matt suggéra quelques noms supplémentaires, mais Zeke n'imaginait aucun de ces hommes avec Mollie. Dès qu'il essayait, quelque chose en lui s'insurgeait contre cette idée.

— Il semblerait qu'aucun gars du coin ne soit digne de Mollie, conclut Matt.

Malgré lui, Zeke se sentait soulagé que leurs cogitations n'aient produit aucun résultat. Bien sûr, il n'était pas question de le reconnaître devant Matt.

— Je suis sûr qu'il y a quelqu'un qui conviendrait, dit-il. C'est seulement que nous n'avons pas pensé à lui.

— Oui, marmonna Matt. Sûrement.

— Et comment va ton nouveau job ? s'enquit Zeke, désireux de changer de sujet.

Depuis son retour à la vie civile, Matt, qui avait été mécanicien à l'armée, travaillait au garage de Bobby Doyle, un autre ancien militaire, et les deux hommes avaient aussitôt sympathisé.

— Je m'en sors bien, répondit Matt en fronçant les sourcils.

— Mais ? insista Zeke, intrigué.

— En fait, je me fais du souci pour Bobby. Je l'ai vu perdre connaissance en plusieurs occasions, et je sais qu'il souffre encore de stress post-traumatique.

— Je suppose qu'il n'a pas encore accepté d'assister aux réunions de notre groupe de soutien, observa Zeke.

Le SPT n'était pas le seul problème dont souffraient les soldats de retour du front. Crises d'anxiété et dépression étaient fréquentes. Certains sombraient dans l'alcool ou dans les drogues pour soulager leur mal-être, mais Zeke faisait de son mieux pour qu'ils sachent qu'ils pouvaient se faire aider.

— J'ai essayé, mais il refuse obstinément, répondit Matt. Bobby est un génie de la mécanique. Il sait réparer n'importe quelle machine. Je ne pense pas qu'il soit prêt à admettre qu'il ne peut pas se réparer lui-même. Face à cette situation, je me sens impuissant.

Zeke connaissait bien ce sentiment de frustration. Le

retour à la vie civile était une dure épreuve pour certains de ces hommes qui rentraient à la maison. Depuis la mort de Patrick, il s'était souvent demandé ce qu'il aurait pu faire de plus pour aider son ami. Lors de sa dernière permission, il l'avait senti troublé et avait fait de son mieux pour le convaincre de lui parler de ses soucis.

Mais Patrick avait refusé tout net. Il avait répliqué qu'il était venu passer un peu de temps sur le canapé d'un ami, pas sur le divan d'un psychanalyste, et Zeke avait renoncé. Patrick lui avait affirmé qu'il avait seulement besoin de décompresser, et qu'ils en reparleraient le moment venu. Zeke l'avait cru.

Mais le bon moment n'était jamais arrivé. Patrick avait emporté ses secrets avec lui en repartant pour le front, et Zeke se demandait encore si ce fardeau que portait son ami avait pu être l'une des causes de sa mort.

S'il avait trouvé le moyen de parler à Patrick, pensa Zeke, s'il avait réussi à le convaincre de se confier à lui, son ami serait-il encore de ce monde ?

— Prête ? s'enquit Amanda en souriant.

Mollie et ses deux amies étaient dans sa chambre et, depuis des heures, Amanda et Claire s'affairaient à la préparer comme si elle se rendait au bal de l'empereur.

Mollie était au bord de la migraine, les pieds serrés dans des escarpins trop petits, et elle craignait de faire éclater les coutures de sa robe si elle respirait trop fort. Durant la totalité de cette séance de torture, ses amies l'avaient empêchée de jeter le moindre coup d'œil dans le miroir. Elle appréciait leurs efforts, bien sûr, mais elle craignait que le résultat final ne soit décevant. Claire et Amanda lui avaient apporté des tonnes de produits de beauté, mais Mollie doutait fort que ceux-ci puissent faire oublier son physique plutôt banal.

— C'est de la folie, remarqua-t-elle. Aucun maquillage ne parviendra à dissimuler celle que je suis vraiment.

— Personne n'essaie de dissimuler qui tu es, Mollie ! protesta Amanda. Tu es une femme incroyable, merveilleuse. Tu es tout simplement *ravissante.*

— Nous essayons de souligner ta beauté, renchérit Claire. Pas de la cacher.

— Et vous pensez vraiment qu'un rouge à lèvres écarlate et un chignon auront cet effet ?

Mollie ne s'était jamais intéressée de très près à la coiffure et au maquillage, malgré les «encouragements» de sa mère. Ou peut-être, justement, à cause d'eux.

« Mollie ! Comptes-tu réellement sortir de la maison dans cette tenue ? Ne pourrais-tu pas, au moins, essayer de cacher ces taches de rousseur et te coiffer comme il faut ? »

À l'âge où la plupart des préadolescentes rêvent de faire leurs premières expériences avec le mascara et d'imiter la coiffure de leurs idoles, Mollie était restée fidèle à son style de garçon manqué. Une dizaine d'années plus tard, rien n'avait changé. Ni ses taches de rousseur, ni ses boucles folles…, ni la désapprobation de sa mère pour sa fille unique.

Poussant un soupir, elle se retourna vers le miroir et contempla la femme qui lui faisait face.

— Oh ! mon Dieu ! J'ai l'air…

— Fabuleuse ! termina Amanda à sa place.

Mais, pour Mollie, ce mot était trop faible pour décrire les transformations qui venaient de se produire.

Disparues les boucles blond roussâtre qui dissimulaient normalement son visage ! Au lieu de cela, ses cheveux étaient rassemblés en un élégant chignon torsadé sur sa nuque. Le maquillage léger mettait discrètement en valeur ses taches de rousseur et conférait à sa peau un doux éclat. Ses cils clairs ridiculement longs et épais encadraient des yeux au regard mystérieux.

Si l'on ajoutait à cela la robe cache-cœur émeraude sans manches – celle que sa mère l'avait presque obligée à acheter l'année précédente pour le mariage de sa cousine – Mollie avait du mal à se reconnaître.

Un délicieux sentiment d'anticipation s'empara d'elle. Posant les mains sur ses hanches, elle releva un peu la tête et redressa la taille. Était-ce vraiment elle, cette femme pleine d'assurance et de sophistication ?

Elle n'était plus la petite sœur de Patrick, la meilleure copine de Zeke, mais une femme qui ferait se retourner les hommes sur son passage.

— Josh va avoir la surprise de sa vie !

Josh…

Mollie revint brusquement à la réalité, et une vague de déception et de culpabilité déferla en elle. Zeke n'allait pas la remarquer du tout, pour la bonne raison qu'elle ne sortait pas avec lui. Tous ces efforts étaient en principe destinés à Josh, mais Mollie avait à peine songé à son cavalier depuis l'arrivée de ses amies.

Lorsque Josh l'avait appelée pour confirmer leur rendez-vous, il s'était montré aussi charmant et gentil que sa sœur le prétendait.

Mais il n'était pas Zeke.

Refoulant cette pensée dérangeante, Mollie alla serrer ses deux amies dans ses bras.

— Merci pour ce que vous avez fait, toutes les deux. Vous avez accompli le miracle que vous m'aviez promis.

— Il n'y a aucun miracle, répondit Amanda, tournant Mollie vers le miroir. N'oublie pas que Josh te trouve déjà très belle. Tout ceci n'avait pour seul but que de te le révéler à toi-même.

Mollie s'efforça de garder à l'esprit les paroles de son amie mais, lorsque Amanda et Claire furent reparties, ses doutes revinrent à la charge. Josh comptait l'emmener au restaurant à Raleigh. Et si elle ne trouvait plus rien à lui dire au bout de quelques minutes ? Et si elle restait assise dans la voiture pendant la demi-heure que durerait le trajet, engluée dans un silence embarrassé ? Et si le restaurant qu'il avait choisi était un établissement super-select où elle ne comprendrait même pas le menu ? Et si…

Quelques coups frappés à sa porte vinrent interrompre cet accès de panique. Non seulement Josh était plein d'allant, charmant et très bel homme, mais il était aussi ponctuel.

Pourtant, lorsqu'elle ouvrit la porte, l'homme qui attendait sur le seuil, dans le halo doré du soleil de cette fin de journée, n'était pas son cavalier désigné pour la soirée.

C'était l'homme dont elle était tombée désespérément amoureuse. *Zeke*.

- 5 -

D'un air incrédule, Zeke contempla la femme qui lui faisait face.

S'il n'avait pas connu le quartier de Mollie aussi bien que le sien, s'il n'avait pas reconnu la porte qu'il avait passé toute une journée à décaper et à repeindre en rouge vif, l'automne dernier, et s'il ne s'était pas tenu sur ce même perron des centaines de fois au cours de ces dernières années, il aurait pu croire qu'il s'était trompé d'adresse.

Parce que cette femme – avec sa magnifique chevelure attachée en un élégant chignon et ses lèvres d'un rouge intense – qui portait une robe moulante de soie vert émeraude soulignant chacune de ses courbes, ne pouvait pas être Mollie. C'était impossible.

Pas *sa* Mollie – la petite fille qu'il avait sauvée du torrent qui coulait derrière les maisons de leurs parents, le jour où elle avait sauté dans le courant pour sauver la petite chienne qu'elle avait plus tard nommée Shadow. L'enfant maigrelette qui les suivait partout, Patrick et lui, chaque fois qu'elle en avait l'occasion. L'éducatrice canine timide qu'il voyait invariablement vêtue d'un jean et d'un T-shirt, les cheveux attachés en queue-de-cheval, avec de la crème solaire pour tout maquillage.

C'était *elle*, sa Mollie. Pas cette femme qu'il ne reconnaissait pas.

— Zeke ! Que fais-tu ici ?

— Je… Heu…

Après sa conversation avec Matt, il avait vu quelques vétérans accompagnés de leurs chiens thérapeutiques au centre, et il s'était demandé si ce ne serait pas la solution idéale pour Bobby Doyle. Il avait d'abord été découragé en apprenant que la liste d'attente était très longue et que les chiens d'assistance aux handicapés moteurs devaient d'abord subir une longue formation. Mais Bobby n'était pas handicapé des membres. Ses besoins étaient différents et, dans son cas, une formation moins complète du chien suffirait peut-être.

Or qui connaissait mieux que Mollie les techniques d'éducation canine ?

De plus, il avait besoin d'une excuse pour la voir. Ce qui était étrange en soi, car il n'avait jamais eu besoin d'un prétexte pour aller lui parler. Mais, bien sûr, Mollie n'avait jamais ignoré ses appels et messages, auparavant.

Pas sa Mollie…

— Qu'est-ce que c'est que cette *robe* ?

Et où croyait-elle aller, habillée ainsi ?

— Je… Heu…

Mollie baissa les yeux vers sa tenue, paraissant aussi surprise que lui de voir ses bras nus, son généreux décolleté et ses jolies jambes mises en valeur. Comment une femme aussi petite pouvait-elle posséder ces jambes interminables ? À vrai dire, jusqu'à la semaine précédente il n'avait jamais imaginé ses jambes du tout. Comment avait-il pu ne pas les remarquer ?

Il releva les yeux à contrecœur en entendant la voix de Mollie à travers le brouillard de son désir :

— … Pour le mariage de ma cousine, l'année dernière…

Mais il ne parvenait toujours pas à se concentrer, et les derniers rayons du soleil, qui accrochaient des lueurs d'incendie dans sa chevelure, ne l'y aidaient pas non plus. Ses lèvres d'un rouge écarlate auraient dû lui paraître trop rouges, mais il n'en était rien. Au même instant,

Charlie poussa la porte de sa truffe pour essayer d'entrer et, lorsque Mollie se pencha pour saisir son collier, le corsage de sa robe s'entrouvrit, laissant entrevoir de délicates rondeurs féminines. Un vrai gentleman aurait détourné le regard, mais aucun homme normal n'aurait eu la force de résister.

Or, Zeke était un homme normalement constitué, qui éprouvait une saine attirance pour les jolies femmes. Cependant il ne s'agissait pas ici d'une jolie femme ordinaire. C'était Mollie, son amie ! L'une de ses meilleures amies. Et il n'était pas censé la trouver si belle. Mollie pouvait être mignonne, d'accord. Mais pas…

Sexy.

Ce qualificatif était arrivé de nulle part. Pourtant il était juste.

— Heu… Attends. Si le mariage de ta cousine a eu lieu l'année dernière, pourquoi portes-tu cette robe aujourd'hui ?

— Zeke, fit-elle en fronçant les sourcils. Es-tu certain que tout va bien ? Tu te comportes d'une façon très bizarre. As-tu besoin d'un verre, ou d'autre chose ?

Il avait sûrement hoché la tête, car elle tourna les talons pour se diriger vers la cuisine. Il lui emboîta le pas, luttant encore contre un malaise diffus. Tout était comme avant dans cet espace minuscule, alors que Mollie lui versait un verre de jus d'orange. Mais, lorsqu'elle le lui tendit, leurs doigts se frôlèrent sur le verre glacé.

Et, à cet instant, Zeke sut que tout avait changé.

Il avala son verre d'un trait, comme si le liquide frais pouvait éteindre l'incendie qui s'était allumé dans son sang à cet innocent contact. Lorsqu'il eut avalé la dernière goutte, Mollie le dévisageait toujours.

— Tu te demandais pourquoi je porte cette robe achetée pour le mariage de ma cousine, reprit-elle. Eh bien, c'est parce que… je sors.

Il nota qu'elle rougissait sous son maquillage. Lui

prenant le verre vide des mains, elle alla le porter jusqu'à l'évier en évitant soigneusement son regard.

— Tu sors ? répéta-t-il. Que veux-tu dire ?

— J'ai un rendez-vous, précisa-t-elle en pivotant face à lui.

Elle poussa un soupir excédé, avant d'ajouter :

— Mais cela ne devrait pas t'étonner, puisque c'est toi qui en as eu l'idée en premier lieu.

— Moi ? protesta-t-il, essayant de toutes ses forces d'empêcher ses pensées de dériver dans des directions interdites.

— C'est toi qui m'as dit que je devrais sortir davantage, rappela-t-elle avec une expression agacée qu'il reconnut parfaitement en dépit du maquillage. L'as-tu oublié ?

— Mais pas avec n'importe qui ! s'insurgea-t-il. Je t'aurais arrangé quelque chose. Avec l'homme qu'il te faut.

— Comment sais-tu que Josh n'est pas l'homme qu'il me faut ? répliqua-t-elle en le fusillant du regard.

— Josh ? répéta-t-il, stupéfait.

— Lui-même, certifia Mollie. Josh Sylvester, le frère d'Amanda.

Zeke ne connaissait pas très bien l'intéressé, mais il se souvenait de lui au temps du lycée et savait qu'il était récemment revenu en ville pour y prendre le poste de directeur des sports du lycée de Spring Forest. Josh était un type sympathique, très sociable et en pleine forme, grâce à sa profession. La plupart des femmes devaient le trouver beau garçon.

Zeke aurait dû se réjouir que Mollie ait choisi de sortir avec un habitant de Spring Forest plutôt qu'avec un étranger.

Mais ce n'était pas le cas.

— Comment sais-tu qu'il n'est pas fait pour moi ? répéta-t-elle.

— Parce que je te connais, Mollie. C'est pourquoi

je désirais t'aider à trouver un homme qui te convienne réellement.

— Eh bien, désormais, tu n'as plus à t'en inquiéter, répliqua-t-elle en levant les yeux au ciel d'un air excédé. Tu peux rayer cela de ta liste des réparations à effectuer chez Mollie.

— Je n'ai jamais dit qu'il y avait quelque chose à réparer en toi, se défendit-il, piqué au vif.

Il soutint son regard jusqu'à ce qu'il voie ses épaules s'affaisser presque imperceptiblement. Puis, renonçant à son attitude défensive, elle murmura :

— Je sais que tu essaies seulement d'être le meilleur des amis, Zeke, mais je n'ai pas besoin de ton aide.

Elle n'avait pas besoin de lui ? À cette idée, Zeke cessa de respirer et un éclair de douleur lui traversa la poitrine.

— Je suis une grande fille, maintenant, poursuivait Mollie. J'ai l'âge de prendre mes propres décisions. Et de choisir avec qui je veux sortir.

— Je le sais, convint-il en soupirant.

Du point de vue de la logique, il savait parfaitement que Mollie était une femme capable et intelligente. Mais elle était encore, et resterait toujours, la petite sœur de Patrick. Et il devait à son ami de veiller sur elle. C'était une promesse qu'il lui avait faite et qu'il entendait bien tenir.

— J'essaie seulement de te protéger.

— De Josh ? répondit-elle d'un ton incrédule. C'est le frère d'une de mes meilleures amies. Je le connais presque aussi bien que toi.

Ce commentaire n'aurait pas dû lui causer une telle souffrance. Mollie et lui étaient plus que des amis. Ils étaient *meilleurs* amis, et ce depuis des années. Comment pouvait-elle le comparer à Josh ?

— Et lui ? rétorqua-t-il. Te connaît-il aussi bien que moi ?

Il ne reconnut pas le regard qu'elle lui décocha, mais ses yeux répondirent pour elle avant qu'elle ne réplique :

— Honnêtement, Zeke, il m'arrive quelquefois de penser que tu ne me connais pas du tout.

Josh Sylvester était aussi intelligent, amusant et charmeur qu'Amanda l'avait affirmé. En route vers le restaurant, il avait beaucoup fait rire Mollie avec des anecdotes de son enfance, dans le restaurant de sa famille.

— Naturellement, après qu'Amanda a quitté le navire, les parents ont espéré que je la remplacerais aux fourneaux.

— Ont-ils une chance de voir leurs espoirs se réaliser ?

— Aucune, à moins de vouloir faire faillite, répondit Josh. Le talent familial pour la cuisine a sauté une génération avec moi. Mais, lorsqu'il s'agit d'apprécier les bons petits plats, j'ai hérité de toutes leurs aptitudes.

Il lui adressa un sourire éblouissant, avant d'ajouter :

— J'avais envie que nous goûtions la cuisine d'un nouveau restaurant de fruits de mer qui vient d'ouvrir à Raleigh et qui a eu droit à un article très flatteur dans le *Chronicle*. Si tu aimes les fruits de mer, bien sûr.

Il faisait référence au journal de Spring Forest que dirigeait Ryan Carter, le fiancé d'Amanda. Mollie hésita pendant une seconde et, devinant que Josh l'avait senti, elle s'empressa de le rassurer.

— J'adore les fruits de mer !

Zeke aussi les adorait et elle avait attendu, pour découvrir ce restaurant, qu'ils puissent y aller ensemble.

Elle n'avait pas envie de penser à Zeke maintenant, mais elle regrettait encore la façon dont leur dernière conversation s'était terminée. Elle avait peut-être été trop loin, cependant la réaction de Zeke à l'idée qu'elle ait trouvé un cavalier sans faire appel à lui lui rappelait trop l'attitude de ses parents, quand elle était enfant :

ils l'approuvaient uniquement lorsqu'elle suivait leurs règles sans jamais s'en écarter. Et il allait sans dire que vivre dans une maison à rénover entièrement, hors de la ville et avec une meute de chiens, ne correspondait pas du tout aux standards des McFadden.

Patrick avait été le premier à la soutenir, à lui suggérer d'utiliser sa part de l'héritage de leur grand-mère pour acquérir sa propre maison et y fonder la société Best Friends. Zeke aussi l'avait soutenue.

Parce que je te connais, Mollie…

Croyait-il si bien la connaître au point d'être le mieux placé pour lui faire rencontrer l'homme parfait pour elle ? Et, dans ce cas, comment se faisait-il qu'il ne l'ait jamais reconnu lorsqu'il se regardait dans le miroir, chaque matin ?

Elle avait été à deux doigts de lui jeter à la tête l'un de ces escarpins pointus qui lui torturaient les pieds.

Elle réprima un soupir. Tous ces efforts pour rien… Zeke aurait pu, au moins, faire un commentaire au sujet de sa transformation. N'importe lequel.

Josh l'avait fait, lui rappela une petite voix dans sa tête, augmentant encore son sentiment de culpabilité. Car elle ne pouvait s'empêcher de regretter que ces paroles ne viennent pas d'un autre homme. Son cavalier, qui s'était présenté à sa porte quelques minutes seulement après le départ de Zeke, lui avait tendu un bouquet de fleurs, et il lui avait déclaré qu'elle était très belle.

Visiblement, il n'avait pas ménagé ses efforts, lui non plus. Au lieu du jean et du T-shirt qu'il portait habituellement les fois où elle le croisait en ville, il était vêtu ce soir d'un pantalon impeccable et d'une chemise vert pâle fraîchement repassée.

— Tu sais, dit Josh lorsqu'ils arrivèrent devant l'élégant restaurant à la façade éclairée de lanternes, j'ai été très heureux qu'Amanda suggère cette idée qu'on sorte ensemble, toi et moi.

— Vraiment ?

— J'adore parcourir la campagne autour de Spring Forest à pied ou en VTT, expliqua-t-il, plaçant sa main au creux du dos de Mollie. Et comme tu t'occupes de nombreux chiens, j'ai pensé que nous avions peut-être des centres d'intérêt similaires.

— Tu as vu juste, convint-elle.

Elle avait vécu certains des plus beaux moments de sa vie au grand air, à courir les sentiers avec Arti. Bien sûr, la plupart du temps, Zeke l'accompagnait au cours de ces randonnées. Comment s'étonner qu'elle y ait pris tant de plaisir ?

Bien déterminée à refouler ces souvenirs dans un recoin de sa conscience, Mollie se concentra sur son cavalier, alors que l'hôtesse les conduisait vers un recoin intime du restaurant. Les verres de cristal scintillaient à la lueur dansante des bougies, ajoutant à l'ambiance romantique. Josh tira sa chaise pour l'aider à s'asseoir, et ce geste chevaleresque la fit sourire.

Ils échangèrent des anecdotes concernant leurs parcours de randonnée préférés, avant que Josh ne déclare :

— J'ai l'impression que si nous faisions une randonnée ensemble, tu me ferais mordre la poussière.

— La seule façon de le savoir, c'est d'essayer, suggéra-t-elle, étonnée de s'entendre flirter avec lui.

— Rendez-vous sur le terrain, alors, répondit Josh en riant.

Un second rendez-vous, songea Mollie, un peu surprise par la tournure que prenaient les événements. Après tout, ces sorties ne seraient peut-être pas aussi pénibles qu'elle l'avait pensé.

La serveuse apparut à leur table pour prendre leur commande. Mollie choisit le saumon au paprika accompagné de pommes de terre nouvelles, et Josh un filet de thon aux asperges grillées. Il commanda également une bouteille de viognier.

Mollie buvait peu, mais elle adora le bouquet fruité de ce vin dès la première gorgée et, à la fin de la soirée, elle avait terminé son second verre.

— Qu'en penses-tu ? s'enquit Josh alors que la serveuse réapparaissait avec un plateau chargé d'une variété de succulents desserts. As-tu gardé un peu de place pour la meilleure partie du repas ?

— Je ne peux plus rien avaler, répondit Mollie en riant. Tout était délicieux.

— Tu sais qu'Amanda va exiger que je lui fasse un rapport complet, n'est-ce pas ?

Comme Mollie le dévisageait d'un air surpris, il s'empressa de préciser :

— Au sujet de notre repas, bien sûr. Y compris de ce que nous avons choisi pour le dessert.

Mollie savait que son amie serait déçue si elle écourtait cette soirée, et elle sourit.

— Ah oui, je vois. Je te laisse une seconde pour aller me laver les mains. Et si tu choisissais un dessert à partager ?

Josh acquiesça et elle quitta la table pour se rendre aux toilettes des dames, en essayant de ne pas trébucher sur ses hauts talons.

Tout en se lavant les mains, elle prit le temps de jeter un coup d'œil dans le miroir accroché dans un cadre doré au-dessus de la vasque de marbre blanc. À son grand étonnement, la transformation magique qu'elle devait à ses amies tenait toujours. Son chignon torsadé était impeccable, son maquillage bien en place. Elle venait à peine de pousser un soupir de soulagement lorsque la porte des toilettes des dames s'ouvrit.

— Ma parole, mais c'est Mollie McFadden, la souris grise !

Mollie se figea en entendant cette voix familière – celle qui l'avait tourmentée durant sa première année au lycée et qui était revenue la hanter d'une manière bien plus douloureuse des années plus tard. L'eau était devenue brûlante et, retirant précipitamment ses mains, elle rencontra le regard moqueur de Lilah Fairchild dans le miroir.

— Lilah… Que fais-tu ici ?

— Ici plutôt qu'à Paris, tu veux dire ? répondit la ravissante jeune femme aux longs cheveux blonds, s'approchant d'une autre vasque en ondulant des hanches.

Ce n'était pas à Paris que Mollie l'avait imaginée durant ces deux dernières années, mais elle acquiesça vaguement.

— Oui.

— Je suis revenue m'installer ici il y a quelques mois déjà ! précisa Lilah d'un ton de surprise qui sonnait faux. Zeke ne t'en avait pas parlé ?

La main de Mollie se crispa sur la serviette de papier qu'elle venait de tirer du distributeur. Lilah adorait la provoquer et, malheureusement, elle avait deviné depuis une décennie quels sentiments éprouvait véritablement Mollie pour Zeke. Elle savait très bien qu'elle l'aimait d'un amour sans espoir et qu'elle en souffrait. Refusant de lui laisser le dernier mot, Mollie se sécha rapidement les mains avant de déclarer :

— À vrai dire, non. Il t'a probablement effacée de sa mémoire.

Les yeux bruns de Lilah s'assombrirent de colère, et elle répondit d'un ton doucereux :

— Dans ce cas, je suppose que je vais devoir me rappeler à son bon souvenir. Est-il ici avec toi, ce soir ?

Puis, baissant la voix comme si elles échangeaient des confidences, elle ajouta :

— A-t-il enfin eu suffisamment pitié de toi pour t'accorder un rendez-vous, comme tu en rêvais depuis si longtemps ?

Mollie avait passé la plus grande partie de la soirée à regretter que Zeke ne soit pas à ses côtés – bien que

Josh se soit révélé être un très charmant compagnon – mais, à cet instant, elle se réjouit que Zeke se trouve à des kilomètres de là, à Spring Forest.

— En fait, lui répondit-elle, je suis ici avec quelqu'un d'autre.

— Il est grand temps que tu te débarrasses de ce pathétique béguin que tu traînes avec toi, déclara Lilah avec un sourire suffisant. Naturellement, si Zeke n'est pas pris, je pourrai lui rendre une petite visite.

— Comme si le contraire t'aurait arrêtée, marmonna Mollie tout bas alors que l'autre femme sortait des toilettes d'un pas décidé, laissant derrière elle un sillage de parfum coûteux.

Luttant contre une vague nausée, Mollie se cramponna au bord frais de la vasque de marbre et s'obligea à prendre une profonde inspiration.

Zeke était un homme intelligent. Bien entendu, il avait commis l'erreur monstrueuse de tomber amoureux de Lilah. Mais Mollie voulait croire qu'il avait tiré la leçon de ce désastre. Elle n'avait pas d'autre choix. Parce que si Zeke renouait avec son ex, il lui serait impossible de continuer à garder le silence.

— J'ai passé une excellente soirée, déclara Josh en la raccompagnant jusqu'au perron de sa maison.

— Moi aussi, assura Mollie.

Ce qui était vrai, si l'on exceptait le nombre incalculable de fois où Zeke était venu hanter ses pensées, et l'embuscade de Lilah Fairchild dans les toilettes. Mais rien de tout cela n'était la faute de Josh.

Après sa désagréable confrontation avec Lilah, Mollie avait perdu ce qui lui restait d'appétit, et Josh n'avait pas insisté pour qu'elle goûte plus d'une bouchée du somptueux gâteau au chocolat qu'il avait commandé.

S'il avait remarqué son silence, sur la route du retour, il eut l'élégance de ne lui faire aucun reproche.

Lorsqu'ils approchèrent de la porte, les chiens aboyaient déjà à tue-tête. La mère de Mollie lui avait fait remarquer un jour qu'on aurait cru entendre des hyènes au zoo.

— Désolée, s'excusa-t-elle. J'ai deux nouveaux pensionnaires et ils sont…

— Excités que tu sois enfin rentrée, termina Josh à sa place. Qui ne le serait pas ?

L'idée d'une autre personne que ses chiens attendant impatiemment son retour lui était tout à fait étrangère, et Mollie se sentit rougir. Josh était réellement un charmeur. Tout en cherchant sa clé dans son sac, elle l'examina du coin de l'œil et dut reconnaître qu'il était également très séduisant, avec son joli sourire et ses yeux dorés au regard rieur. Elle ne doutait pas une seconde qu'une bonne douzaine de jeunes femmes de Spring Forest auraient été heureuses que Josh Sylvester leur souhaite bonne nuit avec un baiser.

Si seulement elle sentait cette étincelle d'excitation en elle lorsqu'elle le regardait ! Si seulement le son de sa voix la faisait frissonner comme une brise fraîche durant un brûlant jour d'été ! Si seulement le contact de sa main faisait battre son cœur à grands coups ! Si seulement…

Refoulant ces pensées déprimantes, elle se tourna face à lui.

— Merci pour le dîner.

— Tout le plaisir a été pour moi, répondit-il. Je regrette de ne pas t'avoir invitée plus tôt.

C'était peut-être l'effet du vin qu'elle avait bu, mais Mollie se surprit à lui demander :

— Pourquoi ne l'avais-tu jamais fait ? Ce n'était pas uniquement parce que mon frère vous avait tous avertis de ne pas vous approcher de moi il y a dix ans de cela, n'est-ce pas ?

— À l'époque du lycée, peut-être, convint Josh, mais après… Heu… Je n'ai pas pour habitude de braconner sur les terres d'un autre.

— Que veux-tu dire ?

— Tu sais bien. Zeke et toi.

— Zeke et moi ne sommes que des amis, dit-elle, heureuse que la pénombre dissimule ses joues enflammées.

— Des amis ? répéta-t-il en l'observant plus attentivement. Pourtant, vous avez l'air si proches, tous les deux…

— Nous sommes amis, c'est tout, insista-t-elle, autant pour se convaincre elle-même que Josh. Je suis la petite sœur qu'il n'a jamais eue.

— Moi aussi, j'ai des sœurs, remarqua Josh, visiblement dubitatif. Mais je ne passe pas autant de temps avec elles que Zeke avec toi.

- 6 -

Le lendemain matin, Mollie venait à peine de s'extraire de son lit et d'entrer dans la cuisine lorsque son smartphone sonna. Le visage souriant d'Amanda s'affichait sur l'écran et, durant une seconde, Mollie fut tentée de ne pas répondre. Elle finit cependant par établir la communication.

— Alors ? s'enquit son amie d'un ton excité. Comment ta soirée d'hier s'est-elle passée ?

— Euh... Bien, répondit prudemment Mollie en remplissant les écuelles des chiens, qui bondissaient autour d'elle.

Sauf Chief, qui était resté couché devant la sienne avec une patience presque pathétique. Mais, dès qu'elle lui eut servi sa part, lui aussi se jeta sur la nourriture comme s'il n'avait pas mangé depuis des semaines.

— Bien ? répéta Amanda. C'est tout ?

Mollie aurait pu lui parler des fleurs que Josh lui avait apportées, un magnifique bouquet de gerberas et de roses en boutons qui trônait à présent au centre de la table. Elle aurait pu lui décrire l'ambiance romantique du restaurant, sa délicieuse cuisine. Ou elle aurait pu dire à son amie exactement ce qu'elle espérait entendre – que Josh était intelligent, séduisant, drôle. Bref, qu'il avait été parfait.

Au lieu de cela, elle s'entendit déclarer :

— Lilah Fairchild est de retour en ville.

Mollie entreprit alors de raconter à Amanda sa rencontre avec l'autre femme au restaurant.

— C'est incroyable ! s'exclama son amie. Elle avait fait un tel cirque de son départ de Spring Forest, après sa rupture avec Zeke, que je ne pensais jamais la revoir ici. Mais je ne pense pas qu'elle essaiera de renouer avec lui. Et toi ?

— Elle l'a pourtant suggéré, répondit Mollie.

— Lilah a toujours fait de son mieux pour te blesser.

— Ce n'est pas pour moi que je m'inquiète mais pour Zeke, précisa Mollie. Il avait été dévasté par leur rupture.

Et, comme un malheur n'arrive jamais seul, Zeke et elle avaient appris la mort de Patrick seulement quelques semaines plus tard.

— Je sais que tu ne cesses de répéter à Zeke que tu es une adulte capable de se défendre seule, observa son amie. Mais Zeke est un grand garçon, lui aussi. Il n'a aucun besoin que tu le protèges.

— Mais…

— Il n'y a pas de *mais* ! coupa Amanda. Et lorsque je t'ai demandé de me parler de ta soirée, ce n'est pas exactement ce genre de nouvelles que j'avais envie d'entendre.

Son excitation initiale était retombée et elle semblait déçue, un peu blessée. Alors, assise à la table de sa cuisine, Mollie lui raconta d'autres épisodes de la soirée plus susceptibles de l'intéresser. Lorsqu'elle eut terminé, Amanda était aux anges.

— On dirait que le courant est bien passé entre vous !

— Il est difficile de ne pas apprécier Josh.

Mollie devait reconnaître qu'elle n'avait pas passé tout le dîner à chercher un sujet de conversation, à se tortiller d'embarras sur sa chaise et à regretter de ne pas être restée devant la télévision avec ses chiens.

— Josh est un conteur intarissable, ajouta Mollie,

s'efforçant de rester dans un registre léger. Il avait un tas de secrets à me raconter concernant ton enfance.

— Mollie ! protesta son amie. Dis-moi que vous aviez mieux à faire que de parler de moi !

Mollie sentit son sourire s'effacer. Le reste de la soirée, Josh et elle avaient parlé principalement de Zeke, et ce n'était certainement pas ce qu'Amanda avait envie d'entendre.

Réprimant un soupir, elle s'affala contre le dossier de sa chaise. Josh avait-il compris quelque chose qui lui avait échappé, à elle ? Qui lui signalait que Zeke ne la voyait peut-être pas tout à fait comme une petite sœur ?

Cette idée aurait presque suffi à lui faire commettre la bêtise de s'accrocher à un vain espoir. Mais, depuis trop longtemps déjà, elle vivait d'espérance – et de rien d'autre.

Il est grand temps que tu te débarrasses de ce pathétique béguin que tu traînes avec toi…

Incapable de rester assise, elle repoussa sa chaise et se leva. Croyant à une nouvelle distribution de restes, les chiens s'attroupèrent autour de la table.

— Nous avons convenu de nous revoir pour faire une randonnée ensemble, ajouta Mollie.

— Oh ! tout cela est tellement romantique !

Mollie n'avait pourtant aucune pensée romantique à l'esprit lorsqu'elle avait fait cette suggestion à Josh. Son intention n'avait été que de proposer une sortie pour laquelle elle n'aurait pas besoin de l'aide de ses amies pour s'habiller.

Mais Amanda paraissait tellement excitée…

— Je suppose que ça pourrait l'être, concéda-t-elle en songeant à sa dernière journée de randonnée.

Ce jour-là, l'un de ses lacets était défait sans qu'elle le remarque et elle avait trébuché sur le chemin caillouteux, s'écorchant les paumes et les genoux. Zeke avait insisté pour la ramener à la voiture en la portant dans ses bras, et cela avait été le moment le plus romantique de toute sa vie.

Lorsqu'elle fermait les yeux, elle croyait encore sentir la douceur du coton de son T-shirt sous ses doigts, respirer sa fragrance de savon et de peau brûlante de soleil.

Lorsqu'il avait arrêté sa voiture devant chez elle, Mollie éprouvait un tel désir pour lui qu'elle avait réellement cru, tandis qu'il avait traversé le seuil en la portant toujours, qu'il allait l'emporter tout droit jusqu'à sa chambre où ils feraient enfin, *enfin*, l'amour.

Au lieu de cela, il s'était dirigé vers la salle de bains, l'avait assise sur le rebord de la baignoire et avait désinfecté ses écorchures avant de les recouvrir de pansements adhésifs. Cela fait, il lui avait tapoté le genou, exactement comme le jour où elle était tombée en rollers devant chez lui quand elle avait dix ans.

Mollie avait appris ce jour-là qu'il était impossible de mourir d'embarras, ou de déception. Ou… d'un cœur brisé.

— Tu te rends compte ? disait Amanda. Si cela fonctionne entre Josh et toi, nous pourrions être sœurs !

— Oui, ce serait merveilleux, convint Mollie d'une voix faible.

Elle aurait adoré avoir Amanda pour sœur. Le problème, c'était que lorsque Josh l'avait embrassée pour lui souhaiter bonne nuit, elle avait eu l'impression d'embrasser un simple ami.

Zeke leva la main pour frapper à la porte de Mollie, puis hésita un instant. Il avait à peine fermé l'œil, la nuit précédente, ressassant leur dernière conversation mais aussi, et surtout, l'idée qu'elle était sortie avec un homme.

Il ne faisait que veiller sur elle comme il l'avait toujours fait, et ne comprenait donc pas pourquoi elle avait semblé aussi furieuse contre lui. Il souhaitait sincèrement qu'elle sorte, qu'elle trouve une personne spéciale avec qui elle partagerait sa vie. Il comprenait d'autant moins le fait que *lui-même* se soit senti irrité contre elle. Refoulant ces pensées dérangeantes, il prit une profonde inspiration et s'annonça.

Mollie vint lui ouvrir à peine quelques secondes plus tard.

— Bonjour, Zeke. Que fais-tu ici ?

Même si son expression restait pour le moins agacée, Zeke poussa un grand soupir de soulagement. Disparus la coiffure élégante et le maquillage élaboré ! Son ravissant visage était propre comme un sou neuf. Sa peau avait retrouvé son éclat naturel, rehaussé par les quelques taches de rousseur couleur de cuivre qui parsemaient ses joues. Ses cheveux bouclés étaient attachés en queue-de-cheval et elle était vêtue d'un pyjama rose imprimé de caniches noirs.

Il réprima un sourire. Il n'avait jamais vu Mollie en pyjama auparavant. Elle avait toujours été très matinale… Mais soudain, la raison probable pour laquelle elle était encore au lit lui traversa l'esprit et son cœur cessa de battre.

— Je… Heu… Je n'interromps rien, j'espère, bredouilla-t-il.

— Je prenais seulement mon petit déjeuner, expliqua-t-elle, haussant ses épaules graciles.

Au lit ? Avec Josh Sylvester ?

Une partie de ses pensées avaient dû transparaître sur son visage, car Mollie le dévisagea d'un air scandalisé.

— C'était un premier rendez-vous, Zeke ! rappela-t-elle en lui décochant une bourrade sur l'épaule comme elle le faisait quand elle était enfant.

— Je sais, mais…

Elle était si belle, le soir précédent… Quel homme n'aurait pas rêvé de lui faire l'amour ?

— Mais quoi ? insista-t-elle.

Sans attendre sa réponse, elle tourna les talons, ne lui laissant d'autre choix que de la suivre dans le confort douillet de son petit salon, meublé avec un mélange éclectique de pièces anciennes chinées dans des brocantes. Zeke l'avait souvent accompagnée dans ces expéditions d'où ils rapportaient des vieilleries qu'elle transformait en trésors.

Naturellement, si Josh et elle se fréquentaient, elle n'aurait plus besoin de lui pour cela.

— Ah, je comprends, maintenant ! s'exclama-t-elle en s'arrêtant au centre de la pièce pour se retourner vers lui, les poings sur les hanches C'est vrai, tu me connais si bien ! Tu avais déjà compris que j'étais à la recherche d'une brûlante aventure sexuelle !

Une brûlante aventure sexuelle.

Ces mots se mirent à résonner dans l'esprit de Zeke, se superposant avec l'image de Mollie. Il y avait du feu et de la passion en elle, à cet instant. Un rayon de soleil matinal pénétrant entre les rideaux de dentelle accrochait des lueurs d'incendie dans ses boucles d'or rouge, et ses yeux d'aigue-marine lançaient des éclairs.

Mais il ne pensait pas à Mollie de cette façon. Pas lui. C'était impossible. Il revoyait encore Patrick en train d'avertir tous les garçons de Spring Forest de rester loin de sa sœur, avant de partir à l'armée. À l'époque, Zeke en avait ri. Après tout, Mollie n'était qu'une petite fille.

Mais Zeke ne riait plus, désormais. Mollie était une femme, aujourd'hui.

Son pyjama ne ressemblait certes pas aux négligés de soie ultra-sexy qu'elle contemplait dans la vitrine de cette boutique, l'autre jour, et pourtant cela importait peu. Son petit haut de coton soulignait les rondeurs féminines de ses seins. Le pantalon avait un peu glissé, révélant partiellement le creux délicat de sa hanche. Et même sans aucun artifice de maquillage, ses lèvres avaient la couleur des roses. Zeke brûlait soudain d'envie de les sentir tout contre les siennes.

Mollie McFadden était cent pour cent femme. Il ne savait plus trop comment il avait pu feindre d'ignorer sa beauté durant toutes ces années mais, à présent, il ne parvenait plus à détourner son regard d'elle.

— Est-ce pour cela que tu es venu ce matin ? s'enquit-elle d'un ton soupçonneux. Pour vérifier si mon dîner d'hier soir s'était prolongé jusqu'au petit déjeuner ?

— Non ! se récria-t-il. Je…

Il ne savait plus du tout où il allait avec elle, et c'était un sentiment qu'il détestait. Il aimait à avoir un plan toujours prêt, et un plan de secours en cas d'imprévus.

Mollie croisa les bras, attendant sa réponse, mais ce geste eut pour seul effet de révéler davantage les rondeurs crémeuses de sa poitrine. Zeke était tétanisé.

Détournant le regard à contrecœur, il s'efforçait de reprendre sa respiration lorsqu'il posa les yeux sur l'une des photos posées sur le manteau de la cheminée de Mollie. Et il reçut un second choc, encore plus rude.

Dans son cadre d'argent, Patrick, en grand uniforme des marines, le fixait d'un air de reproche.

Sur la plupart des photos, Patrick souriait, et ses yeux bleus pétillaient d'humour. C'était le Patrick dont Zeke essayait de garder le souvenir. Son ami depuis sa première année de cours élémentaire.

Mais sur celle-ci, prise le jour de la remise de ses galons de sergent, Patrick ne souriait pas. Son expression grave suggérait le travail acharné et le sacrifice qui avaient été récompensés par cette promotion. Patrick McFadden, le héros qui avait donné sa vie pour son pays, et qui lui avait confié une unique mission : « Veille sur ma petite sœur. »

Zeke ne pouvait pas mener cette mission à bien s'il était trop proche de Mollie. Il avait le droit d'être son ami mais ne devait sous aucun prétexte franchir la ligne rouge.

La photo de Patrick venait de le ramener rudement au motif de sa visite à la jeune femme, ce matin-là. Et elle n'avait aucun rapport avec sa sortie de la veille avec Josh. Pas le moindre.

— Écoute, je ne suis pas venu ici pour te parler de ta soirée, déclara-t-il. Je parlais l'autre jour avec Matt Fielding et nous avons abordé le sujet de Bobby Doyle, le propriétaire de l'atelier de carrosserie où Matt est employé.

— Oui, je crois que Claire l'a mentionné. Lui aussi est un vétéran, n'est-ce pas ?

— Oui, en effet. Bobby n'est pas encore prêt à admettre qu'il a besoin d'aide, mais j'ai vu la façon dont les chiens d'assistance peuvent aider les handicapés du centre.

— C'est une excellente idée, Zeke, opina Mollie d'une voix douce. Mais les chiens d'assistance nécessitent une éducation très spécialisée et…

— … Les listes d'attente sont interminables, termina-t-il à sa place. C'est ce que j'ai appris. Mais j'ai aussi vu le bien que Spark et Hank ont fait à Matt, et aucun de ces deux chiens n'a subi d'entraînement spécifique. Si tu m'aidais à trouver le chien qu'il faut à Bobby, il aurait au moins un ami à quatre pattes à qui parler, puisqu'il refuse de parler à qui que ce soit d'autre.

« Oublie cela, Zeke… Je parlerai quand je serai prêt. »

Et Zeke avait oublié. Il avait laissé son ami repartir vers son unité, vers ses patrouilles. Vers sa mort.

La culpabilité, le sentiment de perte et le regret avaient rempli le vide immense que son ami avait laissé derrière lui. Et Zeke ne voulait pas – ne pouvait pas – renoncer avant d'avoir fait tout ce qui était en son pouvoir pour aider Bobby. Il était trop tard pour Patrick, mais pas pour Bobby, ni pour les autres vétérans du groupe de soutien.

À cet instant Charlie, la jeune chienne labrador, s'assit près de lui et appuya sa tête contre sa jambe. Mollie sourit.

— Je crois que je viens de trouver le chien idéal pour lui, murmura-t-elle.

— Charlie ? s'étonna-t-il, caressant la tête de la chienne. Mais qu'adviendra-t-il de Chief ? Ne disais-tu pas qu'ils étaient inséparables, elle et lui ?

— Parfois, il faut savoir oublier le passé pour se tourner vers l'avenir, observa-t-elle.

Oublier le passé ? Pour une raison inconnue, Zeke sentit son cœur se serrer. Elle parlait seulement des chiens, n'est-ce pas ?

Cependant, même si c'était le cas, il savait que la soirée que Mollie avait passée la veille pouvait tout changer dans sa vie, alors même qu'il désirait que tout reste exactement comme par le passé. Mollie était son dernier lien avec Patrick. Allait-il la perdre, elle aussi ?

— Mollie, murmura-t-il. Au sujet d'hier soir… J'ai été tellement surpris en te voyant…

— Vraiment ?

Elle avait levé les yeux vers lui, et il nota que son regard s'était radouci. Sans qu'il ne sache trop comment, ils s'étaient rapprochés l'un de l'autre et se trouvaient à présent face à face. Les taches de rousseur qu'elle avait tenté de dissimuler la veille étaient réapparues sur ses joues comme des grains de poudre magique. Et il eut tout à coup l'idée un peu folle que, s'il caressait sa peau, il pourrait capturer un peu de cette magie pour lui-même…

— J'ai compris que…

— Compris quoi, Zeke ? s'enquit-elle dans un souffle.

— Que Josh Sylvester…

N'est pas l'homme qu'il te faut, songea-t-il. *Et il ne le sera jamais.*

Mais il lui fut impossible de prononcer ces mots tout haut. Il n'en avait pas le droit, si son amitié était tout ce qu'il avait à lui offrir. Mollie méritait bien davantage.

— … A bien de la chance, termina-t-il piteusement.

Mollie le dévisagea un instant d'un air déçu, puis elle fit ce que lui n'avait pas osé faire. Elle recula vivement d'un pas.

— Je voudrais seulement que tu sois heureuse.

— Heureuse ? Oui, d'accord. Je vois.

Était-ce son imagination ou il avait perçu du chagrin dans sa voix ?

Mollie se détourna de lui pour caresser Charlie qui, à un moment indéterminé, l'avait abandonné pour se rallier à la cause de sa protectrice.

Redressant la tête, Mollie lui adressa un grand sourire.

— Désormais, il ne nous reste plus qu'à organiser cette fameuse sortie à quatre, déclara-t-elle.

- 7 -

Mollie n'aurait su dire comment elle était sortie du salon. Prétextant qu'elle devait aller s'habiller, elle avait marmonné des excuses et avait regagné la solitude de sa chambre. Elle avait besoin du confort de son lit à baldaquin et n'avait plus qu'une envie : se jeter sur son couvre-lit blanc et pleurer toutes les larmes de son corps.

Josh Sylvester a bien de la chance.

Et elle, elle était la dernière des idiotes.

Elle ouvrit un tiroir si brutalement qu'elle faillit le décrocher. Combien de temps allait-elle encore se bercer d'illusions en imaginant que Zeke pouvait ressentir autre chose pour elle que de la simple amitié ?

Cela ne se produirait jamais.

Elle avait besoin de tourner la page. De passer à autre chose. Ôtant son pyjama, elle le jeta au linge sale, les yeux brûlants de larmes. Elle choisit exprès son T-shirt le plus moche et un vieux jean en haillons. Pourquoi se pomponner, puisque Josh-le-chanceux n'était pas là ?

Ensuite, il lui suffit de suivre les grognements joyeux des trois chiens et les éclats de rire de Zeke pour les retrouver en train de jouer tous ensemble sur le sol du salon.

Zeke leva les yeux vers elle et lui adressa un sourire en coin. Sa colère était comme un bouclier derrière lequel elle aurait voulu se protéger, mais elle n'avait jamais su rester fâchée bien longtemps. Flattant la tête des chiens une dernière fois, il se releva. Les animaux s'attroupèrent autour de lui, réclamant encore son attention.

Mollie savait exactement ce qu'ils éprouvaient.

— Tu as accompli un travail fabuleux avec ces bêtes, observa-t-il. Chief a fait des progrès incroyables.

— En réalité, je n'ai joué qu'un rôle mineur, assura-t-elle. C'est Charlie qu'il doit remercier. Ils ne se quittent plus.

Ce qui signifiait qu'il serait difficile de les séparer, le jour venu, songea-t-elle. Malheureusement, la vie ne laisse quelquefois aucun autre choix que de continuer à avancer.

— Crois-tu vraiment que Charlie puisse aider Bobby ?

— Charlie ferait une merveilleuse compagne telle qu'elle est, tu le sais. Et, avec une formation appropriée, elle deviendrait un excellent chien d'assistance.

La question était de savoir si *elle* serait capable de se charger de cette formation. Des centaines de chiens étaient déjà passées par son programme d'éducation canine. Mais former un chien d'assistance était autrement plus complexe que de l'éduquer à l'obéissance et à l'agilité. Néanmoins, cette idée l'emplissait d'un merveilleux sentiment d'anticipation.

Si Patrick était encore de ce monde, il l'aurait encouragée à relever le défi. À voir dans ce challenge non seulement une occasion d'aider les autres, mais aussi de progresser personnellement. Il avait toujours été son soutien le plus inconditionnel, et Mollie était prête à prouver – ne serait-ce qu'à elle-même – qu'il avait eu raison de croire en elle.

— J'aimerais réellement travailler avec elle afin de voir si elle pourrait faire davantage pour Bobby, et l'aider avec son SPT.

— Tu ferais vraiment cela ? s'exclama Zeke en s'avançant d'un pas, les yeux brillants d'espoir.

Mollie reprit aussitôt ses distances en reculant d'autant.

Il n'était pas question qu'elle se couvre de ridicule une nouvelle fois.

— Heu… C'est merveilleux, Mollie, se reprit-il, visiblement embarrassé. Quand pourrais-tu commencer ?

— Je vais avoir besoin de me mettre au courant des travaux en cours dans ce domaine. Il faut aussi que je connaisse les besoins de Bobby, ainsi que les réponses qu'il attendrait de Charlie.

— Je suis désolé de te demander ce travail supplémentaire, s'excusa-t-il. J'espère que ce ne sera pas une charge trop lourde pour toi.

Elle vit une ombre traverser son regard. Pour Zeke, aider les autres était bien plus qu'une profession. Comment s'étonner qu'il lui soit impossible de rester fâchée contre lui ? Et tout aussi impossible de cesser de l'aimer ?

Refoulant cette pensée déprimante, Mollie redressa les épaules. Il ne s'agissait pas de Zeke, ici. Il s'agissait d'aider Bobby Doyle, un soldat comme son frère, qui s'était sacrifié pour son pays.

— Ne t'inquiète pas pour moi, Zeke. Je réussirai. D'ailleurs, j'ai déjà commencé quelques nouveaux exercices avec Arti.

— Avec Arti ? répéta-t-il, visiblement sceptique.

Comprenant qu'on parlait d'elle, la chienne aux longues oreilles émit un bref aboiement, puis vint se coucher sur le dos devant Zeke, mendiant éhontément ses caresses.

Zeke capitula en riant, et se pencha pour lui gratter le ventre. Arti exprimait son appréciation avec des grognements satisfaits.

— Tu vois ? remarqua Mollie. Elle est plus intelligente qu'elle n'en a l'air. Elle t'a convaincu de la caresser.

Arti était un peu fofolle et têtue, mais elle avait un flair exceptionnel. Mollie savait que celui-ci ne suffirait pas à faire d'elle un bon chien d'assistance, mais l'éducation canine revenait presque toujours à récompenser les comportements que l'on désirait obtenir chez l'animal.

Arti et elle avaient travaillé d'arrache-pied, et elle tenait beaucoup à impressionner Zeke.

La veille, déjà, lorsqu'il s'était présenté à sa porte, elle avait espéré l'impressionner. Elle avait été déçue, bien sûr, mais les robes sexy et les maquillages de star, ce n'était pas *elle*. Tandis que lorsqu'il s'agissait d'éduquer des chiens, elle était complètement dans son domaine.

— Accorde-moi une demi-heure, dit-elle. Je vais te montrer ce que cette fille peut faire.

Planté sur le perron à l'arrière de la maison avec Arti, Zeke ignorait encore ce qui allait se passer. Mollie lui avait demandé d'attendre dix minutes, puis de faire flairer à Arti un T-shirt marqué du logo de la société qu'elle avait créée. À cet instant, la chienne était occupée à gratter ses longues oreilles avec des grognements gutturaux.

— Crois-tu vraiment pouvoir retrouver notre amie commune juste avec ceci ? s'enquit-il, secouant le vêtement devant le museau de la chienne.

Des années plus tôt, Mollie lui avait offert un T-shirt identique mais, dans son souvenir, le coton n'était pas aussi doux. En le serrant entre ses mains, il croyait sentir la chaleur du corps de Mollie imprégnée dans les fibres.

Tout ce que Mollie faisait, elle le faisait avec passion – qu'il s'agisse de son travail avec ses chiens, de son bénévolat au refuge ou de la rénovation de sa maison. Elle n'avait pas peur de se salir. Mais la seule odeur imprégnée dans ce T-shirt était une subtile fragrance de fleurs qui n'appartenait qu'à elle…

L'alarme de sa montre sonna, indiquant que les dix minutes étaient écoulées, et Zeke sursauta comme s'il avait été surpris en train… de faire exactement ce qu'il faisait – renifler le linge de Mollie.

Que diable lui arrivait-il ?

Arti émit un grognement et Zeke se sentit rougir. Il

s'accroupit près de la chienne, plaça le T-shirt devant sa truffe et lui donna l'ordre convenu : Cherche, Arti !

Ces mots avaient à peine franchi ses lèvres qu'Arti descendit du perron ventre à terre, le bousculant au passage. Dès qu'elle fut sur la terre ferme, elle ralentit un peu, rasant le sol de son museau, ses longues oreilles traînant presque dans l'herbe haute. Zeke, qui avait vu Mollie quitter le jardin clôturé, fut tenté de l'aider un peu en la conduisant jusqu'au portail, mais il y renonça. C'était l'occasion pour Arti – et pour Mollie – de démontrer ce qu'un chien était capable de faire. Et Zeke n'allait certainement pas les priver de cette opportunité.

Il espérait seulement qu'Arti s'avérerait être une aussi bonne élève que sa maîtresse semblait le penser.

Dans les environs de Spring Creek, quelques lotissements avaient poussé : c'est là que vivaient de jeunes couples ayant fui le centre-ville à la recherche d'un cadre plus rural et d'une vie plus tranquille. Kingdom Creek était le plus populaire d'entre eux.

Mais la région au nord de la ville préservait encore précieusement ses forêts et ses rivières. Ces grands espaces ouverts, l'absence de voisins proches, étaient justement les raisons pour lesquelles Mollie avait acquis cette petite maison en piètre état. Et même si Patrick et lui l'avaient tous deux encouragée à créer sa société, Patrick s'était inquiété de la savoir seule si loin de tout.

— Cela ira très bien, avait affirmé Mollie. J'ai Arti avec moi, elle me protégera.

Le problème, c'était qu'Arti n'était pas avec Mollie, en cet instant. Depuis une bonne quinzaine de minutes, la chienne et lui escaladaient des rochers, rampaient sous des branches basses et se frayaient un passage à travers d'épaisses broussailles. Zeke commençait à se sentir nerveux.

Essuyant la transpiration qui coulait sur son front d'un revers de main, il continua à suivre la chienne, qui frétillait de la queue avec excitation. Il aurait dû insister pour que Mollie emporte au moins un téléphone. Lorsque Arti revint sur ses traces, reniflant chaque feuille, chaque caillou, la truffe à ras du sol, il commença à douter.

Et si Mollie s'était réellement perdue ? Était-il raisonnable de confier sa survie à une chienne qui était terrifiée dès qu'elle voyait l'aspirateur ? Qui se mettait subitement, sans raison précise, à courir en cercles pour essayer de se mordre la queue ? Arti serait-elle à la hauteur des espoirs que Mollie avait placés en elle ?

Je peux le faire, Zeke.

Combien de fois Mollie lui avait-elle répété ces mêmes paroles, au cours des années ? La dernière fois, c'était seulement quelques jours plus tôt, lorsqu'il avait remis en question sa décision d'amener Chief et Charlie chez elle. La première, c'était lorsqu'ils avaient sauvé Shadow de la noyade. Mollie avait toujours affirmé que c'était lui qui avait sauvé la vie de Shadow mais, lorsqu'il avait sauté à son tour dans le ruisseau en crue, il ne pensait qu'à la sauver, *elle*, qui y pataugeait déjà.

Il était bon nageur, mais les pluies torrentielles du début du printemps avaient transformé l'innocent ruisseau en torrent déchaîné, et il avait dû batailler dur pour ramener Mollie et la chienne en sécurité sur la berge.

— Lâche la chienne, Mollie ! avait-il crié alors que le courant menaçait de les emporter tous les trois.

— Non, Zeke ! Je peux y arriver !

Il revoyait encore ses boucles rousses ruisselantes adhérant à son visage pâle constellé de taches de rousseur.

Et elle avait réussi. Elle n'avait jamais lâché la petite chienne malgré ses injonctions et, sans qu'il sache trop comment ils avaient fait, ils s'étaient retrouvés tous les trois sains et saufs sur la berge boueuse, à bout de forces et trempés jusqu'aux os.

Trop épuisée pour se lever, la petite chienne avait

tout de même réussi à leur lécher le visage en remuant la queue avec gratitude. Mollie avait ri et, repoussant les boucles humides tombées sur son visage, elle s'était tournée vers lui.

— C'est toi qu'elle doit remercier, Zeke. Tu l'as sauvée.

À l'époque, l'adolescent de seize ans un peu geek qu'il était s'était senti immensément fier qu'elle le considère comme un héros. Il aimait l'idée d'avoir été là quand elle avait eu besoin de lui. Aujourd'hui encore, cette idée lui était toujours extrêmement agréable même si Mollie n'avait plus aussi souvent besoin de lui.

Elle ne le considérerait jamais plus comme son héros si elle apprenait la vérité au sujet de la dernière visite de Patrick à Spring Forest.

Tourne la page, Zeke…

Tout à coup, il trébucha sur le sol caillouteux. Il n'avait ni la force, ni la ténacité, ni le courage de Mollie.

Il fut brusquement ramené au présent par un jappement reconnaissable entre tous. Arti se rua à travers les broussailles, le traînant pratiquement derrière elle. Espérant qu'elle ne suivait pas la piste d'un écureuil, il l'encouragea :

— Va, ma fille, cherche ! Cherche !

La chienne plongea tête baissée dans un épais amas de broussailles, jappant de toutes ses forces. Malgré tout ce vacarme, Zeke entendit un son qui le fit se figer.

Il s'accroupit, et vit Mollie blottie sous le feuillage vert vif d'un buisson de myrtilles. La tête renversée en arrière, elle riait aux éclats en essayant d'esquiver les manifestations de joie baveuses de la chienne. Mollie ne plaisantait pas en annonçant qu'elle allait se cacher.

Lorsqu'elle ressortit de son abri de verdure, elle avait quelques feuilles accrochées dans ses boucles, et son jean était taché de boue.

Il ne l'avait jamais vue plus heureuse… ni plus belle.

— Bravo ! s'exclama-t-elle. Qui est la meilleure

chienne de meute du monde ? La meilleure amie que j'aie jamais eue ?

La meilleure amie que j'aie jamais eue.

— Je t'avais bien dit qu'elle pouvait le faire, déclara-t-elle en se relevant, visiblement très fière d'elle-même.

Elle prit la main qu'il lui tendait pour l'aider, et il tira volontairement un peu trop fort, de sorte qu'elle s'affala contre son torse.

Il l'entendit pousser un soupir, et ses grands yeux bleu-vert se levèrent vers les siens.

— Je n'aurais jamais dû en douter, Mollie, murmura-t-il.

Il n'aurait jamais dû douter d'elle.

Ils se connaissaient depuis toujours, mais il avait le sentiment de la voir pour la première fois. Il découvrait combien elle était forte, combien elle était belle, d'esprit autant que de corps.

— Zeke…

La voix de Mollie tremblait un peu en murmurant son nom et, à présent, c'était lui qui se sentait perdu. Alors, il fit la seule chose qui lui semblât raisonnable : il la serra très fort dans ses bras.

Mais, à la seconde où il posa sa bouche sur la sienne, une gigantesque vague de désir déferla en lui. Tourbillonnant dans le flot impétueux de ses émotions, il se noyait littéralement lorsque Mollie noua les bras autour de son cou.

Elle répondit à son baiser et, dès lors, il se moqua de ne plus pouvoir respirer. Qui avait besoin d'air, lorsqu'il était au paradis ?

Mollie glissa les doigts dans ses cheveux alors qu'il découvrait la courbe souple de son dos, les rondeurs de ses hanches. Il serra son corps plus étroitement contre lui, se délectant du merveilleux contraste entre sa douceur et son propre corps douloureusement tendu.

Dans un recoin de son esprit, sa conscience protestait. *Cette femme est Mollie… Tu n'as pas le droit de l'embrasser.* Mais son corps palpitant de désir lui tenait un autre langage. C'était Mollie qu'il serrait dans ses bras, et rien n'aurait su être plus juste.

Ce baiser inattendu, après des années passées à attendre, à espérer, à rêver, prit tellement Mollie au dépourvu qu'elle se trouva d'abord incapable de bouger, incapable de penser. Son corps était aussi raide que ceux des mannequins dans les vitrines de boutiques. Puis, comme si une bonne fée avait exaucé ses désirs, son corps revint magiquement à la vie. Dans les bras de Zeke, elle venait enfin de comprendre qu'elle était une vraie femme.

Elle leva les bras pour les nouer autour de son cou. Ses épaules étaient aussi larges, aussi solides qu'elle l'avait toujours imaginé. Sa peau aurait-elle le goût de ce café corsé qu'il affectionnait ?

Elle découvrit toutes ces réponses, et bien davantage.

En premier lieu, que désirer Zeke Harper à distance était très différent de le désirer alors que ses doigts étreignaient ses muscles fermes, que sa bouche butinait la sienne, que son corps se pressait contre le sien.

Il est à moi ! criait son cœur. *À moi !*

Mais elle savait que ce n'était pas vrai. Lorsqu'il était question de Zeke, son cœur s'était toujours bercé d'illusions.

Il mit fin à leur baiser pour avaler une grande goulée d'air, mais Mollie n'avait pas besoin de respirer. Les sensations enivrantes qu'elle éprouvait dans ses bras auraient suffi à la maintenir éternellement en vie. Incapable de renoncer à la saveur divine sa peau, elle traça un chemin de baisers de sa joue jusqu'à la puissante colonne de son cou. Lorsqu'elle entrouvrit ses lèvres, elle sentit son pouls grimper en flèche. Leurs deux cœurs, à présent, battaient au même rythme, comme s'ils ne formaient plus qu'un.

— Mollie ! gémit-il. Mollie…

Il avait l'air d'un somnambule se réveillant brusquement et ne sachant plus où ils étaient, ni ce qu'ils faisaient là. Il demeura immobile un long moment, sa respiration encore un peu haletante tout contre son oreille, ses bras toujours serrés autour d'elle.

Puis, il s'écarta – de quelques centimètres seulement, mais ce fut comme si un gouffre s'était ouvert entre eux.

— Je suis désolé, Mollie, s'excusa-t-il d'une voix étrangement rauque. Je n'avais pas l'intention…

À ces mots, Mollie sentit toute vie s'éteindre en elle, et ses bras retombèrent à ses côtés. *Il n'en avait pas eu l'intention.*

— C'était… une erreur.

Mollie s'efforça désespérément de contenir le flot de larmes qui lui brûlait les paupières. *Une erreur.* Selon Zeke, le plus merveilleux baiser qu'elle ait partagé de toute sa vie était une erreur. Une erreur qu'il avait commise sans le vouloir.

Elle le dévisagea en silence si longtemps qu'il se passa les doigts dans les cheveux, visiblement gêné. Elle se souvenait encore de la douceur de ces cheveux châtains, du goût de sa bouche. Puis la réalité reprit ses droits, et elle sortit brusquement de sa rêverie sensuelle.

Ses joues, enflammées de passion quelques instants auparavant, brûlaient désormais du feu de l'humiliation. Elle se pencha pour saisir la laisse d'Arti, et elle repartit sur le sentier en courant. Comme si cette vitesse pouvait lui faire remonter le temps et effacer ce baiser. Mais Zeke la rattrapa en quelques longues enjambées.

— Mollie…

— Non, coupa-t-elle. J'ignore ce que tu t'apprêtais à dire, mais tais-toi, s'il te plaît.

Elle ne voulait entendre aucune excuse, aucune parole de regret, ni l'écouter lui proposer un autre plan génial pour lui faire rencontrer un autre homme.

Zeke pouvait garder tout cela pour lui.

- 8 -

— Salut, maman ! lança Zeke, suivant la délicieuse odeur des petits pains à la cannelle qui lui parvenait depuis la cuisine.

Ses parents venaient de la rénover entièrement, mais l'odeur alléchante de la cuisine de sa mère le ramenait invariablement à son enfance.

Il aperçut le plat posé à refroidir sur l'îlot central de granit, et se dirigea tout droit dans cette direction. Hélas, sa mère ne connaissait que trop bien sa gourmandise. Aussi mince qu'autrefois dans son bermuda de denim et son T-shirt bleu à rayures, ses cheveux bruns coupés court commençant tout juste à grisonner sur ses tempes, Margaret Harper avait gardé tous les instincts de la professeur de lycée qu'elle avait été.

Sans même tourner la tête, elle asséna un coup de torchon sur sa main tendue.

— Ceux-là sont pour nos invités, alors bas les pattes !

Elle faisait allusion à la vingtaine d'amis qu'ils avaient invités à un barbecue, cet après-midi-là.

— Ne penses-tu pas que je devrais en goûter un, pour nous assurer qu'ils sont réussis ? répliqua-t-il.

Dans l'esprit de Margaret, la pâtisserie était une science exacte, et elle tourna la tête pour le fusiller du regard.

— Quand n'ai-je pas réussi mes petits pains à la cannelle ? De plus, tu devrais garder ce bel appétit pour plus tard.

— Quelque chose sent très bon, remarqua son père en entrant à son tour dans la cuisine. Mes compliments à la cuisinière.

Comme une version plus âgée de Zeke, John Harper était grand, mince et vigoureux, avec les mêmes cheveux bruns et les mêmes yeux noisette que lui. John était professeur d'histoire, et il parvenait à avoir l'air distingué même avec son pantalon kaki et son polo rouge.

— Ce sont des petits pains à la cannelle *pour nos invités*, répéta Margaret en appuyant bien sur les mots. Et j'ai aussi un plat de haricots au four. Ce qui serait merveilleux, ce serait d'avoir quelques grillades pour les accompagner.

Dissimulant un sourire, John alla ouvrir le réfrigérateur pour en sortir de la viande. Zeke, qui connaissait la cuisine de ses parents mieux que la sienne, entra dans le cellier pour rassembler assiettes, couverts et verres pour leur pique-nique.

— Comment s'est passée ta semaine ? lança sa mère de sa place devant les fourneaux.

— Bien, marmonna-t-il.

Lorsqu'il ressortit du cellier, Margaret tourna la tête vers lui.

— Tu fais la même tête que moi le jour où j'ai goûté la cuisine thaïe pour la première fois, observa-t-elle.

— Je m'en souviens très bien, renchérit son père. J'avais eu des brûlures d'estomac durant des semaines.

La brûlure que Zeke ressentait ne concernait aucunement son estomac, mais il n'avait aucune intention d'expliquer à ses parents qu'il avait embrassé Mollie. Cela avait été une erreur, se répéta-t-il pour la centième fois en ouvrant une cannette de soda. La plus inappropriée, la plus impardonnable qu'il ait jamais commise de toute sa vie. Et aussi la plus irrésistible.

Il but une longue gorgée pour gagner un peu de temps

mais la fraîcheur pétillante du liquide ne parvint pas à dissiper le goût amer de la culpabilité au fond de sa gorge.

— Si, insista-t-il. C'était vraiment une bonne semaine.

Lorsqu'elle comprit que son fils n'en dirait pas davantage, Margaret vérifia une dernière fois ses haricots et reposa le couvercle sur le faitout, avant de déclarer :

— Je suis allée chez le coiffeur, lundi dernier.

Supposant qu'il s'agissait d'une sorte de signal, son père hocha la tête d'un air approbateur.

— C'est très réussi, chérie.

Et, là-dessus, il sortit pour attiser les braises du barbecue.

Zeke sentait que cette manœuvre de sa mère dissimulait quelque chose. En effet, la porte s'était à peine refermée derrière son père qu'elle déclara, baissant la voix :

— En ville, j'ai croisé Joann Anderson, et elle m'a raconté que son mari et elle avaient essayé ce nouveau restaurant de fruits de mer… Celui de Raleigh, tu sais ?

Zeke acquiesça. Mollie et lui avaient envisagé d'y dîner ensemble un soir. C'était une sorte de tradition entre eux. Chacun attendait que l'autre soit disponible pour profiter ensemble d'un nouveau restaurant, un nouveau film ou une exposition. Quelques mois plus tôt, ils avaient découvert une pizzeria qui venait d'ouvrir sur Hendrix Avenue, avec un décor ancien et une arcade remplie d'une variété impressionnante de jeux électroniques rétro, sur lesquels ils avaient joué durant des heures, riant comme des enfants.

Mais aujourd'hui, lorsqu'il songeait à une soirée avec Mollie, ce n'étaient pas ces jeux d'enfants qui lui venaient à l'esprit. Il imaginait plutôt des bougies, de la musique douce et une atmosphère romantique. Il se voyait assis en face d'elle à une table recouverte d'une nappe de lin blanc, et Mollie…

— Mollie dînait là-bas avec ce garçon tellement séduisant… Josh Sylvester, termina sa mère.

Zeke s'étrangla avec son soda, et se mit à tousser violemment.

— Mollie et…

— Et Josh Sylvester, c'est cela, dit Margaret. Je crois qu'il était dans ta classe au lycée, non ?

C'était la vérité. Et *ce garçon tellement séduisant* avait été, en outre, la star de l'équipe de basket. À la même époque, Zeke était un garçon un peu asocial qui s'isolait derrière ses lunettes et ses livres.

Naturellement, le travail et l'application avaient fini par payer. Il était allé à l'université, avait pu exercer le métier de ses rêves, et une petite intervention chirurgicale avait rendu ses lunettes inutiles. Mais…

— Mollie est-elle censée venir, aujourd'hui ? s'entendit-il demander.

— Oui, pour autant que je sache, répondit sa mère, lui décochant un regard surpris. Ne te l'aurait-elle pas dit, hier, si elle ne comptait pas être des nôtres ?

— Nous n'avons pas abordé ce sujet, éluda-t-il.

— Hum ! Je suppose qu'elle pourrait avoir d'autres projets. Peut-être revoir Josh, qui sait ? Bien sûr, il n'y a aucune raison pour qu'elle ne l'amène pas ici avec elle.

— Oui, c'est vrai, dit Zeke sans enthousiasme. J'ai aussi demandé à Matt Fielding et à Claire Asher de venir.

Il avait également invité Bobby Doyle, mais l'ancien sergent avait décliné, prétextant qu'il avait déjà prévu autre chose.

Zeke espérait que ce n'était pas une excuse.

— Tant mieux, dit sa mère. Je les ai rencontrés l'autre jour au centre commercial et ils avaient l'air très amoureux.

Margaret s'arrêta un instant, sa cuiller en bois à la main, et jeta un coup d'œil en direction de la maison des Fairchild, voisine de la leur, avant d'ajouter d'un air rêveur :

— Leurs retrouvailles après des années de séparation sont une histoire follement romantique. Je trouve merveilleux que Claire et Matt aient une seconde chance d'être heureux.

— Oui, bien sûr, convint Zeke en soupirant.

Lui aussi se réjouissait que son ami ait retrouvé l'amour de sa vie. Mais il n'avait aucune intention de raviver une flamme quelconque avec Lilah Fairchild, même s'il avait appris qu'elle était de retour en ville.

Pas après s'être brûlé les ailes avec elle la première fois.

Néanmoins, il détestait cette expression mélancolique sur le visage de sa mère. Deux ans auparavant, les Fairchild n'auraient jamais manqué un barbecue chez les Harper. Mais les parents de Lilah et les siens ne se parlaient plus depuis leur rupture, qui avait détruit une amitié vieille de dix ans.

Il n'en voulait pas aux Fairchild d'avoir pris la défense de leur fille, même s'il ne comprenait pas très bien comment il avait fini dans le rôle du méchant. Durant ces quelques semaines de mars, moins de trois mois avant la date prévue pour leur mariage, Lilah était devenue distante, peu communicative, jusqu'à ce qu'un jour, elle lui annonce qu'elle avait besoin d'espace.

L'espace en question s'était avéré être six mille kilomètres d'océan. Il avait appris qu'elle était en France lorsqu'elle lui avait renvoyé sa bague de fiançailles par la poste.

Il s'était longtemps demandé ce qu'elle lui reprochait. En avait-il trop fait ? Pas assez ? Quels indices avait-il manqués, qui lui auraient évité de commettre une erreur aussi grave ? Toutes ces questions qu'il se posait avaient trouvé peu de réponses, et il avait essayé de tirer les leçons de cette douloureuse expérience.

Depuis Lilah, il avait établi une séparation nette : il y avait ses relations féminines d'un côté, et sa famille et ses amis de l'autre. C'était beaucoup plus simple ainsi et, s'agissant des femmes, Zeke n'avait pas besoin de complications inutiles.

Telles que franchir la ligne rouge qui consistait à embrasser sa meilleure amie.

— Pourrais-tu aller voir ce qui retient ton père si longtemps dehors ? suggéra sa mère en jetant un coup d'œil à la pendule. Si ce barbecue n'est pas bientôt allumé, nous allons devoir servir des hamburgers crus à nos invités.

Refoulant l'image de Mollie nue dans ses bras, Zeke revint brusquement au présent.

— Oui, marmonna-t-il. Je vais aller voir.

En sortant dans le jardin, à l'arrière de la maison de ses parents, il se sentit assailli par le souvenir des heures qu'il y avait passées avec Patrick. Le clapotis de l'eau, le son des rires dans la piscine bleue cristalline. Les claquements sourds du ballon de basket contre le panier monté sur la façade, leurs jurons pendant leurs parties ultra-compétitives. Les moments de détente, à l'ombre de la pergola en bois de séquoia, les innombrables hamburgers-frites en parlant de sport, de filles et de leurs projets d'avenir…

Veille bien sur ma petite sœur, Zeke.

Il devait regarder la vérité en face. Il était sorti du cadre de l'amitié en prenant Mollie dans ses bras.

Il avait dépassé la ligne rouge de plusieurs kilomètres.

Mollie avait longtemps hésité à se rendre au barbecue des Harper. En route, elle avait été tentée à plusieurs reprises de faire demi-tour, pour rentrer chez elle et s'empiffrer du plat de brownies double chocolat qu'elle avait préparés pour la fête. Toute seule. Avec un grand pot de crème glacée à la vanille pour les faire passer.

Elle ignorait comment elle devait se comporter lorsqu'elle reverrait Zeke pour la première fois depuis leur baiser au fond des bois. Le mieux serait sûrement de garder un air dégagé, comme s'il lui arrivait souvent d'embrasser des hommes de cette façon. Mais elle doutait fort de pouvoir feindre cette attitude blasée.

Elle rêvait d'embrasser Zeke depuis sa préadolescence, à l'âge où elle savait à peine ce qu'était qu'un baiser, jusqu'à l'instant, quelques jours plus tôt, où, devenue femme, elle avait *cru savoir* ce que cela représentait. Mais le baiser de Zeke surpassait de loin tous ses fantasmes, toute la réalité des baisers qu'elle avait pu recevoir par le passé…

Jusqu'à ce qu'elle voie ce regard horrifié dans ses yeux, et que le rêve vire au cauchemar.

En entrant dans la cuisine de ses parents, elle réussit pourtant à sourire lorsque la mère de Zeke la serra dans ses bras.

— Mollie ! protesta Margaret en acceptant le plateau de brownies qu'elle avait apporté. Tu n'avais pas besoin de te donner tout ce mal !

Mollie avait toujours adoré Margaret Harper. En dépit de la réputation de sévérité qu'elle devait à ses anciens élèves du lycée, dans son cadre familial, Margaret était chaleureuse et accueillante. Bien davantage que la propre mère de Mollie.

— Cela m'a fait très plaisir, assura-t-elle. J'aime beaucoup préparer des gâteaux et…

— Et Zeke adore les manger, n'est-ce pas ? termina la vieille dame, qui connaissait leur longue histoire.

— Oui, c'est vrai, convint Mollie, le cœur serré.

— Tu es absolument adorable, commenta Margaret. Est-ce une nouvelle robe ?

— Euh… Oui, avoua Mollie en se sentant rougir, regrettant de n'avoir pas opté pour son jean et son T-shirt habituels.

— Tu sais, Zeke craignait beaucoup que tu décides de

ne pas venir, la taquina Margaret en souriant. Mais j'avais pensé que Josh Sylvester t'accompagnerait peut-être.

— Vraiment ? s'étonna Mollie, surprise que Zeke ait dévoilé à sa mère qu'elle était sortie avec Josh.

— Bien sûr. Plus on est de fous et plus on rit, n'est-ce pas ?

— Oui, sûrement, répondit Mollie du bout des lèvres.

Après tout, Zeke lui avait déjà suggéré lui-même une sortie à deux couples. Pourquoi s'offusquerait-il si elle amenait Josh à un barbecue chez ses parents ?

— Tout va bien ? s'enquit Margaret en fronçant les sourcils.

— Oui, très bien, assura Mollie, avec un sourire forcé.

— C'est curieux, remarqua Margaret, visiblement peu convaincue. On dirait que Zeke et toi souffrez tous les deux de la même indigestion de cuisine thaïe trop piquante.

Planté devant le barbecue fumant et grésillant en compagnie de son père, Zeke vit apparaître Mollie à la porte du jardin et son cœur manqua un battement. Elle était adorable dans sa robe blanche sans manches. Le corsage soulignait la rondeur de ses seins et les fleurs roses et pourpres brodées sur l'ourlet de sa jupe attirèrent instantanément son regard vers ses jambes.

Lorsqu'il comprit qu'elle était venue seule, une vague d'intense soulagement l'envahit. Il lui était suffisamment pénible d'accepter que Mollie ait passé toute une soirée avec Josh. Les voir ensemble aurait été au-dessus de ses forces.

Mais… n'était-ce pas lui qui avait suggéré à Mollie de sortir davantage ? Pourquoi alors l'idée de l'imaginer avec Josh le dérangeait-elle à ce point ?

— Tout va bien, ici ? s'enquit-il, s'adressant à son père.

— Oui, tu peux aller rassurer ta mère. Ses invités ne seront pas obligés de manger des hamburgers crus.

Quittant l'ombre de la cuisine extérieure, Zeke traversa la pelouse parfaitement entretenue, saluant quelques amis et voisins au passage, et s'arrêtant uniquement le temps de serrer des mains puis d'indiquer aux invités les tables chargées de snacks et de boissons installées à l'ombre des chênes centenaires. À l'instant où Mollie l'aperçut, elle se figea et l'expression circonspecte qu'il vit apparaître dans ses yeux bleu-vert lui serra le cœur.

Il la connaissait depuis vingt ans : durant tout ce temps, il n'avait jamais vu autre chose que de la joie dans ses yeux lorsqu'elle le regardait.

— Mollie…

Il s'interrompit, incapable de trouver les mots justes. Elle désigna le barbecue d'un geste du menton, avant de remarquer :

— Ton père n'a pas encore eu besoin d'un extincteur ?

— Pas encore, répondit-il. Mais j'ai le numéro d'une bonne pizzeria s'il met le feu aux saucisses.

Elle hocha la tête, mais cette vieille plaisanterie entre eux ne réussit pas à desserrer l'étau qui lui comprimait la poitrine. Alors qu'elle se détournait pour poursuivre son chemin, Zeke lui saisit le bras.

— Mollie, je voudrais…

Elle pivota face à lui, et le reste de sa phrase mourut sur ses lèvres. Ses yeux étaient immenses dans son adorable visage, sa peau douce et tiède sous ses doigts. Elle avait détaché ses cheveux, et ses boucles cascadaient librement sur ses épaules. Zeke aurait tout donné pour pouvoir glisser les doigts dans ces fils de soie.

C'est toi que je voudrais, car je te désire, criait son esprit. *Si fort…*

Alors qu'il restait silencieux, il la vit se crisper un peu et elle se pencha vers lui, suffisamment près pour qu'il voie la colère flamber au fond de ses pupilles.

— Si tu t'excuses une nouvelle fois de m'avoir embrassée, Zeke Harper, chuchota-t-elle, je vais te rouer de coups pour te fournir une bonne raison d'être désolé !

Ce genre de réponse ressemblait bien à Mollie, et Zeke ne put s'empêcher de sourire. Mais le regard menaçant qu'elle lui adressait suggérait que ce n'était pas la réaction qu'elle attendait.

— Aucune excuse, promit-il. Mais je voudrais t'expliquer…

— Essaie d'éteindre ton brillant cerveau une minute, s'il te plaît, coupa-t-elle. Je n'ai pas besoin qu'on m'explique quoi que ce soit. Je sais parfaitement ce qu'il peut se passer entre deux adultes consentants.

Zeke était peut-être consentant mais, à cet instant précis, il ne se sentait pas très adulte. Il avait envie de se boucher les oreilles pour ne pas entendre le reste de ce que Mollie s'apprêtait à lui apprendre concernant ses propres expériences érotiques. Il avait encore bien du mal à l'imaginer *de cette façon*. Comment pouvaient-ils parler de sexe devant toute sa famille et ses amis ?

— Je voudrais t'expliquer ! insista-t-il en haussant la voix, au point que quelques-unes des personnes en question se retournèrent pour leur jeter des regards curieux.

Dans cette foule, il ne pouvait s'empêcher de remarquer qu'un couple était absent et il poursuivit, en baissant la voix :

— Il y a deux ans, il aurait été inconcevable de ne pas voir les Fairchild à ce barbecue. Mais cela, c'était avant la rupture de mes fiançailles avec leur fille.

Pendant dix ans, ses parents et ceux de Lilah avaient été inséparables. Leurs pères étaient partenaires de golf, et leurs mères siégeaient ensemble aux comités d'organisation de toutes les œuvres caritatives de leur petite ville.

Aujourd'hui, non seulement les Fairchild et ses parents n'étaient plus amis, mais ils étaient devenus pratiquement ennemis. Mme Fairchild se présentait contre sa mère à chaque élection. Le père de Lilah, un puissant avocat de Raleigh, avait menacé de leur faire un procès pour récupérer les sommes avancées pour la préparation d'un mariage qui n'avait jamais eu lieu.

Pour clore cette histoire, Zeke avait accepté d'assumer la moitié des coûts, considérant que c'était un modeste prix à payer pour l'idiotie dont il avait fait preuve. Il avait toujours pensé que ceux qui n'apprenaient pas de leurs erreurs étaient condamnés à les répéter.

Avec Lilah, il avait retenu sa leçon. Et il n'était pas près de l'oublier.

— Jette un coup d'œil autour de toi, Zeke, répliqua Mollie. Tes parents ont une foule d'amis. Je ne pense pas que la présence des Fairchild leur manque énormément. Je crois que c'est surtout à toi que Lilah manque.

— Ce n'est pas du tout ce que je voulais dire, protesta-t-il. Lilah n'est plus rien pour moi depuis longtemps. Mais si je te perdais, Mollie, si je perdais notre amitié, je ne m'en remettrais jamais.

L'expression de Mollie s'adoucit et, après s'être rapprochée d'un pas, elle posa une main sur le bras de Zeke, lui offrant un réconfort qu'il n'était pas certain de mériter. Dans un élan irraisonné, il s'empara de sa main fine et la serra dans la sienne.

— Nous sommes amis, Zeke, murmura-t-elle.

— Je sais que c'est ce que tu penses, mais…

— Je n'ai pas besoin que tu me dises ce que je pense, ni ce que je devrais ressentir, répliqua-t-elle en se libérant d'un geste brusque. Et je n'ai pas besoin que tu t'excuses de m'avoir embrassée, parce que c'est ce que je *désirais* ! Mais toi, Zeke, que veux-tu ? C'est cela, la vraie question.

Les joues de Mollie s'étaient empourprées, à tel point qu'on ne voyait presque plus les taches de rousseur sur ses joues. Mais elle avait toujours été plus courageuse que Patrick et lui ne le pensaient – ou qu'elle-même n'en était consciente.

Ce que Zeke désirait était parfaitement clair dans son esprit. Il voulait embrasser Mollie, et plus si affinités. Beaucoup plus. Il avait envie de la serrer dans ses bras comme il l'avait fait au fond des bois, et de l'embrasser jusqu'à ce qu'elle le supplie – non, qu'*il* la supplie d'aller plus loin.

Mais le feu du désir qui rugissait dans ses veines ne suffisait pas à rendre inaudible la voix de sa culpabilité.

— La question n'est pas de savoir ce que je désire, gronda-t-il, mâchoires serrées. Mais de faire ce qui est juste.

— Et, naturellement, c'est à toi de décider de ce qui l'est.

— Crois-tu que cela soit facile ? se défendit-il d'un ton las. J'ai passé trop d'années à te protéger pour y renoncer maintenant, même s'il s'agit de te protéger contre…

— Contre quoi ?

Comme il demeurait silencieux, elle parut arriver à ses propres conclusions. Le feu qui brûlait au fond de ses yeux se transforma en un incendie ravageur.

— Contre moi-même ? suggéra-t-elle, haussant la voix. C'est ce que tu penses ? Que je ne suis pas assez intelligente – pas assez femme – pour savoir ce que je désire ? Si tu penses cela de moi, Zeke, tu me connais bien mal.

Ce n'était pas du tout le cas et, en la voyant s'éloigner à grands pas, Zeke se traita de tous les noms pour n'avoir pas eu le courage de lui dire la vérité. D'admettre que le silence de Patrick lors de sa dernière permission, sa tendance à s'isoler, étaient les signes d'un problème plus sérieux. Que le soldat qu'il était manifestait des symptômes classiques de dépression. Zeke n'avait rien remarqué. Il avait échoué, à la fois en tant que psychologue et en tant qu'ami.

S'il avait insisté davantage avec Patrick, s'il n'avait pas été aussi obnubilé par la rupture de ses fiançailles, son ami serait peut-être encore en vie.

En s'éloignant de Zeke à grands pas, Mollie bouillonnait de colère. Elle avait les joues en feu, et elle espéra que les autres invités attribueraient ce phénomène à la chaleur du soleil sur sa peau claire.

Que fallait-il qu'elle fasse pour que Zeke s'aperçoive qu'elle était devenue une femme ? Pour qu'il la traite enfin en tant que telle ? Malgré son irritation, elle craignait de s'être conduite exactement comme une enfant en partant en trombe de la sorte, pour l'unique raison qu'elle n'obtenait pas de lui ce qu'elle désirait.

Je désirais que tu m'embrasses, Zeke. Que veux-tu, toi ?

Elle s'arrêta devant l'une des glacières près des tables de pique-nique et plongea son bras dans la délicieuse fraîcheur des glaçons pour en sortir une cannette, regrettant de ne pouvoir s'y plonger tout entière. Elle se sentait stupide. Comment avait-elle pu tenir de tels propos ?

Elle ne pouvait pas rester éternellement en colère contre Zeke, et devait trouver un moyen d'oublier sa cuisante humiliation. Mais, comme avec le reste de ses émotions, lorsqu'il s'agissait de Zeke, c'était plus facile à dire qu'à faire.

— Bonjour, Mollie, la salua Matt Fielding, qui s'était approché pour se servir une bière dans la glacière. Tout va bien ?

Mollie ne connaissait pas très bien Matt, mais tous les anciens soldats avaient une place dans son cœur. En outre, le sourire que cet homme avait fait éclore sur le visage de Claire, et le fait qu'il ait adopté Hank, un chien amputé d'une patte qui avait été trop souvent ignoré par les autres visiteurs du refuge, le rendait sympathique à ses yeux. Pour autant, elle n'était pas prête à lui confier tous ses soucis.

— Oui, bien sûr, répondit-elle. Et comment va Claire ?

Matt tourna son regard vers sa fiancée qui bavardait avec la mère de Zeke, à l'autre bout de la pelouse, et son visage s'éclaira d'un sourire.

— Elle est parfaite.

— Je m'en réjouis, assura Mollie.

Ce qui était vrai, même si elle se sentait un peu envieuse du bonheur de ces amoureux enfin réunis.

— D'après Zeke, vous auriez trouvé un chien qui pourrait aider Bobby Doyle dans sa vie quotidienne ?

— L'idée était de lui, précisa-t-elle. Zeke croit sincèrement que ce chien pourrait lui être très utile.

— Vous connaissez Zeke mieux que personne. Aider les autres fait partie de sa nature.

Matt avait raison. Et c'était pourquoi il lui était si difficile de rester fâchée contre lui. Elle expliqua à Matt les progrès qu'ils avaient accomplis avec Charlie, avant de conclure :

— Je pense que cette chienne pourrait faire le plus grand bien à Bobby. Naturellement, il devrait continuer lui-même son éducation. La certification d'un chien thérapeutique peut prendre jusqu'à dix-huit mois.

— Certaines activités n'exigent pas un entraînement particulier. Quelquefois, il suffit qu'un chien soit un chien.

Mollie acquiesça. L'ombre qu'elle voyait encore au fond du regard de Matt lui rappelait tous les obstacles qu'il avait dû surmonter à son retour de l'armée, et à quel point avoir un chien tel que Hank à ses côtés l'avait aidé.

— On dit que le chien est le meilleur ami de l'homme, et c'est bien vrai.

— En parlant de meilleurs amis, remarqua Matt en tournant la tête dans la direction de Zeke. Que devient celui-là ?

— Je croyais que nous parlions de chiens, le rabroua-t-elle.

— Justement. Quand allez-vous laisser sortir celui-là de sa niche ?

— Je n'ai jamais…

— Vous êtes en colère contre lui, observa l'ancien soldat en riant doucement. N'importe qui s'en rendrait compte.

— Zeke est mon meilleur ami, mais il lui arrive parfois de se montrer… très frustrant, marmonna Mollie.

— Vous n'avez pas tort, convint Matt en avalant une longue gorgée de bière. Mais il faut lui pardonner. Après tout, il ignore que vous êtes amoureuse de lui.

Mollie faillit s'étouffer avec son soda. Elle toussa violemment, et plusieurs invités tournèrent la tête vers elle. Y compris Zeke, qui bavardait avec Dan Sutton, à quelques mètres d'eux.

Elle s'efforça de reprendre sa respiration. Si Matt, un ancien soldat qui ne paraissait pas particulièrement connecté avec ses émotions, avait deviné ce qu'elle ressentait pour Zeke, combien d'autres personnes le savaient ?

Elle aurait voulu pouvoir se cacher sous terre. *Pathétique.*

— Nous sommes seulement amis, dit-elle d'une voix faible.

— Oui, je sais. Il m'a dit qu'il vous avait proposé de vous arranger un rendez-vous. Nous avons passé en revue tous les célibataires de la ville, mais Zeke n'a trouvé personne qui fasse l'affaire.

— *Tous ?* répéta Mollie, mortifiée. Et aucun n'a accepté ?

— Zeke n'a trouvé personne parce qu'il a jugé qu'aucun d'eux n'était assez bien pour vous. Qu'est-ce que vous en concluez ?

— Que Zeke prend sa mission de protéger la petite

sœur de son meilleur ami très au sérieux. Qu'il ne veut pas me voir tomber sur un sale type.

— Peut-être, convint Matt. Ou alors, cela signifie qu'il n'a pas envie de vous voir avec un autre homme. Quel qu'il soit.

- 9 -

— Mollie ! Je suis ici !

Mollie aperçut Rebekah Taylor qui lui faisait signe de l'autre côté de la salle du café bondé. Son moka du matin à la main, elle se fraya un chemin entre les tables et prit place sur la chaise que la nouvelle directrice du refuge lui avait gardée.

— Je suis toujours étonnée de voir une telle foule dans ce café, remarqua Rebekah en parcourant la salle du regard.

— Il faut dire que cet établissement n'a pas beaucoup de concurrence. Spring Forest est une petite ville.

— Ce doit être un lieu stratégique pour faire des rencontres. Je parie que si je restais ici suffisamment longtemps, je verrais défiler la ville entière.

— Oui, je suppose.

Mollie s'était déjà assurée de *l'absence* d'une certaine personne dans cette salle. En général, Zeke s'arrêtait ici pour prendre un café avant de se rendre à Raleigh mais, à cette heure-ci, il était déjà à son cabinet.

Même si elle refusait de le reconnaître, elle faisait de son mieux pour l'éviter.

Cependant, elle ne pourrait pas éternellement garder ses distances avec lui. Même si elle lui en voulait encore, Zeke lui manquait déjà. Une semaine s'était écoulée depuis le barbecue, et, en plusieurs occasions, elle avait décroché le téléphone pour l'informer des progrès de l'éducation de Charlie. Mais, chaque fois, elle avait raccroché sans composer le numéro.

D'abord Josh, et ensuite Matt. Les deux hommes semblaient voir dans les actions de Zeke bien davantage que de l'amitié, ou la sollicitude d'un grand frère. Leurs commentaires auraient presque suffi à lui faire garder espoir. Pourtant, lorsqu'il était question de Zeke Harper et de son cœur, l'espoir était un sentiment dangereux.

Alors au lieu d'appeler Zeke, elle avait composé le numéro de Josh, et ils avaient convenu d'une sortie le week-end suivant. Josh avait suggéré qu'ils assistent à un concert de jazz avec quelques-uns de ses amis. Mollie aurait voulu se sentir plus excitée par la perspective de cette soirée mais, chaque fois qu'elle essayait de penser à Josh, c'était le souvenir du baiser de Zeke qui resurgissait dans sa mémoire.

En chacune de ces occasions, elle se sentait accablée de culpabilité. Ses parents avaient peut-être raison : elle ne comprenait bien que les animaux.

— J'ai apporté le dossier de notre toute nouvelle pensionnaire, disait Rebekah au même instant. Comme le refuge est encore en travaux, nous espérons lui trouver rapidement un foyer d'accueil temporaire. Aimeriez-vous prendre connaissance de son histoire, avant que je ne vous la présente ?

— Euh… Oui, bien sûr.

Mollie prit la grande enveloppe jaune que Rebekah lui tendait. Et, lorsqu'elle vit la photo jointe au dossier, elle dissimula un sourire. Quelle histoire un chiot de quatre mois pouvait-il bien avoir ? Néanmoins, elle appréciait l'attention au détail dont faisait preuve la directrice du refuge.

La plupart du temps, Mollie devait travailler avec très peu d'informations – parfois aucune – pour évaluer les nouveaux arrivants. La plupart étaient des animaux errants amenés au refuge par des bons samaritains, ou arrivant de la fourrière du comté.

— Nous avons une demande d'adoption, poursuivait Rebekah, mais… la famille a déjà des enfants et des chiens.

— Et alors ?

— *Beaucoup* d'enfants, et *beaucoup* d'animaux domestiques, précisa la directrice d'un ton hésitant.

— Oh… Je vois, fit Mollie, réprimant un nouveau sourire.

Elle supposait qu'une maison pleine d'enfants et d'animaux domestiques pouvait déranger certain chiens – et certaines femmes d'affaires ultra-organisées comme Rebekah. Pour Mollie, ce n'était pas l'image du chaos, mais celle du bonheur de vivre.

Elle revint à la photo sur la première page du dossier. Le chiot aux longues oreilles était absolument adorable, et son expression indiquait qu'il avait envie de jouer.

— Les travaux de rénovation ne vous dérangent pas trop ? s'enquit Mollie, changeant de sujet. Je sais que Birdie et Bunny sont ravies de votre travail.

Le sourire de Rebekah s'effaça.

— *Elles*, oui, répondit-elle.

— Y a-t-il quelqu'un d'autre au refuge qui se montre moins accueillant avec vous ? s'étonna Mollie.

Rebekah demeura silencieuse, et Mollie craignit de s'être montrée indiscrète. Elle s'apprêtait à enchaîner avec un commentaire quelconque concernant le temps radieux de ce mois de mai lorsque son interlocutrice releva les yeux de son cappuccino.

— Je ne devrais probablement pas en parler, mais c'est le neveu des Whitaker, Grant.

Grant Whitaker résidait en Floride, mais il était revenu à Spring Forest en plusieurs occasions au cours de ces derniers mois. Mollie avait été impressionnée par l'évidente affection qu'il portait à ses tantes, mais elle n'était pas très surprise que son style de surfeur dilettante ait déplu à la femme d'affaires ultra-conservatrice qu'était Rebekah.

— Je sais que les sœurs Whitaker l'adorent et qu'elles le prennent pour un génie de la finance, poursuivit Rebekah. Mais, franchement, quel homme d'affaires porterait des tongs et un T-shirt de surf en guise de tenue de travail ? Par ailleurs, s'il est aussi important que Birdie et Bunny semblent le penser, comment peut-il se permettre de s'absenter aussi souvent de son travail et venir ici presque une semaine sur deux pour, comme il le dit, «jeter un coup d'œil à la marche des affaires» ?

Mollie avait toujours pensé que les sœurs Whitaker étaient d'excellentes juges des caractères, mais elles se laissaient peut-être aveugler par leur fidélité familiale. Elles étaient restées proches de leur frère Moose, le père de Grant, même après que celui-ci avait vendu ses parts de la propriété pour aller s'installer en Floride, tournant le dos au foyer familial. Le benjamin de la famille, leur frère Gator, avait lui aussi hérité d'une partie des terres, mais il les avait vendues des années plus tôt et avait fait fortune en réinvestissant l'argent.

On aurait pu penser que cela ferait de lui le plus qualifié pour conseiller financièrement sa famille, pourtant c'était lui qui avait négligé de régler la prime d'assurance du refuge. Les deux sœurs pensaient qu'il s'agissait d'un simple oubli, mais Mollie, Amanda et Claire n'en étaient pas aussi sûres. Les liens familiaux avaient peut-être contribué à les rendre également aveugles aux défauts de Grant.

— Il souhaite probablement s'assurer que l'argent qu'a rapporté le gala du mois dernier et les subventions de l'État sont utilement dépensés, remarqua Mollie.

— C'est possible, reconnut Rebekah. Mais j'apprécierais qu'il cesse de me surveiller comme si j'allais m'enfuir avec la caisse à la seconde où il me tourne de dos.

Avec ses cheveux de jais, ses yeux noisette et ses fossettes, Rebekah était une très jolie femme. À tout cela, il fallait ajouter un corps de rêve et un esprit aiguisé : soudain, Mollie se demanda si c'était réellement par suspicion que Grant ne la quittait pas des yeux.

Naturellement, elle se garda bien de lui faire cette suggestion. Que savait-elle des sentiments romantiques ?

Par bonheur, Rebekah n'attendait apparemment aucune réponse et se contenta de consulter sa montre.

— Prête à retourner au refuge ? s'enquit-elle. J'ai demandé à l'adoptant potentiel de Goldie de nous retrouver là-bas à 9 heures.

La pendule du café indiquait qu'il leur restait presque une demi-heure, mais Mollie acquiesça, réprimant un soupir.

— Je vais prendre un café à emporter.

Deux heures plus tard, son évaluation professionnelle de la petite chienne golden retriever était terminée. Elle était énergique, peu agressive, très sensible aux récompenses et extrêmement affectueuse. Selon son opinion personnelle, Goldie était l'une des plus adorables petites chiennes qu'elle ait jamais tenues dans ses bras. Et, bien sûr, elle approuva son adoption par la famille Nelson.

— Merci pour cette évaluation, dit Rebekah en brossant quelques poils de chien collés à sa jupe droite. Je me réjouis que Goldie ait trouvé un foyer temporaire.

— Les Nelson l'adopteront peut-être définitivement, suggéra Mollie.

— Mais…, répondit Rebekah en se figeant, ils ont déjà deux chiens. Et aussi un chat… et des enfants.

— C'est vrai, convint Mollie, qui avait remarqué que toute la famille Nelson semblait déjà adorer Goldie. Mais plus on est de fous et plus on rit.

— C'est exactement ce que j'ai toujours dit !

Mollie se retourna en entendant cette voix pétillante de bonne humeur derrière elle. Une femme aux cheveux sombres, aux doux yeux bruns et au sourire amical lui tendit la main.

— Je me présente, dit-elle. Emma Alvarez, la folle des chats.

— Mollie McFadden, répondit Mollie serrant la main offerte. Folle des chiens.

— Je vois que vous avez beaucoup de points communs, toutes les deux, observa Rebekah en soupirant. Emma vient tout juste de s'installer à Spring Forest, et elle est l'une de nos bénévoles de la section chats. Mollie, ici, est notre experte résidente, la femme qui chuchote à l'oreille des chiens.

— Qu'est-ce qui vous amène à Spring Forest, Emma ?

— Oh ! vous savez, fit la jeune femme en haussant les épaules. Les raisons habituelles.

Pas très sûre de ce que signifiait cette réponse, Mollie se réjouit que Rebekah intervienne au même instant :

— J'espère convaincre Emma d'accueillir l'un de nos chatons pensionnaires.

— Et je compte bien le faire, assura Emma. Dès que j'aurai… heu… réglé quelques affaires.

Le sourire de la jeune femme avait un peu pâli, et Mollie s'empressa de répondre :

— Je l'espère. Ces chatons auraient beaucoup de chance que vous vous occupiez d'eux. Entre-temps, j'espère que vous vous plaisez dans votre travail de bénévole au refuge.

— Merci, Mollie. J'espère que Spring Forest me donnera l'occasion de prendre un nouveau départ.

Là-dessus, Emma s'excusa pour aller parler à Richard Jackson, un vétérinaire local également bénévole du refuge.

— Puisqu'il est question de nos pensionnaires, remarqua alors Rebekah, que deviennent Charlie et

Chief ? Je vous remercie sincèrement : Birdie a été folle de joie en apprenant que vous acceptiez de vous occuper d'eux deux.

— Je soupçonne que c'était ce qu'elle avait prévu depuis le début mais, en toute honnêteté, la présence de Charlie a beaucoup aidé Chief à s'intégrer. Il a fait d'énormes progrès en quelques semaines – et c'est tant mieux, parce que Zeke Harper a une idée de placement permanent pour Charlie.

Mollie informa rapidement la directrice des problèmes de Bobby Doyle, et de l'espoir de Zeke que Charlie puisse devenir le chien thérapeutique de l'ancien soldat.

— C'est un projet que j'aimerais poursuivre dans le futur grâce à un partenariat entre le refuge et l'office des anciens combattants, en plaçant des chiens spécialement éduqués auprès d'anciens membres des services qui en ont besoin.

— Cela me semble être une magnifique opportunité – pour Charlie et pour le refuge, approuva Rebekah, tapant quelques notes sur son smartphone. Mais... Et Chief ? Comment va-t-il supporter le départ de Charlie ?

Malgré son enthousiasme à l'idée de faire l'éducation de Charlie, et peut-être ainsi de pouvoir aider Bobby, Mollie s'inquiétait pour ce pauvre Chief, elle aussi.

— Je l'ai encouragé à interagir avec d'autres chiens que Charlie, et en particulier ma chienne, Arti. Avec le temps, je pense qu'il oubliera Charlie.

— Tant mieux, répondit Rebekah. Il sera plus facile de lui trouver un foyer s'il ne fait pas partie d'un duo d'inséparables.

Mollie acquiesça sans conviction. Chief pouvait apprendre à devenir chien unique, mais il lui semblait injuste de le condamner à la solitude. Tous les êtres avaient droit à une âme sœur. Arti serait peut-être celle de Chief.

Et, peut-être, si elle s'appliquait un peu plus à se guérir enfin de Zeke, Josh Sylvester pourrait-il devenir la sienne.

Peut-être.

En arrêtant sa voiture devant le refuge Furever Paws, Zeke se sentait nerveux. Même si Matt et lui étaient persuadés qu'un chien thérapeutique ferait du bien à Bobby, ils avaient décidé d'attendre d'être sûrs d'avoir trouvé le chien idéal avant de lui en parler. Inutile de le faire espérer pour rien.

Mais, à présent, alors que la rencontre entre Bobby et la chienne était imminente, Zeke comprenait qu'il tenait à la réussite du projet plus que n'importe qui. Mollie avait travaillé d'arrache-pied avec ce labrador si doux et si sensible, et Zeke savait que Charlie serait parfaite pour Bobby. Mais… l'ancien soldat serait-il du même avis ?

Zeke l'avait convaincu de venir au refuge. Après cela, il appartiendrait à Mollie et à Charlie de prendre la suite. Zeke s'efforçait de croire que ces deux ravissantes représentantes du sexe féminin exerceraient leur magie sur le rude solitaire. Mais cela ne suffisait pas à calmer un soudain accès de nervosité.

Comment les sœurs Whitaker pouvaient-elles supporter cette pression ? Tant d'animaux qui avaient besoin d'un bon foyer et n'étaient pas sûrs de le trouver ?

Mollie avait peut-être raison : il devrait songer à adopter un chien. Il serait bien agréable d'avoir un ami pour passer des soirées avec lui devant la télévision, l'emmener dans ses randonnées, lézarder au soleil dans son jardin, en fin d'après-midi…

Toutes les activités qu'il partageait avec Mollie autrefois.

Elle lui manquait. La douceur de leur amitié lui manquait. Elle avait été remplacée par une sorte de gêne mutuelle, mais aussi par une brûlante attirance. N'était-ce pas justement pour cette raison qu'il avait veillé à ce que leur relation demeure platonique ? Malgré cela, leur relation avait changé, qu'il le veuille ou non.

En descendant de voiture, dans le soleil de cette fin d'après-midi, Zeke constata que les travaux avaient avancé. La nouvelle toiture était terminée, et le terrain qui jouxtait le refuge était prêt à recevoir la nouvelle aile dont la construction devait bientôt commencer. Entendant des voix féminines, il tourna au coin du bâtiment. Un sourire aux lèvres, il s'apprêtait à saluer les sœurs Whitaker lorsqu'il se figea. Les deux dames étaient blotties dans les bras l'une de l'autre et leurs visages exprimaient le plus vif désespoir.

— Crois-tu réellement que nous devrions envisager de vendre ? gémit Birdie, l'aînée, d'ordinaire si stoïque.

Zeke n'avait pas à s'immiscer dans cette conversation privée, mais il ne put s'empêcher de s'exclamer :

— Vendre ?

Même si leur travail avec des animaux abandonnés devait être terriblement stressant, il ne pouvait pas imaginer les sœurs Whitaker acceptant de renoncer à ce refuge. C'était leur foyer. Zeke peinait à croire que quoi que ce soit ait pu faire vaciller leur engagement envers cet endroit, alors même qu'elles venaient d'engager une nouvelle directrice et que leur dernière campagne d'appel aux dons avait connu un vif succès.

— Oh ! Zeke ! murmura Bunny. Vous étiez là ?

— Je ne voudrais pas me montrer indiscret…

— Non, intervint Birdie, s'efforçant de sourire. Ne vous excusez pas. Nous venons de recevoir une nouvelle offre pour une partie des terres que nous avons héritées de nos parents. Nous tenions beaucoup à les garder, mais…

— Mais vu les dégâts que la tempête a causés, termina Bunny, nous envisageons la possibilité de vendre.

— Je sais qu'il reste encore beaucoup de travaux à terminer, convint Zeke, mais l'argent collecté lors du gala de bienfaisance et la subvention de l'État devraient vous y aider, n'est-ce pas ?

— L'idée de vendre ces terres ne venait pas de nous, reconnut Bunny. Gator a dit…

Elle s'interrompit un instant, et les deux sœurs échangèrent un regard.

— Gator se sent coupable d'avoir oublié de régler la prime d'assurance du refuge, reprit-elle, et il affirme qu'il désire nous aider. C'est lui qui nous a trouvé un acheteur pour les terres, et il a promis de s'occuper de tous les détails pour que nous n'ayons aucun souci à nous faire.

— Il a beaucoup plus d'expérience que nous dans ce genre d'affaires, reconnut Birdie.

— Je suis sûr que vous avez raison, observa Zeke d'un ton prudent, mais vous devriez peut-être laisser Dan Sutton jeter un coup d'œil aux documents.

L'avocat de Spring Forest avait la réputation d'être un homme honnête, qui défendait vigoureusement les intérêts des habitants de sa ville. Zeke n'aurait pas été surpris si l'avocat leur avait offert ses services à prix réduit.

— Excellente idée, opina Birdie. C'est une décision importante. Nous ne devons pas la prendre à la légère.

— Il est toujours bon d'avoir toutes les informations en main et de réfléchir à toutes les conséquences avant de prendre une décision, déclara Zeke, constatant avec satisfaction que les deux sœurs semblaient soulagées.

— Merci, Zeke, répondit Birdie en souriant. Et maintenant, à quelle heure M. Doyle doit-il arriver ?

La discussion se concentra alors sur le cas de Bobby et la possibilité que Charlie exerce sa magie canine sur lui, et tous trois entrèrent dans le hall de réception du refuge. Une cacophonie de sons assaillit aussitôt les oreilles de Zeke, faite d'aboiements, de miaulements, de voix humaines et de sonneries de téléphone.

Dans un coin de la pièce, un jeune couple et ses deux enfants étaient agenouillés autour d'un chiot beagle qui jouait avec sa laisse toute neuve, sous le regard attentif d'une coordinatrice d'adoptions. Derrière le comptoir, une autre femme parlait au téléphone, et Rebekah Taylor était en pleine discussion avec Richard Jackson, un vétérinaire semi-retraité qui offrait bénévolement ses services au refuge.

Zeke espérait que Bobby ne se sentirait pas instantanément accablé par ce chaos organisé. Il s'apprêtait à suggérer d'accueillir l'ancien soldat à l'extérieur lorsque Doc Jackson se détourna de Rebekah pour venir vers lui.

— Content de vous voir, Zeke ! dit-il en lui serrant la main. Comment se portent vos parents ? Désolé d'avoir manqué le barbecue, l'autre jour. Lauren, mon aînée, nous avait réservé un parcours de golf père-fille le même jour.

Le vétérinaire prit le bras de Zeke pour l'entraîner à l'écart des sœurs Whitaker et des adoptants potentiels, et il ajouta, en baissant la voix :

— Je n'ai pas pu m'empêcher de remarquer que vous parliez avec Birdie et Bunny, tout à l'heure.

Les sœurs Whitaker n'étaient pas ses patientes, mais Zeke respectait scrupuleusement la confidentialité des propos qu'on lui tenait, même en dehors de son cabinet. Toutefois, il savait que Birdie et Bunny considéraient Doc Jackson comme un excellent ami.

— Elles s'inquiètent pour l'avenir du refuge répondit-il, supposant que le vétérinaire était déjà au courant.

— Ces derniers temps, les soucis n'ont pas manqué, reconnut Doc Jackson en soupirant. D'abord la tornade, puis les problèmes avec l'assurance et, pour finir, cette offre d'achat pour leurs terres.

— Je vois que vous en savez autant que moi, déclara Zeke en se détendant. Je leur ai suggéré d'aller parler avec Dan Sutton pour obtenir une seconde opinion concernant cette offre.

— Comment ont-elles réagi ?

Zeke haussa les épaules.

— Elles ont semblé admettre que c'était une bonne idée. Reste à savoir si elles le feront.

— Je m'en assurerai personnellement, promit Doc Jackson. Lorsqu'il s'agit de demander de l'aide, Birdie et Bunny peuvent se montrer très entêtées.

Zeke sourit. Il reconnaissait parfaitement ces paroles, cette frustration contrôlée, et même le regard de l'autre homme. On y lisait autre chose que de la simple amitié…

Tournant son regard vers les deux sœurs, il se demanda laquelle de ces deux femmes très différentes avait capturé l'attention du vieil homme.

Lui, au moins, n'avait pas ce problème.

Il savait parfaitement qui était la femme qui l'intéressait.

Le problème, c'était qu'il ne savait pas du tout ce qu'il devait faire à ce sujet.

- 10 -

Mollie retint son souffle lorsqu'elle vit Bobby Doyle se pencher d'un air hésitant pour caresser Charlie. Zeke, qui avait organisé cette rencontre entre l'ancien soldat et la petite chienne sur la pelouse jouxtant le refuge, croisa son regard, et elle comprit qu'il était aussi nerveux qu'elle.

Durant le trajet, Mollie avait vanté les qualités de Charlie à l'ancien soldat, et lui avait assuré qu'il allait l'adorer au premier regard. Mais elle savait très bien que l'entente parfaite n'était pas si facile à trouver.

— Ne t'inquiète pas, mon bébé, avait-elle murmuré à Charlie. Sois toi-même et Bobby t'aimera.

Ces encouragements étaient destinés à la chienne, mais il y avait dans ces mots un écho de vérité. *Sois toi-même…*

Malgré elle, elle pensa à son premier rendez-vous avec Josh. À la coiffure élaborée, la robe et les talons hauts. Bien sûr, ses amies lui avaient assuré que tous ces apprêts ne faisaient que faire ressortir sa beauté naturelle, mais la vraie Mollie préférait ses cheveux en queue-de-cheval et elle se sentait beaucoup plus à l'aise en jean et en T-shirt.

Pour son prochain rendez-vous avec Josh, elle devrait peut-être suivre ses propres conseils. Pour Charlie, en tout cas, cela semblait fonctionner.

À l'instant où l'ancien soldat s'accroupit devant elle, la petite chienne posa la patte sur son genou, et tous deux baissèrent la tête comme s'ils partageaient un moment de communion silencieuse. Mollie songea que c'était la scène la plus touchante à laquelle elle ait jamais assisté.

Elle s'efforçait de refouler les larmes qui lui montaient aux yeux lorsque Zeke s'empara de sa main, la faisant sursauter. Elle croisa son regard et sut alors qu'il la comprenait. Il la connaissait si bien…

Elle comprit soudain qu'elle ne serait jamais guérie de lui. Et ni Josh Sylvester ni peut-être aucun autre homme sur terre ne pourraient jamais le remplacer dans son cœur.

— Elle est…

Bobby toussota pour s'éclaircir la voix, avant de terminer :

— Elle est vraiment spéciale, non ?

Son regard toujours fixé sur Mollie, Zeke répondit :

— Oui, c'est vrai. Elle est unique.

Il avait dû venir directement au refuge en rentrant de son cabinet à Raleigh. Même avec sa cravate bordeaux desserrée et les manches de son élégante chemise bleu nuit retroussées jusqu'aux coudes, il avait l'air délicieusement sophistiqué. Mais ce qui lui coupa le souffle, c'est l'émotion qu'elle lisait dans ses yeux noisette. Ce moment de connexion dura quelques secondes puis, dans ce silence, Charlie émit un aboiement bref, comme pour rappeler aux humains pourquoi ils étaient là.

Libérant sa main de celle de Zeke, Mollie tourna son attention vers Bobby. Une expression de totale béatitude adoucissait les traits rudes de l'ancien soldat, alors qu'il caressait délicatement les oreilles de la jeune chienne.

— Vous avez raison, elle est unique, dit Mollie. Mais ne vous laissez pas aveugler par sa beauté. Charlie est aussi extrêmement intelligente.

— Ah, oui ? Et que sait-elle faire ?

Mollie jeta un discret coup d'œil en direction de Zeke, qui répondit par un hochement de tête encourageant. La prochaine étape était délicate et elle allait devoir procéder avec prudence. Car Bobby refusait toujours de reconnaître qu'il peinait à se réadapter à la vie civile.

— Eh bien, je vous avoue que je ne suis pas du matin, commença Mollie en riant, mais, à la seconde où mon réveil se met à sonner, Charlie est là, à côté de mon lit, sa laisse entre les dents, prête pour sa promenade.

— Vraiment ? s'exclama Bobby, visiblement ravi. Tu sais faire cela, Charlie ?

Pour toute réponse, la chienne lui lécha le visage avec enthousiasme.

— Et ce n'est que l'un de ses nombreux talents, assura Mollie.

— Je suppose que sortir courir un peu de temps à autre ne me ferait pas de mal, convint Bobby. Autrefois, j'adorais courir dans la campagne, mais je ne l'ai plus fait… depuis quelque temps.

Mollie faisait de son mieux pour dissimuler son excitation. C'était justement le but. Pas seulement d'encourager Bobby à donner à Charlie l'exercice et l'attention dont elle avait besoin, mais aussi de le motiver à redevenir actif.

— Bien sûr, elle obéit déjà à «assise», et à «viens ici». «Reste là» lui pose un peu plus de problèmes. Charlie aime beaucoup les friandises et, surtout, elle adore jouer avec sa balle.

Charlie dressa les oreilles à ce mot.

— Certaines études ont prouvé que la compagnie d'un chien peut faire baisser la tension, et même diminuer les risques de crise cardiaque et d'AVC, intervint Zeke. Sans même mentionner qu'elle aide à évacuer le stress et l'anxiété.

Fronçant les sourcils, Bobby se releva pour fusiller du regard Zeke et Mollie.

— Ne me dites pas que c'est une tentative de me convaincre de prendre un chien d'infirme. Je vous l'ai déjà dit, je n'ai pas besoin d'aide.

— Mais non, pas du tout ! protesta Mollie, gagnée par la panique.

Craignant que Bobby les laisse tous plantés là, elle tourna son regard vers Zeke, en quête de son soutien. Mais Zeke ne semblait pas du tout inquiet et il haussa les épaules.

— Il s'agit seulement pour vous de faire la connaissance d'un chien et de voir s'il s'intégrerait dans ta famille. Rien de plus.

Durant un long moment, Bobby resta silencieux… et ce fut Charlie qui débloqua la situation. Elle poussa le bras de Bobby avec son museau, et celui-ci n'eut d'autre choix que de recommencer à la caresser.

— Mais cela pourrait devenir davantage, murmura-t-il, glissant ses doigts dans l'épais pelage du cou de Charlie. N'est-ce pas ce que vous suggérez ?

Bobby s'accroupit à nouveau devant la chienne et s'enquit d'une voix douce :

— Que pourrait-elle faire pour moi ?

Ayant toute confiance en Charlie et dans le travail qu'elles avaient accompli ensemble, Mollie lui expliqua que la chienne pouvait être éduquée de façon à reconnaître chez lui les signes de dépression ou l'imminence d'un flash-back.

— Peut-elle réellement faire tout cela ?

— Oui. Nous devrons travailler ensemble pour mettre au point un système de récompenses afin de renforcer un comportement désiré chez elle. Ce peut être se blottir près de vous, pousser votre bras de sa truffe pour vous inciter à la caresser, ou vous lécher le visage – tout ce qui peut vous aider.

Comme si elle avait tout compris, Charlie leva ses yeux bruns vers Bobby et lui donna un coup de langue sur le menton. Tout le monde rit et la tension retomba d'un coup.

— Alors, qu'en pensez-vous ? demanda Zeke après

avoir laissé l'homme et la chienne établir des liens durant quelques minutes.

— Je crois que cette petite fille s'est trouvé un foyer définitif, répondit Bobby en souriant d'une oreille à l'autre.

Le nuage de poussière soulevé par le pick-up de Bobby était à peine retombé lorsque Mollie se jeta au cou de Zeke. Pris au dépourvu, il tituba un peu avant de placer ses mains sur sa taille.

— Tu as réussi, Zeke ! s'exclama-t-elle avec un sourire lumineux. As-tu remarqué comme Bobby semblait heureux ? J'ai cru qu'il allait acheter tous les jouets pour chien de la boutique de souvenirs avant de repartir.

— Charlie va être une petite chienne gâtée.

— Et tout cela, c'est grâce à toi !

Soudain, Zeke se sentit ramené à ce jour lointain où ils avaient sauvé Shadow de la noyade, lorsque Mollie l'avait regardé avec une telle fierté, une telle adoration dans ses yeux, alors que, pour être honnête, c'était elle qui avait pris tous les risques. Mollie avait toujours été merveilleuse.

Il n'allait certes pas gâcher son enthousiasme en lui rappelant que Bobby avait encore un long chemin à parcourir avant de savoir gérer son SPT. Mais il avait fait le premier pas. C'est cela qu'il souhaitait retenir. Cela, et le sourire sur les lèvres de Mollie. Il n'avait pas pu aider Patrick, mais il pourrait peut-être apporter son aide à Bobby et d'autres gens comme lui.

— Tu m'attribues trop de crédit, répondit-il en souriant. C'est toi qui as travaillé inlassablement avec Charlie.

— Avec elle, c'était facile. Elle est naturellement douée.

Zeke vit son sourire vaciller. Elle n'avait accueilli Charlie que durant quelques semaines, mais il savait que la petite chienne allait lui manquer.

— Au fait, les photos sont-elles réussies ? s'enquit-il.

— Oh ! j'avais presque oublié !

Avant que Bobby ne signe les papiers d'adoption, elle avait demandé à Bunny de prendre quelques photos d'eux deux en compagnie de Bobby et de Charlie. Extrayant son téléphone de sa poche, elle afficha la première, qui montrait Charlie blottie contre la poitrine de Bobby, levant un regard de pure adoration vers lui.

— Elle est si mignonne ! s'extasia-t-elle. Et on voit bien que Bobby est déjà conquis.

Sur la seconde, le regard de Zeke exprimait une fascination similaire – seulement il n'était pas dirigé vers la chienne. Cette photo avait été prise à un moment où Mollie riait à gorge déployée, tandis que Zeke… la contemplait comme si elle était la huitième merveille du monde.

Il tendit sa main vers l'appareil, ne sachant plus s'il voulait effacer cet indice embarrassant ou envoyer la photo vers son propre téléphone. Croyant qu'il voyait mal l'image, Mollie fit pivoter l'écran face à lui.

Ses joues avaient la couleur des roses. Une brise légère faisait voleter ses boucles d'or cuivre contre son cou, portant jusqu'à lui un parfum de fleurs sauvages dans le soleil de l'été, torturant ses sens.

— La vois-tu mieux, à présent ? interrogea-t-elle.

— Oh ! oui, je la vois, répondit-il, la gorge serrée.

Brusquement, il se demandait comment il avait pu rester si longtemps aveugle à une telle beauté.

Il était en train de tomber amoureux de sa meilleure amie.

Sitôt que cette idée lui eut traversé l'esprit, Zeke la rejeta. Il avait déjà fait l'expérience des montagnes russes que sont les sentiments, les hauteurs sublimes aussitôt suivies de descentes aux enfers qui avaient transformé en chaos sa vie bien ordonnée. Et il ne voulait plus en entendre parler.

Ses doigts se crispèrent sur ceux de Mollie et son

pouce glissa, affichant une autre photo qui devait avoir été prise deux ans plus tôt, mais qu'il n'avait jamais vue.

Sur l'écran, Patrick le dévisageait, un sourire mélancolique sur son beau visage, son bras passé autour des épaules de Mollie.

— C'est la dernière photo que j'aie prise de lui, lui dit Mollie d'une voix douce. À son dernier retour à la maison.

Zeke rapprocha le téléphone pour étudier longuement la photo, comme si cette image pouvait révéler tous les secrets que son ami avait gardés en lui lorsqu'il vivait et respirait. Un imposant sapin de Noël trônait derrière lui, et les brillants éclairages semblaient accentuer encore les ombres dans son regard. Les décorations de Noël formaient un contraste saisissant avec l'humeur sombre, presque désespérée, de Patrick lors de son dernier retour au pays. Seulement…

— La dernière fois que Patrick est rentré, c'était en mars, observa-t-il.

Il s'en souvenait parfaitement car Lilah avait annulé leurs fiançailles seulement quelques semaines plus tard. Puis, un mois après cela, Patrick avait été tué.

— Oui, c'est vrai, convint Mollie.

— Alors qu'est-ce que ce sapin de Noël fait là ? s'enquit-il, tournant l'écran vers elle.

— Oh ! répondit Mollie en riant. Patrick avait promis à mes parents de rentrer pour les fêtes de fin d'année mais, pour une raison ou pour une autre, sa permission a été plusieurs fois reportée. Lorsqu'il est enfin rentré, on était déjà en mars. Alors, cette année-là, le Père Noël est passé un peu plus tard chez les McFadden.

— Sérieusement ? Ta famille a attendu trois mois pour fêter Noël ? Je comprends que vous ayez attendu pour ouvrir les cadeaux de Patrick. Mais *toi*, tu étais déjà là !

— Cela ne comptait pas, insista-t-elle, dégageant sa

main de la sienne pour remettre son téléphone dans sa poche. Sans Patrick, Noël n'était pas Noël, de toute façon.

Zeke entendait ce qu'elle disait, mais il entendait aussi ce qu'elle ne disait pas : *Je ne comptais pas*.

— Mollie…

Il sentit son cœur se serrer. Il ne pouvait pas en vouloir aux McFadden d'avoir été aussi fiers de leur fils aîné. Pour lui aussi, Patrick était un véritable héros qui méritait qu'on honore sa mémoire.

Mais Zeke ne comprendrait jamais pourquoi les McFadden consacraient davantage de temps et d'énergie à pleurer un fils disparu qu'à apprécier leur fille qui, elle, était toujours extrêmement vivante.

Mollie n'était pas militaire, mais elle se battait pour les animaux sans foyer qui avaient besoin d'elle. Elle était forte, courageuse… et si belle…

Comment ses parents pouvaient-ils ne pas voir combien elle était intelligente, dévouée et talentueuse ?

Et comment, *lui*, avait-il pu ne pas le voir ?

Même s'il lui coûtait de l'admettre, il avait contribué à dévaluer les efforts de la jeune femme. Comment avait-il pu douter qu'elle serait capable d'éduquer deux chiens à la fois alors qu'il connaissait son talent extraordinaire pour communiquer avec les animaux ? L'avait-il réellement crue inapte à rénover sa maison, alors qu'elle avait passé toute son enfance à leur prouver, à Patrick et à lui, qu'elle pouvait tout faire aussi bien qu'eux ? Avait-il passé autant de temps avec Mollie depuis la mort de Patrick parce qu'elle avait besoin de lui… ou parce qu'*il* avait besoin d'elle ?

— Non, l'arrêta-t-elle en levant la main, ses yeux bleu-vert rivés dans les siens. Je n'ai pas besoin que tu me plaignes.

Il lui saisit gentiment le poignet et y déposa un baiser.

— Pourquoi te plaindrais-je ? murmura-t-il. Tu es la

femme la plus forte, la plus courageuse et la plus belle que j'aie jamais connue.

— Ne dis pas des choses pareilles, s'il te plaît, protesta-t-elle dans un souffle, lui effleurant la joue de ses doigts délicats.

— Pourquoi pas ?

— Parce que tu me donnes envie de croire que tu les penses sincèrement.

— J'en pensais chaque mot.

— Tu es un excellent ami, Zeke. Mais lorsque tu me dis de telles choses… tu me fais désirer davantage que de l'amitié.

— Oh ! Mollie…

Zeke s'interrompit, la gorge serrée. C'était à son tour de lui demander de ne pas prononcer des paroles susceptibles d'enflammer son propre désir. Mais il en était incapable. Et, avant qu'il n'ait retrouvé sa voix, elle avait tourné les talons.

Durant les jours qui suivirent l'adoption de Charlie, Mollie s'efforça de passer un peu plus de temps avec Arti et Chief, pour le bien des chiens et pour le sien. Lorsqu'elle rentra à la maison sans Charlie, les deux animaux remarquèrent l'absence de leur amie. Arti, qui était habituée à ce que de nouveaux pensionnaires arrivent et repartent, retrouva vite sa routine, mais Chief était resté couché près de la porte à attendre le retour de Charlie.

Mollie était sortie courir avec les deux chiens, puis elle avait joué avec eux comme elle le faisait chaque matin, et Chief avait semblé retrouver peu à peu sa bonne humeur, poursuivant Arti et luttant avec elle dans l'herbe. Il avait fait de grands progrès depuis le jour où elle l'avait vu, recroquevillé dans un coin du chenil. Elle savait qu'il était presque prêt à être adopté. Mais elle-même n'était pas certaine d'être prête à le laisser partir.

Comme c'était à prévoir, cet animal craintif s'était glissé dans son cœur et sa présence dans la maison, le spectacle de ses jeux avec Arti, l'aidaient à se sentir moins seule. Zeke lui manquait. Elle regrettait son sourire, sa logique sereine alors que son propre caractère l'incitait à l'action immédiate. Elle regrettait son amitié, alors qu'elle était responsable de la distance qui les séparait. Après tout, c'était elle qui l'avait évité, embarrassée par les commentaires trop révélateurs qui franchissaient ses lèvres sans l'approbation de son cerveau dès que Zeke se trouvait près d'elle.

Non contente de l'avoir pratiquement supplié de l'embrasser, elle lui avait déclaré qu'elle désirait davantage…

Elle réprima un gémissement. Chaque fois qu'elle y songeait, elle avait tellement honte qu'elle avait envie de se cacher le visage dans ses mains.

Tu es la femme la plus forte, la plus courageuse et la plus belle que j'aie jamais connue.

Pas si forte… et pas si courageuse, songea Mollie, esquissant un sourire mélancolique.

Le samedi matin, elle reçut un SMS d'une cliente, la propriétaire d'un caniche à problèmes, qui annulait son rendez-vous de l'après-midi. Comme elle n'avait rien prévu avant son rendez-vous avec Josh, ce soir-là, Mollie décida de s'attaquer à son projet de rénovation le plus urgent : quelques soirs plus tôt, elle avait remarqué qu'un volet des fenêtres du premier étage pendait sur ses gonds.

Dans son esprit, une voix ressemblant fort à celle de son frère lui conseillait d'appeler Zeke, mais… elle s'abstint. Elle était encore trop honteuse pour le regarder en face. Elle trouva quelques outils dans la cabane au fond du jardin et charria la grande échelle jusqu'à la maison avec difficulté.

Elle venait d'atteindre le volet abîmé quand elle entendit un chien haleter derrière elle. Elle jeta un coup d'œil par-dessus son épaule, pensant que l'un de ses animaux était sorti de la maison, mais le terrier gris tout ébouriffé qui longeait sa propriété en reniflant le sol lui était inconnu.

Elle avait aperçu ce chien errant quelques mois auparavant mais n'avait pas réussi à le convaincre de s'approcher suffisamment pour qu'elle puisse l'attraper.

— Pauvre toutou ! murmura-t-elle, constatant que l'animal semblait plus maigre et plus sale que la dernière fois.

Le chien ne semblait pas avoir remarqué sa présence car il s'approcha précautionneusement du portail ouvert. Si la curiosité le poussait à s'aventurer dans le jardin, elle pourrait refermer le portail pour le garder chez elle en sécurité et l'empêcher de vagabonder à nouveau.

Le terrier hésita au dernier instant, jetant un regard méfiant derrière lui. Et, une seconde plus tard, elle entendit le son que le petit chien avait déjà enregistré : un bruit de pneus sur le gravier et le grondement d'un moteur.

— Ne t'enfuis pas… Ne t'enfuis pas, chuchota-t-elle.

Puis elle entendit une portière claquer, et le petit chien passa en trombe devant elle pour courir se réfugier dans l'abri le plus proche, le vide sanitaire sous la maison.

Espérant l'amadouer pour le faire ressortir, Mollie descendit de son échelle et s'allongea dans l'herbe pour jeter un coup d'œil à travers le treillis de bois mais, dans cette pénombre, il lui fut impossible de distinguer le petit chien gris. Cependant, pour avoir survécu seul si longtemps, il devait être un expert du camouflage. Il devait être affamé et un peu de nourriture suffirait peut-être à le faire sortir. Elle venait de se redresser lorsqu'elle entendit la voix de Zeke :

— Mollie ! Oh ! mon Dieu ! Mollie !

— Je…

Avant qu'elle n'ait eu le temps de lui expliquer la situation, il tomba à genoux près d'elle et la saisit aux épaules.

— Surtout, ne bouge pas ! ordonna-t-il d'une voix tendue.

Tétanisée, le cœur battant à se rompre, elle lui permit de l'allonger sur le sol. Ses larges épaules lui cachaient le soleil mais, lorsqu'il entreprit de parcourir son corps de ses mains, commençant par le cou et descendant toujours plus bas, elle eut l'impression que son être prenait feu. Levant les yeux vers lui, il lui fallut encore une minute pour se rendre compte que ses gestes étaient précis et professionnels, très loin des caresses lascives d'un amant.

— Zeke…, protesta-t-elle faiblement.

— Reste immobile, la coupa-t-il. Ressens-tu des vertiges ? As-tu du mal à respirer ? Des douleurs quelque part ?

Oui, oui et oui…

La proximité de son corps, la fragrance boisée de son after-shave mêlée à celle de l'herbe de l'été lui faisaient tourner la tête. Ses mains tièdes et vigoureuses parcourant la peau nue de sa jambe, de la cuisse à la cheville, lui coupaient le souffle, et le torrent de passion qui grandissait en elle lui faisait douloureusement désirer qu'il pose sa bouche sur la sienne…

Pourtant, si Zeke était un jour tenté de poser sa bouche sur la sienne, ce serait uniquement pour la ranimer en lui faisant du bouche-à-bouche.

Alors qu'il s'attaquait à sa seconde jambe, ses doigts glissant de son mollet à son genou, puis à l'intérieur de sa cuisse, Mollie réagit enfin et le repoussa brusquement.

— Cela suffit, Zeke ! gronda-t-elle. Je vais très bien.

Elle se remit debout, les jambes un peu flageolantes mais bien déterminée à lui dissimuler à quel point un simple examen impersonnel l'avait bouleversée. Les pointes de ses seins avaient durci. Elle se sentait nue, totalement exposée, et très embarrassée par la facilité avec laquelle il pouvait faire flamber son désir… sans rien ressentir en retour.

— Tu étais allongée sur le sol, expliqua-t-il en se relevant lentement, un mélange d'angoisse et de confusion au fond de ses yeux noisette. J'ai cru que tu étais tombée de l'échelle, Mollie ! Cela te ressemblerait bien de…

Il s'interrompit mais elle avait entendu ces paroles assez souvent pour connaître par cœur la fin du refrain.

— De quoi ? répliqua-t-elle d'un ton de défi. De faire des choses stupides ? De ne jamais réfléchir avant d'agir ?

Ces critiques étaient justes, mais cela ne l'empêchait pas d'être furieuse contre lui. Elle n'avait certainement pas réfléchi avant de tomber follement amoureuse de lui. Et où cela l'avait-il menée ?

Au même instant, elle entrevit un éclair de gris passer dans son champ de vision. Elle tourna la tête juste à temps pour apercevoir le petit chien disparaître au détour de l'allée, et se lança aussitôt à sa poursuite.

— Mollie, que diable…, protesta Zeke derrière elle.

— Le chien, Zeke ! cria-t-elle, tournant la tête sans cesser de courir.

Hélas, lorsqu'elle atteignit la limite de la propriété, le petit terrier avait disparu depuis longtemps.

— Quel chien ? s'enquit Zeke en la rejoignant au trot.

— Le chien errant qui avait été aperçu en ville, expliqua-t-elle. Il s'était caché sous la maison. C'est pour cela que j'étais allongée sur le sol. J'essayais de le convaincre de sortir. C'était ma seule chance de le sauver jusqu'à ce que…

Trop furieuse pour continuer, elle le contourna vivement et s'éloigna à grands pas.

— Jusqu'à ce que quoi, Mollie ? lança-t-il derrière elle. As-tu seulement idée de ce que j'ai pensé ? De ce que j'ai *ressenti*, en te voyant ainsi sur le sol ? J'ai cru que tu étais blessée. Que tu étais…

Mollie se retourna, et c'est seulement alors qu'elle vit vraiment Zeke. Il était pâle et semblait à bout de forces, comme s'il venait de courir un marathon.

— Zeke…

— Je vais t'aider à attraper ce fichu chien, Mollie, grogna-t-il, fermant les yeux. Accorde-moi seulement une seconde.

Elle lui avait mille fois répété qu'elle était capable de se débrouiller seule, et fut tentée de lui faire une réplique cinglante. Puis elle se souvint des paroles de Matt :

« Vous connaissez Zeke mieux que personne. Aider les autres fait partie de sa nature… »

Tout à coup, elle se sentait coupable. Certes, elle n'avait pas besoin de son aide, mais Zeke avait besoin d'aider son prochain. Au fond, le meilleur service qu'elle pourrait lui rendre, ce serait de lui permettre de l'aider.

Elle revint vers lui, le gravier de l'allée craquant sous ses semelles. Zeke rouvrit les yeux lorsqu'elle posa sa main sur son bras, et elle sentit sa gorge se serrer face à l'inquiétude qu'elle lisait encore dans ses yeux.

— Zeke, tu sais que je vais bien, n'est-ce pas ? murmura-t-elle. Je ne suis pas tombée de l'échelle.

— Lorsque je t'ai vue ainsi, gémit-il en la serrant très fort dans ses bras, j'ai cru… Mollie, je ne sais pas ce que je ferais si je te perdais, toi aussi.

— Tu ne me perdras pas, assura-t-elle, refoulant les larmes qui montaient à ses paupières. Tu n'y arriverais pas. Te souviens-tu de toutes ces fois où Patrick a essayé de m'écarter de vos jeux, quand nous étions enfants ? Cela n'a jamais fonctionné, n'est-ce pas ? Tu seras bien obligé de me supporter, Zeke Harper.

— La petite sœur que je n'ai jamais voulue, murmura Zeke, caressant son visage d'une main qui tremblait un peu.

C'était une phrase qu'il lui avait souvent répétée, mais, à cet instant… elle semblait prendre un sens différent.

Il ne s'agissait plus d'une innocente taquinerie. Elle n'était plus une enfant. Elle n'était pas sa sœur. Et, si elle osait croire ce qu'elle lisait dans les yeux de Zeke, il la désirait.

Elle se tenait assez près de lui pour sentir la chaleur de son corps, la fragrance de sa peau, mais elle désirait déjà bien davantage. Lorsqu'il glissa les doigts dans ses cheveux, Mollie frissonna. Il fallait qu'elle sache.

— Pourquoi étais-tu désolé de m'avoir embrassée ?

Elle vit le regard de Zeke s'assombrir et comprit qu'il lui serait très facile de se perdre à tout jamais dans ces profondeurs mystérieuses, si elle n'y prenait garde.

— Je n'étais pas du tout désolé.

— Tu t'es excusé, rappela-t-elle, rougissant au souvenir de cette humiliation. Tu m'as déclaré que c'était une erreur.

— Je t'avais pratiquement attaquée, dit-il, rougissant à son tour. Ce n'est pas ainsi que je vois un premier baiser. Mais... À la seconde où je t'ai touchée... j'ai un peu perdu la tête.

Zeke faisait pourtant preuve d'un sang-froid impressionnant, d'habitude. L'idée d'avoir pu lui faire perdre ce contrôle de lui-même, même un instant, était aussi enivrante que le souvenir de ce premier baiser.

— La folie peut avoir du bon, remarqua-t-elle.

— Mollie ! protesta-t-il. Tu sais bien que cela ne ferait que tout compliquer entre nous.

Ignorant l'avertissement, elle se haussa sur la pointe des pieds. Trop petite pour atteindre sa bouche, elle se contenta de poser ses lèvres sur son menton, se délectant du picotement de la barbe naissante contre sa bouche.

— J'ai envie de t'embrasser à nouveau, murmura-t-elle. Quoi de plus simple que cela ?

— Je ne vais pas pouvoir m'arrêter à un simple baiser, répondit-il d'un ton douloureux. C'est là que les choses se compliquent.

— Je ne te demanderai pas de t'arrêter, répliqua Mollie, émerveillée de se découvrir aussi hardie.

— Mollie ! gémit-il, posant son front contre le sien. Tu es…

— Oui ? s'enquit-elle dans un souffle.

— Entêtée. Obstinée. Frustrante.

Ce n'était pas vraiment un florilège de compliments, mais comme elle avait pensé à lui pratiquement dans les mêmes termes le jour du pique-nique, lorsqu'elle mourait d'envie de l'embrasser, elle décida de ne pas lui en tenir rigueur.

Encore moins quand il inclina la tête pour poser ses lèvres sur les siennes.

Comme s'il tentait de se faire pardonner pour ce qui avait manqué à leur premier baiser, celui-ci était doux mais sensuel. Excitant et tendre à la fois. Interminable, mais trop tôt interrompu. Tout ce que devrait être un premier baiser…

Lorsque Zeke releva enfin la tête, sa respiration était un peu haletante. Privée de toute force, brûlante de désir dans ses bras, Mollie devinait le combat qu'il menait contre lui-même à la rigidité de ses muscles puissants sous ses doigts, à l'incendie qui faisait rage au fond de ses yeux.

— Mollie, murmura-t-il, la gorge serrée, ce… ce que nous sommes en train de faire pourrait tout changer entre nous.

— Pas nécessairement, répondit-elle en s'écartant de lui.

Il la dévisagea d'un regard intense, pour l'arrêter net avant qu'elle ne lui suggère une alternative aussi stupide que l'amour libre entre amis.

— Je crois qu'il serait plus sage… de prendre notre temps.

De prendre leur temps ? s'insurgea-t-elle. Il lui avait déjà fallu vingt ans pour l'embrasser ! À ce rythme, elle serait morte de privation sexuelle bien avant qu'il ne se soit décidé.

— Et dire que tu me trouves frustrante, observa-t-elle en soupirant.

Cette remarque le fit rire, dissipant quelque peu la tension entre eux. Mollie était au moins rassurée sur ce point : ils avaient toujours ri ensemble. Cet élément central de leur relation garantissait que, quels que soient les changements par ailleurs, ils seraient toujours amis.

— N'oublie pas «entêtée».

— Et «obstinée», aussi, ironisa Mollie.

Tout cela était vrai. Elle n'abandonnait jamais. Et, à présent que Zeke l'avait embrassée, qu'il lui avait avoué qu'il la désirait, elle n'en avait que plus de raisons de conserver l'espoir qu'elle nourrissait dans son cœur depuis si longtemps.

— Très bien, conclut-elle. Nous prendrons tout notre temps. Mais, tout d'abord, j'ai une faveur à te demander.

Malgré la sensation de feu liquide qui coulait dans ses veines, elle ne put s'empêcher de rire face à son regard soudain circonspect. Que s'imaginait-il, exactement ? Puis, elle vit le regard de Zeke descendre vers ses lèvres, et elle cessa de respirer.

— Je me demandais si… heu… tu accepterais de m'aider à raccrocher mon volet.

- 11 -

Lorsqu'elle lui eut expliqué pourquoi elle avait grimpé sur cette échelle en premier lieu, Zeke avait procédé à sa propre inspection de tous les volets. Des années d'exposition à la pluie et au soleil, sans compter la récente tornade, avaient laissé leurs marques.

— Il est inutile d'en réparer un seul, si tous les autres sont sur le point de rendre l'âme, avait-il observé.

Il avait proposé de l'accompagner au magasin de bricolage. Compte tenu de l'entêtement naturel de Mollie et de sa nouvelle tendance à l'éviter, il s'attendait un peu à ce qu'elle refuse. Mais, à sa grande surprise, elle avait accepté, même si elle avait insisté en affirmant que son propre véhicule était plus adapté que le sien pour transporter le bois nécessaire.

Zeke ne voyait aucun inconvénient à la laisser conduire. Il se serait même rendu au magasin en marchant pieds nus, si elle le lui avait demandé. C'était sûrement idiot de se sentir aussi excité par la perspective d'un voyage au magasin de bricolage d'un énorme centre commercial. Pourtant, lorsqu'il s'installa sur le siège près d'elle et qu'il respira sa fragrance de fleurs portée par la brise d'été qui pénétrait par la vitre baissée, il comprit que leur destination n'avait aucun rapport avec le joyeux sentiment d'anticipation qu'il ressentait.

La cause en était uniquement Mollie. Il était heureux

de passer du temps avec elle, comme ils le faisaient autrefois.

Ce qui était nouveau, c'était qu'il jetait de nombreux regards en coin pour contempler ses boucles retenues par une queue-de-cheval haute révélant son long cou délicat, pour admirer son profil ciselé, son petit nez retroussé, ses lèvres généreuses.

Croyait-il vraiment pouvoir remonter le temps, retrouver le goût de ses lèvres, la sensation de son corps souple contre le sien allumant un incendie dans son sang ? Et... était-ce réellement ce qu'il désirait ?

— Au fait, pourquoi es-tu passé chez moi ? s'enquit-elle en effectuant sa marche arrière. Aurais-tu une alarme spéciale qui t'avertit chaque fois que j'essaie d'entreprendre des travaux de rénovation toute seule ?

— Hélas, non, répondit-il en riant. Je pensais seulement que Charlie devait te manquer, depuis que Bobby l'a adoptée.

— Et tu étais venu pour me consoler ? s'étonna-t-elle.

— Heu... Je voulais seulement m'assurer que tu allais bien.

— Oui, ne t'inquiète pas. J'ai toujours Arti et Chief.

Et elle l'avait, lui. Mais, bien sûr, elle garda cela pour elle.

Mollie roulait lentement, scrutant les buissons de part et d'autre de la route. Sa générosité naturelle et sa compassion ne cesseraient jamais de l'émerveiller, songea soudain Zeke.

— Je t'aiderai à le capturer dès que nous serons rentrés, promit-il, sachant qu'elle n'aurait aucun repos avant d'être sûre que le petit chien était en sécurité dans un bon foyer.

— Merci, Zeke, répondit-elle avec un sourire reconnaissant.

— Tu vois ? Ce n'était pas difficile.

— Quoi donc ? s'enquit-elle, étonnée.

— De dire oui.

Elle lui adressa un regard ironique, avant de se tourner à nouveau vers la route devant eux.

— Mais c'est toi qui dis toujours non, rappela-t-elle.

Une heure plus tard, ils avaient chargé sur un chariot plat les volets neufs et les pots d'une peinture que Mollie avait choisie personnellement.

— Nous peindrons les volets au sol avant de les poser en place, indiqua Zeke en manœuvrant le chariot en direction de la caisse. Ce sera bien plus facile, et ils seront tout de suite magnifiques.

— Je me souviens d'une remarque que ma mère m'avait faite lorsque j'avais décidé de repeindre les placards de la cuisine au lieu de la faire entièrement rénover. Elle trouvait que c'était une perte de temps.

— Je te rappelle que c'est moi qui t'avais suggéré de les conserver, observa-t-il en souriant. Les placards d'origine en chêne massif étaient de fabrication artisanale, et ils avaient beaucoup plus de caractère que les éléments modernes.

— Je sais, convint-elle. Mais tu connais ma mère. Pour elle, la solution était d'engager un décorateur professionnel.

Zeke la connaissait bien, en effet. Georgia McFadden avait fait entièrement rénover un nombre incalculable de fois la somptueuse demeure voisine de celle où il avait lui-même grandi. Ce qui ne changeait jamais, en revanche, c'était la collection de photos et de médailles alignées sur le manteau de l'élégante cheminée de marbre du salon. Un sanctuaire qui était là bien avant la mort de Patrick, deux ans plus tôt.

— Ne laisse pas ta mère te démoraliser, murmura-t-il.

— Ce n'est pas le cas, assura Mollie. Pas vraiment.

Mais Zeke savait que ce n'était pas aussi simple. Certes,

Mollie avait suivi sa propre voie, mais elle s'attristait que ses parents désapprouvent les choix qu'elle avait faits.

— Tu es merveilleuse, Mollie. Ne l'oublie jamais.

— N'est-ce pas toi qui me disais que j'étais entêtée, obstinée et frustrante ?

— Merveilleuse, je le répète, murmura-t-il en lui enlaçant la taille pour déposer un rapide baiser sur ses lèvres entre les rayonnages de pots de peinture.

Ce baiser lui sembla si naturel qu'il se demanda pourquoi il ne l'avait pas embrassée des années plus tôt.

Parce que, durant tout ce temps, tu ne rêvais que d'embrasser Lilah. Et, lorsque tu as enfin obtenu ce que tu désirais, vois où cela t'a mené.

Zeke s'efforça d'ignorer la voix de sa conscience, mais il lui était impossible d'oublier la fin piteuse de sa relation avec Lilah. Cette fois-ci, s'il échouait, son problème ne serait pas que ses parents puissent perdre des amis, ou lui une fiancée.

Il pourrait perdre Mollie. L'amie sur laquelle il comptait le plus au monde. Que diable faisait-il ?

— Ça va ? s'enquit-elle, effleurant sa joue d'une caresse.

— Oui, heu… Regarde, il y a une caisse libre, là-bas.

Il réussit à passer les caisses sans avoir cédé à son envie d'embrasser Mollie, et il poussa leur chariot à l'extérieur. Sur sa suggestion, Mollie partit chercher son SUV pour leur éviter d'avoir à pousser le chariot à travers tout le parking.

Il la suivit des yeux tandis qu'elle s'éloignait à petites foulées, le soleil de cette fin d'après-midi accrochant des reflets d'or dans ses cheveux. Son short de denim et son T-shirt mettaient en valeur ses longues jambes et ses bras hâlés. Lorsqu'ils étaient entrés dans ce magasin, plusieurs hommes s'étaient retournés pour lui lancer des regards admiratifs, ce qui l'avait profondément irrité car ils pensaient visiblement la même chose que lui.

Veille sur elle, Zeke, d'accord ? Tu sais qu'elle aime se croire invulnérable, mais elle a un cœur tendre. Et je ne veux pas qu'il soit brisé.

Surtout pas si c'était lui qui en était responsable. À cette idée, il cessa de respirer. Il avait déjà échoué une fois…

— Zeke ? Il me semblait bien que c'était toi !

Cette voix familière le fit se retourner. Et, comme si ses pensées l'avaient fait se matérialiser, il découvrit avec consternation Lilah Fairchild plantée à un mètre de lui.

— Salut, Lilah.

Deux années s'étaient écoulées depuis la dernière fois qu'il l'avait vue. Avec ses longs cheveux blonds, sa peau d'ivoire et ses yeux bleu nuit, elle était toujours aussi belle que dans son souvenir. Mais, comparée à Mollie, toute de feu et de passion, son ex le laissait désormais totalement froid.

Vêtue d'un haut noir qui exposait largement ses épaules parfaites, elle s'approcha de lui en roulant des hanches.

— Je suppose que tu savais déjà que j'étais de retour en ville.

— Oui, convint Zeke sans enthousiasme. Je suis sûr que tes parents se réjouissent de te voir rentrée à la maison.

Et, par la même occasion, songea-t-il, ils arrêteraient peut-être de le traiter comme s'il était le méchant fiancé qui avait chassé leur précieuse petite fille hors du pays et de leur vie.

— Et toi, Zeke ? s'enquit-elle, ses lèvres vermeilles esquissant une moue boudeuse. Es-tu heureux de me voir ?

Il faillit éclater de rire à cette question, mais ce n'était pas de joie. C'était du soulagement qu'il ressentait. Cette rencontre fortuite avec son ex-fiancée répondait à la question qu'il avait continué à se poser sans en être conscient jusqu'à cet instant précis.

Il était définitivement guéri de Lilah Fairchild.

— Écoute, Lilah, je dois te quitter, répondit-il. Mollie m'attend.

— Mollie ? répéta Lilah d'un air dépité. Tu es avec Mollie ? Je croyais pourtant qu'elle sortait avec un autre homme.

— Comment… sais-tu cela ? s'étonna-t-il.

Au fond, il lui importait peu que Lilah sache que Mollie était sortie avec Josh Sylvester, mais il refusait de débattre de ce sujet avec elle.

— Oui, je suis avec Mollie, dit-il simplement.

Lilah avait toujours pris ombrage de cette amitié entre eux. Elle avait même insinué qu'il ne s'agissait pas simplement d'amitié et, comme un idiot, il s'était senti flatté par cette jalousie. Avec le recul, il se demandait si Lilah n'avait pas déjà deviné l'existence de sentiments plus profonds sous la surface de cette amitié. Des sentiments dont il commençait tout juste à être conscient aujourd'hui.

— Zeke, je veux que tu saches…

— Je dois filer, coupa-t-il.

Lilah le saisit par le bras avant qu'il n'ait eu le temps de s'échapper. Cette main fine et douce, parfaitement manucurée, avec sa coûteuse montre en or à son poignet, était aussi différente de celle de Mollie que les émotions qu'elle éveillait en lui. Quand Mollie le touchait, il aurait tout donné pour que ce contact ne cesse jamais. Avec Lilah, il avait l'impression qu'un crapaud venait de se poser sur son bras.

— Nous devons parler, tous les deux, insistait Lilah. De nos fiançailles, et… de la façon dont elles se sont terminées.

Peu de temps auparavant, Zeke aurait tout donné pour avoir cette conversation. Pour comprendre enfin où il avait échoué. Même aujourd'hui, une partie de lui-même désirait connaître la réponse, afin de pouvoir reprendre le cours de son existence, fort de la certitude qu'il ne commettrait pas deux fois la même erreur.

— Tu es partie, Lilah, répondit-il. Fin de l'histoire.

Sur ces mots, il donna une vigoureuse poussée au chariot et s'éloigna sans se retourner.

Tant pis si cela ressemblait à une fuite.

Lilah Fairchild faisait partie de son passé, et il la laissait enfin derrière lui.

Avant que Mollie n'ait pu reculer hors de sa place, dans le parking embouteillé, Zeke vint la rejoindre avec leurs achats.

— Je pensais que tu allais attendre que je vienne te chercher, observa-t-elle en coupant le moteur pour le rejoindre à l'arrière du véhicule.

— Oui, eh bien… J'ai été obligé de m'enfuir pendant que j'en avais encore l'occasion, expliqua-t-il avec une grimace.

Pouffant de rire, elle abaissa le hayon arrière pour lui permettre de charger les volets et autres fournitures.

— T'enfuir ? ironisa-t-elle en soulevant un pot de peinture. Tu pourrais passer ta vie dans ce genre de magasin.

— Pas lorsque Lilah s'y trouve.

— Lilah ? répéta Mollie, lâchant un pot de peinture qui atterrit sur le sol avec un bruit mat.

— Oui, elle-même, certifia Zeke, chargeant le premier volet avec un peu plus de vigueur que nécessaire. C'est bien le dernier endroit au monde où je me serais attendu à la voir, mais je suppose que j'étais condamné à la croiser un jour ou l'autre. Spring Forest est une toute petite ville. Hélas.

— Surtout si Lilah ne cherche pas à t'éviter, observa Mollie, se souvenant que l'ex de Zeke lui avait elle-même déclaré qu'elle comptait bien le revoir.

— Écoute, j'étais sincère, au barbecue, quand je t'ai affirmé que j'étais guéri d'elle. Cette rencontre, aujourd'hui, n'a fait que le confirmer.

— Et… qu'avait-elle à te dire ?

Réprimant un soupir, Zeke chargea les derniers pots de peinture avant de répondre :

— Elle a suggéré que nous nous revoyions un jour pour discuter.

— De quoi ? s'enquit Mollie, la gorge serrée.

— De notre rupture.

Zeke referma le hayon du SUV et Mollie sursauta. Pourquoi maintenant ? songea-t-elle. Après si longtemps ? Soudain, elle souffrait. Elle se sentait exposée… vulnérable.

— C'était il y a des années, observa-t-elle d'une voix éteinte.

— C'est à peu près ce que je lui ai répondu. J'avoue qu'à une certaine époque, j'ai souffert de ne pas savoir pourquoi Lilah m'avait quitté – mais quelle importance, aujourd'hui ?

Mollie savait que, pour Zeke, il était capital de comprendre les choses. Qu'il s'agisse des travaux dans sa maison ou des procédures d'éducation d'un chien thérapeutique, il étudiait soigneusement ses projets avant de se lancer dans l'action.

Il n'était pas du genre à laisser un problème non résolu derrière lui, et ses fiançailles rompues étaient comme un horrible point d'interrogation suspendu au-dessus de leurs têtes. Pour une fois, c'était Mollie qui détenait les réponses.

Pas les réponses, grinça la voix de sa conscience. *Des secrets. Des mensonges.*

À cette idée, la nausée la gagna. Des années durant, elle avait rêvé que sa relation avec Zeke puisse un jour devenir davantage qu'une simple amitié. Mais cette relation se terminerait avant même d'avoir commencé si elle avouait à Zeke la véritable raison pour laquelle Lilah avait rompu avec lui.

Quelques heures plus tard, Zeke et Mollie avaient terminé de peindre les volets et les avaient mis à sécher sur des tréteaux au soleil. Ils devraient attendre un peu avant de les raccrocher, mais Zeke était satisfait du travail qu'ils avaient accompli. Il nettoya brosses et rouleaux, les chiens gambadant autour de lui, et il ne put s'empêcher d'arroser Mollie qui se moquait de lui, la faisant hurler. L'eau ruisselait sur ses boucles rousses, et Zeke s'étonna presque qu'elle ne se transforme pas en vapeur, tant Mollie semblait furieuse.

— Je n'arrive pas à croire que tu aies fait cela !

Son T-shirt émeraude était trop sombre pour devenir transparent, mais le tissu mouillé adhérait si fidèlement aux courbes de ses seins qu'il en devenait presque invisible. Zeke lui sourit, puis il l'arrosa une seconde fois pour faire bonne mesure.

— Et que penses-tu de cela ?

Mollie poussa un nouveau cri strident mais, cette fois-ci, elle se rua vers lui et pointa le jet vers le ciel, créant une sorte de cascade qui les laissa tous deux trempés en quelques secondes. Cette douche instantanée ne fit rien pour éteindre l'incendie qui faisait rage dans le corps de Zeke et, enlaçant la taille de Mollie, il la serra tout contre lui. Les yeux de la jeune femme se rivèrent dans les siens, puis descendirent vers sa bouche en une prière silencieuse. À un moment indéterminé, le tuyau d'eau tomba dans l'herbe, trempant leurs pieds, mais Zeke le remarqua à peine. Les lèvres de Mollie étaient délicieusement fraîches sous les siennes, et le firent frissonner de la tête aux pieds.

Lorsqu'elle glissa les doigts dans ses cheveux humides,

il oublia tout ce qui n'était pas le flot impétueux de leur désir.

Depuis qu'ils étaient rentrés du magasin de bricolage, elle n'avait pratiquement pas dit un mot. Au début, plongé dans ses propres pensées, il ne l'avait pas remarqué. Sa rencontre avec Lilah l'avait un peu déprimé. Depuis la rupture de leurs fiançailles, il fuyait les relations sérieuses, se cantonnait strictement à l'éphémère.

Mollie méritait beaucoup mieux que cela. Était-ce pour cela qu'elle était devenue de plus en plus réservée, à mesure que l'après-midi avançait ? Se demandait-elle jusqu'où elle pouvait aller avec un homme incapable de s'engager ?

À cet instant précis, cependant, il n'était plus conscient que de la passion qu'elle mettait dans son baiser, du contact brûlant de ses mains qui descendaient dans son dos pour agripper fiévreusement ses hanches. Comment avait-il pu penser qu'ils pourraient avancer prudemment dans leur relation ?

Ils avaient totalement oublié le tuyau d'arrosage qui coulait toujours, mais ce n'était pas le cas des chiens, qui se le disputaient avec des grognements furieux, projetant de l'eau et de la boue liquide sur eux.

Le souffle coupé par ces projections glacées, Mollie sursauta et, encore toute brûlante de passion, elle s'écarta de Zeke qui essuya une tache de boue sur sa joue.

— Ce n'était pas exactement une douche froide, mais…

— *Une douche ?* hoqueta-t-elle. Quelle heure est-il ?

— Je n'en sais rien, reconnut-il. Je ne porte pas ma montre.

Mollie jeta un coup d'œil horrifié à sa tenue. Elle n'était pas très élégante, même dans ses bons jours, mais, à présent, avec son short et son T-shirt boueux, elle faisait peur à voir.

— Je devrais aller me préparer.

— Te préparer pour quoi ? s'étonna Zeke.

— Pour mon rendez-vous avec Josh, répondit-elle en tirant sur son T-shirt, consciente qu'il révélait ses seins.

Zeke la dévisagea d'un air ébahi.

— Tu n'es pas sérieuse, n'est-ce pas ?

— Je ne peux quand même pas m'y rendre dans cette tenue ! répliqua-t-elle en allant fermer le robinet d'eau.

Comment avait-elle pu oublier son rendez-vous ? Le petit terrier gris, l'arrivée de Zeke et leur expédition au magasin l'avaient perturbée. Sans compter qu'il n'était pas facile de se souvenir des projets qu'elle avait faits avec un autre homme lorsque Zeke arrivait sans prévenir et qu'il l'embrassait.

Mais tout cela ne servait qu'à occulter la véritable raison de son curieux oubli.

« À une certaine époque, j'ai souffert de ne pas savoir pourquoi Lilah m'avait quitté… »

Au moment de leur rupture, Mollie lui avait dit que Lilah avait dû comprendre qu'elle n'était pas assez bien pour lui. Qu'il méritait bien mieux qu'elle… C'était la vérité, mais pas *toute* la vérité concernant les raisons qui avaient poussé Lilah à disparaître.

Après la mort de Patrick, Mollie et Zeke s'étaient rapprochés encore plus l'un de l'autre. Et il lui avait été facile de prétendre que ces fiançailles n'avaient jamais existé. Que Zeke était guéri de Lilah, qu'il avait tourné la page. Mais elle savait que c'était faux. Les femmes sans nom et sans visage qui avaient pris sa suite, et que Zeke n'amenait jamais à Spring Forest, prouvaient qu'il n'avait pas oublié son ex-fiancée.

Sauf qu'il l'avait embrassée, elle, aujourd'hui. Alors qu'elle était l'antithèse de toutes ses récentes aventures. Lorsqu'il lui disait qu'ils devaient avancer à petits pas, ne suggérait-il pas qu'il espérait une relation plus sérieuse ?

Après tout, il s'était peut-être totalement remis de cette rupture. Ou alors, elle rêvait.

— Mollie, tu ne peux pas…

Avec ses cheveux trempés et boueux et son regard prédateur, il avait l'air d'un sauvage lorsqu'il la plaqua contre le côté de la maison, murmurant d'une voix pressante :

— Annule ton rendez-vous, Mollie.

— Pourquoi ?

— Je ne veux pas que tu sortes avec Josh Sylvester.

Mollie se souvint de sa conversation avec Matt Fielding, qui lui avait déclaré que Zeke et lui n'avaient jamais pu s'accorder sur le nom d'un seul homme digne de sortir avec elle, et elle répliqua avec ironie :

— Aurais-tu quelqu'un d'autre à me proposer ?

— À vrai dire, oui, répondit-il en parcourant tout son corps d'un regard brillant de concupiscence. J'en connais un très bien.

- 12 -

Ce n'est pas un rendez-vous.

Comme une ritournelle qu'elle ne parvenait pas à se sortir de la tête, ces mots revenaient en boucle dans l'esprit de Mollie tandis qu'elle se préparait pour sa soirée avec Zeke.

Une soirée qui n'était *pas* un rendez-vous romantique.

Après avoir annulé sa sortie avec Josh, ils avaient encore joué un moment avec les chiens sur la pelouse, puis ils leur avaient donné un bain et les avaient vigoureusement séchés avec des serviettes. À ce stade, Mollie et Zeke étaient aussi trempés qu'eux, mais beaucoup moins propres, et Mollie avait innocemment suggéré à Zeke de jeter ses vêtements dans la machine à laver.

Zeke lui avait adressé un long regard et, soudain, le désir qu'ils croyaient avoir éteint sous les trombes d'eau dans le jardin resurgit avec force. Mollie comprit alors que si l'un ou l'autre ôtait ses vêtements, ce ne serait pas pour faire une lessive.

Au lieu de cela, Zeke avait emprunté une de ses serviettes pour l'étaler sur le siège avant de sa voiture afin de pouvoir rentrer chez lui. Puis il l'avait embrassée. Ce baiser, bref mais brûlant, l'avait laissée pantelante de désir. Zeke s'était contenté d'esquisser un sourire.

— Alors, chez moi ce soir ? s'enquit-il. Disons 19 heures ?

Mollie croyait se souvenir d'avoir acquiescé. Puis, la

gorge nouée, incapable de prononcer la moindre parole, elle l'avait vu s'éloigner, son T-shirt humide adhérant à ses larges épaules et à la puissante musculature de son dos.

Néanmoins, durant les quelques heures qui avaient suivi, elle avait eu tout le temps de réfléchir au sens de cette invitation.

Il désirait peut-être seulement fêter leur réussite avec Bobby et Charlie. Rien de plus. Malgré cela, en contemplant son reflet dans le miroir de la salle de bains – ses boucles folles attachées en queue-de-cheval, ses taches de rousseur bien visibles dans un visage sans aucun artifice, à part un peu de brillant à lèvres – elle fut tentée de faire appel à la trousse de maquillage qu'Amanda lui avait laissée.

Ce n'est pas un rendez-vous.

De toute façon, même si cela l'avait été, elle avait décidé de suivre son instinct et de rester naturelle.

Éteignant la lumière, elle retourna dans la cuisine pour s'assurer que les chiens allaient bien et leur distribuer quelques caresses.

— Soyez sages, d'accord ? Je ne rentrerai pas tard.

Là-dessus, elle ramassa son sac et quitta la maison. L'invitation de Zeke n'était peut-être pas un rendez-vous romantique, mais sa mère lui avait enseigné qu'on n'arrive pas chez les gens les mains vides. Des amis pouvaient aussi partager une bouteille de vin pour fêter un événement, et elle fit donc une halte à l'épicerie.

Elle n'était pas très experte en vins, et les interminables alignements de bouteilles sur les rayons avaient quelque chose de décourageant. Alors quand elle vit l'image d'un chien sautant à travers un cerceau sur l'étiquette d'une bouteille, ce fut celle-là qu'elle choisit.

— Mollie McFadden ? s'enquit la femme devant elle alors qu'elles attendaient leur tour devant la caisse du magasin.

— Euh… Oui, répondit Mollie, s'efforçant inutilement de se rappeler qui pouvait être cette jolie femme brune.

Lorsque les yeux de l'inconnue s'emplirent de larmes, sa curiosité se transforma en panique.

— Oh ! merci, merci ! s'exclama la femme en la serrant maladroitement dans ses bras, la bouteille coincée entre elles.

— Euh… Et de quoi ? balbutia Mollie.

— Je suis désolée, s'excusa la femme brune en reprenant ses distances avec un rire un peu embarrassé. Vous ne me connaissez pas, je le sais. Je suis Amy Doyle.

— L'épouse de Bobby ?

— Oui, répondit Amy en essuyant ses larmes. Et je vous assure que je n'ai pas l'habitude de serrer tous les passants dans mes bras. Je devrais déjà vous avoir appelée pour vous dire que vous êtes extraordinaire.

— C'est à moi de vous remercier, répondit Mollie, embarrassée par ces compliments et par le fait qu'elles attiraient l'attention des autres clients du magasin. Toute l'équipe du refuge est reconnaissante lorsqu'une famille adopte l'un de nos pensionnaires.

— Charlie n'est pas un simple animal de compagnie, observa Amy en riant. Pas pour nous. Elle a vraiment sauvé Bobby. Elle est son ange gardien.

— Alors tout s'est bien passé, n'est-ce pas ?

Mollie savait que Zeke et Matt avaient souvent rendu visite à Bobby depuis qu'il avait adopté Charlie. Elle comptait continuer à travailler avec Charlie en incluant Bobby dans son éducation, mais elle avait préféré leur laisser d'abord le temps de s'habituer l'un à l'autre. Elle désirait que la chienne considère Bobby – et non pas elle – comme son humain de référence.

— Cela a été incroyable. Je n'avais pas vu Bobby aussi heureux depuis…

Le reste de sa phrase mourut sur ses lèvres. Seuls

ceux qui avaient vécu les horreurs de la guerre pouvaient comprendre ce que Bobby avait enduré.

— Et cela, conclut Amy, c'est grâce à vous.

— Vous m'accordez trop de crédit, se défendit Mollie. Ce sont Zeke et Matt qui ont eu l'idée de chercher un chien pour Bobby. Et Charlie était parfaite pour lui. Le reste a été facile.

— Vous devriez les voir ensemble, dit Amy avec un sourire lumineux. D'ailleurs, nous organisons une petite fête ce week-end. J'en avais envie depuis longtemps, mais Bobby n'aimait pas trop l'idée de se retrouver dans une foule. Maintenant, il est impatient de montrer à tout le monde combien Charlie est intelligente. Zeke et vous devez venir !

Mollie ne savait pas trop que penser de cette association de son nom avec celui de Zeke, mais elle assura qu'elle lui ferait part de son invitation.

— J'espère vous voir tous les deux, conclut Amy, jetant un bref coup d'œil à la bouteille de vin.

Et, là-dessus, elle poussa son chariot vers la sortie.

Ce n'est pas un rendez-vous, se répéta Mollie. *Et nous ne sommes pas un couple.*

Malgré cela, en se dirigeant vers la sortie, Mollie ne put s'empêcher de se sentir merveilleusement excitée à l'idée de revoir Zeke. Peut-être s'était-elle trompée. Cette soirée allait peut-être tout changer entre eux…

Mais elle s'arrêta net en reconnaissant Lilah Fairchild qui venait de franchir les portes coulissantes du magasin.

— Tiens, tiens ! fit Lilah, ses lèvres écarlates esquissant un sourire sarcastique. Voilà la petite Mollie ! Tout le monde la trouve tellement parfaite !

— Moi ? s'étonna Mollie, serrant la bouteille contre elle. Personne ne…

— Mais cela pourrait vite changer, n'est-ce pas ? l'interrompit Lilah. S'ils apprenaient la vérité.

Elle vint se planter devant Mollie, la dominant du haut de ses hauts talons, avant d'ajouter :

— Si Zeke découvrait que tu m'as fait chanter pour m'obliger à rompre avec lui.

— Ce n'était pas du chantage, répliqua Mollie d'une voix faible, sentant son cœur se serrer.

— Si tu ne lui dis pas la vérité, c'est moi qui le ferai, déclara Lilah, répétant mot pour mot ce qu'elle-même lui avait dit ce soir-là, deux ans plus tôt.

— Mais tu ne lui avais *pas* dit la vérité, rappela Mollie.

— Et toi non plus, rétorqua Lilah d'un air satisfait.

— À quoi cela aurait-il servi ? Vous aviez déjà rompu, tous les deux, et tu étais partie en Europe. Pourquoi aurais-je fait souffrir Zeke avec de telles révélations ?

Pourquoi informer Zeke que la femme qu'il aimait, la femme avec qui il était fiancé, le trompait éhontément ? Après tout ce temps, elle se rappelait encore la fureur qu'elle avait ressentie en découvrant que cette femme, qui avait déjà *tout* ce dont elle-même ne faisait que rêver, était infidèle.

— Oh ! je t'en prie ! répliqua Lilah d'un ton moqueur. Tu ne cherchais pas à protéger Zeke. Tu te protégeais toi-même… et ton frère.

— Ce n'est pas vrai, murmura Mollie. Patrick était…

Mollie vit une lueur d'émotion traverser le regard de l'autre femme, mais cela ne dura qu'une fraction de seconde. Presque aussitôt, Lilah se pencha vers elle. Ses yeux bleu nuit étaient froids comme des glaciers.

— Tu as gardé le silence durant tout ce temps, dit-elle d'un ton venimeux. Et Zeke est exactement là où tu avais toujours désiré qu'il soit. Alors, aujourd'hui, c'est mon tour. Dis-lui la vérité… ou je le ferai moi-même.

Si tu ne lui dis pas la vérité, c'est moi qui le ferai…

Ses propres paroles lui revenaient en plein visage de

la manière la plus cruelle. Et même si elle n'avait jamais cru être capable de mettre sa menace à exécution, Mollie ne doutait pas une seconde que Lilah, elle, le ferait avec délectation. Et, même si, en toute logique, cette femme aurait dû assumer la responsabilité de sa trahison, à l'époque, Mollie ne pouvait pas permettre que Zeke soit informé de cette affaire – ni de son propre rôle dans sa dissimulation.

La vérité était déjà amère, pourtant elle deviendrait encore plus sordide si c'était Lilah qui la dévoilait. Sans mentionner ce qu'elle pourrait raconter au sujet de Patrick. Son frère avait toujours veillé sur elle, et aujourd'hui, il appartenait à Mollie d'honorer sa mémoire.

Par ailleurs, une partie d'elle-même savait que Lilah avait raison. Elle allait devoir révéler toute la vérité à Zeke.

Sa merveilleuse excitation et son sentiment d'anticipation avaient éclaté comme des bulles de savon. Ce qui devait être une soirée de célébration allait prendre une tournure que ni l'un ni l'autre n'avaient anticipée.

Le trajet familier jusqu'à la maison de Zeke lui sembla trop court et, bientôt, elle frappait à sa porte. Il vint lui ouvrir presque aussitôt, comme s'il l'avait attendue, juste de l'autre côté du vantail. Son grand sourire de bienvenue la fit se crisper un peu, car elle savait que ce qu'elle avait à lui dire allait l'effacer instantanément.

— Bonsoir, Mollie.

Il se pencha pour déposer un baiser sur sa joue, et ce simple contact la rendit incapable de prononcer la moindre parole, éveillant en elle une réaction tout sauf innocente. La subtile fragrance masculine qui émanait de Zeke alluma instantanément un incendie de désir au creux de son être.

Ne sachant pas quoi faire d'autre, elle désigna la bouteille.

— J'ai apporté du vin.

— Exactement ce qu'il nous fallait pour fêter dignement l'événement. Viens, entre.

La bouteille dans une main, il lui prit le bras comme s'il remontait le tapis rouge avec elle au lieu de traverser son salon, et elle ne put attendre plus longtemps.

— Zeke, j'ai quelque chose à te dire, commença-t-elle.

— Moi d'abord, coupa-t-il, lui offrant un nouveau sourire. Ou, en tout cas, je vais te le montrer.

Sans un mot de plus, il l'entraîna jusqu'à la cuisine et lui prit son sac des mains pour le poser avec la bouteille sur l'îlot central de granit noir. Ensuite, il l'entraîna vers la salle à manger. Une étrange lumière irisée provenait du seuil de la pièce, mais rien n'avait préparé Mollie au spectacle qu'elle découvrit en y entrant. La salle à manger de Zeke, classique et fonctionnelle, était radicalement transformée.

Muette de surprise, elle parcourut la pièce du regard. Un petit sapin de Noël était posé en son centre, paré de toutes ses lumières rouges et vertes. Des ballons en forme de cœur pendaient aux dossiers des chaises. Des guirlandes de trèfle de papier vert vif étaient accrochées au plafond, et des œufs de Pâques colorés avaient été éparpillés sur la grande table rustique. Des cierges magiques étaient piqués dans une citrouille sculptée d'Halloween, qui partageait l'espace avec une dinde de Noël en carton.

— As-tu dévalisé un magasin d'articles de fête ? s'enquit-elle, jetant des regards ébahis autour d'elle.

— Quelque chose comme cela, répondit-il en souriant.

Il retira une rose rouge du grand bouquet disposé dans un vase de cristal posé près du sapin, et il effleura sa joue et ses lèvres avec les pétales d'une douceur de soie, avant de murmurer :

— Aujourd'hui, c'est Noël, Mollie. C'est le Nouvel An et Halloween aussi. La Saint-Patrick, Pâques et le

Memorial Day. Toutes les fêtes que tu as manquées depuis la mort de ton frère.

La sincérité perceptible dans sa voix grave ralluma la flamme de son désir, les espoirs et les rêves trop longtemps refoulés. Soudain, elle se prenait à croire aux miracles de Noël, aux bonnes résolutions du Jour de l'an, aux promesses de la Saint-Valentin, à la chance proverbiale des Irlandais…

Ses lèvres s'entrouvrirent, mais aucun son n'en sortit. Qu'aurait-elle pu dire ? Personne – ni son frère, ni ses parents ni ses amis – n'avait jamais eu de telles attentions pour elle.

— Je n'arrive pas à croire que tu aies fait tout cela pour moi, balbutia-t-elle, refoulant les larmes brûlantes qui montaient à ses paupières.

— Tu le mérites, Mollie, murmura-t-il.

Tout à coup, la culpabilité contre laquelle elle luttait depuis le retour de Lilah resurgit, plus forte que jamais, et elle reposa sur la table la rose qu'il lui avait tendue.

— Je ne suis pas…

— Tu es la femme la plus merveilleuse que j'aie jamais connue, l'interrompit-il. Tu es chaleureuse, attentive aux autres, courageuse et passionnée.

Il marqua une pause, avant d'ajouter d'une voix grave :

— Tu mérites de pouvoir célébrer toutes les fêtes, Mollie. De vivre chaque nouvelle journée de ta vie comme une célébration.

Elle secoua la tête en silence. Sa vue se brouillait de larmes et elle avait la gorge serrée.

Elle n'avait pas besoin d'une année entière de fêtes. Tout ce qu'elle voulait, c'était une nuit. Une nuit dans les bras de Zeke avant de lui révéler le secret qu'elle avait trop longtemps porté en elle.

— L'as-tu entendu ? murmura-t-elle.

— Entendu quoi ? s'enquit-il d'un air étonné.

— Le compte à rebours de minuit vient de commencer.

— Ah ? fit-il en souriant. Il doit être minuit quelque part, c'est vrai. Je vais devoir t'embrasser.

— Pas encore, dit-elle. Dix… neuf… huit…

Elle n'arriva pas jusqu'à cinq. Glissant une main derrière sa nuque comme pour l'empêcher de s'enfuir, Zeke posa les lèvres sur les siennes. Mais Mollie n'avait pas du tout envie de fuir. Elle était impatiente de le caresser, et elle parcourut avec délices son large dos du bout des doigts. Le polo qu'il portait n'était pas un réel obstacle, et elle sentait la chaleur de son corps, la douceur de sa peau à travers le mince tissu.

La vague de désir qui déferla en elle lui coupa le souffle, la privant de toute force. Elle n'avait jamais rien ressenti de comparable de toute sa vie, une perte de contrôle aussi totale, une telle ivresse. Une telle impatience d'aller plus loin.

Sa tête tourbillonnait comme si elle venait de vider toute une bouteille de champagne et elle avait la chair de poule.

— Zeke…, gémit-elle contre ses lèvres.

Il interrompit son baiser et, durant une fraction de seconde, ses yeux d'un vert doré se rivèrent dans les siens.

— Mollie, murmura-t-il, es-tu certaine… ?

Certaine de l'aimer ? Certaine d'avoir envie de faire l'amour avec lui ? Certaine que son univers ne serait jamais plus le même ? Mollie lui fit la seule réponse possible :

— Oui, dit-elle dans un souffle.

Zeke la prit au mot, et sa bouche s'empara à nouveau de la sienne. Perdue tout entière dans la magie de ce baiser passionné, elle se rendit à peine compte qu'il la soulevait dans ses bras. Elle se cramponna à ses épaules tandis qu'il l'emportait à travers l'appartement qu'elle connaissait si bien.

Pourtant, elle n'était jamais entrée dans sa chambre. En une autre occasion, elle aurait peut-être remarqué le décor masculin où dominaient le fauve et le bleu. Mais, à cet instant précis, elle était seulement consciente de la sensation du corps de Zeke sous ses doigts, de sa bouche sur la sienne, des paillettes d'or dans ses yeux noisette, de son corps contre le sien tandis qu'il l'allongeait sur son grand lit. De l'intense sensualité de son baiser.

À peine consciente de ce qu'elle faisait, Mollie fit passer son chemisier par-dessus sa tête, puis elle déboutonna fiévreusement la chemise de Zeke et la fit glisser sur ses puissantes épaules. Les yeux noisette descendirent vers sa poitrine, et elle regretta une seconde de ne pas porter la lingerie ultra-sexy qu'elle avait fini par acheter dans cette boutique de Raleigh. Toutefois, à en juger par le feu qu'elle voyait brûler dans le regard de Zeke, il lui importait peu que son soutien-gorge soit en coton blanc plutôt qu'en soie écarlate.

D'ailleurs, il l'en débarrassa si vite que c'eût été du gâchis, car Zeke paraissait surtout pressé de le lui ôter. Peut-être une autre fois… S'il y avait une autre fois.

Refoulant ce souci dans un recoin de sa conscience, Mollie concentra toute son attention sur le moment présent. Sur cette première fois. Avec Zeke.

La toute première fois avec n'importe quel homme.

Elle parcourut ses larges épaules et ses bras vigoureux avec des mains tremblantes et sentit ses muscles tressaillir sous la douceur de sa peau.

— Mollie…

Gémissant son nom, il mit fin à ce baiser brûlant. Son expression douloureuse trahissait le combat qu'il livrait contre lui-même. Ne comprenait-il pas qu'elle désirait ceci autant que lui ? Elle avait peur qu'il s'arrête de l'embrasser, de la caresser, qu'il renonce à ôter le reste de ses vêtements.

Mollie ne s'était jamais considérée très audacieuse, ou particulièrement sexy mais, bien sûr, elle ne s'était jamais trouvée dans le lit de Zeke non plus. Recueillant son visage entre ses mains, elle murmura :

— Ne t'arrête pas. Ne pense pas. Contente-toi de ressentir.

Rassemblant tout son courage, elle s'empara de l'une de ses mains et la posa sur son sein nu. Les doigts de Zeke se refermèrent doucement sur la chair délicate, et la pointe durcit instantanément contre sa paume.

— Mollie ! gémit-il. Tu es en train de me rendre fou.

— Je le fais exprès, murmura-t-elle, cambrant les reins pour aller à la rencontre de ses caresses.

Elle avait attendu cet instant trop longtemps. Peu importait que ce soit de la folie, peu importait que cela change tout entre eux. À cet instant, seul Zeke comptait, et tout ce qu'il accepterait de lui offrir. Elle était peut-être innocente, mais pas naïve. Elle savait que faire l'amour et tomber amoureux étaient deux choses différentes. Toutefois, elle gardait l'espoir que Zeke la verrait un jour comme une femme qu'il pouvait aimer, et pas comme une enfant qu'il devait protéger.

Elle ne gardait pas un souvenir très clair de la façon dont ils avaient fini de se déshabiller. Tout ce qu'elle savait, c'était que Zeke la touchait, la caressait, la transportait vers des cimes de plaisir qu'elle n'avait jamais imaginées. Elle sentait la chaleur de sa paume suivre un chemin descendant sur son ventre, et plus bas, déclenchant une succession de vagues brûlantes en elle. Soudain, elle s'entendit crier son nom.

Tremblant encore de tous ses membres sous l'effet de ce tsunami de sensations qui l'avait anéantie, laissant son cœur et son âme totalement à nu, Mollie éprouva un instant de panique lorsque Zeke s'écarta d'elle. Mais il avait seulement pris le temps de les protéger et, presque aussitôt, son corps était de retour au-dessus du sien. Il dissipa instantanément tous ses doutes dans la chaleur et la passion d'un nouveau baiser.

À présent, Mollie brûlait d'un désir presque désespéré, et elle explora avec délices la musculature ferme des épaules de Zeke, tandis qu'il traçait un chemin de baisers allant de sa gorge à ses seins, puis descendant jusqu'à son ventre, faisant flamber son désir à de nouvelles hauteurs. Elle fit de son mieux pour se convaincre que cela lui suffisait, même si elle se raidit un peu malgré elle au moment où il s'installa entre ses jambes.

Elle retint sa respiration à l'instant de la pénétration, mais ce fut Zeke qui se figea en découvrant l'un de ses secrets, une expression stupéfaite sur son beau visage.

— N'arrête pas, Zeke ! supplia-t-elle, crispant ses mains sur ses hanches étroites. S'il te plaît !

— Arrêter ? se récria-t-il d'une voix rauque. Nous venons à peine de commencer.

Il la contempla un instant, et le mélange de tendresse et de passion qu'elle lut dans ses yeux, juste avant qu'il n'entre en elle, alluma un incendie de désir qui l'embrasa bientôt tout entière.

Mollie aurait presque pu croire que c'était de l'amour.

Presque.

- 13 -

À son grand étonnement, Mollie se réveilla seule dans le lit de Zeke, le lendemain matin. Le rayon de soleil s'infiltrant entre les rideaux éclairait l'espace vide, près d'elle. Si elle n'avait pas été nue, et si certaines parties de son corps n'avaient pas été légèrement endolories, elle aurait pu penser qu'elle n'avait fait que rêver de cette nuit qui venait de s'écouler.

Une nuit merveilleuse, stupéfiante. Elle n'avait pas seulement donné son corps à Zeke. Elle lui avait également donné son cœur. Pour toujours. De son côté, Zeke s'était montré si tendre, tellement passionné…

C'était la toute première fois pour elle et, au moment où il l'avait pénétrée, elle était sûre d'avoir lu davantage que du simple désir au fond de ses yeux. Mais… ne lui était-il pas déjà arrivé de se tromper, par le passé ?

Serrant le drap contre sa poitrine, elle se redressa en position assise dans le lit et parcourut la chambre du regard. Ses vêtements, qu'elle avait laissés la veille sur le sol, étaient à présent impeccablement pliés sur la commode, comme si Zeke avait tenté d'effacer toute trace de ce qui s'était passé dans cette chambre.

Elle se glissa hors du lit, les jambes un peu tremblantes. N'exagérait-elle pas la signification de cette place vide dans le lit ? Tout au fond d'elle-même, elle en doutait.

Elle traîna dans la salle de bains pour gagner du temps, de plus en plus persuadée qu'elle s'apprêtait à avoir le cœur brisé. Lorsqu'elle se rhabilla, ses mains tremblaient.

Elle sortit dans le couloir, s'efforçant de refouler le souvenir de Zeke l'emportant dans ses bras jusque dans la chambre, et se dirigea tout droit vers la cuisine où, dans son optimisme un peu naïf, elle espérait le retrouver, sifflotant un petit air tout en leur préparant un petit déjeuner à partager au lit.

La pièce inondée de soleil était déserte. Le luxueux percolateur à café éteint. La sonnerie familière de son téléphone vint briser le silence, la faisant sursauter. Son sac était toujours sur l'îlot central de granit, là où Zeke l'avait posé la veille, et elle sortit l'appareil. Elle ne reconnaissait pas le numéro affiché sur l'écran mais elle décrocha tout de même.

— Pourrais-je parler à Mollie McFadden ? dit une voix féminine, sur un arrière-fond sonore d'aboiements de chiens.

Supposant qu'il s'agissait d'un appel de travail, Mollie fit un effort pour se ressaisir.

— C'est elle-même, répondit-elle.

— Je suis Selena Martinez, de la fourrière d'Asheville. Je crois que nous avons l'un de vos chiens chez nous.

— Non, répondit Mollie, la gorge serrée. C'est impossible !

— Tous vos chiens sont-ils avec vous ?

— Euh… Non, mais…

Elle les avait nourris et laissés enfermés dans la maison en partant chez Zeke le soir précédent. Arti n'était pas contre une petite escapade occasionnelle si on lui en laissait l'opportunité, mais elle ne savait pas déverrouiller les portes.

— Je ne vois pas comment ils auraient pu sortir de la maison, ajouta-t-elle. Êtes-vous sûre qu'il s'agit de l'un de mes chiens ?

— Elle est enregistrée à votre nom, observa son interlocutrice. Une adorable chienne labrador.

— Charlie ?

Le soulagement qu'elle aurait pu éprouver en apprenant que ses chiens n'étaient pas concernés fut aussitôt balayé par une inquiétude plus grande. Pour Charlie… et pour Bobby.

— J'ai accueilli Charlie chez moi durant quelques semaines en attendant que le refuge Furever Paws lui trouve un adoptant permanent, ce qui s'est produit récemment.

La scène de la première rencontre entre Bobby et Charlie resurgit dans sa mémoire. Elle avait vu se créer un lien immédiat entre l'ancien soldat et la douce chienne, et il lui était impossible d'imaginer Bobby l'abandonnant. Avec les allées et venues d'une famille active, une porte pouvait avoir été laissée ouverte, et la plupart des chiens auraient saisi l'occasion de courir en liberté. Mais Charlie…

— Savez-vous où on l'a retrouvée ?

La femme cita une petite route isolée à deux heures de la ville, et Mollie cessa de respirer. Il était impossible que la chienne soit allée aussi loin. Il lui aurait fallu courir durant des heures et, si c'était le cas, pourquoi…

— Mollie !

C'était la voix de Zeke, qui venait d'entrer par la porte de derrière. Mollie rassura précipitamment la femme, promettant de venir chercher Charlie dans les plus brefs délais, puis elle raccrocha.

Avant qu'elle n'ait eu le temps de se donner une contenance, Zeke apparut dans la cuisine. Il était vêtu d'un T-shirt gris délavé et d'un short de sport noir, alors Mollie s'efforça de croire qu'il était simplement sorti faire son jogging matinal et avait eu l'intention d'être de retour avant son réveil. Mais son expression un peu hagarde et les cernes sous ses yeux racontaient une tout autre histoire.

Les secondes semblèrent s'étirer à l'infini dans un silence électrique. Enfin, Zeke désigna le téléphone dans sa main.

— Je viens de recevoir un appel d'Amy, lui dit-il. Lorsqu'elle s'est réveillée ce matin, Bobby était parti. Il aurait dû être de retour depuis des heures déjà, et elle commence à s'inquiéter.

À présent, Mollie était inquiète, elle aussi. Au lieu de rassurer Zeke, elle lui fit part de l'appel qu'elle venait de recevoir.

— Je m'apprêtais à partir pour récupérer Charlie au refuge d'Asheville et la ramener chez elle, expliqua-t-elle.

Elle doutait fort que ramener Charlie à la maison suffise à rassurer Amy ou les enfants alors que Bobby manquait toujours à l'appel, mais c'était tout ce qu'elle pouvait faire pour le moment.

— Je viens avec toi.

Mollie hésita, craignant un tête-à-tête tendu dans la voiture. Pourtant, à cet instant, ils avaient des soucis autrement sérieux que ses sentiments froissés. Elle acquiesça donc et quitta la cuisine, Zeke sur les talons.

Elle marqua un arrêt en passant devant la salle à manger, avec son explosion de décorations. Les ballons en forme de cœur contenaient encore assez d'hélium pour flotter au bout de leur ficelle, mais elle avait la sensation que tout l'air s'était retiré de ses poumons. La tête lui tournait un peu.

Zeke, qui avait failli entrer en collision avec elle lorsqu'elle s'était arrêtée, la saisit par les épaules.

— Mollie…

Elle sentait son torse presser contre son dos à chacune de ses respirations, et ce murmure rauque lui rappelait trop la voix caressante qui lui chuchotait des mots tendres à l'oreille, la nuit passée. Mais, alors que cette voix avait été vibrante de passion, elle n'y entendait à présent plus que l'écho discordant des regrets. Tremblant à l'idée qu'il lui dise qu'elle n'avait fait que rêver, que la nuit qu'elle avait attendue durant si longtemps avait été une erreur, elle s'écarta vivement de lui.

— Amy sait-elle où Bobby aurait bien pu aller ?

— Non. D'après elle, il n'a laissé aucun mot. Il a l'habitude de se promener avec Charlie chaque matin mais, aujourd'hui, son pick-up n'était plus là.

— Et Charlie a atterri au refuge du comté voisin.

Quelques minutes plus tard, alors qu'ils roulaient en direction d'Asheville dans le SUV de Mollie, Zeke appela Matt. D'après des bribes de leur conversation, elle devina qu'Amy avait déjà appelé l'autre homme.

— La police a retrouvé le pick-up de Bobby, lui apprit Zeke lorsqu'elle tourna brièvement la tête vers lui.

— La police ? s'étonna-t-elle. Mais Bobby n'est parti que depuis quelques heures !

— Il est trop tôt pour lancer des recherches officielles, convint Zeke, mais Matt a quelques amis au bureau du shérif et il leur a demandé d'ouvrir l'œil. C'est un garde forestier qui a signalé son véhicule, qui était garé à Sutter's Point.

Les mains de Mollie se crispèrent sur le volant. Elle connaissait bien cette réserve naturelle. Chaque année, des randonneurs se perdaient dans la vaste forêt. À l'idée que Bobby s'y était peut-être rendu pour ne jamais être retrouvé, elle sentit son cœur se serrer.

— Cette réserve est immense, observa Zeke comme si la même pensée venait de lui traverser l'esprit.

— Oui. Mais, maintenant, au moins, nous savons où commencer à chercher.

— Si Bobby a réellement des problèmes, comment pourrons-nous le retrouver dans cette immensité ?

— Pour toi ou pour moi, ce serait impossible,

reconnut-elle, affichant une confiance qu'elle était loin de ressentir. Mais je connais quelqu'un qui le peut.

— Cherche !

Mollie avait lancé cet ordre deux heures plus tôt et, depuis, Zeke et elle trottaient toujours derrière Arti, qui cherchait sa piste, sa truffe à ras du sol, reniflant chaque caillou, chaque brindille et chaque feuille le long du sentier qui s'enfonçait dans l'immense forêt.

À chaque seconde qui passait, l'espoir de Zeke de retrouver Bobby s'amenuisait. Même si les frondaisons des grands arbres filtraient une partie du soleil, il faisait très chaud dans cette forêt, et il sentait la sueur ruisseler sur son front et sur ses joues. Même la queue-de-cheval de Mollie avait perdu sa joyeuse élasticité habituelle et pendait, tout humide, sur le côté de son cou.

Il nota la marque un peu rouge sur sa peau d'ivoire. Une marque que sa bouche y avait laissée à peine quelques heures plus tôt, lorsqu'ils faisaient l'amour.

Il avait été le premier.

Il ne l'avait pas du tout anticipé, pas plus que la soudaine crise de conscience qui l'avait ensuite assailli et qui l'avait finalement poussé à quitter son propre lit.

Il savait que Mollie était plutôt timide et qu'elle ne sortait pas souvent, mais il n'avait jamais imaginé un instant qu'elle puisse être encore vierge. Cependant, le choc de cette découverte n'avait pas suffi à l'arrêter. Ni cette fois-là, ni plus tard dans la nuit, lorsqu'ils avaient de nouveau fait l'amour.

Il ignorait quelle heure il pouvait bien être lorsqu'il avait quitté la douce chaleur du corps de Mollie. Il avait seulement eu l'intention de boire un verre d'eau dans la cuisine mais, sans trop savoir comment, il s'était retrouvé assis sur les marches du patio, à regarder le soleil se lever lentement au-dessus de l'horizon rougeoyant.

Il n'avait pas choisi ce lieu par hasard, et ce choix ne faisait rien pour soulager sa culpabilité. Patrick et lui s'étaient assis exactement au même endroit lors de sa dernière permission. Ce jour-là, pour la dernière fois, il avait essayé de convaincre son ami de lui parler de ce qui le tracassait, de ces ombres qu'il voyait au fond de ses yeux, de cette distance qu'il sentait entre eux, même lorsque Patrick se trouvait juste à côté de lui.

— *Ne t'inquiète pas pour moi, mec.*

— *Tu es mon meilleur ami, Patrick. Je veux que tu prennes soin de toi, là-bas.*

— *Penser d'abord à moi, c'est ma spécialité,* avait répondu son ami avec un rire sans joie. *Veux-tu réellement faire quelque chose pour moi ? Alors veille bien sur Mollie…*

Si Patrick savait ce qu'il avait fait…

Refoulant cette pensée déprimante, il continua à avancer. Le moment était mal choisi pour songer à tout cela. Il ne pourrait pas supporter davantage de culpabilité. Il avait atteint ses limites.

Mollie et lui s'étaient à peine dit deux mots depuis qu'ils étaient passés au garage de Matt pour se procurer l'un des T-shirts de Bobby que la chienne pourrait flairer. Matt avait proposé de participer aux recherches, mais Zeke lui avait suggéré de plutôt se rendre chez les Doyle. Mollie avait également appelé les sœurs Whitaker, qui avaient aussitôt offert d'aller chercher Charlie à Asheville elles-mêmes et de la ramener pour qu'elle tienne compagnie à Amy en attendant qu'ils aient des nouvelles de Bobby.

Personne n'avait évoqué la possibilité que ces nouvelles puissent être mauvaises.

Arti fit demi-tour pour retourner vers un talus qu'elle venait de flairer durant plus de cinq minutes. Refoulant son sentiment de frustration, Zeke essuya la transpiration sur son front d'un revers de main. Ne perdaient-ils pas leur temps ?

Bien sûr, il avait vu de ses yeux ce que la chienne pouvait faire. Mais retrouver Mollie – la personne qu'elle connaissait le mieux au monde – à deux pas de sa propriété ne signifiait pas qu'elle puisse retrouver un inconnu disparu dans des centaines d'hectares d'épaisse forêt.

Il allait lui en faire la remarque lorsque Mollie s'agenouilla près de sa chienne pour lui faire flairer le T-shirt une nouvelle fois.

— Cherche, Arti ! murmura-t-elle, visiblement au bord des larmes. Tu peux le faire, ma belle. Je sais que tu le peux.

Arti tourna la tête pour lécher le visage de sa maîtresse comme si elle désirait la consoler. Zeke fronça les sourcils. C'était *à lui* qu'il appartenait de consoler Mollie.

Mais lorsqu'il se pencha pour l'aider à se relever, elle s'écarta brusquement, le fusillant du regard.

— Non ! gronda-t-elle. Il n'est pas question de faire demi-tour. Nous ne renoncerons pas.

— Il ne s'agit pas de renoncer, Mollie, répondit-il d'une voix douce. Mais nous ne savons même pas si nous suivons la bonne piste.

— *Arti* le sait, insista-t-elle. Et…

Sa voix se fêla et, pendant quelques secondes, Zeke crut qu'elle allait se mettre à sangloter. Puis elle ajouta :

— J'ai vu Amy, hier. Elle m'a serrée dans ses bras et m'a remerciée d'avoir aidé Bobby. Je ne peux pas renoncer, Zeke ! C'est impossible !

— D'accord, Mollie, capitula-t-il, lui tendant la bouteille d'eau qu'il venait de sortir de son sac à dos. Nous allons continuer. Mais, pour cela, tu dois te réhydrater un peu.

Elle parut sur le point de refuser, puis elle prit la bouteille et but à longs traits. Lorsqu'elle eut terminé, Zeke but à son tour et versa le reste de la bouteille dans un bol en plastique pour Arti, qui lapa bruyamment jusqu'à la dernière goutte.

Lorsque la chienne eut terminé, Mollie lui fit flairer le T-shirt une nouvelle fois et ils reprirent leur progression.

— Je croyais vraiment que Charlie avait réussi à aider Bobby, remarqua Mollie. Amy m'a dit hier qu'il avait beaucoup changé…

— Écoute-moi, Mollie, coupa Zeke en saisissant son bras. Ce n'est pas ta faute. Tu as fait un travail merveilleux avec Charlie. Moi aussi, j'ai voulu penser que cela suffirait. C'est mon métier d'aider les gens, mais je n'ai pas réussi à aider Bobby.

Le terrible sentiment de culpabilité qui ne le quittait jamais resurgit à nouveau avec force, menaçant de l'engloutir, et il ajouta d'un ton douloureux :

— Tout comme je n'ai pas réussi à aider Patrick.

Mollie se figea, glacée par ces paroles.

— Que veux-tu dire ?

— Lorsqu'il est rentré au pays pour la dernière fois, j'ai senti que quelque chose le torturait, mais je n'ai pas pu le convaincre de m'en parler. Si j'avais…

Il avait été trop obnubilé par ses propres problèmes pour comprendre combien son ami – *son meilleur ami* – souffrait.

— Non, Zeke ! l'interrompit-elle. Ce n'était pas ta faute !

La voix de Mollie s'était faite suppliante et ses yeux immenses dans son visage très pâle l'imploraient de nier la vérité. L'horrible vérité qu'il portait en lui depuis la mort de Patrick et qu'il ne pouvait plus lui dissimuler, même s'il savait qu'elle ne lui pardonnerait jamais.

Il ne méritait pas le pardon de Mollie. Il ne méritait pas Mollie.

— Je l'ai laissé repartir alors que je savais qu'un problème – un problème très grave – le rongeait. Je l'ai laissé repartir, Mollie, et c'est à cause de moi qu'il est mort.

- 14 -

— Zeke ! gémit-elle. Tu ne dois pas penser cela ! Non !

Ses épaules s'affaissèrent et il fixa les frondaisons des grands arbres au-dessus d'eux. Puis, un long frisson le secoua tout entier, et Mollie sentit son cœur se serrer. Elle n'avait pas vu Zeke aussi bouleversé, aussi vulnérable depuis…

Depuis la mort de Patrick.

Depuis deux ans, il portait le fardeau de ce chagrin et de cette culpabilité qui menaçait à présent de le briser. Et c'était à cause d'elle, à cause du secret qu'elle lui avait caché.

Tu ne cherchais pas à protéger Zeke. Tu te protégeais toi-même…

Mollie eut l'impression que l'accusation de Lilah résonnait dans toute la forêt. Elle ne pouvait plus se taire.

Elle s'était protégée elle-même. Elle avait protégé l'amitié qui lui était si précieuse depuis plus de dix ans. *Patrick, Zeke et Mollie.* Ils avaient toujours formé un trio, et la présence de Lilah avait déjà changé les choses entre eux avant la dernière permission de Patrick. Mollie avait été terrifiée de faire quoi que ce soit qui risque de compromettre la petite place qu'elle occupait dans la vie de Zeke.

Elle avait encore peur, d'ailleurs. N'était-ce pas pour cette raison qu'elle s'était contentée de leur amitié durant tant d'années, au lieu de lui avouer ses véritables sentiments ? Qu'elle avait accepté le peu qu'il lui offrait plutôt que de prendre le risque de demander davantage ? Elle s'était satisfaite de le suivre partout comme son ombre…

Mais, en essayant de se protéger, elle avait blessé Zeke d'une manière qu'elle ne parvenait même pas à imaginer.

— Ce qui est arrivé à Patrick n'était pas ta faute ! s'écria-t-elle. Rien de tout cela n'est ta faute !

— Je sais ce que j'ai vu dans le regard de Patrick ce fameux jour, insista-t-il d'un air sombre. Peut-être ne l'as-tu pas remarqué, mais il était… bouleversé, Mollie. Patrick ne voulait pas que tes parents ou toi soyez tourmentés par les choses qu'il avait vues… Les choses qu'il avait faites…

Il était vrai que Mollie ne savait pas grand-chose de la vie de soldat de son frère. Il avait toujours essayé de la protéger, exactement comme elle avait essayé de le protéger, lui… et aussi Zeke. Avec les meilleures intentions du monde, chacun d'eux avait gardé ses secrets, avec des résultats catastrophiques.

— Je désirais l'aider, murmura Zeke. J'ai essayé, mais… j'ai échoué. Si ce qui le torturait l'a rendu inattentif à sa sécurité, s'il a pris des risques inutiles à cause de cela…

— Patrick était ton meilleur ami, l'interrompit Mollie, posant doucement la main sur son torse, mais il était aussi mon frère. Je sais à quel point il pouvait se montrer imprudent, quelquefois. Et je pense qu'il risquait probablement sa vie tous les jours, parce que c'était ce que l'armée attendait de lui. Mais il avait bien l'intention de rester en vie et de rentrer au pays. À ton avis, qui m'a suggéré d'entraîner ma chienne à suivre une piste ?

Elle désigna Arti, qui tirait sur sa laisse, avant d'ajouter :

— Patrick avait été très impressionné par les chiens que l'armée utilisait, et il avait l'intention de s'associer avec moi. Nous allions créer ensemble une société spécialisée dans l'entraînement de chiens de sauvetage et d'assistance. C'était cela, l'avenir qu'il envisageait. Il m'en a encore parlé le dernier jour, juste avant son départ.

Zeke demeura silencieux un instant, comme s'il s'efforçait d'assimiler le sens de ses paroles, avant de murmurer :

— Patrick ne m'en avait jamais rien dit.

— Il ne te disait pas tout, observa Mollie en soupirant.

Cela incluait le secret qu'elle gardait encore en elle.

Dis-lui la vérité…

— Zeke, la dernière fois que Patrick est rentré…

Mollie n'eut pas le temps d'en dire davantage. Le vent venait de tourner et Arti poussa soudain une sorte de hurlement qui les fit sursauter. La chienne s'élança, tirant violemment sur sa laisse et l'entraînant derrière elle. Mollie n'eut d'autre choix que de la suivre en courant sur les cailloux du sentier.

Zeke la rattrapa en quelques foulées.

— Penses-tu que…

— Je ne sais pas, coupa-t-elle, priant pour qu'Arti ait retrouvé la piste de Bobby et que celui-ci ne soit pas blessé.

Si Bobby ne s'en sortait pas en vie, Zeke ne se le pardonnerait jamais… Comme il ne s'était jamais pardonné la mort de Patrick.

Et tout cela, par sa faute à *elle*.

Un peu plus loin, le sentier s'incurvait vers la gauche mais, au lieu de le suivre, Arti plongea sans hésiter à travers les buissons sur leur droite, où elle disparut.

— Mollie…

Elle entendait le doute dans la voix de Zeke, mais elle refusait de renoncer, d'abandonner Bobby. Elle avait confiance en Arti. Sa chienne allait retrouver l'ancien soldat, et il serait indemne. Il fallait qu'il le soit.

— Je crois vraiment qu'elle a flairé une piste, Zeke.

Elle se glissa à son tour sous les branches basses, ignorant les griffures sur sa peau, suivant la chienne qui tirait de toutes ses forces sur sa laisse. Elle entendait Zeke courir derrière elle, pourtant elle ne l'attendit pas. Il y allait de la vie de Bobby. En outre, si elle s'arrêtait, elle devrait tout lui dire.

La pente était devenue abrupte et elle faillit trébucher lorsque Arti changea de direction. L'animal bondit par-dessus le tronc d'un arbre mort, et elle la suivit jusqu'au fond du ravin.

Tout à coup, Arti s'assit sur son séant et Mollie craignit que la chienne n'ait perdu la piste. Puis, la bête aux longues oreilles leva sa tête vers le ciel et poussa un hurlement plaintif.

Mollie frissonna de la tête aux pieds. Arti était un chien de meute et elle demeurait rarement silencieuse. Elle aboyait lorsqu'elle voyait des écureuils, des oiseaux et le facteur en uniforme. Elle aboyait également à l'heure des repas et dès que Mollie prononçait le mot *promenade*. Mais Mollie connaissait toutes ses manières d'aboyer, et ce hurlement signifiait qu'elle avait trouvé des traces fraîches.

Tout d'abord, Mollie ne vit que l'infinie palette de verts et de bruns des broussailles au fond du ravin puis, soudain, une tache noire attira son regard. Des semelles de caoutchouc. Des bottes de cuir. Le pantalon de camouflage se confondait avec le sol de la forêt, mais Mollie distingua la silhouette d'un homme gisant sur le sol.

— Zeke ! s'exclama-t-elle, agrippant son bras alors qu'il s'arrêtait près d'elle dans une glissade. Il est là !

Folle d'inquiétude, priant pour qu'il ne soit pas trop

tard, elle observa Zeke qui s'agenouillait près de l'homme inconscient pour l'examiner.

— Il respire et son pouls est régulier annonça-t-il, visiblement soulagé. Il a une vilaine contusion au front, probablement causée par sa chute.

Au même instant, Bobby poussa un gémissement et Mollie songea que c'était la plus belle musique qu'elle ait jamais entendue, à égalité avec le cri de victoire d'Arti. S'agenouillant près de sa chienne, elle caressa ses longues oreilles soyeuses.

— Tu es une brave fille, Arti, murmura-t-elle, tirant de sa poche le petit sac de bouchées de foie séché dont la chienne raffolait. Voici ta récompense pour un travail bien fait.

— Doucement ! disait Zeke en s'adressant au blessé. Vous avez fait une mauvaise chute. Nous devons nous assurer que vous n'avez aucune fracture avant que vous n'essayiez de bouger. Avez-vous mal quelque part ?

— Ma tête me fait affreusement souffrir, répondit Bobby d'une voix faible. Et je crois que je me suis foulé la cheville.

Zeke le releva en position assise. L'ecchymose violacée que Bobby portait au front contrastait avec son visage d'une extrême pâleur. Et, lorsque Zeke releva la jambe de son pantalon, il nota la jambe enflée au-dessus du bord de la chaussure.

— C'est une grosse entorse, peut-être même une fracture. Vous souvenez-vous de ce qui s'est passé ?

— J'étais avec Charlie et…

Bobby s'arrêta net et, malgré son entorse et le coup qu'il avait reçu à la tête, il s'efforça frénétiquement de se lever.

— Je dois la retrouver ! s'écria-t-il.

— Elle va bien, le rassura Zeke, le maintenant fermement assis, une main sur son épaule. Elle a été retrouvée et elle est en sécurité dans un refuge à Asheville.

— Quand nous étions en route pour venir ici, j'ai appelé les sœurs Whitaker, intervint Mollie. Elles ont promis d'aller chercher Charlie et de la ramener là où est sa vraie place. Chez vous.

— C'est… très bien, répondit Bobby d'une voix faible. Si quelque chose lui arrivait…

— Elle se porte comme un charme, insista Zeke. Vous alliez nous raconter comment vous êtes tombé, non ?

— Je n'étais plus venu dans ces bois depuis des années, dit Bobby en grimaçant, mais autrefois j'aimais bien me promener ici à l'aube, lorsque tout est paisible. Ce matin, j'ai eu envie d'assister au lever du soleil, n'est-ce pas idiot ? Cependant la forêt était beaucoup plus sombre que dans mon souvenir. J'ai glissé sur des cailloux au bord du sentier et, avant de comprendre ce qui m'arrivait, j'ai roulé jusqu'au fond de ce ravin. Ensuite, tout est devenu noir.

Il marqua une pause, avant d'ajouter d'un air embarrassé :

— Je sais qu'il était stupide de ma part de ne pas avoir laissé un petit mot à Amy pour lui dire où j'allais. Elle doit s'attendre au pire.

— Elle est inquiète, c'est vrai, déclara Zeke. Mais elle sera d'autant plus heureuse de constater que vous allez bien.

— C'est vrai, vous savez, répondit l'ancien soldat. C'est pour cela que j'ai eu envie de venir ici voir le lever du soleil. C'était comme si ma vie avait pris un nouveau départ.

— Je suis sûr qu'Amy sera ravie de l'entendre, affirma Mollie en souriant. Je vais l'appeler pour la rassurer et, par la même occasion, je demanderai qu'on nous envoie une ambulance.

— Dès que tu seras sortie de la réserve, tu auras un meilleur réseau, observa Zeke en lui tendant une seconde bouteille d'eau. Prends Arti avec toi pour être sûre de ne pas te perdre.

Malgré les protestations de Bobby, qui clamait qu'il pouvait regagner le chemin sans aucune aide, elle se mit en route. Elle savait que son cœur trouverait toujours Zeke, où qu'il soit. Néanmoins, dès qu'elle lui aurait dit la vérité, c'est elle qui souffrirait le plus. Elle savait qu'elle allait perdre son amitié. Elle allait perdre Zeke. Elle allait… tout perdre.

Vingt minutes plus tard, Zeke remontait la pente du ravin avec les urgentistes et le blessé. Il leur avait décrit l'accident et leur avait fait part de ses premières constatations. La jambe de Bobby avait été stabilisée dans une attelle gonflable et le blessé sanglé d'office sur une civière – sans tenir compte de ses protestations. Zeke se sentait responsable de Bobby. Il se sentait responsable *de tout*.

Ce qui est arrivé à Patrick n'était pas ta faute.

Il avait été certain que, lorsque Mollie connaîtrait la vérité, elle le détesterait d'avoir failli à son devoir envers son frère. Et, au lieu de cela, qu'avait-elle fait ? Elle lui avait non seulement pardonné, mais assuré qu'il n'y avait même rien à pardonner.

Zeke ferma les yeux un instant, songeant à l'avenir dont son ami avait rêvé. Mollie et Patrick travaillant ensemble, développant leur affaire, formant d'autres chiens comme Arti, aidant d'autres gens comme Bobby…

Mollie avait-elle raison ? Était-ce seulement un cruel coup du sort – sur lequel ni Patrick ni lui n'avaient aucun contrôle – qui avait privé Patrick de ce futur ?

— Zeke…

Il rouvrit les yeux et découvrit Mollie plantée devant lui. Une traînée de terre maculait sa joue et l'encolure de son T-shirt était trempé de transpiration mais, de toute sa vie, il n'avait jamais vu une femme plus belle, plus désirable. Puis il remarqua les larmes qui brillaient dans ses yeux bleu-vert.

— Je suis désolée, murmura-t-elle. Durant tout ce temps, tu as porté un tel fardeau de culpabilité ! Si j'avais su…

— J'avais peur de te le dire, Mollie. Peur de reconnaître que j'avais négligé des signaux d'alerte qui auraient pu sauver la vie de Patrick. Lors de son retour à la maison, pour la dernière fois, j'étais certain qu'un souci le rongeait…

Zeke avait besoin de se délester de ce poids écrasant qu'il portait depuis si longtemps, cependant il en était incapable. Trop de questions demeuraient encore en suspens.

— Il n'était plus lui-même, Mollie. Si ce n'étaient pas des symptômes de dépression, qu'est-ce que cela pouvait être ? Je le sentais distant, renfermé. Il était mon meilleur ami et…

— Il était l'amant de Lilah !

L'exclamation de Mollie retentit comme un gigantesque coup de tonnerre dans un ciel bleu. Titubant sous le choc, Zeke recula d'un pas.

— Quoi ? balbutia-t-il.

Mollie aurait visiblement tout donné pour pouvoir revenir en arrière, et elle plaqua ses mains sur sa bouche. Mais la vérité était évidente dans son regard noyé de chagrin.

— Je suis tellement désolée, Zeke…

— Patrick… et Lilah ? Non, fit Zeke en secouant la tête.

Pourtant, tout au fond de lui, il savait que Mollie aurait été incapable de lui mentir. Cependant, que dire de ces deux années de silence ? N'était-ce pas une trahison ? Et pourquoi faisait-elle plus mal que celle de sa fiancée, ou celle de son meilleur ami ?

— C'est la vérité, Zeke, répéta Mollie d'une voix atone, comme le jour où elle s'était présentée à sa porte pour lui annoncer que Patrick ne reviendrait plus. Cela s'est passé le premier week-end où Patrick est rentré en permission. À la soirée que mes parents avaient organisée pour fêter son retour.

Le souvenir de cette fête resurgit dans sa mémoire presque malgré lui. Il était très excité de revoir Patrick et Mollie. Ils avaient toujours été très proches, tous les trois, mais, depuis ses fiançailles, quelques mois plus tôt, il avait senti que Mollie se détachait de lui. Il avait pensé que le retour de Patrick serait une parfaite occasion pour eux trois de se retrouver. Mais, juste avant cette fameuse soirée, Lilah et lui s'étaient disputés. Bien sûr, cela n'avait rien d'inhabituel. Plus le grand jour approchait, plus leurs disputes étaient fréquentes. Il se souvenait que Lilah avait refusé de se rendre à la soirée des McFadden. Il avait attribué cette chamaillerie – comme toutes les autres – à l'angoisse que lui causait ce mariage imminent.

— Si cela peut être une consolation, poursuivit Mollie de cette même voix morne, Patrick m'a affirmé que Lilah était la seule femme qu'il ait jamais aimée. Elle avait rompu avec lui lorsqu'il s'était engagé dans l'armée au lieu de la suivre à Chapel Hill. Patrick ne s'en est jamais remis.

— Une consolation ? répéta Zeke d'un ton incrédule. Comment diable cela pourrait-il me consoler ?

Il était alors sur le point d'épouser la femme qui l'avait trompé avec son meilleur ami ! Il frissonnait à cette idée. Et si Lilah n'avait pas rompu avec lui ? Mollie aurait-elle continué à se taire ? L'aurait-elle laissé promettre amour et fidélité à une femme qui l'avait trahi, avec Patrick à ses côtés dans le rôle du garçon d'honneur ?

Une vague d'humiliation déferla en lui et sa bouche

s'emplit d'un goût de bile. Comment avait-il pu se montrer aussi stupide ? Son meilleur ami avait été amoureux de sa fiancée, et lui… il ne s'était rendu compte de rien ! Comment pouvait-on être aussi aveugle ?

— Je suis vraiment désolée, Zeke, répéta Mollie d'une voix brisée. Tout le monde désirait voir Patrick en héros incapable de la moindre mauvaise action et moi… j'avais peut-être envie, moi aussi, qu'on garde cette image de lui. Je ne suis pas parfaite. Je suis seulement… moi. Et j'ai commis une erreur en me taisant, même si c'était dans l'unique but de protéger mon frère.

Elle essuya d'un revers de main les larmes qui ruisselaient sur ses joues, avant d'ajouter :

— Et parce que je t'aime.

Immobile devant Zeke, Mollie se sentait totalement nue. Elle n'avait plus de secrets à révéler, plus aucun bouclier derrière lequel se cacher. Toutes ses émotions étaient exposées à un regard qu'elle n'aurait jamais cru voir aussi glacé.

— Zeke, essaie de me comprendre, s'il te plaît…

— Oh ! je comprends tout, répliqua-t-il. Je comprends que tu m'as menti durant deux ans. Et moi, pendant ce temps-là, je me demandais ce que je pouvais bien avoir fait. Pourquoi Lilah m'avait quitté. Et toi qui me disais toujours que je méritais mieux !

— C'est vrai, dit-elle dans un souffle.

— Je méritais qu'on me dise la vérité, Mollie ! Je méritais de l'entendre de ta bouche. Mais toi…

Au même instant, les urgentistes chargèrent la civière dans l'ambulance, lui épargnant d'avoir à entendre tout le mal que Zeke pensait d'elle.

— Je vais accompagner Bobby à l'hôpital, déclara-t-il sans la regarder. Si tu parles avec Amy, dis-lui que je la verrai là-bas.

Les portes de l'ambulance se refermèrent derrière lui avant qu'elle n'ait eu le temps de répondre. Arti laissa échapper un gémissement et tira sur sa laisse : Mollie fut alors tentée de céder à sa supplication et de courir avec elle derrière le véhicule qui s'éloignait.

Au lieu de cela, elle demeura plantée où elle était, la laisse serrée dans sa main.

— Pas aujourd'hui, ma belle, murmura-t-elle.

Le temps où elle suivait Zeke partout comme son ombre était révolu. Il venait de la laisser sur le bord de la route… cette fois-ci pour de bon.

- 15 -

— Je n'arrive toujours pas à le croire ! s'exclama Amanda d'un air stupéfait, en dévisageant Mollie par-dessus le bord de son pot de crème glacée double chocolat.

Son regard se tourna vers Claire, assise en face d'elles à la table de la cuisine, avant d'ajouter :

— Lilah et Patrick ?

— Ce n'est pas sur cette partie-là de l'histoire que j'ai besoin que tu te concentres pour le moment, marmonna Mollie entre deux cuillerées de sa propre crème glacée.

Elle n'avait pas prévu de raconter ses malheurs en s'empiffrant, mais Claire se trouvait avec Matt lorsque Zeke l'avait appelé pour l'informer qu'ils avaient retrouvé Bobby. Claire avait prévenu Amanda, et elles s'étaient présentées ensemble chez Mollie pour fêter les deux héroïnes du jour : Mollie et Arti.

Une drôle d'héroïne, songea Mollie, qui avait la gorge si serrée qu'elle parvenait à peine à avaler la délicieuse crème glacée.

Elle avait failli ne pas ouvrir la porte à ses deux amies, mais celles-ci frappaient avec insistance et Arti aboyait…

Elle essuya une nouvelle fois ses larmes d'un revers de main. Elle n'arrivait pas à s'arrêter de pleurer.

En voyant dans quel état se trouvait leur amie, Amanda et Claire s'étaient immédiatement ruées à l'intérieur. Claire avait préparé du thé tandis qu'Amanda lui passait des mouchoirs en papier, un bras autour de ses épaules. Tremblant comme une feuille, Mollie leur avait raconté toute l'horrible histoire en buvant son thé. Puis, Amanda avait déclaré qu'il leur fallait quelque chose de plus fort.

Assises autour de la table, les trois femmes avaient alors fait un sort à la crème glacée que, par bonheur, Mollie gardait toujours en réserve. À présent que Zeke était parti, ce froid réconfort était tout ce qu'il lui restait.

— Je sais, convint Amanda en soupirant. Mais quelle histoire ! Je savais qu'ils étaient sortis ensemble au lycée, mais j'avais toujours pensé que ce n'était qu'un flirt d'été.

— Pas pour Patrick, observa Mollie. Et, à mon avis, pas pour Lilah non plus. Je la soupçonne de n'avoir jamais oublié leur histoire, durant toutes ces années.

— Tout de même, remarqua Claire, comment as-tu pu garder le silence pendant si longtemps ?

— Je *voulais* en parler à Zeke ! protesta Mollie. En tout cas, au début. J'ai été dévastée lorsqu'il s'est fiancé à Lilah, et j'aurais tout donné pour qu'ils se séparent. Si Lilah l'avait trompé avec un autre homme, j'aurais sûrement mis Zeke au courant. Mais comme il s'agissait de Patrick, je n'ai rien dit. J'avais peur de détruire l'amitié que nous avions, tous les trois. Patrick était mon lien principal avec Zeke. Je ne pouvais pas prendre un tel risque.

Soudain, elle se sentait nauséeuse et elle repoussa son bol, avant de conclure :

— Lilah avait raison. J'ai été égoïste.

— Attends ! intervint Amanda. Primo, je ne peux pas te laisser dire que Lilah avait raison, et ce, quelle qu'ait été la situation. Ensuite, tu es la personne la moins égoïste que je connaisse. Songe au travail que tu fais au refuge. À tout ce que tu as fait pour Bobby.

— C'est vrai, intervint Claire. Matt m'a raconté que Charlie a fait des merveilles pour Bobby. Il m'a également appris que tu étais passée à l'office des anciens combattants pour leur proposer de former d'autres chiens d'assistance pour les handicapés. Ce ne sont pas les actions d'une égoïste.

— Claire dit vrai, assura Amanda. De plus, tu ignorais totalement ce que Zeke ressentait. Si tu avais su qu'il souffrait en silence, *là, oui*, tu te serais montrée égoïste.

Mollie aurait tout donné pour pouvoir croire ses amies, mais elle ne pouvait s'empêcher de se sentir coupable.

— J'aurais dû lui dire la vérité, gémit-elle.

— D'accord. Dans ce cas, jouons au jeu des possibles.

— Que veux-tu dire ?

— Voilà, répondit Amanda en rapprochant sa chaise de la sienne. Tu ne crois pas que ce qui s'est passé durant sa dernière permission – avec Zeke et avec Lilah – ait un rapport quelconque avec la mort de Patrick, n'est-ce pas ?

— Non, convint Mollie. J'ignore ce qui a pu le pousser à se lancer dans une aventure avec Lilah derrière le dos de Zeke, mais Patrick n'était pas dépressif, et certainement pas suicidaire. Mon frère se serait battu jusqu'au bout. Il désirait rentrer à la maison et se construire une vie après l'armée. Nous en avions discuté de nombreuses fois.

— Très bien. Alors, que se serait-il passé si tu avais informé Zeke de cette histoire le soir même ? Que se serait-il passé si Zeke était allé demander des comptes à Patrick et à Lilah ? S'ils avaient eu une énorme dispute et que, dans le feu de l'action, ils s'étaient lancé des mots irréparables au visage ? Que se serait-il passé si Patrick était retourné tout de suite après dans son unité et qu'il avait participé à la même mission ? Que penserait Zeke aujourd'hui si les derniers instants de son ami avaient été marqués par cette souffrance, cette colère, ce sentiment de trahison ?

— Je n'y avais jamais songé en ces termes.

Mais, à y réfléchir, n'était-ce pas pour cette raison qu'elle s'était bien gardée de mettre Zeke au courant de cette liaison par la suite ? Pour ne pas abîmer l'image de son ami mort en héros ?

— J'essayais sincèrement de le protéger, ajouta-t-elle.

— Mais oui, nous le savons ! assura Claire en lui saisissant la main par-dessus la table, aussitôt imitée par Amanda. C'est ce que l'on fait quand on aime quelqu'un.

— Je suis vraiment désolée, Amanda, s'excusa Mollie, les yeux brillants de larmes retenues. Tu as été adorable de m'arranger une sortie avec Josh. Ton frère est un type formidable.

— Mais il n'est pas Zeke, n'est-ce pas ? observa son amie.

— Non, reconnut Mollie d'une voix à peine audible.

Si Mollie avait jamais douté de la réalité et de la profondeur de ses sentiments pour Zeke, tous ses doutes étaient maintenant dissipés. Elle l'aimait.

Rien d'autre n'aurait pu lui causer une telle souffrance.

Assis dans l'un des box au fond de la salle du café, Zeke n'avait qu'une envie : qu'on lui fiche la paix. Il avait même apporté un gros traité de médecine qu'il avait ouvert devant lui, espérant qu'on le laisserait tranquille si on le voyait plongé dans la lecture de cet énorme pavé.

Mais, dans une ville telle que Spring Forest, autant demander la lune.

— Salut, Zeke, comment vas-tu ? lança Matt en se glissant sur le siège de vinyle en face du sien sans y avoir été invité.

— Je suis très occupé, marmonna Zeke sans lever le nez de sa page, même si le texte se brouillait devant ses yeux.

Les mots n'avaient aucun sens.

Plus rien n'avait de sens.

Il ne se serait pas donné la peine de se rendre en ville pour déjeuner si son réfrigérateur n'avait pas été vide.

Et il ne supportait pas l'idée d'entrer dans sa salle à manger encore tout imprégnée de la présence de Mollie. Lorsqu'il passait devant la porte ouverte, il croyait encore voir les décorations multicolores, les ballons, les guirlandes… et Mollie.

Toute la gamme des émotions sur son ravissant visage – le rire et les larmes. Sa voix tremblante prononçant son nom. La douce promesse de ses baisers, la sensation de son corps dans ses bras…

Il ne pouvait plus prendre ses repas dans cette pièce, tout comme il ne pouvait plus dormir dans son lit. La plupart du temps, il campait sur son canapé. Le soir précédent, il était même resté dormir à son cabinet.

— Et moi donc ! répondit Matt d'un ton allègre, ignorant sa rebuffade. Le médecin a conseillé à Bobby de se reposer encore quelques jours et je fais des heures supplémentaires pour le remplacer à l'atelier. Entre mon travail, le temps que je passe avec ma sœur et avec Ellie, les chiots et mon mariage dans moins de six mois, je n'ai plus une minute à moi ! Mais qui aurait pu prédire tout cela, il y a seulement six mois ?

— Tu as raison, répondit Zeke d'une voix creuse.

Il aurait sincèrement souhaité se sentir heureux pour son ami mais, à cet instant précis, ce sentiment lui était totalement étranger. Enfoui depuis trop longtemps dans les ruines de son pauvre cœur.

— C'est formidable, Matt, mais pour le moment je…

— Mais, pour le moment, tu boudes ? suggéra son ami.

Zeke le dévisagea d'un air ébahi. Cependant, avant qu'il n'ait eu le temps de lui faire une réplique appropriée, Matt leva une main pour attirer l'attention de la serveuse.

— Je prendrai deux hamburgers double-cheese avec leur accompagnement, et une portion de frites au chili gratiné.

— Rien pour moi, marmonna Zeke. Je n'ai pas faim.

— Mon ami prendra la même chose que moi, déclara Matt en soupirant. Et apportez-nous deux bières.

— Je ne boude pas, grogna Zeke en refermant brusquement son volumineux ouvrage.

— Ah ? fit Matt. Alors, comment appellerais-tu cela ?

— Je…

Zeke s'interrompit. Sa gorge douloureuse l'empêchait de former ses mots. Il était censé être un spécialiste des émotions humaines, mais il refusait d'affronter les siennes. Les blessures de la trahison et les mensonges que Mollie lui avait révélés étaient encore trop frais dans son esprit.

— Je ne boude pas du tout.

Son ami soupira de nouveau mais l'arrivée de la serveuse, qui apportait leurs bières, offrit à Zeke un répit temporaire.

— Tu sais que Claire et Amanda ont rendu visite à Mollie, l'autre jour ? observa Matt.

— Et alors ? fit Zeke, sa main crispée sur la bouteille glacée.

— Alors… Elle leur a tout dit, concernant ce qui s'est passé. Avec Patrick… et tout.

— Elle leur a tout dit ? répéta Zeke, incrédule.

Il but une gorgée à la bouteille, mais la bière ne fit rien pour dissiper le goût de bile au fond de sa gorge. Après l'avoir laissé dans l'ignorance pendant des années, Mollie courait aussitôt raconter les mêmes secrets à toutes ses amies.

— Oui, convint Matt. Que penses-tu de cela ?

Zeke reposa brutalement sa bouteille sur la table et fusilla son ami du regard.

— Sérieusement ?

— Désolé, s'excusa Matt en riant. Je… n'ai pas pu m'en empêcher.

Il reprit presque aussitôt son sérieux, pour se pencher

vers lui à travers la table, ses grandes mains de travailleur serrées autour de sa bière.

— Écoute, dit-il d'un ton pressant, d'après moi, Mollie cherchait uniquement à te protéger.

En lui dissimulant le fait que sa fiancée et son meilleur ami l'avaient trahi ? Zeke ne se sentait pas du tout protégé. Il avait l'impression d'être le plus grand imbécile du monde.

— Cela n'a pas dû être facile pour Mollie, surtout si l'on sait qu'elle…

— Si l'on sait quoi ? gronda Zeke. Je te préviens, je ne suis pas d'humeur à ce qu'on me fasse des cachotteries, en ce moment.

— Qu'elle est folle de toi, précisa Matt en soupirant.

Je t'aime, Zeke…

Son cœur se serra. C'était une révélation que Zeke aurait préféré que Mollie garde pour elle. Non, ce n'était pas vrai. Il aurait désiré – mais quelle importance ? Rien de tout cela ne pourrait changer la réalité de ce qui s'était passé.

Il n'était pas question de révéler à Matt qu'il avait fait l'amour avec Mollie, ni qu'il avait été son premier amant. Mais cette information avait peut-être été transmise à Claire au cours de leur séance de ragots, et son ami le savait déjà.

— Mollie a énormément souffert en perdant Patrick, rappela Zeke. En ce moment, elle est vulnérable. M'aimer a dû lui paraître… sans danger.

Jusqu'à ce qu'il perde son calme et qu'il explose – ce qui lui arrivait rarement – et jamais avec Mollie. Plutôt que d'affronter le regard de son ami, de l'autre côté de la table, il fixa l'étiquette de sa bouteille de bière.

— Je vois, dit Matt, visiblement peu convaincu. Si j'ai appris une chose avec Claire, c'est que les femmes sont bien plus fortes et bien plus courageuses que n'importe quel type lorsqu'il s'agit d'amour. Mollie ne se sentait pas *vulnérable*, comme tu dis. Elle en a eu assez d'attendre que tu ouvres les yeux et que tu t'aperçoives qu'elle est devenue une vraie femme, et elle a enfin trouvé le courage de te dire ce qu'elle ressent vraiment pour toi. Et ce, depuis des années déjà.

— Qu'est-ce que tu racontes ? s'exclama Zeke, incapable d'assimiler l'idée que sa meilleure amie était amoureuse de lui depuis toujours. Non, tu te trompes ! Si cela avait été le cas, je m'en serais sûrement…

— Je suis quasiment sûr qu'elle connaît ses sentiments mieux que toi. Tu ne lis pas dans ses pensées, mon vieux. Tu es seulement humain comme nous tous.

Zeke s'adossa à son siège un instant, perdu dans ses pensées, avant de murmurer :

— Comment ai-je pu ne pas m'en apercevoir ?

— Alors là…, fit Matt, buvant une gorgée de sa bière.

— Alors là, quoi ? grommela Zeke. Quelle grande leçon pourrais-je tirer de tout cela ?

— Seulement que j'ai enfin tout compris. Nous ne parlons pas d'un cœur brisé, mais d'une blessure d'ego.

— Ce n'est pas vrai, protesta Zeke sans conviction. C'est bien plus que cela. C'est… J'avais confiance en Lilah et en Patrick. Et en Mollie peut-être plus qu'en quiconque. Si j'ai pu rester aussi aveugle à ce qui se passait sous mon nez, entre la femme que j'allais épouser et mon meilleur ami… Qui peut dire que cela ne se reproduira pas à l'avenir ?

— Moi, je peux te l'affirmer, déclara Matt avec un haussement d'épaules dégagé.

— Et comment le saurais-tu ?

— Parce que, cette fois-ci, il s'agit de Mollie. La femme que tu aimes est ta meilleure amie.

Zeke faillit s'étouffer avec sa bière.

— Je ne suis pas… Enfin oui, bien sûr, j'aime Mollie. Mais je ne suis pas *amoureux* d'elle.

Il niait l'évidence, naturellement, alors même qu'un

flot de souvenirs surgissaient dans sa mémoire. La jalousie qui l'avait dévoré lorsque Mollie était sortie avec Josh Sylvester. Son excitation au moment où Arti avait retrouvé Mollie cachée dans le bois près de sa maison. Et, que dire de cet instant de panique lorsqu'il avait cru qu'elle était tombée de son échelle ?

Sans même mentionner leur merveilleuse nuit ensemble.

La vérité le frappa tout à coup comme un coup de massue et il réprima un juron. Il était amoureux de Mollie McFadden.

— Ce n'était pas censé se produire, marmonna-t-il d'une voix faible.

Esquissant un sourire satisfait, Matt fit tinter sa bouteille contre la sienne.

— Tu as eu de la chance que cela te soit arrivé, remarqua-t-il. Mollie est une femme merveilleuse. Une femme qui ferait n'importe quoi pour te protéger. Y compris porter le fardeau d'un secret qui n'était pas le sien.

Cette fois-ci, il s'agit de Mollie.

Lorsque Zeke quitta le café, les paroles de Matt tournaient en boucle dans son esprit, jusqu'à ce qu'il s'aperçoive enfin qu'elles n'étaient pas tout à fait justes.

Cela avait *toujours* été Mollie.

D'autres femmes étaient entrées dans sa vie, pour en ressortir rapidement sans laisser de traces durables dans son cœur. Car sans qu'il en soit conscient, Mollie s'y était déjà taillé une place permanente, et rien ni personne ne pouvait l'en déloger. La marque qu'elle y avait laissée était trop profonde.

Cela rendait encore plus insupportable l'idée qu'elle ait pu lui dissimuler ce secret aussi longtemps.

Il avait eu l'intention de rentrer chez lui mais, sans trop savoir comment, il s'était retrouvé à la sortie de la ville et ne s'était arrêté que devant les grilles de fer forgé du cimetière de Spring Forest, où reposait Patrick.

Il gara sa voiture et traversa la pelouse bien entretenue en direction de la tombe familière. Sans Mollie à ses côtés, il s'était attendu à se sentir seul. Ce ne fut pas le cas. Au lieu de cela, pour la première fois depuis très longtemps, il sentait la présence de Patrick à ses côtés. Son nom et deux dates étaient gravés dans le marbre de la pierre tombale, au-dessus d'une inscription :

FILS CHÉRI, FRÈRE ET AMI, IL DONNA SA VIE POUR SON PAYS.

À l'approche de la Fête nationale, sa tombe, comme bon nombre d'autres sur la colline verdoyante, avait été décorée d'un petit drapeau qui flottait dans la brise de l'après-midi, un hommage à ceux qui avaient servi leur pays jusqu'au sacrifice.

Tout le monde désirait voir Patrick comme un héros.

— Tu pouvais être un vrai salaud, quelquefois, tu sais…

Sa mère lui avait enseigné qu'on réfléchissait d'abord, et qu'on se taisait lorsqu'on n'avait rien d'agréable à dire. Mais, surtout, qu'on ne disait jamais, *jamais*, de mal des morts. Si elle s'était tenue près de lui, à cet instant, il aurait eu droit à un bon savon. Mais ce n'étaient pas les reproches de sa mère qu'il entendait dans le vent qui chuchotait dans les frondaisons des grands chênes. C'était le rire de Patrick.

— Tu trichais aux cartes, poursuivit-il, haussant la voix. Tu étais le joueur le plus vicieux sur le terrain de basket-ball. Tu étais un horrible ivrogne. Et je jure devant Dieu que tu me dois encore les cinquante dollars que je t'avais prêtés lorsque nous étions allés ensemble au festival de Charleston.

Sitôt que ces mots furent lâchés, Zeke respira profondément pour la première fois depuis des mois. Des années, peut-être. Cet accès de sincérité le laissa meurtri, même si chaque mot était vrai et qu'il avait souvent fait ces remarques à son ami en face à face.

Mais la douleur qu'il ressentait à cet instant ne provenait pas des mots qu'il venait de prononcer, mais de ce qu'il n'avait pas dit. Prenant une profonde inspiration, il murmura :

— Pas un jour ne passe sans que tu me manques…

Portées par la même brise qui agitait les petits drapeaux, ses paroles flottèrent à travers le cimetière désert.

— Et je te pardonne.

Plissant les yeux, Mollie balaya du regard le parc des chiens. Même à l'abri de ses lunettes noires à larges montures, ses yeux supportaient mal la lumière trop forte de l'été. Mais, bien sûr, si ses yeux brûlaient, c'était moins à cause de l'éclat du soleil de ce milieu de matinée que parce que, plusieurs jours durant, elle avait pleuré toutes les larmes de son corps.

Elle aurait tout donné pour pouvoir rester dans son lit, la tête sous les couvertures, et oublier le monde extérieur. Malheureusement pour elle, ses chiens rendaient ce luxe impossible. Ils avaient besoin d'elle pour les nourrir, les bichonner et les accompagner dans leur promenade matinale. Et cela signifiait qu'elle avait réussi à se nourrir et à faire un peu d'exercice, elle aussi, même si le cœur n'y était pas.

Sa réserve de crème glacée était épuisée, elle portait ses plus vieux vêtements et elle n'avait accepté de rencontrer un nouveau client que parce que les sœurs Whitaker l'avaient suppliée de le recevoir.

— Un jeune homme très aimable s'est présenté chez nous ce matin pour adopter un de nos chiens, avait expliqué Birdie.

— La femme de sa vie adore les animaux, avait ajouté

Bunny. Et… Comment dire ? Il se sent un peu dépassé. Votre aide lui serait bien utile.

Mollie avait été tentée de refuser. Un client fou amoureux de la femme de sa vie n'était pas le genre de personne à qui elle avait envie de parler en ce moment. Mais son dévouement envers les animaux du refuge passait avant ses peines de cœur. Elle pourrait toujours retourner se vautrer dans son chagrin après avoir offert à cet homme un cours de rattrapage.

Elle n'avait eu aucun contact avec Zeke depuis qu'il était parti dans l'ambulance avec Bobby, et elle commençait à se demander s'il la rappellerait. Mais Spring Forest était une petite ville, et ils se croiseraient sûrement un jour.

L'idée de le revoir, de lire la souffrance et la colère, l'accusation de trahison dans ses yeux noisette, lui donnait envie de partir très loin. Hélas, s'enfuir en Europe n'était pas vraiment envisageable alors que ses chiens, son travail, ses amis, et même ses parents, étaient à Spring Forest.

Elle allait devoir trouver le moyen de continuer à vivre seule. Sans Patrick. Sans Zeke.

Alors qu'elle observait les jeux des chiens dans leur parc, un chiot fauve aux pattes courtes s'écarta de la meute pour courir vers elle et elle reconnut Tucker, le chiweenie qui avait été longtemps pensionnaire du refuge avant que Ryan Carter ne l'adopte pour l'offrir à son fils Dillon.

Le chien bondit pour lui lécher frénétiquement le menton et, malgré les larmes qui lui brouillaient la vue, elle trouva la force de lui sourire en le caressant.

— Salut, mon petit Tucker, murmura-t-elle.

— Tucker, voyons ! lança Ryan en s'approchant. Est-ce une manière de saluer une demoiselle ?

— Il disait seulement bonjour à une vieille amie, dit-elle en grattant le dos du petit animal avant de se redresser pour saluer le fiancé d'Amanda. Amanda et Dillon sont-ils avec toi ?

— Non, répondit Ryan. Dillon passe le week-end chez mes ex-beaux-parents, et Amanda est partie acheter des fruits et des légumes frais au marché. Ce petit gars et moi sommes tout seuls, ce matin.

— C'est une très belle journée pour passer un peu de temps ensemble au parc, reconnut-elle.

— Oui, c'est vrai, et je suis heureux de t'avoir rencontrée. Je comptais justement t'appeler aujourd'hui.

— Ah ? fit-elle, jetant un coup d'œil au petit chien, à présent assis à leurs pieds, sage comme une image. As-tu besoin d'aide avec ce petit bonhomme ?

À une certaine époque, Tucker se méfiait un peu des humains, et il n'était pas facile de l'approcher. Mais Dillon et le petit chien avaient sympathisé dès la première seconde.

— Pas du tout, assura Ryan. Tucker a été merveilleux avec Dillon. À vrai dire, c'est d'Arti que je souhaitais te parler. J'aimerais écrire un article au sujet de vous deux.

— Tu veux m'interviewer ?

— Eh bien, j'adorerais pouvoir interviewer Arti, répondit Ryan en souriant. Mais je crois que mes lecteurs en apprendraient davantage si c'est toi qui me parles.

Il reprit son sérieux, avant d'ajouter :

— Amanda m'a raconté comment vous aviez retrouvé Bobby Doyle, toutes les deux, et je pense que cela ferait un article fabuleux pour le *Chronicle*.

— Vraiment ?

— Nos lecteurs ont suivi avec beaucoup d'intérêt mes articles concernant le refuge, les dégâts qu'y avait causés la tempête et l'élan de solidarité de toute la ville, lors de votre dernière collecte de fonds. Je crois qu'ils seraient très intéressés d'apprendre comment, à partir d'une pensionnaire du refuge, tu as réussi à faire… une super chienne. Tu as sauvé la situation, Mollie.

Mollie ouvrit la bouche pour protester. Après tout, c'était Patrick, le héros de la famille. Elle, elle n'était que la petite Mollie McFadden, la jeune sœur qui trottait derrière lui.

Comme s'il avait lu dans ses pensées, Tucker émit tout à coup un aboiement bref. Tournant son regard vers le petit chien sagement assis à ses pieds, elle songea à l'aide précieuse qu'il avait apportée à Dillon. Elle pensa aussi à Arti, à Charlie et à Hank, le petit chien amputé d'une patte. Tous des chiens abandonnés, rejetés ou ignorés, mais qui avaient fait d'énormes différences dans les vies des humains qui les avaient recueillis.

Il existait toutes sortes de héros, et peut-être était-il temps pour elle de commencer à croire que la petite Mollie McFadden avait sa place parmi eux.

— Oui, je serais ravie de faire cette interview. J'aimerais aussi informer le public d'un nouveau programme de coopération entre le refuge et le groupe de soutien aux vétérans de l'armée.

Son projet était de créer des binômes entre vétérans et chiens du refuge – dans le cadre d'un accueil temporaire ou d'une adoption. Dans certains cas, Mollie travaillerait avec les vétérans à l'éducation d'un chien thérapeutique. Dans d'autres, les chiens deviendraient simplement des compagnons, des amis à quatre pattes affectueux et loyaux.

— C'est une idée formidable, s'exclama Ryan, visiblement intéressé. Voilà un sujet qui mérite l'attention des médias.

Ils convinrent d'une heure pour l'interview, puis Ryan et Tucker s'éloignèrent ensemble.

Mollie aurait aimé qu'ils restent plus longtemps. Il lui était plus facile d'ignorer la souffrance qui lui déchirait le cœur lorsqu'une autre personne lui tenait compagnie. Peut-être prendrait-elle bientôt un autre chien en accueil temporaire. Elle avait déjà appelé les sœurs Whitaker pour leur dire qu'elle avait été une accueillante lamentable pour Chief : autrefois si timide, il s'était habitué à dormir sur son lit la nuit, et même s'il était plus que prêt pour une adoption définitive, c'était *elle* qui n'avait plus envie de le voir partir.

Un aboiement aigu attira son attention, et elle vit un petit labrador noir qui arrivait au galop vers elle, la langue pendante, sur des pattes trop grosses pour son petit corps. Mollie retrouva son sourire lorsque le chien s'arrêta devant elle avec une glissade, pour s'attaquer aussitôt aux lacets de ses baskets. Pouffant de rire, elle se pencha pour caresser sa tête soyeuse.

— Bonjour, mon mignon. Comment t'appelles-tu ?

— Elle s'appelle Minuit.

Mollie se figea en entendant cette voix familière et ses doigts se crispèrent un peu sur le doux pelage. Elle se redressa lentement, gardant ses yeux baissés vers le destructeur de lacets, la gorge serrée. Elle avait su qu'elle croiserait Zeke tôt ou tard, mais elle n'avait jamais imaginé que les premiers mots qu'elle lui adresserait seraient :

— Tu as adopté un chiot ?

— Oui, grogna-t-il. En effet.

— C'est une grande responsabilité.

— C'est ce que je pensais aussi autrefois. Mais j'ai compris tout récemment que je me trompais. Il ne s'agit pas de responsabilité, mais d'amour.

Mollie ne put s'empêcher de le dévisager. Il était plus beau que jamais, et elle sentit son cœur se serrer en reconnaissant le T-shirt bleu de Best Friends, la société qu'elle avait créée, serrant ses larges épaules d'une façon dont elle ne pouvait que rêver. La brise de ce milieu de matinée ébouriffait ses cheveux châtains, et elle dut puiser dans ses réserves de volonté pour ne pas se précipiter dans ses bras.

— C'est toi qui m'as dit que j'avais besoin d'une nouvelle meilleure amie, rappela-t-il. Mais je me demande tout de même si ce chiot minuscule suffira à combler un vide aussi immense.

Derrière ses lunettes de soleil, Mollie sentit que sa vue se brouillait de larmes, et elle répondit d'une voix mal assurée :

— Patrick était…

— Mon ami, coupa-t-il en se rapprochant d'elle, si près qu'elle sentit la fragrance familière de son after-shave. Mais je ne parlais pas de Patrick. Je parlais de toi, Mollie. C'est toi, ma meilleure amie. Tu l'as toujours été. J'étais seulement trop aveugle pour le voir.

Mollie était reconnaissante à Zeke de lui avoir pardonné d'avoir gardé son secret aussi longtemps. Mais son amitié ne lui suffisait plus. Pas depuis qu'elle avait découvert qu'elle était amoureuse de lui. Pas depuis qu'ils avaient enfin fait l'amour ensemble.

De l'autre côté du parc clôturé, un couple observait leur jeune fils, qui poursuivait en courant un chiot jack russell – à moins que ce ne soit le contraire, car ils couraient en cercles. La femme blonde, debout à l'ombre de l'un des grands chênes du parc, encourageait le petit garçon, qui finit par trébucher sur le chiot et atterrir assis dans l'herbe. Les rires de l'enfant et les aboiements aigus du chiot, portés par la brise de l'été, achevèrent d'avoir raison de Mollie.

— Je ne peux plus continuer ainsi, Zeke.

Elle lui avait juré que rien ne viendrait jamais changer leur amitié, mais elle avait menti, là aussi. Elle ne pouvait pas revenir à leur ancienne relation. Pas seulement parce que celle-ci avait changé, mais parce qu'*elle* avait changé.

Elle ne suivrait plus personne comme son ombre.

Désormais, elle tracerait elle-même son chemin et elle avait déjà fait un pas dans la bonne direction avec son idée d'un programme de formation de chiens thérapeutiques pour vétérans. Elle avait également contacté les forces de police locales pour relancer la formation de chiens de sauvetage. Cette fois-ci, elle avançait vraiment.

— Mollie, je t'en prie, murmura Zeke d'une voix vibrante d'émotion. Accorde-moi une autre chance.

Comme si elle avait senti sa souffrance, la petite chienne gémit et se mit debout contre sa jambe, et Zeke se pencha pour la soulever dans ses bras et la serrer contre son large torse, où elle se blottit avec bonheur.

— Tu m'avais dit que tu m'aimais, ajouta-t-il dans un murmure.

Mollie tressaillit, et un nouveau flot de larmes lui monta aux yeux. Allait-il aussi utiliser cela contre elle ? Comme si le simple fait de le voir si près d'elle, serrant cet adorable chiot contre sa large poitrine, n'était pas déjà une torture ?

— Zeke…

— Je t'aime.

Mollie crut que son pauvre cœur allait éclater. Zeke l'aimait. Oui, bien sûr. Comme la petite sœur qu'il n'avait jamais désirée. Comme sa meilleure amie.

— Je ne peux pas…

— Je t'aime, Mollie, insista-t-il. J'aime tout de toi : ton entêtement, ta frustrante obstination, J'aime te voir placer tes chiens au-dessus de tout le reste. J'aime la façon dont tu as protégé la mémoire de Patrick, et j'aime la façon dont tu m'as protégé. Mais, plus que tout, j'aime l'idée de passer le reste de ma vie auprès de ma meilleure amie.

C'était sûrement un rêve. Après tant d'années passées à imaginer que Zeke lui déclarait qu'il l'aimait, elle ne parvenait pas à croire que ce rêve était devenu réalité. Mais, si elle était réellement dans son lit, avec Chief blotti sur les couvertures près d'elle, elle ne voulait surtout pas se réveiller.

— Tu te trompes, murmura-t-elle enfin.

Elle lut la consternation sur son visage, mais cela ne dura qu'une seconde car elle se rapprocha aussitôt pour nouer ses bras autour de sa taille, la petite chienne serrée entre eux.

— Mes chiens ne sont pas toujours les premiers dans mon cœur. Disons… que c'est un match nul.

— Je m'en contenterai, déclara Zeke avec un rire soulagé. Patrick disait que tu avais le plus grand cœur du monde. Tant qu'il y aura de la place pour moi, je ne vois aucun inconvénient à partager cet espace avec un ou deux chiens.

— Et que penses-tu de trois ? suggéra Mollie, songeant à sa décision d'adopter Chief.

— Cela me semble parfait, assura-t-il, ses yeux noisette brillant d'émotion. Je suis désolé, Mollie. Je m'en veux de n'avoir pas vu ce qui était juste sous mes yeux, durant tout ce temps. C'était toi, Mollie. J'aurais dû comprendre que c'était toi.

— Ce qui a pu se passer autrefois ne compte plus. Nous avons trouvé notre vraie place. Et je t'aime.

— Je devrais probablement attendre d'avoir une bague à t'offrir, mais j'estime avoir perdu suffisamment de temps.

Prenant une profonde inspiration, il repoussa délicatement une mèche tombée sur son visage, avant d'ajouter d'un ton solennel :

— Mollie McFadden, ainsi qu'Arti et Chief, nous ferez-vous l'honneur de nous épouser, Minuit et moi ?

— Oh Zeke ! s'écria-t-elle, riant et pleurant à la fois devant cette demande de mariage idéale.

Elle noua les bras autour de son cou et, la petite Minuit gigotant entre eux, elle murmura :

— Tu m'as offert une petite chienne ! Qui a besoin d'un diamant ?

— Alors ? Cela veut dire oui ?

— Oui ! Bien sûr, c'est oui !

Zeke la serra plus fort dans ses bras et, tandis qu'une bonne douzaine de chiens se pourchassaient joyeusement autour d'eux sur la pelouse verdoyante, il inclina la tête et l'embrassa. Un baiser qui les transporta au-delà de l'univers des meilleurs amis, vers un avenir plein d'amour, de rires… et de chiens.

Épilogue

Il faisait un temps superbe. Un soleil éclatant dardait ses rayons dans un ciel d'azur parsemé de quelques nuages blancs, et une douce brise agitait les drapeaux flottant de part et d'autre de Main Street.

Toute la ville était de sortie pour assister à la grande parade du Memorial Day. La fanfare du lycée avait défilé en jouant des airs patriotiques, suivie par la brigade des pompiers volontaires et quelques policiers à cheval. Mais le clou du spectacle était le défilé des vétérans, y compris quelques anciens de la Seconde Guerre mondiale, en impeccables uniformes de parade, leurs boutons dorés et leurs médailles scintillant au soleil.

Postée au carrefour devant le magasin de produits bio, Mollie applaudissait et criait des bravos. Elle redoubla d'enthousiasme lorsqu'elle vit passer Matt et son chien Hank, suivis de Bobby tenant en laisse Charlie. Debout juste derrière elle, Zeke l'entoura de ses bras et la serra tout contre lui. Même les parents de Mollie paraissaient émus par cet hommage enthousiaste.

— C'était un très beau défilé, remarqua Georgia McFadden, essuyant discrètement une larme. Patrick aurait été fier.

— C'est vrai, convint Zeke. Et vous devriez être très fiers de lui aussi.

Ses paroles étaient exemptes de toute trace de colère ou de culpabilité. Debout près de lui en ce matin de mai, avec les drapeaux claquant dans la brise tout autour d'eux, Mollie songea qu'elle aimait Zeke au-delà de ce qu'elle aurait cru possible. Elle se disait que cette journée n'aurait pas pu être plus parfaite lorsque sa mère s'approcha d'elle avec un sourire.

— Nous sommes très fiers de nos deux enfants, déclara-t-elle.

Et, là-dessus, elle s'excusa et prit le bras de son père, avant qu'ils ne s'éloignent tous deux dans la foule.

Refoulant un nouveau flot de larmes, Mollie se tourna vers Zeke, incroyablement séduisant dans sa chemise bleue à carreaux et son jean bleu sombre. Nouant les bras autour de son cou, elle l'attira à elle pour l'embrasser tendrement.

— Merci à toi, murmura-t-elle tout contre les lèvres de l'homme qui s'apprêtait à devenir son mari.

Elle savait que personne ne prendrait jamais la place de Patrick, ni dans sa vie ni dans celle de ses parents, mais l'idée que le meilleur ami de leur fils allait devenir leur gendre avait contribué à adoucir un peu leur chagrin. Et même si Zeke insistait sur le fait que ses récentes conversations avec les McFadden n'avaient eu d'autre but que de mieux connaître sa belle-famille, Mollie savait qu'il les aidait à dépasser leur colère et leur deuil, comme lui seul pouvait le faire.

— À moi, Mollie ? répliqua-t-il avec un sourire qui lui coupa le souffle. C'est *toi* que tes parents doivent remercier. L'article que Ryan a écrit à ton sujet dans le *Chronicle* leur a vraiment ouvert les yeux.

La joie et la fierté qu'elle lisait dans ses yeux la firent rosir de plaisir. Mollie se sentait encore un peu embarrassée par sa soudaine notoriété. L'article en question, centré sur le compagnonnage entre les chiens du refuge et les vétérans, évoquait longuement Mollie et le travail qu'elle avait accompli avec Arti. Elle se réjouissait que cet éclairage médiatique ait attiré l'attention du public sur le refuge et sur la petite société qu'elle avait créée, mais elle ne se sentait pas tout à fait à son aise sous les feux des projecteurs.

Cependant, ce qu'avait dit Zeke était juste. Ce fameux article ainsi que l'annonce de leurs fiançailles avaient fait tomber certaines barrières, au point que ses parents avaient organisé la réception de fiançailles dans leur maison. Une fête à laquelle Arti, Chief et Minuit étaient aussi invités.

Mollie était heureuse que ses parents aient commencé à accepter son choix de carrière et ses animaux. Les chiens avaient joué un si grand rôle dans leur histoire d'amour que ni Zeke ni elle ne pouvaient imaginer leur vie sans eux.

Elle allait toutefois devoir attendre encore un peu avant d'annoncer à sa mère qu'ils comptaient attribuer le rôle de demoiselles d'honneur à Arti et à Minuit, ou que Chief, en tant que garçon d'honneur, serait responsable des alliances.

Mais, même si elle attendait avec impatience le jour de la cérémonie, son cœur se serrait à l'idée que son grand frère ne serait pas là pour la voir épouser son meilleur ami. Bien sûr, Patrick aurait voulu qu'elle soit heureuse chaque jour de sa vie, et tout spécialement le jour de son mariage. Son frère ne serait peut-être pas présent physiquement, mais il était toujours avec elle en esprit. Et il veillait toujours sur elle…

— Savais-tu que mon frère avait interdit à tous les garçons de Spring Forest de s'approcher de moi, avant de partir à l'armée ?

— Pourquoi ? répliqua-t-il en riant. As-tu l'impression d'avoir manqué quelque chose ?

— Non ! protesta-t-elle en lui assénant une tape sur l'épaule. Tu es le seul homme que j'aie jamais désiré. Je me demandais seulement si tu étais au courant de cette histoire.

— Oui, reconnut-il. Patrick a été très clair là-dessus. Tu nous étais interdite.

— Alors, toi aussi, tu avais peur de lui ? remarqua-t-elle, le défiant du regard.

— Pas du tout ! se récria Zeke, éclatant à nouveau de rire.

Il recouvra son sérieux et, prenant sa main dans la sienne, il effleura doucement le diamant qu'elle portait à son annulaire, avant d'ajouter :

— En réalité, Patrick ne m'a jamais demandé de t'éviter. Au contraire, il m'avait demandé de veiller sur toi. Il disait que tu avais le plus grand cœur du monde entier.

— Et il t'a chargé de me protéger, murmura-t-elle.

— Je te promets de passer le reste de ma vie à m'acquitter de ce devoir, Mollie, dit-il d'une voix douce, déposant un baiser au centre de sa paume. Même si je ne crois pas que Patrick ait jamais envisagé que je le ferais en devenant ton mari.

— N'en sois pas aussi sûr, répliqua-t-elle.

Après tout son frère les connaissait mieux que n'importe qui d'autre, Zeke et elle.

Au même instant, l'explosion d'un pétard projeta une pluie de confettis bleu blanc et rouge sur la foule autour d'eux. Zeke l'embrassa sous le ciel d'azur lumineux, et Mollie ne put s'empêcher de penser que le sergent Patrick McFadden avait brillamment accompli sa dernière mission.

Retrouvez en octobre 2019,
dans votre collection

Passions

Un chalet pour deux, de Christine Rimmer - N°821

Sabra sent son cœur battre à tout rompre. Un inconnu vient de pénétrer dans le chalet où elle a trouvé refuge pendant la tempête de neige qui sévit, et la tient en joue. Blessé, l'homme se montre menaçant, alors qu'elle porte pour seule protection ses sous-vêtements… pendant que ses habits sèchent au coin du feu. Cet homme, qui fait palpiter son cœur plus que de raison, pourrait-il vraiment mettre sa vie en danger ?

Une carte à abattre, de Jessica Lemmon

Zach Ferguson, le milliardaire qui l'a engagée pour redorer son image publique, exige qu'elle l'épouse. Sans lui demander son avis. Sans éprouver aucun sentiment pour elle. Penelope sent une colère sourde la gagner. Lui annoncer qu'elle porte son enfant était une terrible erreur. Mais il est désormais trop tard pour faire demi-tour…

Deux opposés, une destinée, de Sara Orwig - N°822

Noah est de retour après sa mission en Afghanistan. Camilla ne peut garder ce secret pour elle plus longtemps, elle doit lui dire qu'il a un fils de quinze mois, Ethan… Même si cela lui coûte de le revoir alors qu'elle n'a jamais cessé de l'aimer. Car ils aspirent tous deux à une vie contraire : Noah, en communion avec la nature dans son ranch, elle, épanouie comme artiste peintre dans une grande ville.

Double identité pour un Fortune, de Tara Taylor Quinn

Nolan a une double identité. Il n'est pas Nolan Forte, le joueur de saxophone qui a su ravir son cœur lors d'une nuit passionnelle, mais un richissime banquier du nom de Fortune. Et dire que Lizzie pensait être la seule à lui avoir menti en lui cachant sa paternité… Impossible désormais de penser à des projets d'avenir avec cet homme, alors qu'elle tient les nantis en horreur depuis son plus jeune âge

Architecte, femme et mère, de Joss Wood - N°823

SÉRIE : AMOUR, GLOIRE ET POUVOIR 3/3

Jouer les nourrices pour le bébé que doit garder Judah Huntley durant quinze jours ? Darby est prise au dépourvu face à la demande de son nouveau patron new-yorkais au service duquel elle souhaitait mettre ses compétences d'architecte. Même si elle rêve de fonder une famille, accepter cette demande incongrue ne risque-t-il pas de desservir sa carrière ?

Un amour pour Noël, de Brenda Harlen

La seule chose que Serena aime autant que ses animaux de compagnie est sans aucun doute Noël. Une période propice à la magie et à l'espoir. Aussi peine-t-elle à se ressaisir lorsque son regard croise celui du nouveau Père Noël qui anime la soirée des enfants de Rust Creek Falls avec elle. Un homme qui provoque en elle ce qu'elle s'est promis de ne plus jamais ressentir, après les déceptions qui ont réduit son cœur en miettes…

L'envol d'une mariée, de Michelle Major - N°824

SÉRIE : MAGGIE & GRIFFIN 1/3

Maggie vient de tout gâcher. Elle n'avait qu'un « oui » à prononcer, pour favoriser les intérêts de sa famille, avide de conserver leur emprise sur la petite ville de Stonecreek où elle exerce comme maire. Au dernier moment, elle a pris la fuite au pied de l'autel où Trevor Stone devait la prendre pour épouse. Et c'est bien malgré elle que le frère de Trevor, Griffin, lui a porté secours…

Une ombre sur Stonecreek, de Michelle Major

SÉRIE : MAGGIE & GRIFFIN 2/3

Comme si recevoir le blâme des habitants de Stonecreek ne suffisait pas, il aura aussi fallu que Griffin, le seul homme à qui Maggie a offert son cœur, se tourne vers une autre femme, après que l'incendie, dont il la tient pour responsable, a ravagé sa salle de dégustation. Comment pourrait-elle dans ces conditions maintenir sa candidature pour renouveler son mandat de maire, si tout son entourage lui a déjà retiré sa confiance ?

Réunis pour le meilleur, de Michelle Major

SÉRIE : MAGGIE & GRIFFIN 3/3

Pour le bien de Stonecreek, Maggie doit remporter ce contrat avec Livesoft, société californienne spécialisée en nouvelles technologies dont le séduisant P-DG se montre très entreprenant. Pourtant, plus elle essaie d'oublier Griffin et plus ses derniers messages viennent la hanter. Pourrait-elle lui pardonner son erreur et l'aider à élever la petite orpheline qu'il a recueillie, comme il le lui demande ?

Coup de foudre pour un inconnu, de Teri Wilson - N°825

Chloe a désespérément besoin de réconfort. Elle vient de perdre son travail de danseuse dans une troupe professionnelle et de rompre avec son fiancé à quelques jours de Noël. Aussi ne peut-elle accepter que cet impudent d'Anders Kent veuille adopter à sa place le chiot qu'elle a réservé dans un refuge animalier. Même si cet homme séduisant la touche, tant il semble prêt à tout pour combler sa petite nièce avec ce présent.

Séduisante métamorphose, de Catherine Mann

Isabeau n'a pas le droit de craquer. Elle doit finir cette mission qui lancera sa carrière de consultante en communication. Mais Trystan Mikkelson, qu'elle doit faire passer pour un homme d'affaires avant la reprise de l'empire familial dont il a hérité, est le plus bourru et le plus insupportable des clients. Peut-elle encore réussir à transformer malgré lui ce séduisant cow-boy en animal médiatique ?

Pour un été ou pour la vie, de Lisa Jackson - N°826

SÉRIE: : LA FIERTÉ DES MCCAFFERTY 3/4

Lorsqu'elle avait dix-sept ans, Jamie est tombée amoureuse de Slade McCafferty, l'homme le plus fantasque et le plus insaisissable qui soit. Mais, après un été de passion, Slade l'a quittée pour une autre. Plus mûre, plus riche. Une blessure dont Jamie a mis longtemps à guérir, se jetant à corps perdu dans les études et devenant une brillante avocate. Et voilà qu'aujourd'hui Slade est de retour. Seul. Dès qu'elle le revoit, Jamie comprend qu'elle est toujours éprise de lui. Et qu'en dépit de toutes ses bonnes résolutions elle risque de souffrir à nouveau...

Amant ou garde du corps ?, de Lisa Jackson

SÉRIE: : LA FIERTÉ DES MCCAFFERTY 4/4

En plongeant dans le regard intense de Kurt Stricker – un homme qu'elle ne connaît que trop bien –, Randi sent une colère indomptable la gagner. Comment ses frères peuvent-ils lui imposer ce garde du corps, aussi beau qu'arrogant, dont elle ne supporte pas la présence ? Au point qu'elle n'a plus qu'une seule obsession : se débarrasser de lui avant de succomber de nouveau à son charme.

Composé et édité par HarperCollins France.

Achevé d'imprimer en août 2019.

CPI
BLACK PRINT

Barcelone

Dépôt légal : septembre 2019.

FSC
www.fsc.org
MIXTE
Papier issu de sources responsables
FSC® C108412

Pour limiter l'empreinte environnementale de ses livres, HarperCollins France s'engage à n'utiliser que du papier fabriqué à partir de bois provenant de forêts gérées durablement et de manière responsable.

Imprimé en Espagne.